DEFENSOR

DEFENSOR

GX TODD

Tradução
Márcia Alves

1ª edição

EDITORA RECORD
RIO DE JANEIRO • SÃO PAULO
2023

CIP-BRASIL. CATALOGAÇÃO NA PUBLICAÇÃO
SINDICATO NACIONAL DOS EDITORES DE LIVROS, RJ

T568d   Todd, G. X.
            Defensor / G. X. Todd ; tradução Márcia Alves. - 1. ed. - Rio de Janeiro : Record, 2023.
                        (As vozes ; 1)

            Tradução de: Defender
            ISBN 978-85-01-10969-9

            1. Ficção inglesa. I. Alves, Márcia. II. Título. III. Série.

                        CDD: 823
22-81648   CDU: 82-3(410.1)

Meri Gleice Rodrigues de Souza - Bibliotecária - CRB-7/6439

Título original:
Defender

Copyright © 2017 G X Todd

"Stone Wall, Stone Fence", letra de Gregory and the Hawk © FatCat Records.

Texto revisado segundo o Acordo Ortográfico da Língua Portuguesa de 1990.

Todos os direitos reservados. Proibida a reprodução, no todo ou em parte, através de quaisquer meios. Os direitos morais da autora foram assegurados.

Direitos exclusivos de publicação em língua portuguesa somente para o Brasil adquiridos pela
EDITORA RECORD LTDA.
Rua Argentina, 171 – Rio de Janeiro, RJ – 20921-380 – Tel.: (21) 2585-2000, que se reserva a propriedade literária desta tradução.

Impresso no Brasil

ISBN 978-85-01-10969-9

Seja um leitor preferencial Record.
Cadastre-se no site www.record.com.br e receba informações sobre nossos lançamentos e nossas promoções.

Atendimento e venda direta ao leitor:
sac@record.com.br

Aos meus pais,
Veronica e Gerry.

(Papai, sinto a sua falta todos os dias, sem exceção.)

"As pessoas anseiam por recuperar as vozes perdidas."

Julian Jaynes (*Harvard Crimson*, 12 de maio de 1977),
autor de *The Origin of Consciousness in the Breakdown of the Bicameral Mind*

CARTA N. 24

4 de julho, segunda-feira

Querido Estranho,
 Você e eu jamais vamos nos encontrar. Essa carta é nossa única ligação — dos meus pensamentos rabiscados no papel com seus olhos e sua mente. Um encontro incomum, pelo qual devemos ser gratos.
 Desconfio que esta carta vá pegá-lo desesperado ou solitário ou desorientado. A vida é assim agora. Vivemos como verdadeiros estranhos e, pior ainda, como inimigos. O espírito humano que antes nos unia agora nos separa de uma forma que nenhum oceano jamais conseguiria. Mas vamos deixar isso de lado por enquanto. Por ora, quero lhe contar uma história.

> Era uma vez uma garota chamada Ruby, uma garota normal em todos os aspectos. Morava numa casa normal, com sua família normal, e passava os fins de semana normais trabalhando numa casa de repouso cuidando de velhinhos normais. Mas havia uma pessoa na vida de Ruby que não era normal, e seu nome era Mike.
> Mike morava na casa de repouso. Ele e Ruby jogavam xadrez, caminhavam juntos e, civilizadamente, discutiam sobre quem era capaz de inventar a melhor história — Grisham ou King. Mike lembrava a Ruby seu irmãozinho (o que até certo

ponto explicava por que ela gostava tanto de Mike). Mas o anormal sobre Mike não era ele achar que Grisham era o melhor contador de histórias, e, sim, falar com uma voz em sua cabeça chamada Jonah e fazer isso há mais de sessenta anos.

Mike disse a Ruby que, em breve, viriam inúmeras vozes, vozes destrutivas, e muitas pessoas morreriam, mas que ela não devia ter medo porque era o prenúncio de um mundo melhor e mais glorioso. E então, em seu leito de morte, Mike deu Jonah de presente para ela, e Jonah se tornou o novo amigo de Ruby. E, ao lado do irmão de Ruby, foram explorar essa terra recém-arrasada, e choraram, e riram, e sangraram juntos, e, a certa altura, encontraram uma pousada à beira--mar para chamar de lar, onde viveram felizes para sempre.

Quer saber a moral de tudo isso, querido Estranho? É simples: a sabedoria pode às vezes ser confundida com a loucura e estranhos podem, muitas vezes, estar disfarçados de amigos.

Peço que se lembre, nos dias difíceis e nas noites congelantes que virão, de que todas as mortes não foram em vão. Vai demorar, porque mudanças levam tempo, mas vai melhorar, prometo.

*Sua amiga
Ruby*

Mamãe, é para você que estou fazendo essa anotação na agenda, porque sei que você não vai voltar. Você morreu, e eu preciso muito ver essas palavras por escrito.

Palavras não são difíceis para mim. Al e eu sempre escrevíamos bilhetes um para o outro, desde que éramos pequenos. Deixávamos você maluca com todos aqueles rabiscos e risadinhas, mas as palavras serviam de tábua de salvação para nós dois. E acho que sempre vai ser assim. Mas palavras têm poder, e devo tratá-las com cuidado — sobretudo aquelas que guardei em segredo por tanto tempo.

Muitas pessoas morreram. Isso não é segredo. Foram mortas pelas próprias mãos e pelas mãos de outros (o que também não é segredo). O fato de que levou quase três semanas até a matança diminuir também não é segredo, embora tenha sido um choque para muitos.

Então aqui vai o primeiro segredo de verdade: nada disso foi um choque para mim. Eu já sabia. Fui avisada. Você se lembra do Mike, mamãe? Um dos velhinhos que eu cuidava na casa de repouso? O que gostava de tabaco de cereja e que atrapalhava a minha concentração no xadrez com histórias despudoradas da época em que vivia viajando? Os funcionários da casa de repouso me diziam que Mike sofria de demência, mas ele não tinha demência. Foi o homem mais lúcido que conheci na vida. Ele me disse o que aconteceria quando as vozes chegassem. E eu acreditei em todas as palavras dele.

Enquanto escrevo isso, olho de relance para a Sra. Jefferson. Ela está deitada no jardim de casa, a saia ao redor dos quadris, o cabelo enrolado com bobes. A pá que o Sr. Jefferson usou para acertá-la está caída ao lado dela. Não consigo ver o Sr. Jefferson, mas ouvi um tiro pouco depois de vê-lo matar a esposa, então tenho quase certeza de que ele está morto também. Igual a todo mundo da nossa rua. Como eu gostaria que você voltasse, mamãe. Sinto tanto a sua falta...

Agora tenho que ir. Al voltou. Te amo.

PARTE 1
O homem que era peregrino

CAPÍTULO 1

No começo, Pilgrim sentia falta de uma porção de coisas, coisas das quais, pela própria natureza delas, era impossível não sentir falta assim que desapareciam. Imaginar um naco de carne, por exemplo, podia ser uma tortura para qualquer um. Era fácil visualizar um bife ao ponto para malpassado, senti-lo desmanchando na língua, os molares afundando na carne suculenta e a explosão de sumo na boca. Era o suficiente para fazer o estômago dele se contrair e formar uma bola de *desejo* sólida e impossível de ignorar logo abaixo das costelas.

Então, na semana seguinte, ele sentiria falta de outra coisa. Purê de batatas, talvez, ou quiabo frito. Houve uma fase que durou um mês ou mais, perto do começo, em que teria dirigido por mais de mil quilômetros sem parar se ao fim da estrada estivesse à sua espera um milk-shake de morango cremoso e bem gelado. Mesmo que esses desejos parecessem bobos, nada impedia que grudassem nele feito pano numa ferida aberta.

Com certa frequência não sentia nenhum desejo culinário assim, mas esses períodos eram piores, porque, em vez disso, fantasmas de entes queridos e os mais profundos anseios se acercavam furtivamente. Aqueles que mantinha em garrafas bem fechadas por medo de que, se destampadas, espumassem e irrompessem numa explosão vulcânica que jamais seria contida.

E então ele esperava até esses anseios desaparecerem com o tempo, até se tornarem tão remotos e inacessíveis quanto as estradas em que viajava. Ele sabia que, com o passar dos anos, suas lembranças acabariam cobertas pelas vinhas das preocupações cotidianas, e os fantasmas que o assombravam no passado seriam enterrados no velho mundo dos mortos ao qual ele outrora pertencera. A espera pelo sepultamento deles tinha sido longa e extenuante, mas todo dia era acrescentada uma nova camada de terra sobre as sepulturas até que, finalmente, uma pilha enorme tinha se formado, tornando-os invisíveis, mesmo a seus olhos perspicazes.

Agora ele vivia um dia de cada vez e não ansiava por nada.

O tempo e as idas e vindas colaboraram para seu esquecimento, mas, quando o entusiasmo pelas viagens não mais ocupava seus pensamentos, ainda havia um monte de outras coisas para mantê-lo distraído.

Uma garrafa de cerveja. Tampada. Intacta. Uma ponta do rótulo descolando, as letras apagadas. O vidro era marrom, e vidro marrom era bom: protegia melhor dos raios de luz que, com o passar do tempo, se infiltravam e alteravam as propriedades moleculares do conteúdo. Pilgrim verificou a data de validade. Vencida há sete anos.

Correu os olhos pelo bar empoeirado. Um olhar vigilante, atento, que torcia para não ver nada nem ninguém, mas lançado com um rigor nascido da necessidade. Um belo dia, quando o agente desse olhar perscrutador estivesse distraído, uma sombra oculta poderia estar à espreita, determinada a surrupiar o que não era seu, disposta a ferir ou matar para isso. Hoje não era esse dia, é claro — não havia ninguém no salão, salvas as projeções multifacetadas da própria imagem refletida nos fragmentos desencontrados do espelho rachado que cobria toda a extensão da parede dos fundos do bar.

Levou sua cerveja e um banco para fora. Olhou para o céu, reparando na ausência de nuvens e no azul radiante que ia de um horizonte ao outro, tão imaculado e limpo que dava a impressão de que haviam passado um rolo compressor na abóbada celeste. O céu de verão dava sinais inequívocos de que seria um dia lindo, mas, para ele, o azul do céu não significava beleza: belo era o marrom do vidro da garrafa de cerveja na mão. Um símbolo perdido de um mundo em ruínas.

Ele estava no meio do nada, no oeste do Texas. A placa nos limites da cidade anunciava quinhentos e trinta e nove habitantes, mas Pilgrim duvidava que os remanescentes passassem de trinta e nove, e nenhum deles tinha organizado uma festa de boas-vindas, do jeito que Pilgrim gostava. A forma mais segura de não esbarrar em ninguém. Partes da cidade foram consumidas pelo fogo, os esqueletos estripados e escurecidos das casas ainda de pé parecendo dentes podres entre prédios intocados. A palha queimada ainda fumegava quando passou por ela, e mesmo agora um cheiro intenso alcançava suas narinas sempre que ventava mais forte.

Carregou o banco até o meio da rua deserta e o colocou sobre a linha central da via. Sentou-se e girou a garrafa entre as mãos. Era dura feito granito e lisa feito pedra-sabão. E estava quente, o que depunha contra o conteúdo, mas isso não era um problema — era a sua marca preferida, afinal. Umedecendo os lábios ressecados, tirou a chapinha. Subiu uma espuma branca. Lembrou-lhe espuma de banho, mas o aroma de cevada e lúpulo não podia estar mais distante do perfume de sais de banho. Resmungou e levou o gargalo ao nariz, inspirando fundo. Cerveja quente e levedura: nunca esse cheiro foi tão bom.

Umedeceu os lábios outra vez, levou até eles a boca da garrafa e parou ao notar de relance uma sombra se agitar. Um movimento levíssimo à esquerda, vai ver era uma nuvem atravessando o sol, ou uma nesga de sol dançando numa vidraça quebrada, mas, ainda assim, uma distração. Tudo o que queria era tomar sua cerveja em paz.

Pilgrim suspirou pelo nariz, afastou a garrafa dos lábios e olhou para a janela da loja de conveniência até a sombra lá dentro recuar e desaparecer. Encarou mais um pouco para ter certeza de que ela não tornaria a aparecer e, de olho pregado na fachada da loja, inclinou a cabeça para trás mais uma vez e fez o líquido encostar nos lábios franzidos, cerveja umedecendo a pele seca, atiçando o próprio desejo. Então relaxou os lábios — uma bem-vinda onda de néctar âmbar inundando a boca.

Sua garganta se fechou, numa contração peristáltica, automaticamente pronta para engolir, e por pouco não engasgou com a cerveja antes de cuspi-la.

Pigarreou, encheu bem a boca e fez o líquido girar entre dentes e gengiva como se bochechasse. Cuspiu tudo no chão de novo, e logo se formou um rio estreito de cerveja que serpenteava seu caminho de volta ao bar, em direção à sarjeta.

Levou um tempo enorme enchendo a boca e cuspindo, na esperança de instilar o sabor maltado em suas lembranças desbotadas e rotas. Tinha de saciá-lo por um tempo.

Queria mesmo era engolir aquela cerveja cheia de espuma, senti-la borbulhar lá no fundo das suas entranhas aquecidas, mas o risco de beber algo tão fora da validade não valia a pena.

Eu sabia que você não ia se arriscar a beber, disse Voz daquele lugar obscuro nos fundos da cabeça de Pilgrim.

Pilgrim fechou os olhos. Não porque sua paz tinha sido perturbada, mas porque qualquer sensação de paz que sempre desejou alcançar não passaria de ilusão, porque Voz estava sempre com ele e para sempre estaria. Era diabo, anjo e consciência, tudo embrulhado junto, e não havia como escapar dele.

Pilgrim atirou a mochila bem alto no ombro, virou à direita e se dirigiu ao beco onde havia escondido sua moto. Tentou ignorar o gato preto que o seguia a passos leves.

Ainda está seguindo a gente.

Fez de tudo para ignorar Voz também. Voz não falou com ele a manhã toda, depois de ficar ofendido com algo que Pilgrim disse. Ou não disse. Pilgrim não sabia nem queria saber. Receber um gelo estava ótimo para ele. Na verdade, desejou que Voz empregasse essa tática com mais frequência.

Vai querer comida daqui a pouco. Pode escrever o que estou dizendo.

Notaram a presença dele pouco depois de entrarem na cidade. Pilgrim chegou à conclusão de que o gato era domesticado ou, no mínimo, havia estado recentemente com outras pessoas. Era amistoso até demais. A maior parte dos animais aprendeu que os humanos já não eram dignos de confiança e sabia que devia manter distância para não acabar servido num espeto. Esse gato não percebia o perigo e o seguiu enquanto entrava e saía de lojas, com passos leves e colado nos seus calcanhares, e só fugiu em disparada quando Pilgrim entrou no pátio nos fundos do bar. Ele viu uma tigela de ração de cachorro virada de ponta-cabeça perto da porta dos fundos e um canil caindo aos pedaços do outro lado do pátio e imaginou que ainda desse para sentir o cheiro do antigo dono por ali. O gato reconheceu o inimigo do passado, mas não o do presente.

Quando se sentou no meio da rua e terminou a cerveja, já tinha esquecido o gato. Por isso, quando o animal pulou no capô de um carro, ele sacou a pistola, o dedo roçando o gatilho, até reconhecer o animalzinho preto.

Xingou o bicho uma ou duas vezes, mas isso não impediu o gato de bambolear até ele, fazendo pouco caso do cano da arma que acompanhava sua cabeça. Em certo momento, cogitou apertar o gatilho mesmo assim, chegando a engatilhar o cão.

O gato deu um miado suave e lamurioso. Encarou Pilgrim com olhos amarelos enormes. Pareciam acesos por dentro, iluminados e escancarados.

Miou de novo.

Soprando até sentir os pulmões estranhamente murchos, Pilgrim devolveu com cuidado o cão da pistola à posição e enfiou a arma no coldre.

— Você não seria tão adorável com um buraco na testa.

O som da voz dele era só do que o gato precisava para se sentir aceito. Aproximou-se, manhoso, e se enroscou nas pernas de Pilgrim, ronronando como se um micromotor roncasse dentro do seu corpinho.

Você não vai conseguir se livrar dessa porcaria sarnenta, disse Voz.

— Sempre posso dar um tiro nele — rebateu Pilgrim, curvando-se para coçar atrás da orelha do gato.

O gato tinha parado para lamber a cerveja que escorria por um veio escuro no asfalto, sua língua rosa indo e vindo rápido. Depois de dar um espirro delicado, sacudiu a cabeça e deixou o resto para secar ao sol. Pilgrim não podia culpá-lo; a cerveja já havia deixado um gosto amargo na sua língua.

Às vezes, o melhor é deixar as coisas caírem no esquecimento.

Um sorriso repuxou um canto dos seus lábios quando ele viu a motocicleta escondida atrás de uma caçamba de lixo velha e enferrujada. A moto estava toda arranhada e amassada e com rachaduras em alguns pontos, mas corria suavemente e fazia mais de oito meses que funcionava sem nenhum problema. Três meses acima de qualquer outra de que tinha se apropriado. Puxou-a para fora, uma das mãos espanando a poeira de cima do tanque de gasolina desbotado. Jogou uma perna por cima do banco puído, o motor acordando com um estrondo ao girar da chave e um único aperto no botão de ignição.

Enfiou os dois braços nas alças da mochila e ajeitou o peso dela até equilibrá-la. Parecia mais pesada que nas últimas semanas. Havia desenterrado mais suprimentos do que esperava encontrar ali, mas não havia mais nada que prestasse. Os corpos em decomposição enfurnados em quartos de despejo e garagens e porões, a maioria com marcas de autoflagelo, não ofereciam muita companhia.

Além disso, você tem a mim como companhia, disse Voz.

— Achei que não estivesse falando comigo.

Não estava. Mas cansei de esperar um pedido de desculpas.

— Desculpas? Pelo quê?

Exato! Você nem sabe o que fez. Eu teria ficado esperando para sempre.

Pilgrim parou de prestar atenção. Talvez devesse *de fato* dar um tempo por ali, poupar gasolina, antes que a necessidade de reabastecer o obrigasse a seguir viagem.

Você não vai aguentar ficar parado, disse Voz. *Você sabe disso tão bem quanto eu. E de onde viriam as próximas refeições ou o próximo galão de combustível se você passar tempo demais aqui?*

Por mais que não quisesse admitir, Voz tinha razão. Além do mais, ele preferia a estrada. Preferia o céu como teto e os horizontes como paredes a pilhas de escombros por todo lado. Mais fácil de ver o que tinha pela frente desse jeito.

Sem falar que o pessoal daqui não vai ficar nada feliz com a nossa presença. Só o gato nos deu boas-vindas.

Automaticamente, os olhos de Pilgrim procuraram o gato, que ia para lá e para cá do lado da moto, buscando um jeito seguro de subir.

Traz ele, disse Voz. *Pode servir como aperitivo num momento crítico. Ou como moeda de troca.*

Pilgrim resmungou.

Já que está nessa, aproveita e dá um nome para ele.

— Talvez eu faça isso mesmo — disse Pilgrim.

Ele se inclinou e agarrou o gato pelo cangote, erguendo-o bem alto e ajeitando-o no tanque de gasolina à sua frente. As patas traseiras do bicho escorregaram para trás até o V entre suas coxas, indo parar no gancho do jeans.

— Se houver a menor insinuação de garras perto do meu saco, você vai ser expulso daqui com uma passagem só de ida.

Pilgrim cortou giro e ficou atento às reações do gato ao ronco gutural do motor. O bicho bufou rápido e forte, mas se acalmou logo em seguida.

Resmungando, Pilgrim botou os óculos de sol de lentes espelhadas que estavam pendurados no pescoço. Como sempre, o mundo ficava bem mais tolerável com menos luminosidade. Depois, suspendeu o lenço coberto de poeira que usava amarrado bem frouxo no pescoço e cobriu o nariz com ele. Por um tempo, ficou apenas parado, de olhos fechados, deixando-se impregnar do calor do sol feito um lagarto, aquecendo-se de fora para dentro. Respirou fundo através do pano no rosto, a moto fazendo vibrar até seus ossos. Contou devagar até quinze — porque quinze sempre foi um bom número —, suspendeu o descanso com o calcanhar, engatou a marcha e virou a frente da moto para o sol.

Já não havia muito mais para ver. Pilgrim manteve os olhos na estrada e no horizonte, nos carros abandonados, nos trechos em que assaltantes podiam estar de tocaia e no asfalto à cata de estrepes pontiagudos, feitos para furar pneus. Havia montado uma lista de coisas para as quais tinha de estar alerta (por exemplo: placas de supermercados ou de postos de gasolina, de farmácias e de hospitais, até mesmo de bibliotecas), mas, à exceção desses poucos lugares e da preocupação em ser assaltado e ter seus pertences levados ou, quem sabe, até sua vida (e agora o gato, supôs), em geral não tinha nem interesse nem curiosidade por praticamente nada.

Até avistar a garota.

Ainda estava muito longe, mas ela surgiu imediatamente como uma explosão de cor que atraiu seu olhar. Mesmo assim, a visão invocava apenas um mero lampejo de curiosidade, como a leitura de um instrumento que mal podia ser registrada.

A adolescente estava sentada numa cadeira dobrável ao lado de uma barraquinha na beira da estrada, uma placa escrita à mão na qual se lia "*Vende-se limonada fresquinha. É beber ou se arrepender*" escorada numa mesa. As letras foram pintadas com capricho e decoradas com videiras verdes e, adornando os cantos, belos limões-sicilianos.

A curiosidade matou o gato, disse Voz no fundo da sua cabeça. *E satisfazê-la não vai trazer o bicho de volta.*

CAPÍTULO 2

O sol brilhava forte do lado de fora das janelas teladas. Do lado de dentro, a casa da fazenda estava escura e silenciosa. Lacey estava sentada na poltrona da avó, os joelhos dobrados, uma manta de tricô pesada envolvendo os ombros. Era uma poltrona antiga, de espaldar alto, toda puída e surrada, os pés de madeira com arranhões mais claros das incontáveis vezes que vovó esbarrou com a bengala neles. Já não tinha mais nada do tecido que revestia os descansos de cabeça, revelando o amarelo-claro do forro.

Lacey cantarolava baixinho enquanto revirava entre os dedos um par de óculos de armação de metal. Usou uma ponta da manta para limpar as lentes e suspendeu os óculos na altura do rosto. Correu pela sala empoeirada os olhos semicerrados e fitou as imagens borradas dos quadros na parede.

— Puxa vida, vovó. A senhora era cega que nem uma porta.

Abaixou os óculos, e as imagens entraram em foco. Fotos da família, a maioria de Lacey e da irmã mais velha. Numa delas, as duas estavam sentadas no chão do quarto de Karey. Os antigos discos de vinil da vovó espalhados ao redor. Lacey, aos 6 anos, sorrindo para a câmera, a palma das mãos segurando com cuidado pelas bordas um disco preto, exatamente como Karey havia lhe ensinado. Karey não encarava a câmera. Ela olhava para Lacey com uma expressão de preocupação, como se contasse os segundos até a irmãzinha deixar cair sua preciosa gravação *de Sgt. Pepper's Lonely Hearts Club Band*. Preocupações infundadas; Lacey não deixou o disco cair. Na verdade, ela não o deixou cair por cinco dias inteiros. A beirada do disco quicou no chão e ele se partiu em dois.

Nem todas as lágrimas e desculpas do mundo teriam livrado Lacey da fúria da irmã mais velha (e Karey sabia *muito bem* que castigo partiria o coração dela). Por duas semanas inteirinhas, Karey não se dirigiu a ela. Nem uma única palavra. Era o que Lacey mais odiava. O silêncio. Aquelas duas semanas pareceram durar uma eternidade.

Na sala de estar fria e silenciosa, Lacey suspirou e tornou a olhar pelas lentes dos óculos da vovó, transformando as fotos da família num borrão míope. Às vezes, contemplar aqueles rostos familiares dava a sensação de uma casa mais vazia, o peso do silêncio mil vezes maior.

Um rangido vindo do corredor fez seu estômago se apertar. Ela sabia que vinha de baixo da escada. Sempre vinha de baixo da escada. Semicerrou os olhos com toda a força e sussurrou para si mesma:

— Não é nada, Lacey. Finge que não ouviu. A casa faz barulhos esquisitos o tempo todo.

O rangido de novo, mas ela não lhe daria o gostinho de vê-la assustada. *Não mesmo*. Era uma casa velha que rangia, gemia e às vezes tiquetaqueava como se um exército de aranhas marchasse para a guerra sob as tábuas do assoalho. Nada além dos seus ouvidos pregando uma peça.

Outro rangido — o terceiro — e, antes que pudesse mudar de ideia, já atirava longe a manta ao se levantar num pulo, arrancar os óculos da cara e correr para o armário. Escancarou as portas, mas o pequeno espaço interno estava vazio. Dolorosamente vazio. E caçoava dela com seu vazio, pois foi ela quem o esvaziou.

Bateu a porta do armário com força e recostou a testa na madeira.

— Tenho que ir embora daqui antes que eu fique maluca.

Respirou fundo algumas vezes e voltou a cantarolar — "She's Leaving Home", quinto lugar na sua lista de músicas favoritas dos Beatles —, e já estava na segunda estrofe quando conseguiu se afastar do armário e retornar para a sala de estar. Pegou do chão a manta que havia jogado de lado e a dobrou com todo o cuidado, deixando-a no assento da poltrona. Embora já estivesse de botas, verificou de novo se os cadarços estavam bem amarrados. No caminho até a porta de casa, parou para pegar a garrafa térmica de metal, que havia deixado na mesa do corredor. Em nenhum momento olhou para o armário embaixo da escada.

Ao sair, certificou-se de que a porta estava fechada, chacoalhando a maçaneta só para ter certeza, então começou o caminho penoso até a estrada.

A barraquinha de limonada foi uma ideia genial.

O que um viajante cansado iria querer mais que tudo?, Lacey se perguntou, o olhar distante para além da janela da cozinha, para além das plantas que sua avó cultivava (os pepinos não estavam amadurecendo como deveriam — Lacey matava tudo que tocava, por mais que tentasse; vovó se divertia chamando-a de Dedo Podre), até o monte perfeitamente retangular de terra revirada mais ao longe. As mudas dos camarás que ela transplantou para lá sobreviveram direitinho, apesar do dedo podre (ela estudou em detalhes as dicas das revistas de jardinagem da avó antes de tentar o replantio), e dez semanas depois ficou feliz, e também aliviada, de ver a sepultura coberta de flores vermelhas, laranjas e amarelas. Ao lado do túmulo, dois vasos, cada um com um pé mirrado de limoeiro.

Quando a vida te dá limões, espirre suco de limão no olho do bicho-papão! Vovó costumava dar uma boa gargalhada depois de soltar essas pérolas de sabedoria. Foi ela também quem ensinou Lacey a preparar limonada. Ela conhecia uma infinidade de dicas úteis como essa.

Lacey arrancou os últimos dez limões dos dois limoeiros. No porão, encontrou uma mesa dobrável, uma cadeira, a lateral de um caixote de madeira velho e um monte de latas de tinta velhas. Levou tudo para cima e passou uma hora pintando no quintal. Então foi lentamente até a estrada com todas essas coisas e se jogou na cadeira para começar sua espera.

Passados cinco dias, por pouco não atirou tudo escada abaixo no porão.

Passados sete dias, largou tudo na beira da estrada, pouco se lixando para o que aconteceria com suas coisas.

Passados dez dias de espera, estava preocupada e resignada na mesma medida, mas continuou se arrastando para lá e para cá, toda manhã e tarde, porque, como vovó dizia, desistir era pior que não começar.

De qualquer forma, o que mais Lacey tinha para fazer? Não era como se estivesse esperando o convite para a festa de aniversário da sua melhor amiga. Courtney Gillon sem dúvida comemorou todos os aniversários que pôde. O último em que Lacey esteve, oito anos antes, deve ter sido a melhor festa que Courtney jamais sonharia em ter. Havia uma mulher fantasiada de Elsa, de *Frozen*, e um Homem de Ferro em tamanho real, com luvas que acendiam. Lacey não se lembrava de como a sua melhor amiga estava vestida, mas recordava em detalhes as contas azuis do vestido da Elsa e os acessórios vermelhos do Homem de Ferro como se a festa tivesse sido ontem. Lembranças são coisas engraçadas.

Ela já não se sentia triste quando pensava em Courtney Gillon. Naquela época, festas de aniversário, Elsa, Anna e Homem de Ferro eram coisas importantes na vida de Lacey, mas agora pareciam uma grande tolice. Nos últimos sete anos, aprendeu o que era de fato importante: comida, água potável, saúde, família. Por isso, continuava trabalhando na barraca de limonada e continuava esperando.

Quinze dias e contando. Na véspera, Lacey acabou com o protetor solar. Seus cabelos estavam mais claros de tanta exposição ao sol.

Até então, só tinha visto uma pessoa, um velho esquisito de bicicleta. Ele estava péssimo: a pele vermelha e queimada de sol, as rugas profundas do rosto marcadas por uma camada de sujeira. Sequer olhou de relance para ela ao passar, tenso, nem mesmo quando ela chamou e correu ao lado dele por uns trinta metros, perguntando para onde estava indo, de onde tinha vindo, e "o que está acontecendo, cara?". Chegou inclusive a oferecer um copo de limonada de graça, mas ele não a escutou, nem pareceu notar a presença dela, como se sua única razão de viver fosse pedalar. Ela parou de correr e, ofegante, as mãos nos quadris, ficou observando a bicicleta desaparecer.

Houve uma época em que falar com estranhos teria sérias consequências: uma bronca rápida e severa da avó, provavelmente seguida de um desenrolar hipotético a que tal asneira podia levar, e nunca era uma historinha de ninar. Certa vez vovó botou para correr um sujeito magricela que tinha se agachado no jardim da frente, resmungando entre os dentes e se recusando a ir embora a menos que fosse alimentado. Lacey quis lhe dar alguma coisa — aqueles eram dias de fartura —, mas vovó vetou. Seria como alimentar um gato de rua, disse ela. Quando percebem que você tem coração mole, nunca mais se livra deles.

E o reclamão foi embora de barriga vazia.

Em outra ocasião, apareceu um grupo de dois homens e duas mulheres. Eles atiraram umas coisas e quebraram o vidro da janela da frente. Vovó deu um tiro com a carabina para que fossem embora, mas, quando começaram a gritar "Merda!" e "Porra!" e até coisas piores, vovó atirou uma segunda e uma terceira vez para afugentá-los. Lacey pôde jurar que ela acertou o ombro de um dos caras, mas vovó insistiu que foi só de raspão. Logo depois o grupo se foi, mas, antes, o mais baixinho, o que não levou o tiro, baixou as calças, ficou de cócoras e deixou um presentinho para elas.

Eles não eram a norma, o grupo xingando e o sujeito murmurando. Em geral, quando alguém se aproximava, bastava uma carabina apontada para a cabeça para que se afastasse na hora sem criar problemas. De modo geral, Lacey não achava que os dois incidentes justificavam tanta desconfiança. Ainda assim, sempre que aparecia alguém, o hábito de vovó de pegar a carabina e correr para perto da porta, de onde podia espionar pela janela lateral, era uma prática consagrada há muito naquela casa. E, quando vovó não estava lá, o esperado era que Lacey tomasse seu lugar. Não havia mais compaixão no mundo, disse vovó, e ela que não se esquecesse disso.

Sol forte e quase a pino, sua sombra no chão uma segunda Lacey inclinada, o olhar distraído no tampo da mesinha e roendo as unhas, preocupações lotando seus pensamentos. Desafinada, cantarolava sua terceira música favorita dos Beatles, "Blackbird". Não conseguia ignorar os últimos dois tomates que carregava no bolso. O ronco do estômago insistia para que os comesse logo de uma vez; seu cérebro, porém, dizia que aguentasse um pouco mais.

O silêncio foi quebrado. Lacey afastou a mão da boca e se sentou, aprumada, um perdigueiro apontando para a presa. Todas as preocupações com comida e protetor solar se foram quando escutou aquele agradável som de um motor ao longe.

A moto ondulava na nuvem de calor, o que dificultava a visão, mas começou a entrar em foco e se solidificar conforme se aproximava. Nervosa, ela observava tudo, pronta para fingir desmaiar se o motoqueiro não diminuísse, mas o giro mais lento do motor era um aviso de que a moto desacelerava, preparando-se para encostar. Voltou a se sentar e tentou parecer indiferente.

Lacey sabia que a avó *não* teria ficado nada feliz com esse seu plano, mas para Lacey a sensação era de que não tinha escolha. Não se quisesse manter a sanidade. Não se quisesse rever a irmã. Havia um limite para o tanto de fome e silêncio que uma garota podia aguentar.

CAPÍTULO 3

Pilgrim já tinha dado uma sondada superficial na área e não encontrou nenhum lugar onde ladrões pudessem estar à espreita. Na verdade, a garota montou a barraca num trecho praticamente deserto da estrada, não fosse por uma fazenda antiga a mais ou menos dois quilômetros.

Humm, limões, comentou Voz. *Você adora limão.*

Pilgrim foi diminuindo a velocidade até parar ao lado da barraquinha, tão perto que, se esticasse o braço, pegaria os copos de plástico enfileirados na mesa, e desligou o motor. Toda vez que os olhos de Pilgrim se desviavam da placa pintada à mão, retornavam para ela em questão de segundos. Algo no amarelo dos limões-sicilianos incitava sua memória, algo enterrado profundamente debaixo de camadas protetoras de terra. Optou, porém, por não exumar o passado. Não fazia muito sentido revirar os túmulos.

Uma pulsação morosa de silêncio passou enquanto os olhos da menina saltavam dele para a moto. Ele retribuiu o interesse, usando a proteção das lentes dos óculos de sol para analisá-la; estava limpa — a primeira surpresa — e parecia saudável. Seus olhos eram brilhantes e claros e guardavam só um pouco da desconfiança que ele se acostumou a captar. Calculou que tivesse uns 15 anos, mas era difícil dizer com ela sentada — o físico era um ótimo termômetro para esse tipo de coisa.

Aposto que tem 16, disse Voz.

Pilgrim não se envolveria em apostas, especialmente com vozes desencarnadas.

— Belo gato — disse a garota ao terminar sua inspeção.

— Bela barraquinha de limonada.

A alusão a um sorriso se foi tão rápido quanto veio.

— Quer um copo? Eu mesma espremi os limões.

— Isso depende.

— Do quê?

— Se você vai beber comigo.

Ela se calou de novo e o encarou. Era um olhar curioso, como se tentasse adivinhar o significado secreto do pedido dele.

— Quer que eu beba com você? É isso? — disse em tom de incredulidade.

Ele assentiu.

— É. Só isso. Palavra de escoteiro.

Desta vez, o sorriso dela não se apagou tão depressa.

— Você não se parece com nenhum escoteiro que conheci.

Duvidava que ela já tivesse visto um escoteiro, mas preferiu não questionar. De repente pensou em como seus cabelos deviam estar bagunçados pelo vento, mas não fez menção de ajeitá-los.

— As aparências enganam — disse ele.

Não estava com muita sede; ainda havia um cantil cheio de água e duas garrafas guardadas no alforje esquerdo da moto. Saciar sua curiosidade: era esse o seu interesse naquele momento.

— Você viu alguém passar por aqui? — perguntou ele. — Algum grupo de pessoas? — Ele tinha avistado uma caravana, cinco ou mais veículos se deslocando em comboio, alguns dias antes. De longe, era uma imagem bizarra, a nuvem de poeira que os pneus levantavam engolindo a estrada ao redor deles. Não era comum ver grupos nômades tão numerosos. Pela velocidade e pela direção que seguiam, Pilgrim concluiu se tratar de uma viagem planejada e especulou para onde estariam indo.

A garota já pegava a grande garrafa térmica prateada e servia dois copos até a boca, completando-os com uma rodela de limão-siciliano.

— Não senhor. Eu também estive atenta à presença de viajantes. Tudo o que vi foi um cara de bicicleta e agora você. Por quê? Está procurando alguém?

— Não — respondeu ele. — Ninguém em particular.

Ela guardou a garrafa térmica, ergueu os dois copos e se esticou por cima da mesa para lhe entregar um deles. Os reflexos da rodela de limão matizavam pintas amarelas dançantes nos dedos dela, a pele parecendo absorver a cor até a ponta dos dedos começarem a cintilar. A luz dourada foi se dissipando aos poucos, desbotando, até que o brilho tremeluziu e se apagou de vez, os dedos voltando ao normal quando ela lhe passou a limonada. Ele disfarçou a surpresa ao fechar as mãos em torno do copo.

Outra *surpresa? Você precisa tomar cuidado para não sofrer estímulos demais e ter um ataque cardíaco*, avisou Voz.

Pilgrim fez que não ouviu. Matutava sobre como a garota conseguiu gelar a limonada, considerando que combustível era um bem escasso e só mesmo um gerador poderia alimentar uma geladeira por qualquer período de tempo que fosse. Não corria energia elétrica naqueles fios havia anos, as redes de transmissão foram desligadas em questão de semanas em alguns lugares de sorte, ou de dias em outros, os sistemas sabotados por funcionários furiosos, nervosos e com tendências autodestrutivas por causa dos sussurros demoníacos nos seus ouvidos. Por um longo tempo, a humanidade se conformou com a possibilidade de ser atingida por bombas nucleares ou flagelada por guerras ou caprichos da Mãe Natureza; mas nada a havia preparado para um ataque vindo de dentro. Nenhum escudo havia sido erguido para barrar os perigos que se ocultavam no interior da mente. Então, tomada de pavor, acabou se dispersando, as pessoas fugiram umas das outras, incapazes, porém, de se esconder de si próprias. Paranoia e sobrevivência se tornaram as novas leis da terra.

E eu me tornei seu amigo de confiança, disse Voz, um tanto presunçoso.

Pilgrim resmungou, cético. Menos "de confiança" e mais "que você tem que aguentar", era o que ele diria.

Não é justo, reclamou Voz. *Eu podia ser muito, muito pior, você sabe.*

A garota ergueu o copo plástico numa saudação animada, alheia às divagações de Pilgrim.

— Tim-tim.

Ele ergueu seu copo enquanto baixava o lenço que lhe cobria parte do rosto.

Ela virou a limonada de uma vez, o brilho amarelado do limão-siciliano cobrindo de pintas os músculos do pescoço fino que se mexiam a cada gole apressado. Pilgrim ficou observando com atenção e esperou até ela ter tomado quase tudo antes de encher sua boca de limonada. O sabor era adstringente, quase ácido, mas a quantidade de açúcar contrabalanceava o gosto de tal modo que, ao engolir, a boca salivava por mais. Bebeu tudo em três longos goles e ofegou ligeiramente ao terminar; depois, lambeu uma gotinha que descia serpenteando pelo lado de fora do copo.

A menina o observava com um sorriso de orgulho.

— Bom, né?

Ele a encarou de olhos semicerrados, embora ela não pudesse ver nada detrás dos óculos escuros.

— Estava OK — reconheceu ele.

Ela deu risada, um som alto, tilintante, natural. Tomado de surpresa, ele estancou de súbito. Fazia um tempão que não ouvia uma risada.

Nocaute!, exultou Voz.

— Agora — continuou a garota —, quanto ao pagamento.

A parte do pagamento. É claro.

Pilgrim permaneceu em silêncio.

Ela apontou para o anúncio e tamborilou sobre a palavra *"Vende-se"*.

— Nada é de graça, meu caro — disse ela.

— Certo. Então, quanto eu devo?

— Uma carona.

Ele sentiu um aperto no peito, e um desânimo profundo franziu sua testa.

— Não.

Nem a cara amarrada nem a recusa direta a perturbaram.

— Você devia ter perguntado o preço antes de beber os meus produtos. Mas você não fez isso. Bebeu, e agora tem que pagar.

— Um copo de limonada não se compara à gasolina.

— Talvez não. Mas nossos tempos pedem preços inflacionados.

Ele não respondeu.

A menina franziu a testa.

— Olha, ou você age feito um cara decente e paga a sua parte da transação como um negociante honrado, ou posso ficar sentada aqui até outro viajante aparecer e torcer para pegar carona com ele. Mas vai saber se o próximo que passar por aqui é um sujeito honrado. Vai saber se não vai querer sequestrar uma garota como eu. Ou até mesmo se *aproveitar* de mim.

O jeito como ela disse "aproveitar" não deixou dúvida, na cabeça dele, de que tipo de "aproveitar" ela estava falando. Uma garota de 16 anos que não usava palavras como "estuprar" ou "comer" e ainda acreditava na existência de um código de honra. Crenças e linguagem ultrapassadas. Ele semicerrou os olhos para a estrada que levava à fazenda. Há quanto tempo ela devia estar abrigada ali?

E como ela sabe que nós não queremos nos aproveitar dela?, perguntou Voz.

O gato, que havia entrado numa espécie de estupor induzido pela vibração do motor durante a maior parte da conversa, levantou-se e se espreguiçou languidamente. Saltou da moto para o tampo da mesa e começou a farejar o copo vazio que Pilgrim tinha deixado ali.

Meio absorta, a menina estendeu a mão para o gato, e seus dedos coçaram a cabeça do bicho e o contorno das orelhas. O animal ficou bastante satisfeito com a atenção, inclinando a cabeça e esfregando o focinho na mão dela.

— Qual é, Escoteiro — disse ela, baixinho, olhando bem nos olhos dele. — Eu só preciso de uma carona até Vicksburg. Fica na direção que você estava indo... Aí vou parar de encher o seu saco, prometo.

Ele desviou o rosto e encarou o horizonte, a cabeça a mil.

Mesmo se a caravana não tiver tomado essa direção, disse Voz, *não significa que não tenha outros zanzando de bobeira por essas bandas. Vai acabar acontecendo algo de ruim se ela continuar aqui fora sozinha perto da estrada, pedindo carona a estranhos. Mas, se você quiser partir e deixar a garota para trás, por mim tudo bem. O gato também desembarcou. Aí seríamos eu e você de novo: dois hombres numa estrada deserta. Ter um tempo só para nós...*

— Para Vicksburg, e é só — disse Pilgrim, interrompendo Voz, os olhos na faixa amarela que dividia a estrada, correndo tortuosa para o horizonte. Ele fez questão de não querer saber por que ela queria ir até Vicksburg. Não era da sua conta.

— Só até lá — concordou ela.

Ele não precisou olhar para ela para saber que estava sorrindo. Dava para perceber pela voz, clara como o dia.

— E traga a limonada — acrescentou Pilgrim.

A garota se sentou na garupa com total desembaraço apesar do volume da mochila que ele carregava nas costas. De pé, ela não chegava ao alto do peito dele. Ele se perguntou como teria conseguido sobreviver sozinha por tanto tempo.

Ela indicou a direção da casa da fazenda e pediu que ele desse uma paradinha, porque precisava apanhar umas coisas. Ele manobrou a moto para fora da estrada e acelerou em linha reta para a casa. Admitindo o desejo de tocar o terror na garota, para que ela desistisse de acompanhá-lo, acelerou mais do que o que seria seguro naquela buraqueira toda; contudo, a cada solavanco ou guinada, ele pôde ouvir uma risadinha empolgada vindo de trás.

Deu uma boa olhada na casa ao se aproximarem, procurando movimento nas cortinas ou sombras atravessando as janelas, mas não havia sinal de vida. A grande janela panorâmica na fachada tinha sido coberta por um tapume, e faltavam algumas telhas no telhado. O tapume desbotado exibia um tom cinza-claro asqueroso, a tinta descascando feito pele descamada. Aquela casa havia passado por poucas e boas. Dela emanava um ar putrescente e sepulcral. Ainda assim, ele não baixou a guarda.

Pisou no freio e foi derrapando até parar em frente aos degraus do alpendre e esperou a garota descer. Cruzou com os olhos sorridentes dela e sentiu algo semelhante a um pedregulho despencando nas suas entranhas.

— Já vi que você significa encrenca — disse ele. — Dá para sentir.

O sorriso dela se abriu ainda mais.

— Não seja tão negativo. Volto num instantinho, tá bom? Não sai daqui. — E desapareceu no interior da casa, deixando a porta escancarada.

Ela vai ser bem mais que encrenca. Provavelmente vai acabar matando a gente, disse Voz num tom resignado.

— Isso é mais negativo do que o que eu disse — rebateu Pilgrim.

Minha função é ser o mais negativo possível. Você é lerdo demais para refletir sobre esse tipo de coisa.

— Ela só vai ficar com a gente por uns dias. Vai ter sumido da nossa vida antes mesmo de a gente saber o nome dela. Além do mais, foi você quem me convenceu a levar essa garota.

O que eu posso dizer? Perdi o juízo por um instante.

Pilgrim passou os cinco minutos seguintes fazendo festinha no gato, até que sua paciência se esgotou. Tirou o gato do caminho com uma cutucada com o bico da bota e subiu os degraus do alpendre com duas passadas. Parou assim que cruzou a soleira da porta, os olhos de um lado para o outro, sondando cada canto e cada brecha e cada fissura.

Havia um silêncio sepulcral no lugar, mas era bem iluminado. Os raios de sol se infiltravam pelas janelas da frente; as cortinas transparentes antiquadas pouco colaboravam para diminuir a intensidade. Uma camada fina de poeira cobria tudo lá dentro: o corrimão que conduzia a escada à sua frente para o andar acima, o carpete com padrões florais, a mesinha lateral que servia de base para um antigo telefone de disco e de escora para uma bengala. Deu mais um passo, as botas com um som pesado e oco no carpete fino que cobria o piso de madeira. Depois de um portal arqueado à esquerda havia uma sala de estar confortável com sofás macios e uma antiga lareira de pedras, e à direita, através de outro portal arqueado, uma sala de jantar sem uso. O arranjo de flores artificiais no centro da mesa de jantar de oito lugares estava desbotado e fosco. Da garota, nenhum sinal.

Ele procurava a cozinha, por isso tomou a direita e atravessou a sala de jantar. Tirou os óculos escuros — a luz já não era intensa a ponto de parecer que seus olhos estavam sendo perfurados — e os deixou pendurados na cordinha do pescoço. Sua mão foi descansar no cabo da 9mm semiautomática guardada no coldre na cintura.

Empurrou com a palma da mão a porta vaivém e entrou numa cozinha clara e arejada. O cômodo estava impecavelmente limpo; nem um grão de poeira à vista. A ilha no centro estava apinhada de tigelas, porta-mantimentos, colheres e uma tábua de carne cheia de marcas. Havia alguns limões espremidos. Mas nada da garota.

Ele captou um breve movimento do lado de fora e ficou espiando o quintal. A menina estava ajoelhada ao lado de uma espécie de estrutura de pedra.

É melhor ela não estar rezando. Deuses e religião são coisas complicadas hoje em dia.

— Anda — disse Pilgrim, meio distraído, aproximando-se da janela para observar.

Um tinido alto o fez se esquivar e virar, a mão buscando a arma. O gato lambia o açúcar espalhado na mesa, uma jarra virada ainda rolando perto da sua pata traseira. O bicho parecia não se deixar afetar pelo fato de que, pela segunda vez num único dia, teve uma arma apontada para a sua cabeça.

Acho que ele quer levar um tiro.

— E é o que ele vai levar.

Guardou a arma no coldre e se virou de novo para a janela. A menina estava vindo, carregando um recipiente de alumínio do qual pingava alguma coisa. Ela passou entre dois balanços e um monte de terra coberto de flores recém-desabrochadas.

Foi dar com ela na porta dos fundos.

— O que tem aí?

Com um olhar desconfiado, ela indagou:

— Qual é a sua?

— Bom, se quiser levar, vai ter que caber na moto. E, como estamos falando da minha moto, a palavra final sobre o que pode ou não levar é minha.

Ela fechou a cara, e ele precisou conter uma risada quando ela ergueu o queixo fazendo birra. Ela suspirou e respondeu:

— Carne.

— Carne?

— Foi o que eu disse. *Carne*. Você é surdo?

— Não, não sou surdo. Só estou surpreso. Onde você conseguiu carne por aqui?

Ela deu um sorriso de desdém.

— No lugar de onde toda carne vem. De um animal.

Passou por ele e pôs o recipiente na ilha da cozinha. O gato deu um miado, pulou para o chão e disparou cozinha afora.

A menina foi para a despensa e desapareceu; voltou com um rolo de papel manteiga e um carretel de barbante. Enquanto transferia a carne para o papel, explicou:

— Vovó criava galinhas. E umas cabras, também. Mas carne de cabra não é gostosa: é dura e fibrosa. O leite secava muito rápido, e elas viravam verdadeiros cortadores de grama. Mas pelo menos o jardim estava sempre bonito e aparado. Esse mérito elas tinham.

Ele estava impressionado com a rapidez e a eficiência com que ela empacotou a carne. Obviamente tinha bastante prática.

— Assim que decidi ir embora desse lugar — disse e passou o barbante no sentido longitudinal de um lado do pacote, virou-o de cabeça para baixo e repetiu a manobra do outro lado, depois virou o pacote uma última vez para cruzar as pontas do barbante, dando um acabamento perfeito —, não tinha por que deixar as galinhas aqui, sozinhas. Elas iam morrer de fome... Não eram os animais mais espertos. E tinham parado de botar ovo, também. Então cortei o pescoço delas e as deixei bem limpas para levar comigo. Guardei tudo no fundo do poço para que ficassem refrigeradas até conseguir uma carona.

— Poço? — disse ele, um *aaah* de compreensão se alongando feito um bocejo na sua cabeça. — Isso explica como você gelou a limonada.

Um mistério solucionado, disse Voz.

— Pois é. Vovó me ensinou o truque. Nosso gerador sempre pifava nas tempestades, e a gente ficava sem eletricidade.

Pilgrim notou que ela usava os verbos no passado quando falava da avó. Ao lado da pia, na bancada, também notou um único copo e uma tigela vazia. E se lembrou da bengala empoeirada encostada na mesinha do telefone no hall de entrada. Parecia que vovó não morava mais ali. Devia ter uma história longa e triste por trás dessa observação, mas ele não fez nenhuma pergunta. Todo mundo tinha uma história pessoal longa e triste.

A garota limpou as mãos no jeans desbotado, toda a carne devidamente embrulhada em papel manteiga. Tinha feito quatro pacotes compactos.

— Você acha que daria para acomodar esses quatro embrulhos na sua moto, Sr. Escoteiro?

Ele se virou para ela com um olhar paciente, deliberadamente alongando o silêncio antes de responder:

— Acho que dá.

Ela pareceu hesitar por um instante, então se aproximou dele. Quando enfiou a mão no bolso, ele levou a mão à pistola, mas tudo que ela tirou de lá foi uma bolinha vermelha, que lhe ofereceu.

Ele a encarou com cautela.

— Se não quiser, eu como. Eu tinha dois, mas comi o meu lá fora.

Um tomate. De todas as coisas no mundo, ela lhe oferecia um tomate.

— Não gosto de tomate — disse ele.

Ela afastou a cabeça, uma expressão de perplexidade no rosto.

— *Como é?* Aposto que faz anos desde que você *viu* um legume fresco pela última vez, e mais tempo ainda desde que comeu um, e você passa para a frente porque *não gosta de tomate?*

— Isso mesmo. E é uma fruta, não um legume.

— Uma fruta. Tanto faz. Você não vai querer mesmo?

Ele fez que não com a cabeça.

— Não. Mas obrigado.

— Dou-lhe uma, dou-lhe duas... — E bem devagar ela levou a fruta à boca, claramente na expectativa de que ele fosse interrompê-la. Não foi o que aconteceu, e ela enfiou o tomate todo na boca, pulando a fase de saboreá-lo, comendo-o inteiro.

Sem disfarçar, ficou observando-a mastigá-lo.

De boca cheia, ela perguntou:

— Você não vai me dizer o seu nome, é isso?

Ele ficou na defensiva. Não queria trocar nomes.

— São dois dias até Vicksburg, depois cada um segue o seu rumo. Não tem necessidade de nomes nem de falar sobre o passado. É menos complicado se a gente mantiver as coisas o mais simples possível.

Ela inclinava a cabeça enquanto o analisava.

— Você vai ser osso duro de roer.

Ele resolveu dar a ela o mesmo tratamento dado ao gato. Girou nos calcanhares e se dirigiu à porta vaivém, falando por cima do ombro:

— Junta as suas coisas. Você tem cinco minutos, então vou levantar acampamento e pegar a estrada.

— Sim senhor.

Ele teve a sensação de que ela inclusive havia batido continência, mas não quis parar e olhar para trás para conferir.

CAPÍTULO 4

Ela não tinha uma opinião formada sobre ele. Ríspido, com um olhar excessivamente atento, e podia apostar que ele não sabia sorrir, mas se arriscar a ficar esperando até outra pessoa lhe dar carona seria burrice. E Lacey não era burra.

Mesmo se por um milagre alguém aparecesse — o que, francamente, era improvável, considerando que esse motoqueiro e o velho da bicicleta foram as únicas duas pessoas que ela viu nos últimos três meses —, como ia saber se as intenções dessa pessoa seriam piores ou melhores? A resposta era que não tinha como. Do jeito que as coisas estavam, sua intuição não lhe enviava nenhum sinal de perigo, e isso era tudo que podia esperar.

Seria a segunda vez que saía de casa desde que sua nova vida começou — uma vida que consistia nas paredes da casa da fazenda, na sua avó, nos animais que criavam, nos jardins e nas intermináveis tarefas diárias. Seis anos se passaram desde a primeira e única vez, uma ida à cidade mais próxima para buscar provisões. Foi uma saída curta e rápida, e vovó havia lhe passado as mais rigorosas instruções para manter os olhos nos próprios pés e *não olhar para cima*. Lacey não era doida de desobedecer; estava ficando boa no buraco e não queria que vovó se recusasse a jogar com ela como castigo, logo agora que estava chegando bem perto de vencer.

No trajeto para a cidade, Lacey viu de relance alguns corpos, mas só de canto de olho (não teve coragem para espiar detrás da franja). Havia, sim, ficado de olhos pregados nos pedais da velha perua, o coração batendo tão forte que quase não escutou vovó dizer que, enfim, podia levantar a cabeça. Àquela altura, estavam estacionando em frente ao mercado.

Quando desceu do carro para o dia quente, Lacey ficou impressionada com como tudo estava silencioso: nenhum trânsito, nenhum barulho de rodinhas de carrinhos de compra, nenhum falatório nem risadas, nenhuma criança mais nova que ela abrindo o berreiro por estar sendo arrastada pelos corredores sem poder meter a mão em nada. Nenhum *bipe-bipe-bipe* das mercadorias sendo passadas no caixa. Só o *clique-clique* descompassado das botas e da bengala da vovó, quando ela deu a volta pela frente da perua.

O vento mudou de direção naquele instante, soprando os cabelos de Lacey para trás e trazendo consigo um fedor intenso de ovo podre, como se o mercado tivesse sido construído sobre um lixão, todos os detritos apodrecendo e se transformando numa porcaria melequenta. No instante seguinte, o vento tornou a mudar de direção, levando consigo a fedentina.

As duas passaram a hora seguinte enchendo a perua de comida, água mineral, ferramentas, suprimentos e mais comida. O tempo todo, Lacey não se afastou da avó mais que uns poucos metros, a impenetrável barreira de silêncio como uma presença insistente, cutucando seu ombro, querendo que ela se virasse e olhasse e talvez encontrasse uma fileira de cadáveres espremidos contra as vidraças da vitrine, as bocas escancaradas para ela. Havia pessoas estendidas no chão dos corredores, especialmente nos de ferramentas, onde ficavam os martelos e os serrotes. Num dos caixas, uma funcionária da loja estava atirada na esteira rolante, seus longos cabelos louros enganchados no mecanismo. Lacey não parou para olhar nada disso, e vovó a apressava sempre que cruzavam com um corpo.

A ida ao mercado não durou mais de duas horas e, ao final, foi um alívio para Lacey estar de volta, respirando o ar seco do deserto e o aroma adocicado das plantas de vovó como um abraço de boas-vindas.

Agora, ela podia zombar da sua imaginação infantil, dos medos bobos que teve quando estava no mercado, mas não dava para esquecer o quanto torceu para a perua ir mais depressa, para vovó pisar fundo no acelerador, ansiosa para botar o máximo de distância possível entre ela e aquela cidade fantasma.

Já havia empacotado quase tudo que pretendia levar, o que, no fim das contas, era surpreendentemente pouco. Tudo naquela casa guardava lembranças do passado, e carregar coisas de um lado para o outro apenas por motivos sentimentais não fazia sentido. Ela foi ensinada a usar tudo que estivesse à mão; se não tivesse uso, não fazia sentido guardar. Por isso, fazia dois meses que tudo que planejava levar tinha sido deixado na cadeira ao lado da cama.

Carregou suas coisas para fora, desviando do gato que se lambia graciosamente no sol que batia no alpendre.

— Espero que isso seja tudo — disse o homem alto, a mochila dele aberta ao lado dos seus pés, a tampa de um dos alforjes laterais da moto também aberta.

— É, sim. — Ela deixou tudo que ia levar ao lado do restante das coisas dele e esfregou as mãos para espanar a poeira. — Então, de onde você veio? E para onde está indo? Cruzou com muitas pessoas na estrada?

Ele ergueu uma sobrancelha para ela, então se abaixou e começou a botar as coisas dela na sua mochila.

— Claro, muitas. Mas a maioria não passava de cascas mortas.

Ela o encarou por um instante, sem saber o que dizer. Umedeceu os lábios.

— Mortas no sentido de que tinham se matado?

— Mortas no sentido de mortas. Não importa como aconteceu.

— Vovó disse que todo mundo ficou maluco. — Ela o encarou, querendo ver sua reação. Ele não se deu ao trabalho de olhar para ela.

— Perderam o juízo, foi isso — disse ele.

— Então você *esteve* em cidades grandes?

Ele assentiu, puxando o elástico que fechava a mochila e afivelando a aba superior.

— Deve ter gente por lá, certo? Em comunidades, coisas assim.

— Cidades são lugares perigosos. Só tem saqueadores, bandidos e gente sem o menor resquício de civilização na cabeça. Não se deve entrar em cidades a não ser por obrigação.

— Então onde eles estão?

— Esbarrei nuns assentamentos por aí, mas não veem com bons olhos os estranhos que aparecem por lá.

— Por que não?

Ele se ajeitou e colocou as mãos nos quadris. Ficou olhando para ela por um tempo longo e embaraçoso demais com aqueles olhos atentos.

— É uma questão de confiança.

— Confiança? Não entendi.

Ele olhou para além de Lacey, para a casa, encarou de olhos semicerrados as janelas, preguiçosamente inspecionou a fachada antes de pousá-los de volta na garota.

— Faz um bom tempo que você está aqui.

Não era uma pergunta. Ela franziu a testa, colocando-se na defensiva, mas ainda assim respondeu.

— É... A gente saiu um pouco enquanto tinha combustível — mentiu ela. Vovó saía; Lacey não tinha permissão. — Para arrumar comida e outras coisas. Mas nunca muito longe. Nunca perto das cidades.

— Sábia decisão. Olha, vamos combinar uma coisa. Se você tirar a sorte grande e achar um lugar em que possa armazenar e plantar coisas sem ser atacada por isso, tem que ser num lugar difícil de encontrar. Parecido com isso aqui. Na verdade, o mais seguro é estar longe das pessoas. Vi homens matarem uns aos outros por causa de uma palavra errada. Estou falando sério.

Ela acreditou nele. Chegou até a duvidar que ele *soubesse* falar de brincadeira.

— Ainda quer ir embora daqui? — perguntou ele.

Ela sentiu um aperto no peito. E se deu conta de que não respirava direito desde que começaram essa conversa. Inspirou lentamente, tomando cuidado para não aspirar pela boca de um jeito que revelasse o quanto a conversa a havia perturbado.

Pensou na última ligação que ela e vovó receberam — algo que fazia quase todo dia, em especial nos últimos meses, desde que a vovó faleceu.

Era um telefone antigo, de disco, barulhento, que ecoou estridente pela casa toda feito uma sirene.

A voz de vovó veio do corredor:

— Residência dos Talbot. — Uma pausa, e então: — Calma, querida. Não consigo entender nada.

Lacey ficou de orelha em pé. Vovó só se referia como "querida" a ela ou à sua irmã, Karey. Deixou na mesa a tigela de Cocoa Krispies, saiu da sala de estar e ficou circulando pelo corredor. Vovó usava um vestidinho simples, um dos seus favoritos, o com estampa de flores rosa. Botinas pesadas e meias completavam o visual. Naquela época, seu cabelo era curtinho, todo grisalho a não ser por duas mechas escuras e macias feito pluma nas têmporas.

— Não. Ela está bem aqui — dizia vovó. — Sim... Sim, claro que estamos bem... O que está acontecendo? Estou ouvindo o bebê chorando.

Lacey não fez barulho nenhum ao se aproximar de vovó por trás, mas a avó se virou como se tivesse sentido sua presença. Ao ver seu rosto, Lacey estancou, imóvel, o pavor partindo seu coração ao meio.

— Vó, o que...? — Mas a avó levantou a mão num gesto para que esperasse. Lacey se calou no ato.

— O que foi que você disse? David está... — Os olhos de vovó se arregalaram para, em seguida, se fecharem, apertados, feito dois riscos, os lábios desaparecendo, pressionados, até não passarem de uma linha muito fina. — Sim, você me falou das coisas esquisitas que a Susan disse na semana passada, mas eu... Não, não estou com a televisão ligada, mas posso...

Lacey mordiscava a parte interna da bochecha, acompanhando ansiosamente as reações de vovó. Ela não sabia nada sobre a conversa da semana anterior sobre a vizinha de Karey.

— Presta atenção, minha querida — dizia vovó. — Presta atenção. Ele não parece ele mesmo. Você tem que... — Ela fez uma pausa para escutar e fez que não rápido. — Não! Não faz isso! Leva a Addison para o último andar e arma uma barricada para se protegerem. Não me importa o que ele disse! Faz o que estou dizendo. Rápido. Faz agora!

— Deixa eu falar com ela — pediu Lacey, tentando pegar o fone. — Eu preciso falar com ela! — Tinha alguma coisa acontecendo, alguma coisa que até a mente de 9 anos de Lacey entendia que era Mau com M maiúsculo. Ela *precisava* falar com a irmã, mas a avó conseguiu pegar sua mão e apertá-la com tanta força que ela acabou recuando de dor. O rosto de Lacey ficou afogueado. Sentiu o peito cheio de uma frustração que subiu pela garganta e quase a sufocou. Ficou à beira das lágrimas, mas engoliu o choro.

— Karey? — chamou vovó. — Karey, o que está acontecendo? Diz alguma coisa.

Então ela ouviu a voz da irmã, gritando, *aterrorizada*, tão alta que vovó chegou a afastar o fone do ouvido.

— *Não vem pra cá, vó! Não traz a Lacey pra cá! Tem alguma coisa errada. Não é só o David. Tem um monte de coisa acontecendo lá na rua. Ele está dizendo coisas apavorantes. Promete, vovó! DIZ QUE VOCÊ ME PROMETE!*

— Eu prometo, minha querida! Mas não sei o que...

— *Ai, meu Deus! Ai, meu Deus, David! O que está acontecendo! O que você está...* — A voz da irmã foi cortada.

Lacey já não se importava — não se importava se vovó lhe desse uma bronca mais tarde por causa da sua falta de educação —, arrancou o fone da mão dela e o pressionou contra o ouvido. O fone estava quente.

— Karey! Karey, é a Lacey! Alô? *Karey?*

Completo silêncio.

Ela bateu com o fone no gancho e o pegou de novo. Discou de cor o número da irmã. Ficou à escuta. Desligou e ligou uma segunda vez, porque seus dedos tremiam tanto na primeira tentativa que talvez tivesse discado o número errado.

Vovó deve ter intuído pelas feições da menina que não estava adiantando nada. Foi direto para a televisão na sala de estar e a ligou.

Caos. Os canais de notícias eram só gritaria, choro, testemunhos carregados de remorso e desespero e ódio a si mesmo, as imagens das transmissões ao vivo feitas às pressas do alto dando zoom incrivelmente rápido como se despencassem na Terra; vídeos de pessoas desvairadas correndo em frente a carros em alta velocidade. Vovó desligou antes que Lacey pudesse ver mais, e, daquele momento em diante, a TV permaneceu desligada sempre que vovó estava por perto. Mesmo quando Lacey assistia a alguns minutos às escondidas, nada do que via fazia sentido, as imagens, em sua maioria, não passavam de uma tremenda confusão, comentários desconexos, repletos de mensagens incompreensíveis. Ela ouvia a televisão à noite, quando vovó achava que estava dormindo; Lacey se sentava de pijama no alto da escada, os *flashes* pretos e cinza da tela escapando da sala de estar, o volume baixo demais para ouvir. Não demorou muito para até vovó parar de ver TV escondida, conforme as redes de transmissão saíam do ar umas atrás das outras.

Ela queria ir embora?, ele havia perguntado. Olhando para o homem alto que a encarava, aguardando uma resposta, Lacey tentou controlar a respiração, fingir que estava tudo bem. Ela *queria*?

— Ã-hã, ainda quero ir embora — ela se ouviu dizer.

— Tudo bem. Você precisa de mais alguma coisa? Quero ir ainda hoje.

— Ah. Sim... Você pode me dar mais cinco minutos?

Ele assentiu, e ela saiu em disparada, subindo trêmula os degraus para o alpendre. Serpenteando dentro de casa até os fundos, deslizando os dedos pelas paredes para servir de apoio, indo direto para a cozinha, mas sem parar lá; continuou em frente e atravessou a porta dos fundos para o quintal. Caiu de joelhos diante de um monte de terra e camarás florescendo onde vovó estava enterrada e ofegou para recobrar o fôlego.

— Talvez seja uma péssima ideia, vó. Uma ideia *terrível*. Deus do céu! — Ela olhou de relance para trás para ter certeza de que ele não a havia seguido. — Não, eu *consigo* — disse, cerrando os olhos bem apertado. — Não seja covarde, Lacey. Vamos lá. Aguenta firme!

Ao abrir os olhos, ela se viu encarando o túmulo. A respiração tinha voltado ao normal. Sentia-se mais calma, mais segura.

— Eu fiz as malas e vou embora. Não posso ficar. Eu morreria aqui.

De repente, sentiu-se boba por falar sozinha. Encabulada, desviou o olhar para o outro lado do quintal, primeiro para a cerca caindo aos pedaços, precisando desesperadamente de uma reforma, depois para os furos de ferrugem que escalavam a estrutura do balanço. Mordiscou a parte interna da bochecha e forçou os olhos a mirarem o solo seco e sem vida à sua frente.

— Desculpa, vovó. Eu queria muito não deixar a senhora assim. Tudo que eu mais queria era poder deitar no chão e dormir, e, quando acordasse, que tudo estivesse bem. — Ergueu os olhos e enxergou um borrão no lugar dos camarás. Desviou o olhar. — Sabe o que é o mais difícil? — sussurrou, o olhar fixo na cadeirinha do balanço onde ela costumava se sentar quando criança e dar gritinhos, vovó empurrando cada vez mais e mais alto, sempre mais forte do que Lacey imaginava que ela teria coragem de empurrar. — Não é nem mesmo deixar essa casa para trás. Eu tenho medo, é claro, mas não me importo de sentir um pouco de medo. O que mais me chateia é deixar a senhora aqui. — Por mais que tivesse tentado contê-las, as lágrimas escorreram e o choro fez seu peito se contrair. — Sei que a senhora é só um corpo debaixo de toda essa terra, e sei também que não pode me ouvir, mas não quero deixar a senhora aqui sozinha. É muito difícil deixar a senhora por conta própria.

Nos últimos dois minutos do tempo que havia recebido, Lacey foi até o balanço e se sentou, roçando os pés na terra, balançando para a frente e para trás, imaginando que era a mão da avó que a empurrava.

CAPÍTULO 5

A garota levava pouca bagagem, e Pilgrim se sentia grato por isso. Ele tinha conseguido colocar no alforje da moto a maior parte das coisas que costumava carregar na mochila e enfiado na mochila dela, menor que a sua, pacotes de carne e latas de comida, junto de algumas roupas, e meteu tudo na sua mochila, agora quase vazia. Quando olhou de novo para a garota, ela vinha em sua direção com uma carabina a tiracolo e uma caixa de munição. Ela carregava a arma com competência, até mesmo desenvoltura.

A ingenuidade natural que a envolvia abriu uma nesga, revelando uma feição mais astuciosa. Foi uma surpresa para ele; afinal, quando a conheceu, ela estava à beira da estrada com nada além de uma garrafa de limonada, mas alguém, em algum momento, lhe ensinou a manusear uma arma. A velha ranzinza dona da bengala que ela mencionou? Olhou para a janela fechada com tapume e de volta para a menina. Era um milagre que as duas tivessem sobrevivido ali por tanto tempo.

— Você sabe usar isso? — perguntou ele, indicando a carabina com um aceno de cabeça.

— O suficiente.

Ele resmungou alguma coisa e lhe passou a mochila.

— Você vai ter que carregar isso enquanto a gente estiver na estrada.

Ela deu uma boa olhada no pacote, avaliando o tamanho. Tirou a carabina do ombro, encostou-a na lateral da moto e virou as costas para ele, que a ajudou a passar as alças pelos braços e acomodar o peso nos ombros. Não estava tão pesada assim, mas ele pôde ouvi-la murmurar baixinho alguma coisa sobre burros de carga.

— O que tem de errado com os seus olhos? — perguntou ele assim que ela se virou. Estavam vermelhos e injetados. Torceu para que ela não estivesse doente. Isso poderia ser um problema.

A garota assoou o nariz na manga e fungou.

— Não tem nada de errado com eles. Estou bem.

— Hum. Precisa ir ao banheiro antes de a gente partir?

Ele foi presenteado com sobrancelhas arqueadas.

— Não tenho 3 anos. Consigo controlar a minha bexiga muito bem. Não, não preciso.

— Ótimo. Não quero que você me peça para parar com cinco minutos de estrada.

Ele cobriu a boca com o lenço e se divertiu um pouco vendo a menina enrolar um cachecol comprido de algodão fino na parte de baixo do rosto. Era vermelho-escuro com borlas. Ela também sacou óculos escuros e os colocou. As lentes eram enormes. Ela parecia uma mosquinha.

Ele teve de conter a vontade de rir quando ela se curvou para apanhar o gato e acabou perdendo o equilíbrio para a frente, não acostumada ao peso extra nas costas. Mesmo detrás dos óculos escuros, dava para perceber o olhar irritado da menina para ele.

Ele passou a perna pela moto e se sentou, aceitando a bola de pelos sarnenta e ajeitando o gato sobre o tanque de gasolina. Depois, passou os minutos seguintes equilibrando a moto, enquanto a garota lutava para montar na garupa.

— Segura isso — disse ela secamente, empurrando a carabina para ele.

Ela quase arrancou a camisa dele para conseguir se sentar.

— Pronto — disse, dando um tapinha no ombro dele. Depois esticou a mão para pegar a carabina, e ele a devolveu.

Deu partida na moto e sentiu a garota se remexer, ainda se acomodando. Era estranho ter uma pessoa quente, respirando às suas costas, e, mais estranho ainda, ter a parte interna do jeans dela encostada na parte externa do dele.

Não vai se acostumando, hein?, alertou Voz.

— Não vou — respondeu bem baixinho para que a menina não ouvisse.

CAPÍTULO 6

Viajaram em silêncio — o vento era barulhento demais nos seus ouvidos —, mas, quando cruzaram por placas indicando uma cidade, Lacey se entortou toda para olhar para trás, para a rampa de saída da rodovia. Ela não se conteve e gritou:

— Olha! É aqui! O marco! Esse foi o lugar mais longe em que já estive!

Ela riu, esbaforida, uma empolgação que fazia com que ela se sentisse suspensa no ar, ansiosa, como se tivesse embarcado em algum tipo de excursão que prometia passeios maravilhosos e a maior aventura da sua vida ou seu dinheiro de volta. Enquanto olhava para trás, a moto deixava para trás uma nuvem de poeira que aos poucos encobria as placas indicando a cidade, e sua risada se nublava na mesma proporção.

Ela devia estar se agarrando no homem com força demais, porque ele se remexia sob a mão dela, uma agitação irritante dos ombros. Aliviou a pegada e se virou para a frente. Por um instante, baixou a cabeça e descansou ligeiramente a testa no ombro direito dele. Talvez, se continuasse olhando para as costas da camisa dele, deixaria de pensar no quanto se distanciava da única vida que conhecia, os quilômetros somando-se uns aos outros e o vínculo entre ela e vovó ficando mais frágil, alongando-se feito um elástico. Logo arrebentaria, e todos os laços estariam desfeitos.

Não era isso que você queria?, perguntou-se rispidamente. Depois de anos de preocupação e de anseio, enfim teria uma chance de rever Karey. E Addison. E agora você está amarelando?

Não, pensou. *Não, é isso que eu quero. É isso.*

Ergueu a cabeça, o vento batendo direto no seu rosto e fustigando a armação dos óculos. Seus olhos ficaram marejados. O vento soltou a ponta do cachecol e as borlas acertaram seu rosto. Foi difícil enfiá-lo dentro da blusa.

Viajaram por três horas, ela se deleitando com a paisagem. Passaram em frente a uma cafeteria incendiada, e Lacey gritou:

— Olha! — E apontou. Um fio de fumaça subia do telhado carbonizado. — Gente! — gritou ela, tentando ver qualquer movimento dentro da cafeteria ao passarem direto.

O sinal de fumaça lhe deu esperança. Coisas não pegavam fogo sozinhas.

Passaram por uma visão perturbadora de ossos de animais que algum doente havia empilhado feito uma pirâmide esbranquiçada, e aquele fio de esperança encolheu um pouquinho. Não tinha certeza de que gostaria de conhecer a pessoa que tinha feito aquilo.

Depois vieram os outdoors, todos pichados com tinta vermelha escorrida que lembrava sangue. No primeiro, que anunciava depósitos de autoarmazenagem, estava escrito *"Seus mentirosos!"* em letras garrafais. Um pouco adiante, a frase *"A morte é um alívio"*, pintada por cima do anúncio de um fast-food. No seguinte, um homem de roupas elegantes promovia um escritório de advocacia; agora, porém, alardeava: *"LIBERTE-SE"*. E, no último outdoor, sobre o rosto de uma mulher bonita com dentes brancos e cintilantes, estava besuntada a mensagem *"ESCUTE — A Escuridão Fala"* em garranchos vermelhos ao lado de uma espiral pintada toscamente em círculos e mais círculos e mais círculos.

O homem não abria a boca, e Lacey começou a sentir um desespero que crescia a cada quilômetro que a moto avançava.

CAPÍTULO 7

Pilgrim não parou para nada que a menina apontou, e ela não fez comentário algum quando ele acelerou em silêncio.

Não cruzaram com nenhum carro, mas toparam com um velho de bicicleta indo na mesma direção, pedalando artrítica, mas resolutamente. Pilgrim tinha reduzido a marcha para emparelhar com o velho e perguntar se estava tudo bem. O cara não expressou nenhuma reação, os olhos injetados e remelentos fixos em alguma meta invisível no horizonte.

— É o sujeito que vi dois dias atrás! — gritou a garota perto da orelha de Pilgrim. — Ele também não falou comigo. Cruzes, olha só a cabeça dele!

A careca do pobre sujeito brilhava de tão queimada de sol, bolhas já se formando. Deviam arder como se estivesse em chamas, mas o velho não dava nenhum sinal de desconforto, os joelhos ossudos lentamente subindo e descendo, subindo e descendo, a cada giro dos pneus da bicicleta.

Pilgrim se afastou do ciclista e acelerou, querendo deixar o homem bem para trás.

Depois disso, a garota ficou em silêncio, nem mesmo chamou a atenção dele para o bando de abutres circundando um buraco a uns cem metros da pista, no meio da vegetação escassa. As aves de plumagem preta se revezavam baixando e desaparecendo no buraco antes de subir de novo. Ele não queria saber o que havia lá embaixo, o que não impediu Voz de conjecturar.

Deve ser a cova de um suicida recente. Ou talvez um monte de gente assassinada que foi pega ouvindo uma vozinha como moi. O sol secou todo o líquido dos corpos, et voilà! *Um suprimento de babacas de presente para a vida selvagem.*

Pilgrim o calou.

Em silêncio, perseguiram a própria sombra crescente enquanto o sol fazia seu caminho para o oeste, iluminando as costas dos dois com um fogo minguante e deixando seus rostos na penumbra. O céu adquiriu uma profunda coloração rosada tingida de traços alaranjados iridescentes, como se houvesse uma guerra para além da linha do horizonte.

Nos fundos da cabeça de Pilgrim, Voz cantava baixinho, numa voz sinistra de tão agradável. "*Your stories are so old you just tend to keep them. Long winding road, you've got a secret but you won't share it.*"

Nos últimos quinze quilômetros começaram a aparecer placas anunciando um hotel de beira de estrada na rota 83. Normalmente, Pilgrim teria preferido seguir viagem até o sol se pôr e o lusco-fusco se transformar em completa escuridão, mas sentiu uma necessidade de sair da estrada naquele dia. Era uma intuição. Ou um caso de frio e calafrio, como às vezes Voz chamava esses seus impulsos. De qualquer jeito, seguiu placa que indicava a saída e inclinou o corpo acompanhando a curva da rampa. O asfalto murmurava suavemente sob os pneus da moto e o vento soprava seus cabelos, penteando cada mecha com dedos invisíveis.

"*Big, open land, you hold the weight of the air in your hand.*"

Assim que saíram da rodovia, as estradas foram piorando continuamente. Havia carros abandonados, capôs mantidos abertos por pedaços de pau e espaços deixados pelas peças que foram retiradas. Caminhões sem volante, portas escancaradas e interiores cobertos de poeira e servindo de lar para todo tipo de detrito. Pilgrim teve de reduzir bastante a velocidade para ziguezaguear entre os escombros. Os poucos carros abandonados na grama agora reivindicados por videiras verdejantes de kudzu que se alastravam das árvores próximas. As plantas se escoravam em chassis e eixos, subiam por para-lamas e avançavam pelas portas, atravessando janelas quebradas e enroscando-se em volantes, alavancas e pedais, até que os carros emergissem como bestas adormecidas folhosas.

Ele não freou nos sinais de trânsito — eles foram desligados e inutilizados há bastante tempo — e dobrou na rua principal, que consistia em não mais que dez ou doze lojas, um posto de gasolina com duas bombas e um prediozinho que parecia uma sede de prefeitura. Mais ou menos na metade da extensão da rua ficava a placa de boas-vindas ao hotel. Uma entrada de uns seis metros na frente dava para o estacionamento; a recepção ficava à esquerda. Mais adiante, um pátio quadrado com doze quartos alinhados, cada um com sua vaga em frente à porta. Um solitário carro de passeio, bege, sem placa, ocupava uma vaga à esquerda. Com a carroceria toda amassada e imundo, talvez estivesse parado ali há anos, ou dias. Difícil saber.

Quando ele parou e desligou o motor, as primeiras palavras da garota foram:

— A gente vai ficar *aqui*?

Ele se virou para olhá-la, baixando o lenço.

— Ã-hã. Por quê?

Ela deslizou os óculos escuros para o alto da cabeça como se fosse um arco de cabelo, empurrando para trás os fios soltos e colocando-os no lugar, o que deixava sua testa lisa e sem marcas, exceto pela poeira e pela fuligem que manchavam a fronte desprotegida. Ele se deu conta, mais uma vez, do quanto ela era jovem.

Ela baixou o cachecol para liberar a boca.

— É que a gente pode ficar onde bem entender, e você escolheu uma espelunca?

— Isso — disse ele sem maiores explicações. — Vai descer ou prefere ficar aí? Quero esticar as pernas.

— Ah. Claro.

Descer da moto foi uma tarefa tão deselegante quanto montar, mas ao menos ela estava de pé em questão de segundos e não o fez esperar.

O gato saltou para o chão e foi se esconder, sem dúvida chateado por ter sido mantido prisioneiro sobre o tanque de gasolina por tanto tempo.

Pilgrim desceu da moto todo travado e ficou massageando a lombar, arqueando as costas até ouvir um estalo que endireitou sua coluna. Agachou-se para alongar os músculos das coxas antes de se aprumar, a cabeça de um lado para o outro enquanto observava o lugar. Sem se apressar, fez um movimento circular de ombros, os olhos vasculhando cada janela e porta, demorando uns segundos a mais no único carro que ocupava a vaga do quarto número 8. Havia terminado de se alongar quando seu olhar pousou primeiro na menina (que já tinha se livrado da mochila e massageava os ombros, fazendo caretas) e depois na recepção do hotel.

— Vamos ver se eles têm um quarto vago — disse ele.

Tirou os óculos enquanto ia a passos largos para a recepção, os olhos perscrutando sem parar o interior das grandes janelas.

O sininho da porta mal tinha tocado quando ele sacou a arma e puxou o cão para trás, o cano apontado para o balcão.

O sussurro da menina veio de trás e bem de perto.

— O que...

Ele fez um gesto com a mão para que ela se calasse, indicando com um aceno de cabeça o painel de chaves. A chave número 8 balançava no gancho, o leve vaivém saltando à vista no restante do cômodo inerte.

Pilgrim se inclinou para o lado, tentando dar uma olhada no que havia além da porta aberta atrás do balcão. Entreviu um braço esticado na sua direção, na mão algo que parecia um estilingue.

Alguma coisa passou por ele feito um raio, cortando a pontinha da sua orelha, e cravou na parede atrás dele.

Praguejando, Pilgrim se abaixou, puxando a garota junto. Ela reclamou de dor e tentou livrar o braço, levando a carabina ao ombro e apontando para o balcão.

— Não atira! — gritou Pilgrim — A gente não é uma ameaça! Calma! — Ele apontou a própria arma para a porta. Estava tão perto do chão que não conseguia ver quase nada do outro cômodo. O teto dele estava amarelado e rachado, a tinta em alguns pontos, descascada, deixando à mostra o gesso cinzento e manchado do reboco.

— *O que vocês querem?*

A voz era nervosa, assustada e feminina.

— Viemos pegar um quarto. Só isso.

Houve uma longa pausa.

— Sério? Vocês querem um quarto?

Pilgrim cutucou a garota e acenou com a cabeça para o cômodo dos fundos, indicando que era ela quem devia responder.

Ela revirou os olhos, mas se virou e disse em alto e bom som:

— É isso. Meu companheiro de viagem aqui achou que seria uma excelente ideia fazer uma parada num hotel barato... Sabe? Em vez de simplesmente encontrar uma casa vazia, grande e velha para montar acampamento.

Um farfalhar. A voz da mulher estava agora um pouco mais perto e bem menos assustada.

— Vou sair, tá bom? Não... Não façam *nada*, tá?

— Não vamos fazer nada — respondeu Pilgrim sem, contudo, abaixar a arma.

Uma maçaroca de cabelo embaraçado foi a primeira coisa que apareceu, então a mulher deu a volta no balcão. Jovem — não mais que 25 anos — e precisando de um bom banho. A frente da camisa estava cheia de manchas, como se ela tivesse feito muitas refeições sem trocar de roupa. Carregava o que, de primeira, ele achou que fosse um estilingue, mas agora via que era uma pequena besta caseira apontada para baixo, um pouco para o lado.

Baixando a arma, Pilgrim se levantou com cuidado, sem fazer nenhum movimento brusco, e guardou a pistola no coldre. Ao seu lado, a garota também se levantou, mantendo a carabina apontada para o peito da mulher.

— Ei — murmurou Pilgrim para a garota, gesticulando para que ela baixasse a arma.

Ela manteve a estranha de cabelo embaraçado na mira por mais uns segundos, provavelmente para mandar um recado, e, enfim, relaxou.

— Olha, cara, desculpa mesmo. — A mulher imunda se encolheu de vergonha ao apontar para a cabeça de Pilgrim. — Não tinha como saber se vocês faziam parte de uma gangue ou coisa assim. Todo cuidado é pouco.

Pilgrim levou a mão à cabeça e ficou surpreso quando os dedos deram com um líquido gosmento na ponta da orelha, sangue fresco escapando de um corte na cartilagem.

— Tudo bem. Foi só uma nica da minha orelha — disse ao ver a ponta dos dedos manchadas de vermelho.

A mulher deu uma risadinha soltando o ar pelo nariz.

— Uma Nik te arrancou uma nica.

Pilgrim franziu a testa.

A mulher parou de rir.

— Meu nome é Nikki — disse ela ao passar a besta para a mão esquerda e estender a direita.

Olhando de esguelha para a garota ao estender a mão para cumprimentar Nikki, Pilgrim disse:

— Pode me chamar de Escoteiro.

A menina deu uma risada de deboche.

— Certo. E você pode me chamar de Lacey, porque esse é o meu nome.

Lacey, disse Voz. *Combina com ela.*

Pilgrim estava prestes a concordar, mas levou uma pancada tão forte na parte detrás da cabeça que não teve chance.

CAPÍTULO 8

Lacey se encolheu diante do som oco que veio da cabeça do Escoteiro. Ele cambaleou, encurvou-se para a frente, os joelhos cederam. Ao despencar, sua cabeça se curvou para a frente, como se ele saudasse o piso. Foi uma queda lenta — ele era um sujeito alto e tinha um longo caminho a percorrer —, ainda assim, Lacey não teve tempo de tentar ampará-lo. Balcão, janelas, tudo na recepção estremeceu quando ele bateu no chão.

Tinha baixado um pouco a mão para ele quando foi violentamente agarrada por trás, dois braços se enrolando nela e prendendo seus braços nas laterais do corpo. Ela gritou e segurou com força sua carabina. Tentou apontá-la. Não conseguiu. Tentou se desvencilhar, mas era como se tivesse sido amarrada com vergalhões de ferro. Reagiu com chutes fortes, o calcanhar da sua bota atingindo em cheio a canela do seu captor, e sentiu uma onda de prazer quando ouviu um grunhido masculino de dor.

— Me solta! — gritou ela.

Nikki avançou e lhe arrancou a carabina.

— Sua piranha! — berrou Lacey, esperneando, mas Nikki se afastou e ficou fora de alcance. Lacey inverteu a direção do chute, acertando mais uma vez a canela do seu captor, provocando um segundo grunhido de dor.

Lacey preparou a perna para um terceiro chute.

— Segura a perna dela, caralho!

A carabina retiniu no balcão, e Nikki avançou e pegou Lacey pela bota, depois se abaixou e agarrou o outro pé, que se debatia. O corpo da menina foi então erguido do chão.

— *O que é que você está fazendo? Para!* — disse Lacey, tentando freneticamente entrever o Escoteiro, mas ele jazia encolhido no chão, imóvel. Eles a arrastaram dando a volta no balcão.

— *Não!* — Lacey se contorcia, tentando se livrar, mas foi contida por punhos que a esmagavam com crueldade. — *O que é que vocês querem?*

— Ela gosta de berrar — disse Nikki, empolgada. — Meu tipo favorito.

— *Me solta! Socorro!* — Lacey dirigia seus gritos ao Escoteiro, mas dele não viria nenhuma ajuda.

Ai, meu Deus, ele está *morto*. Como assim "morto"? Isso não pode estar acontecendo! Eu não devia ter saído da fazenda! Como eu fui burra! Devia ter ficado lá para ver no que dava!

— Rápido! — disse o homem, o bafo quente na sua nuca. — Ele pode acordar.

Acordar? Ele *não* morreu? Uma explosão de sentimentos — esperança, felicidade, alívio? — fez com que Lacey redobrasse seus esforços para se libertar.

— Fica quieta senão eu quebro o seu pescoço.

Lacey parou. Tentou acalmar a respiração, o coração agitado, mas nada disso estava sob seu controle. Concentrou-se em respirar pausadamente, quase dominada pelo pânico, o que abafaria de vez aquela vozinha racional que lhe dizia que mantivesse a calma, que ficasse tranquila, terminaria tudo bem. Respirou pelo nariz, o que foi um erro, porque o fedor do seu algoz lhe deu ânsia de vômito. Como eles podiam feder *tanto*? E não era só suor e corpos imundos; havia algo mais. Olhou para as mãos da mulher envolvendo seus tornozelos. Havia poeira entranhada debaixo das unhas dela.

Não! Não era poeira, disse a si mesma, e seu corpo se retesou. *Sangue*.

Entraram num corredor, e o cheiro só piorou. Ela resistiu com todas as forças ao impulso de vomitar. Eles a carregaram até uma porta na outra ponta. Nikki virou de costas e a abriu com o ombro, e havia uma descida por degraus mal iluminados, uma poça de luz pálida se derramava no piso lá embaixo. Nikki começou a descer e, a cada degrau, a Lacey ficava mais apavorada, como se conseguisse ouvir um ninho de cascavéis agitado sob os degraus, os chocalhos tilintando cada vez mais alto à medida que desciam.

— Levem o que quiserem — disse Lacey ofegante num ímpeto. — Podem levar e me deixem ir embora.

Nikki riu entredentes esbaforida. Carregá-la estava obviamente cansando a mulher. Isso alegrou Lacey. Torceu para que a filha da puta tivesse uma crise de asma e morresse.

— Ah, a gente vai tirar de você tudo que a gente quiser, queridinha. E sem precisar da sua autorização para isso.

A temperatura tinha caído bastante quando chegaram lá embaixo. Entraram num quarto iluminado por uma lâmpada que projetava uma luz amarelada e mórbida sobre uma cama bagunçada e por fazer.

Lacey disse, apressada:

— Olha, vocês não precisam fazer isso, tá bom? Por favor, vamos conversar. Ninguém tem que fazer nada. Você é uma *mulher* — soltou ela num impulso. — Por que está me *machucando*?

— Ah, não, eu não quero machucar você. — Nikki olhava para trás enquanto movia o pé da cama de lugar, mas arrumou tempo para cravar um olhar malicioso em Lacey. — Hoje em dia não temos muitas opções, benzinho. Eu e o meu irmão aqui temos nossas necessidades também, sabia? E a gente já está ficando entediado de só brincar um com o outro. — Nikki deu um sorrisinho para o homem que segurava a menina. — Não é mesmo, maninho? Variedade é o tempero da vida, certo?

Eles a jogaram na cama, e Lacey tentou escapar pelo outro lado. Mãos a agarraram e a arrastaram de volta. Depois a viraram, segurando-a firme enquanto enrolavam fios de arame em volta dos seus punhos. Ela lutou, mas acabou levando um soco na boca do estômago que a deixou ofegante e encolhida. Eles terminaram de amarrar as mãos dela à cabeceira da cama.

Sem forças, chutou a coberta, mas parou quando o arame beliscou sua pele. Permaneceu deitada, imóvel, a respiração entrecortada, olhando para os dois carrascos.

Nikki sorriu para ela, mas o homem, a quem via face a face pela primeira vez, estava inexpressivo. Era grande e corpulento, e a encarava também. Foi difícil olhar nos olhos dele, mas Lacey não desviou os olhos nem mesmo quando seu coração ameaçou saltar fora do peito.

— Relaxe — disse ele. — Aproveite a sua estadia aqui. Aprecie a paisagem.

Não havia janelas. Estavam num porão.

— Vai se foder — disse ela.

— Tsc-tsc — reprovou Nikki. — Muito malcriada. Vamos dar um jeito de lavar essa sua boca suja. — O sorriso arreganhado, como se achasse tudo aquilo muito, muito engraçado.

Lacey não se deu ao trabalho de responder; tinha tentado conversar, e isso não a levou a lugar nenhum. Em vez disso, observou-os em silêncio enquanto saíam do quarto, só se permitindo chorar quando já não mais conseguia escutar os passos deles.

CAPÍTULO 9

Pilgrim não abriu os olhos de imediato. Deixou a cabeça caída, o queixo junto ao peito, e tentou lidar com a dor lancinante na nuca. Era como ter cacos de vidro encravados nas terminações nervosas — um interminável e desafinado concerto de violino. Também mantinha os olhos cerrados para reunir o máximo de informações antes de revelar que tinha recuperado os sentidos.

Estava sentado ereto numa cadeira. Ela era rija sob as nádegas, as coxas e as costas, e havia absorvido o calor do seu corpo no tempo em que esteve sentado. Tensionando e flexionando cuidadosamente os músculos, inclinou-se um ínfimo para o lado. Centralizou o corpo. Inclinou-se para o outro lado. A cadeira não acompanhou seus movimentos nem se mexeu. Seu chute era que ela era de madeira, sem estofo, sólida e robusta. Seus antebraços estavam amarrados aos braços da cadeira, e seus tornozelos, às pernas. Pareciam ter usado arame. Bem apertado, por sinal. Qualquer movimento brusco, e os fios cortariam sua carne feito navalha, quem sabe rasgando até o osso.

É um bom sinal, ecoaram as palavras de Voz de um túnel longo e distante.

E Pilgrim teve de concordar. Se o amarraram tão bem, com certeza não pretendiam matá-lo em seguida. Tinham outros planos.

Ele estava sentado ereto porque havia mais alguma coisa contornando sua cintura e peito, mantendo-o colado ao espaldar da cadeira. Fita adesiva, talvez.

Havia um cheiro forte de produto químico no ar, parecido com água sanitária, e outro não tão intenso de umidade. E ainda outro. Uma alusão a um odor que sentiu no passado e que fez com que um arrepio percorresse sua espinha e o deixasse arrepiado.

Através do filtro das pálpebras ainda cerradas, discerniu uma fonte de luz à frente. Não era um brilho intenso. Uma única lâmpada?

Voz deu sua versão de um dar de ombros. Ele não teria nenhuma serventia ali.

Pilgrim ouvia outras vozes. Vozes vindo de fora. Do outro lado da parede. Fracas. Abafadas. Abriu os olhos e ergueu a cabeça.

Estava de cara para uma porta. Correu os olhos pelo cômodo; era a única porta de acesso. Nenhuma janela. Quarto no porão. Num canto do piso, um lampião a querosene lançava uma luz embaciada que, ainda assim, ofuscou-o por um breve instante. Havia outra cadeira bem a sua frente, desocupada. Fazia par com esta em que estava amarrado. E era de madeira. Provavelmente pinho.

Não tinha muito mais. Uma garrafa pet com água até a metade. Uma camiseta velha. Um pé de meia preta. Mais arame enrolado bem firme no carretel. Um jornal velho amassado, parte da capa visível: *Mudança climática tão ameaçadora quanto guerra nuclear, avisam cientistas: danos irreversí...* O restante da manchete estava rasgado. E, sobre o jornal, um alicate, do tipo usado para cortar arame farpado ou metal.

Pilgrim focou a atenção na ferramenta. Os cabos revestidos de plástico vermelho e as lâminas curtas, afiadas e salpicadas de ferrugem.

Ainda ouvia vozes ao longe. Não pareciam estar se aproximando. Agarrou a extremidade dos braços da cadeira, os nós dos dedos ficando pálidos, e forçou a ponta dos pés no chão ao mesmo tempo que usava as mãos para tirar a cadeira do chão. Os músculos da coxa se flexionaram, assim como os bíceps. A cadeira rangeu, e as pernas da frente se ergueram uns quatro, cinco centímetros. Então o arame de aço espremeu intensamente seus tornozelos, apesar da proteção das botas. Ele deixou a cadeira se apoiar no chão suavemente.

Olhando para o alicate, praguejou baixinho. Longe demais. A única forma de pegá-lo seria fazer a cadeira saltar míseros centímetros várias vezes. Dava para ser feito. Mas seria barulhento. Barulho... Podia dar conta do barulho, mas só se tivesse tempo para se livrar dos arames e estar pronto para enfrentar os donos daquelas vozes quando entrassem correndo para ver que barulheira era aquela. E calculou que seriam necessários pelo menos dez pulinhos para alcançar o alicate. Precisaria de vinte segundos, no mínimo.

As vozes ficaram mais altas quando eles se aproximaram.

A maçaneta girou, e Nikki entrou seguida de perto por uma versão masculina e maior de si mesma. O irmão, deduziu Pilgrim.

— Acorda, dorminhoco! — disse Nikki com um sorriso que exibia dentes demais.

Pilgrim não respondeu. Correu os olhos pelo grandalhão. Era um pouco mais velho que Nikki e tinha o mesmo biótipo: olhos claros e umas poucas sardas pontilhando a pele muito branca. Seus olhos eram impávidos. O cara seria um ótimo jogador de pôquer.

Ou um serial killer, sussurrou Voz.

Ele segurava a pistola de Pilgrim na mão enorme.

— Espero que tenha apreciado o quarto — continuou Nikki. — É um dos melhores que temos. Nosso lema é cuidar dos hóspedes e oferecer todo conforto. — Ela deu uma sonora gargalhada de deboche que lembrava um cavalo relinchando.

Nikki empurrou a cadeira vazia para o lado e se sentou, bufando todo o ar dos pulmões para pontuar o dia exaustivo que tinha tido até então.

O irmão continuava de pé, o corpo centralizado bem diante de Pilgrim.

Pilgrim achou a postura deles bem curiosas.

Manteve os olhos no irmão — um encarando o outro —, perguntando-se se o sujeito estaria tão tranquilo se ele não estivesse preso a uma cadeira.

Eu diria que sim. Tem cara de maluco. Voz estava mais forte, mais perto.

— Resolveu abrir a boca finalmente? — disse Pilgrim a ele.

Você sabia que esse tipo de coisa não me deixaria calado por muito tempo.

— Ah, sim. A gente tem muito o que conversar — disse Nikki.

— É mesmo? — disse Pilgrim.

Ela gargalhou, só que dessa vez soou como um latido, depois se virou para o irmão.

— *Viu?* Eu *disse* que ele era durão.

O irmão não mirou nem de relance para Nikki. Continuou encarando-o como se quisesse ver o que tinha dentro da cabeça de Pilgrim ou rachá-la com o olhar para vasculhar o que se escondia ali: pensamentos, intenções, planos. Enfiar os dedos grossos e abrir caminho. O olhar dele era implacável.

Pilgrim arqueou uma sobrancelha, desafiando-o a falar.

Os cantos dos olhos do irmão se estreitaram.

Nikki olhava de Pilgrim para o irmão, uma ruga de confusão dividindo suas sobrancelhas.

Não gosto dele. Não mesmo.

Pilgrim concordou com um grunhido.

Você precisa tentar assumir o controle da situação.

— Que droga! Como eu vou fazer isso?

— Fazer o quê? — quis saber Nikki.

Pergunta o que eles querem.

— Eu sei o que eles querem.

— Com quem você está falando? — perguntou ela com voz desconfiada.

Ah, é? E o que eles querem?

— Querem a garota. E a minha moto. E todas as provisões que eu tenho. E querem que eu saiba que já têm todas essas coisas antes mesmo de começarem a se divertir.

Controle. Ele sentiu a palavra de Voz como se fosse um aceno de cabeça.

Você deve estar certo.

— Ótimo, então estou certo — concordou Pilgrim.

— Fala sério! Você é um deles, não é? — Nikki se levantou um pouco da cadeira, olhando-o com cautela.

O sorriso que Pilgrim lhe deu mal chegou aos lábios; mesmo assim, a mulher empalideceu e começou a piscar nervosamente, os músculos do pescoço se movendo quando ela engoliu em seco. Ela encarou o irmão.

A voz de Pilgrim estalou feito um chicote.

— Não olha para ele, sua babaca. Ele não vai te ajudar, não na hora do vamos ver. Vai te deixar caída no chão, sangrando feito um leitão.

— Xiu... — O irmão levou o indicador aos lábios franzidos. — Xiu... — sussurrou de novo, e com a outra mão tocou de leve na irmã para que voltasse a se sentar. — Você vai acordar a menina. Ela está dormindo agora. Na suíte de lua de mel.

Pilgrim não alterou o tom de voz:

— Não sei quem é ela... nem o nome dela. A gente se conheceu hoje cedo. Para mim, não é ninguém.

Voz emudeceu. Ele não fazia ideia de onde essa conversa ia dar. Por vezes, ele não conseguia ler as intenções de Pilgrim; e a recíproca era verdadeira.

— Para falar a verdade, se vocês me soltarem — continuou Pilgrim —, até ajudo a segurar a garota. Ela parece do tipo brigona. Aposto que morde.

O que você está fazendo?

— Ela precisa de dois segurando ela no mínimo — disse Pilgrim —, e não acho que a fresca da sua irmãzinha vai se dispor a isso.

— Opa! — explodiu Nikki — Vai se foder!

Pilgrim deu de ombros bem de leve, era tudo o que dava para fazer sem que os arames arranhassem seus antebraços.

— A gente vive num mundo cruel. E um mundo cruel exige atitudes cruéis. Estou disposto a fazer o que for preciso para sobreviver.

Voz tinha emudecido de novo. De indignação com essas sugestões ou simplesmente perplexidade, Pilgrim não sabia ao certo.

— Vai se foder, cara! — irrompeu Nikki ao se erguer num salto e se virar para o irmão. — Posso te ajudar sem problemas com aquela piranha, Russ. Não escuta esse bosta. Ele é um *deles*. Ele *ouve* coisas. A gente devia cortar o pescoço dele, e não ficar escutando essas bobagens.

Russ avaliou o que a irmã disse. Pestanejou lentamente, como se processar essas informações estivesse exaurindo suas forças, convertendo todo o resto num mero zumbido. Ele olhou para Pilgrim, e até suas palavras escaparam da boca lentamente, desenrolando-se aos poucos, como se, de repente, tivesse ficado muito sonolento.

— Ela está tão bem amarrada quanto você, parceiro. Não preciso de ninguém para segurar a garota.

Pilgrim percebeu que o homem estava mais relaxado, uma tendência a aceitar sua sugestão — era uma intuição —, e resolveu dar a última cartada com palavras escolhidas a dedo:

— Pois é, mas você não vai querer que ela fique totalmente amarrada, não é? — perguntou num sussurro *sacana*, querendo que a sugestão das suas palavras chegasse aos pensamentos do homem, e não só aos ouvidos. — Você quer que ela se contorça, reaja um pouco. Fica mais divertido.

De novo, Russ piscou devagar e fez que sim com a cabeça, animado.

— *Não é justo, Russ* — choramingou Nikki. — Você *prometeu* que seria a minha vez!

Foi o que bastou para acabar com qualquer poder de persuasão que Pilgrim tinha conseguido sobre ele.

— Fica calma, porra! — reagiu Russ, desviando de vez sua atenção de Pilgrim. — Você acha que eu sou idiota? Não vou desamarrar o cara.

— Então...?

— Deixa a porta aberta para ele escutar — disse Russ, lançando um olhar maldoso para Pilgrim. — Ele vai gostar de ouvir enquanto você segura ela e eu me divirto.

Nikki gargalhou. Foi como um sopro de ar fresco, feito o jato de uma baleia. Ela não deixou por menos e lançou um olhar malvado para Pilgrim, acompanhado de um risinho triunfante, mas não conseguiu disfarçar a expressão preocupada ao olhar para os pulsos dele, certificando-se de que estavam bem presos à cadeira antes de se virar e sair.

Ela deixou a porta escancarada.

Pilgrim ficou ouvindo o som dos passos que se afastavam. Foram apenas treze passos, então escutou uma porta se abrir. O irmão falou com a ocupante do quarto — a garota (*Lacey*, lembrou Voz, embora ele não tivesse esquecido) —, mas baixo demais para ele entender. A resposta da garota, porém, foi em alto e bom som.

— *Vão se foder! E vão pro inferno vocês dois!*

Pilgrim sorriu. Ela teria de ser corajosa; os próximos minutos não seriam nada agradáveis para ela.

Ele inclinou a cabeça para a porta aberta, sua pulsação marcando os segundos. Flexionou os dedos algumas vezes e estalou as juntas. A madeira do braço da cadeira rangeu quando ele a agarrou, os tendões dos músculos dos antebraços retesados feito cordas. Ele mal percebeu o arame rasgando seus punhos.

Do outro quarto veio um barulho de gente se debatendo, e a garota deu um grito. Houve alguns grunhidos, Russ gritou algumas instruções, as palavras perdidas no grito súbito da garota.

Era o barulho que Pilgrim precisava. Ele puxou os braços da cadeira para o alto e pressionou com força os pés no chão, dando um arrancão na cadeira e constatando que tinha se arrastado poucos centímetros. Repetiu a manobra, grunhindo com o esforço de fazer a cadeira, aos trancos, se aproximar do alicate. Já havia percorrido dois terços da distância quando um som alto de algo sendo rasgado atravessou o ar. Não precisou ouvir o grito agudo da garota para compreender o que estava sendo arrancado dela à força.

Alguém deu um grito de alegria — provavelmente Nikki — que se transformou numa risada empolgada.

Aproveitando os sons efusivos, Pilgrim botou ainda mais força, uma pontada de dor crepitando na nuca. O esforço causava uma pressão intensa e lenta nas têmporas, as veias latejando densas sob o tecido fino da pele.

Braços inchados, pernas em contrações violentas, o ácido láctico queimando os músculos. Sangue escorria dos punhos e descia pelos braços da cadeira, manchando de vermelho os sulcos da madeira. Duas pernas se desgarraram do chão, a cadeira, oscilando, inclinando-se para a direita. Continuou pendendo para o lado, desequilibrado, forçando a queda e enfim despencando, o ombro, o braço e o quadril recebendo todo o impacto. Trincou os dentes num grito de dor quando todos os seus ossos estrepitaram ao mesmo tempo, o choque percorrendo seu corpo feito um curto-circuito, fisgadas de dor cravando todas as juntas que já estavam tensionadas além do normal. Mas esse último solavanco, o último esforço, funcionou. Ao desabar, esticou o ombro para a frente feito um navio abrindo caminho pelo lamaçal para atracar, a mão parando a centímetros do alicate, e tudo o que faltava era arrastar o corpo algumas vezes — a cabeça se movendo de um lado para o outro, os quadris arqueando em cima do assento da cadeira —, primeiro para que o dedo mindinho esticado tocasse o jornal, depois para que seus dedos ensanguentados o segurassem e o arrastassem até que as cabos estivessem ao alcance da mão.

Dois segundos depois, já tinha virado o alicate e enfiado as lâminas abertas entre o punho e o braço da cadeira, cortando o arame como se fosse barbante.

Cinco segundos depois, estava terminando de soltar o segundo tornozelo.

E, cinco segundos depois disso, já havia disparado pelo corredor e irrompia no quarto.

Um segundo lampião a querosene jogava luz sobre a menina, que, aos prantos, se debatia na cama sob o peso do corpo de Russ. As calças dele estavam desabotoadas e arriadas até o meio das coxas. A bunda dele era muito branca e coberta por uma penugem fina e clara.

Na cabeceira da cama, Nikki imobilizava os braços da garota com todo o seu peso, impedindo-a de reagir, embora Lacey continuasse a dar pinotes, a se remexer e a berrar entre um soluço e outro.

Foi tudo o que Pilgrim teve tempo de ver. Era tudo o que ele *precisava* ver, porque já subia nas costas de Russ, agarrando-lhe os cabelos ensebados, puxando-o e enfiando os bicos do alicate no pescoço exposto. As lâminas estavam abertas quando mergulharam no pescoço de Russ, e Pilgrim fechou os cabos, dilacerando a traqueia, o esôfago.

Um gêiser de sangue irrompeu. Mais do que Pilgrim esperava. O alicate deve ter penetrado bastante e atingido a carótida.

A garota desviou o rosto, fechando os olhos com força, o sangue de Russ espirrando na sua bochecha, na sua orelha. Ainda em choque, Nikki estava boquiaberta quando recebeu um jato de sangue do irmão na sua boca. Ela tentou escapar de Pilgrim, mas, engasgada com o sangue, acabou caindo ao lado da cama. Num frenesi alucinado, arranhava o rosto para se livrar do sangue.

Pilgrim tirou o corpo de Russ de cima da garota, levantando-o pelos cabelos e pelo cós das calças, e o jogou em cima da irmã. Russ não era leve, mas ainda não era um peso morto. Ele esmagou Nikki, que acabou estatelada no chão — cobrindo-a tanto quanto havia coberto a menina pouco antes —, o corpo dele estrebuchando, o pé repicando *tec-tec-tec* no piso sapateando a caminho do inferno. Nikki estava desorientada sob o corpanzil de Russ, só dava para ver sua cabeça, um pouco acima do ombro do irmão. No rosto manchado de sangue, seus olhos pareciam surpreendentemente brancos, a boca abrindo e fechando em movimentos convulsivos feito um boneco de ventríloquo, balbuciando uma enxurrada de palavras incompreensíveis.

A boca de Pilgrim se retorceu de nojo. Ele saiu de cima do colchão e deu um chute no rosto da mulher. A cabeça dela foi para trás e quicou no chão com um som nauseante.

Os pés de Russ sapatearam uma última vez e ficaram imóveis.

Uma poça de sangue crescia em ritmo constante sob a cabeça de Nikki feito uma auréola escura, tétrica, viscosa.

Pilgrim ficou de pé em cima dos corpos de pernas abertas; nada se mexia a não ser seu peito, subindo e descendo a cada respiração pesada. Sangue pingava da ponta dos seus dedos e tiquetaqueava baixinho no chão, como se seu corpo tentasse marcar o tempo na falta de qualquer outra coisa que servisse para medir sua passagem: um-tique, dois-tique, três-tique...

No décimo tique, ele virou o rosto para a cama. Fez isso lentamente, receoso de ver o que aqueles dois fizeram com a menina.

Ela havia se mexido apenas para cobrir os seios com os braços e cruzar as pernas. A blusa tinha sido rasgada ao meio e os pedaços caíam para os lados. O jeans e a calcinha foram arrancados. As pernas à mostra eram longas e finas, e ele ficou chocado com a nudez. Desviou o olhar e encarou seu rosto, que estava virado para o outro lado. Presumiu que estivesse de olhos bem cerrados.

Pouco a pouco ele foi se abaixando e acabou se sentando de costas para ela, o colchão baixando sob seu peso e fazendo o corpo dela tombar na sua direção. Ele relutava em tocá-la — provavelmente era a última coisa que ela queria.

— Oi...

Lacey, sussurrou Voz.

— Eu sei a porcaria do nome dela — rosnou ele.

Desculpa. Mas Voz articulou um *des-cul-pa* com a entonação que crianças usam quando não estão arrependidas de nada.

— Eles... — "Machucaram você?", ele ia perguntar, mas desistiu porque seria uma pergunta idiota. Abaixou a cabeça e contemplou a palma das mãos. O sangue, uma mistura do próprio sangue com o de Russ, estava coagulando pelos sulcos e linhas e entre os calos. — Ele... — começou de novo, mas mordeu a língua com tanta força que seus olhos se encheram de lágrimas, então descontraiu a mandíbula. — Ele conseguiu penetrar você?

Ela passou tanto tempo em silêncio que ele se viu forçado a olhar para ela. A cabeça da garota tinha começado a se virar para ele, mas ela não conseguiu concluir o movimento. Ela pressionava o punho na testa, entre as sobrancelhas, os olhos estavam abertos e os cantos dos lábios voltados para baixo. Uma lágrima escorria do canto de um olho e se arrastava feito uma serpente branca pelo sangue até alcançar a orelha, onde se perdia.

Ela emitiu um som gutural vindo do fundo da garganta, inspirou com vigor e balançou a cabeça de um lado para o outro.

— Não. Não, mas, meu *Deus*, ele tentou com vontade. Eu senti aquele negócio me *cutucando*. Ele quase... — Ela soluçou e tirou a mão da testa para cobrir a boca. Seus olhos, quando reuniu coragem para olhar nos olhos dele, estavam marejados de lágrimas e, ao falar, mal dava para entender os sons abafados pela mão. — Você demorou demais para chegar aqui.

Ele esfregou as costas do pulso na boca, mas parou ao se dar conta de que devia estar espalhando sangue por todo lado.

— Quando quiser amarrar alguém, use arame. Muito eficiente.

Ela emitiu um som entre o choro e uma risada. Depois, esfregou os olhos, afastando as lágrimas, com raiva.

— Vovó sempre dizia que isso ia acontecer. Que o mundo aqui fora era perigoso e que o mais seguro era ficar na fazenda. Ela estava certa.

— Talvez. Mas nem todo mundo é como eles. — Pilgrim foi aos poucos se levantando e se afastou da cama, encarando os corpos aos seus pés. — Esses dois eram maus. Passaram tempo demais sozinhos e apodreceram por dentro.

Chutou o pé de Russ para abrir caminho. Saiu do quarto. A menina não o chamou de volta, e ele calculou que ela precisava de uns minutos sozinha para recobrar a calma, recuperar as forças.

Atravessou o corredor até o quarto em que esteve preso e pegou a garrafa de água e a camiseta caída no chão, que estava apenas um pouco empoeirada. Na frente, a estampa espalhafatosa de um crânio azul ao estilo vodu, e abaixo da mandíbula estava escrito em letras amarelas "Bob's Tiki Bar & Restaurant". Pegou também o lampião. Ao voltar para a garota, ela já estava sentada, os braços cruzados cobrindo o peito, as pernas novamente enfiadas no jeans. Ela o viu se aproximar e baixou o olhar.

— Desculpa — sussurrou ela.

— Pelo quê?

Ela indicou o chão com um aceno de cabeça.

Havia uma poça de vômito aos seus pés.

Ele sentiu o coração amolecer, uma ardência queimando a palma das mãos, os dedos se dobrando como se quisessem tocá-la. Ele os impediu.

O melhor mesmo seria tirá-la dali. Já tinham perdido um tempo enorme naquele lugar.

— Toma, para você se limpar — disse ele, entregando a garrafa e a camiseta — Vamos embora. Se veste. — E se virou de costas para dar a ela alguma privacidade.

Por um segundo, ele achou que ela não ia se mexer, mas logo ouviu a tampa da garrafa ser desenroscada, um gargarejo, uma cusparada. Depois, um farfalhar de tecido. Pilgrim foi até o outro lado da cama e se agachou para ver o que havia ali. Não demorou muito para encontrar sua pistola debaixo da cama, longe o bastante da garota, para o caso de ela conseguir livrar um braço das amarras, mas perto o bastante de Russ, se ele precisasse.

Não perto o bastante, disse Voz.

— É... Acho que não — murmurou Pilgrim.

Ele também encontrou as botas da menina.

Ao voltar para os pés da cama, a garota tinha limpado quase todo o sangue e estava vestida. A camiseta era no mínimo dois tamanhos maior. Parecia uma criança de 10 anos brincando com a roupa dos pais.

— Você consegue andar? — perguntou ele, passando-lhe as botas.

Ela deu um leve aceno de cabeça, olhando-o de relance. Curvou-se para a frente e enfiou os pés nas botas — primeiro o esquerdo, depois o direito, fazendo com que Pilgrim concluísse que essa devia ser a ordem em que ela as colocava toda manhã ao sair da cama — e amarrou os cadarços. Os dedos dela tremiam, mas deu os laços com movimentos precisos e não cometeu nenhum erro.

— Tá bom, vamos — disse ele, inclinando a cabeça para a porta.

Ela se virou e olhou de relance para os dois corpos empilhados num canto. Abriu a boca como se fosse dizer alguma coisa. Tornou a fechá-la e se levantou. Ela foi mancando até a porta, e Pilgrim foi também. Ele não olhou para trás, para os irmãos. Aqueles dois não iam a lugar nenhum.

CAPÍTULO 10

Com a ajuda do lampião, voltaram para o térreo. Nenhuma porta estava trancada; Nikki e Russ jamais imaginaram que seus prisioneiros conseguiriam se libertar. A escuridão do porão os acompanhou escada acima, a noite tendo se instalado do lado de fora das janelas pelas quais passavam, transformando as vidraças em espelhos escurecidos. Os reflexos de uma garota se arrastando e de um homem alto e taciturno fantasmagóricos.

Chegaram à recepção e encontraram o gato no chão. Estava deitado de lado, o peito esmagado.

Pilgrim ficou de cócoras e pressionou bem de leve as costas da ponta dos dedos no pescoço do bicho. A pelagem estava fria, o calor do animal tinha se esvaído.

Passou por cima dele e saiu abruptamente para a noite, respirando fundo ao atravessar a soleira da porta. Parecia que estava respirando direito pela primeira vez. O ar fresco da noite encheu seus pulmões; sentiu cheiro de terra e plantas e coisas vivas.

A garota apareceu ao lado dele e disse baixinho:

— Sinto muito pelo seu gato.

— Não era meu.

Pelo canto do olho, ele a viu dar de ombros.

— Bom, seja como for, sinto muito. Ele parecia tão bonzinho.

Olharam nos olhos um do outro quando ele se virou, e Pilgrim a encarou do mesmo jeito que ela o havia encarado na barraca de limonada.

Ele foi o primeiro a desviar o olhar, que foi pousar no carro estacionado em frente ao quarto 8.

Oito podia ser um número problemático. Pilgrim sabia disso assim como sabia que dali a quatro horas o sol nasceria e que a menina pesava algo entre 45 e 50 quilos. Não mais de 50, porém. Essas eram coisas que ele simplesmente sabia.

— Você vai dar uma olhada naquele quarto, não vai? — indagou a garota.

— Acho que sim.

— Acha mesmo que é uma boa ideia?

— Provavelmente não.

Ficaram em silêncio.

— O que você acha que tem lá dentro? — perguntou ela.

Os dois encararam a porta fechada do número 8. De onde estavam, podiam ver que as cortinas tinham sido fechadas.

— Nada de bom.

— Acho que vou ficar aqui. — A menina cruzou os braços como se a friagem do ar tivesse se enfiado por baixo da sua pele.

Pilgrim fez que sim, absorto nos próprios pensamentos. Estava difícil desviar os olhos daquela porta — da porta e do número 8 bronze que estava tão torto que era quase o símbolo do infinito. A porta tinha uma rachadura que ia da parte inferior até perto da dobradiça; o jeito como ela se dividia no alto fazia com que parecesse um Y. Ou uma varinha de rabdomancia. Ou um estilingue, como aquele que achou que Nikki carregava, mas que no fim das contas era uma besta. A orelha de Pilgrim de repente ficou quente na pontinha cordada pelo virote — Nikki havia tirando uma nica da sua orelha, de verdade —, e não só quente, mas *ardente*; achava que ouviria o sangue chiar e assobiar feito uma salsicha mergulhada numa frigideira cheia de óleo quente.

Percebeu que estava na ponta dos pés, o corpo inclinado para a droga do quarto.

— Oi.

A garota tocou seu braço, um pouco acima do cotovelo, e ele piscou e sentiu a vontade de bocejar passar, e num balanço foi apoiando o calcanhar no chão enquanto voltava para o mundo.

Você está bem?, perguntou Voz.

— Você está bem?

Ele quase riu da sincronia das perguntas. Mas não se sentia particularmente bem-humorado.

Olhou para a garota metida numa camiseta enorme e no jeans manchado de sangue, e fez que sim com a cabeça.

— Desculpa. Estou bem. Vamos procurar a sua carabina antes que eu faça qualquer coisa. Prefiro saber que você está armada e não sozinha com nada além da sua sagacidade para se proteger.

— Posso ser bem sagaz.

— Mas não o bastante para me deixar tranquilo. Fica aqui. E grita se alguém abrir aquela porta — acrescentou, de costas, já se afastando.

— Você tinha que dizer isso, não é? — gritou ela.

No fim, ele foi e voltou em questão de minutos. Os irmãos não tinham escondido nada. O mais provável é que não tivessem sentido necessidade, sem jamais imaginar que um deles morreria com um alicate enfiado na garganta e a outra, com o crânio espatifado. Pilgrim pegou sua mochila e, antes de sair, tirou a chave do quarto 8 do gancho, parando perto de uma gaveta embaixo do balcão. Havia uma chavezinha de latão na fechadura. Ele a virou, ouviu um clique suave e abriu a gaveta. Lá dentro, duas chaves eletrônicas. Levou-as também.

Foi evidente o alívio que a garota sentiu ao esticar o braço para sua carabina quando a viu. Isso fez Pilgrim se lembrar de um desenho animado que ele viu quando criança, sentado no chão diante da televisão enquanto a máquina de lavar zumbia baixinho ao fundo. Havia mais gente na sala — viu de canto de olho —, mas estava muito concentrado na TV, a cabeça inclinada de tão perto que estava de tela. Por algum motivo inexplicável, conseguia se lembrar vividamente das cores do desenho: vermelhos fortes dos carros esportivos, azuis profundos dos oceanos tropicais, verdes tão ofuscantes quanto a grama recém-aparada de um campo de futebol. O marrom do bichinho de pelúcia que a menina do desenho animado pegou e abraçou bem apertado junto ao peito, no rosto um sorriso de prazer.

A garota diante de Pilgrim não abraçou a arma nem expressou nenhum vínculo emocional com o reencontro das duas, mas ele tinha certeza de que ela não estava longe disso.

— Fica com a arma a postos — disse ele. — Eu grito se precisar que você atire em alguma coisa. — E ele viu os dedos trêmulos da garota armarem o ferrolho e verificarem se a carabina estava carregada, tudo com extrema destreza.

— Tá bom — respondeu, mantendo-o junto ao peito, como aquele ursinho de pelúcia.

Ele pescou a chave do quarto do bolso, segurou-a entre os dentes pelo chaveiro de plástico e foi andando em direção à porta fechada. No caminho, puxou para trás o ferrolho da sua semiautomática, só o bastante para se certificar de que estava carregada. Tentou pisar bem de leve, mas as botas faziam um *clop-clop* oco toda vez que o salto encostava no piso de concreto.

Abaixou-se ao passar diante da janela com cortina para que ninguém que porventura estivesse lá dentro visse sua silhueta. Ainda de cócoras, as costas na parede, tirou o chaveiro da boca e enfiou a chave no buraco da fechadura. Com uma volta, a lingueta da fechadura deslizou para dentro com um estalido. Deixou o chaveiro balançando, apontou sua pistola e abriu a porta com um empurrão, entrando rápido e agachado.

O quarto estava escuro. Com as cortinas fechadas, não havia nada para amenizar a escuridão. A nesga de luar que entrava pela fresta da porta aberta projetava imagens indistintas que se alongavam sob a cama e se escondiam pelos cantos. Chegou a cogitar voltar para apanhar o lampião que havia deixado com a garota, mas desistiu. Queria mesmo era terminar de vasculhar o quarto o mais rápido possível e dar o fora dali.

Levou apenas um segundo para assimilar tudo dentro do quarto. No segundo seguinte, foi atingido pelo cheiro.

Cocô.

Suor.

O opressivo odor ferroso de sangue.

Conseguia senti-lo no fundo da garganta, e desejou ter coberto a boca e o nariz com o lenço antes de entrar.

Era um quarto duplo. Na cama de solteiro perto da janela, um cadáver com os braços erguidos acima da cabeça, provavelmente amarrados à cabeceira, as pernas esticadas e atadas aos pés da cama. Os pés da pessoa eram a parte do corpo mais perto de Pilgrim. Ele esticou a mão e tocou a sola. Gelada.

Morto, sussurrou Voz.

Pilgrim não respondeu. Deslizou os dedos sobre a pele fria em busca de pulsação na parte interna do pé, perto do osso do tornozelo, embora já soubesse que não acharia nada. Pressionou a ponta do indicador e do dedo médio nesse ponto e contou até quinze.

Nem mesmo um tremular.

Morto, sussurrou Voz, desta vez com uma entonação de certeza na voz.

Afastou a mão do cadáver e continuou examinando o quarto. Tinha um vislumbre do contorno de duas mesas de cabeceira, uma cadeira no canto mais próximo e um gaveteiro comprido encostado na parede à sua direita com uma pequena TV em cima dele. Uma maleta aberta ao pé da outra cama, o conteúdo remexido, metade na mala, metade no chão. Havia duas portas do outro lado do cômodo, uma do closet, presumiu, e a outra do banheiro.

No fim das contas, não precisou escolher qual delas investigar primeiro. Um lamento abafado vindo de trás da porta à direita decidiu por ele.

Primeiro ficou de quatro e espiou debaixo das camas — onde os monstros sempre se escondem —, mas não havia nada. Caso tivesse havido um monstro, ele já havia se arrastado para fora e desaparecido no mundo.

Um segundo barulho de trás da porta à direita: um estalo metálico seguido por um suave gemido.

Provavelmente mais um irmão maluco. De tocaia, com um machado.
— Silêncio — ordenou Pilgrim.
Ficou de pé, seu joelho direito estalando. Pé ante pé, foi até a porta, o som seco das suas botas amortecido pelo carpete fino. Observou a maçaneta, imaginando que a veria mexendo. Com um grunhido curto e selvagem, ergueu um pé e chutou a porta com força, estourando o fecho. A porta bateu na parede e voltou, mas Pilgrim já entrava com o ombro abrindo caminho, a pistola apontada e pronta para atirar.
Ele parou de súbito diante do que viu.
— *Oi, Escoteiro! O que está rolando aí dentro?*
Ele só se deu conta de que tinha abaixado a arma quando a coronha bateu na coxa.
— *OI?* — berrou a menina do lado de fora, o pânico aparecendo na voz.
— Entra aqui! — mandou ele, sem desviar os olhos do que havia dentro da banheira. — E traz o lampião!

Foram necessários eles dois para tirar a mulher nua da banheira. Nikki e Russ fizeram um bom trabalho ao amarrá-la, prendendo-a pelos punhos na estrutura do chuveiro. O arame era igual ao que usaram em Pilgrim, mas o estrago nos punhos da mulher tinha sido bem maior. Afinal, ela estava presa há muito mais tempo.
O brilho sépia do lampião fazia com que os machucados no abdômen e nas costelas e pernas da mulher parecessem grandes pinceladas feitas com lápis de carvão. Sangue seco e encrostado cobria seus punhos e braços feito luvas de gala escuras, e dos cotovelos arranhados havia escorrido sangue até as axilas, como veios de parafina de uma vela derretida completamente preta. A mulher ora gemia de dor, ora choramingava baixinho, mas não disse uma palavra sequer enquanto eles a ajudavam a sair da banheira. A garota, pelo contrário, não parava de falar. Mas sua tagarelice serena e tranquilizadora soava como música aos ouvidos de Pilgrim. Ele tinha menos o que dizer que a mulher.

— Isso mesmo, só mais um pouco. Cuidado, está escorregando. Olha, a sua sorte foi que o Escoteiro aqui resolveu dar uma olhada nesse quarto, se não... bom, agora já não importa. Agora a gente encontrou você e... — Foi a vez de a garota assobiar baixinho. — Puxa vida. Tadinhos dos seus pulsos.

É uma pena que você não possa matar as mesmas pessoas duas vezes.

— É verdade.

Os três pararam assim que deram o primeiro passo para fora do banheiro. Enquanto Pilgrim, de um lado, segurava a mulher delicadamente pelo braço, a garota agarrava o outro braço com firmeza. Embora o corpo na cama permanecesse imóvel e silencioso, as atenções estavam todas voltadas para ele.

A mulher começou a tremer.

— A gente devia tirar ela daqui — disse a menina.

Ela estava tão abalada quanto a mulher, mas disfarçava bem. Ele não conseguia vê-la naquela penumbra, mas podia ouvir os dentes dela baterem.

— Está segurando firme? — indagou Pilgrim.

— Quê?

— Não deixa ela cair.

Ele soltou a braço da mulher, foi direto para a segunda cama, arrancou o cobertor e o esticou sobre o cadáver. Mas não sem antes ver que era de uma mulher de uns vinte e poucos anos. Os olhos injetados e protuberantes voltados para o teto, a mandíbula frouxa, a língua inchada escapando por entre os lábios roxos. Marcas profundas de amarras dilacerando seu pescoço.

Ele voltou para perto das duas e com todo o cuidado tornou a segurar o braço da mulher.

— Vamos sair. Depois eu volto para pegar umas roupas.

Os três atravessaram o quarto e saíram. Pela segunda vez naquela mesma noite, Pilgrim respirou fundo, limpando os pulmões do fedor da morte. Deixou a mulher recostada no porta-malas do carro e entrou no quarto para pegar a maleta. Fez um desvio no caminho de volta e foi até a mochila e apanhou a caixa de primeiros socorros e uma garrafa de água e as entregou à menina, instruindo-a a limpar a mulher e ajudá-la a se vestir. Dar-lhe uma tarefa era um jeito de desviar a atenção dela, ao menos por um tempinho, dos traumas daquele dia, ou ao menos até que tivessem ido embora daquele lugar.

— Esse carro é seu? — perguntou à mulher, tirando do bolso as chaves eletrônicas que havia pegado na gaveta da recepção. Apertou o botão de destrancar dos dois chaveiros, mas nada aconteceu.

A mulher franziu a testa, olhou de relance para o carro em que estava encostada como para se lembrar se era ou não dela, e em silêncio apontou para a chave na mão esquerda de Pilgrim.

— Bateria descarregada — sussurrou ela. — Precisa usar a chave.

A chave destrancou a porta do passageiro. Ele passou a chave para a garota.

— Aonde você vai agora? — perguntou ela, segurando as coisas que ele lhe entregara ou, melhor dizendo, *agarrando-se* a elas.

— Vou dar mais uma olhada no quarto. Depois a gente vai embora. Prometo.

— Tá bom, mas pode ser rápido? Por favor?

CAPÍTULO 11

Ansiosa, Lacey viu Pilgrim entrar de volta no quarto. Ela não se mexeu por alguns momentos de tensão, os ouvidos atentos para o caso de ele gritar por ela de novo. Embora encarasse o quarto 8, sentiu um olhar nela vindo das suas costas, da recepção do hotel.

Virou-se num átimo.

Não havia ninguém do outro lado da vidraça.

Olhou com atenção para o balcão, evitando o gato morto, mas lá também não havia ninguém. Vasculhou os cantos do estacionamento e as janelas de todos os quartos. Ninguém à vista. Algumas horas antes, estava ansiosa para ver sinais da presença de outras pessoas, e agora tudo o que queria era privacidade e um lugar decente para se esconder.

De repente, se deu conta da mulher ao seu lado. Nua. E, podia apostar, igualmente apavorada.

— Ai, meu Deus! Desculpa. Acho que surtei de novo. Toma — disse ao entregar a ela as roupas que o Escoteiro tinha lhe dado. Depois, segurando com delicadeza a mão da mulher, continuou: — Eu ajudo. Você vai se sentir melhor.

Conduziu-a para o outro lado do carro e abriu a porta do passageiro, o que tanto serviu para encobrir a nudez da mulher quanto para dar a ela um lugar para se sentar.

— Pronto. Senta um pouquinho. Cuidado, devagar.

Mesmo tremendo dos pés à cabeça, a mulher se empoleirou na beirada do banco do carona, sentada de lado com as pernas para fora do carro, os pés no chão. Lacey foi ligeira em limpar os cortes da mulher, não só para diminuir o sofrimento dela mas por estar, ela mesma, com dificuldade em fixar a atenção nos machucados por muito tempo. Não queria ficar pensando no que se passava na cabeça de Russ e Nikki enquanto machucavam a mulher, ou se eles gargalhavam quando a esmurravam ou chutavam, ou se gostavam quando ela gritava. Ela não queria pensar no nível de perversidade necessário para fazer o que fizeram naquele quarto, nem se ela acabaria do mesmo jeito. Pensar nisso poderia deixá-la maluca, poderia fazer com que ela implorasse ao Escoteiro que a levasse de volta para casa. Não, precisava acabar logo com isso antes que perdesse o que lhe restava de coragem.

Murmurou desculpas enquanto aplicava água oxigenada nas feridas, retraindo-se toda vez que a mulher se encolhia de dor, sentindo os olhos se encherem de lágrimas e fazendo de tudo para que ela não as percebesse em sua voz enquanto falava um monte de baboseira, sua boca no piloto automático, sem que se desse conta das idiotices que escapavam dela. A noite estava tão *calma*, e a sensação de que havia algo errado pairava ao seu redor, polvilhando o ar. Flagrou-se virando a cabeça para trás repetidas vezes, sentindo um comichão na pele. Havia se limpado no porão, mas ainda se sentia imunda, contaminada. Queria esfregar bem os braços, as mãos e tudo mais que os irmãos haviam tocado, da mesma forma como tinha feito depois de torcer o pescoço das suas galinhas e depená-las e cortá-las.

E sua boca seguia tagarelando.

— Deus do céu, que jeito horroroso de se conhecer, eu sei, mas fico feliz por termos encontrado você. Não tenho contato com muita gente; dá para dizer que eu andei muito pouco pelo mundo. Mas, a julgar pelos exemplares de hoje, acho que ficar reclusa não foi tão ruim assim. Claro que não estou falando de *você* — foi logo acrescentando, enquanto começava a cuidar das costas da mulher, ajudando-a a passar um braço e depois o outro pela manga da blusa. Parou subitamente e olhou bem nos olhos da mulher. — Não estou falando de você — repetiu — nem do Escoteiro lá dentro, viu?

Lacey se agachou para verificar se havia feridas nas pernas da mulher.

— Eu estava falando era dos... Aqueles canalhas no porão... Aqueles que... — Ela deixou a frase morrer, a imagem dos dois cadáveres surgindo, o irmão em cima da irmã, o sangue deles se misturando e formando uma poça ao redor, a maior parte jorrando do buraco no pescoço cortado de Russ. O corte mais parecia uma boca extra que abria e fechava conforme o cara tentava respirar. Pareciam guelras de peixe.

Algo tocou no seu cocuruto, e Lacey se encolheu. Mas era só a mão da mulher.

— Está tudo bem. — A voz dela era baixa e rouca. Seus dedos acariciavam os cabelos de Lacey. — Está tudo bem... Como você se chama? Ainda não me disse o seu nome.

A menina ficou apenas piscando, aturdida, até se dar conta de que não tinha se apresentado. Ficou ruborizada.

— Lacey — respondeu. — Meu nome é Lacey.

A mulher semicerrou seus olhos inchados ao sorrir, então disse:

— Que belo nome.

— É bem melhor que o meu nome do meio. *Olive*. Dá para acreditar? Lacey Olive? Horroroso. E o seu?

— Alex. Só Alex.

— Alex é um belo nome também. A menos que seja um homem, então, em vez de belo, acho que seria bonito e forte. — Mas que idiotice, ela pensou, então se apressou em disfarçar a gafe com outro assunto. — Há quanto tempo você está aqui?

O sorriso de Alex estremeceu e desapareceu.

— Três dias, acho.

Um calafrio de horror substituiu as feições delicadas de Lacey. Três dias. Naquele quarto. Lacey passou uns dez minutos com eles, uma migalha de tempo comparado a quantos vovó tentou com tanto custo proteger o que quase foi arrancado dela como se fosse uma casca de laranja, deixando-a desprotegida no mundo. Como essa mulher conseguia estar ali de pé, conversando com ela? Passando a mão nos seus cabelos para tranquilizá-la? Perguntando seu nome?

— Ai, meu Deus — sussurrou Lacey. — Ai, meu Deus, me desculpa.

— Não. — A palavra foi firme, quase rude na voz rouca de Alex. — Não precisa se desculpar. Foi bom conhecer você, Lacey. Você não imagina quanto.

Lacey permanecia acocorada aos pés da mulher, olhando-a de baixo numa espécie de fascínio aterrorizado. Levantou-se às pressas, tropeçando e rindo de nervoso, para logo ficar em silêncio. Pediu desculpas de novo.

— Se me ajudar a me vestir — sussurrou Alex —, vou desculpar você de tudo.

Em silêncio, Lacey a ajudou com a roupa, e elas se tocaram talvez mais do que seria necessário — um toque para equilibrar aqui, um toque para firmar ali, uma espanada para alisar uma manga amarrotada ou ajeitar uma gola —, mas para Lacey os toques breves eram a única coisa quente naquela noite gélida, e ela apreciou cada um deles. E pensou que Alex também precisava deles: toques de alguém que não pretendia machucá-la.

Uma ou duas vezes, ela percebeu os olhos de Alex indo meio à deriva em direção ao quarto. Ela se perguntou se o cadáver da mulher lá dentro era de alguma conhecida de Alex, de uma pessoa próxima.

Para distraí-la, Lacey disse:

— Ei, deixa eu dar uma olhada nos seus punhos.

— Hum? — Por um segundo, Alex pareceu ter dificuldade de arredar o olhar da porta escancarada pela qual o Escoteiro tinha sumido; mas, ao dar com os olhos de Lacey, piscou e focou a atenção. — Ah. Sim. Obrigada. — Deixou que a menina pegasse seu braço, e Lacey chegou bem perto, acomodando-se no chão do carro, e se esticou para pegar a garrafa de água.

— Você é de onde, Alex?

A mulher pigarreou para limpar a garganta, mas acabou fazendo cara de desconforto. Ela respondeu num sussurro:

— Wyoming, originalmente. E de tudo que é canto, depois disso. E você? E... qual é mesmo o nome dele?

— Do Escoteiro? A gente se conheceu hoje de manhã. Moro a algumas horas daqui. Ele está me levando para Vicksburg. Que, vou logo avisando, é bem mais perto do que Wyoming. Era lá que você estava quando tudo aconteceu? — Queria conduzir a conversa para coisas que aconteceram antes e longe desse hotel mas também escutar a história de vida dessa mulher. — E tudo virou uma loucura lá também?

Mas Alex tinha se distraído de novo, o rosto voltado para o quarto, a voz baixa e preocupada.

— Ã-hã. Ã-hã, lá também virou uma loucura. E depois ficou tudo quieto. Mortalmente quieto, ao menos na superfície.

CAPÍTULO 12

Antes de retornar ao quarto 8, Pilgrim ergueu o lenço e cobriu o nariz. Foi direto para o banheiro, o lampião que haviam deixado lá oferecendo um brilho hospitaleiro. Essa aura de boas-vindas logo se dissipou quando pisou no quartinho bolorento e lúgubre. Um lodo verde cobria os azulejos rentes ao piso, e borrões amarronzados que Pilgrim fingiu não notar estavam incrustados no vaso sanitário e nos canos que saíam para a parede.

Acima da pia imunda, um armarinho de remédios arrombado com uma fresta aberta. Abriu completamente a porta e examinou o que havia lá dentro. Deixou o cortador de unhas intocado, mas pegou um potinho de comprimidos. Deu uma sacudida. Nenhum comprimido lá dentro. Colocou o pote de volta na prateleira. Não havia mais nada de interesse, salvo uma barata morta, as pernas tortas apontadas para o teto. E ele leu em algum lugar que baratas sobrevivem a qualquer coisa.

— Não se pode acreditar em tudo o que se lê.

A acústica do banheiro emprestou à sua voz um eco espectral.

Fechou a porta do armarinho e deu uma olhada no espelho quebrado. Seu olho esquerdo estava reduzido a fragmentos por causa de uma rachadura que se espiralava para fora, como se uma pedra tivesse sido atirada na superfície espelhada; ondulações de cacos pontiagudos cresciam do epicentro da sua íris. Com a metade inferior do rosto coberta por um lenço desbotado de algodão, encarar as profundezas frias e impenetráveis dos próprios olhos foi estranhamente assombroso. Mal os reconheceu e teve de desviar o olhar depois de uns poucos segundos.

Voz cantarolou com uma vozinha docemente perturbadora. Falava sobre reconhecer um estranho de longe, sem, contudo, jamais ter sido visto.

— Uma das suas músicas?

Surrupiei dos mais profundos recessos da sua cuca. Kenny Rogers? Ou Dolly? Não sei qual dos dois.

— Nem eu. A gente vai ter que continuar ignorante, você e eu.

Pilgrim pegou o lampião e saiu do banheiro.

O corpo na cama formava vales e colinas na manta que o cobria. Uma criança com um carrinho de brinquedo ia se divertir fazendo *vrum-vrum* enquanto subia e descia a paisagem montanhosa.

Não era isso que ele queria, não mesmo, mas se aproximou do cadáver e descobriu o rosto. Mesmo se preparar para a visão dos olhos vazios e da boca entreaberta não foi o suficiente para lidar com a lição que ele aprendeu vezes sem fim, mas que só agora via estampada no rosto daquela mulher. Não havia dignidade na morte.

Queria fechar as pálpebras da mulher, mas era tarde demais. Ele sabia que o nas funerárias colocavam uma bolinha de algodão sobre o olho e puxavam a pálpebra para cobri-lo. Era o truque para manter os olhos fechados para quando os entes queridos chegassem ao velório; Pilgrim, porém, não tinha bolinhas de algodão. O que fez foi dobrar o travesseiro sob o pescoço dela para que a cabeça ficasse mais alta e o queixo se projetasse, forçando a boca a se fechar. Segurando o lampião bem no alto com uma das mãos, usou a outra para tirar a manta. Estava tão nua quanto a outra mulher. Ele não parou para examinar as feridas, mas continuou vasculhando tudo, sem procurar por nada em especial, apenas com a sensação de que devia alguma coisa a ela. Enfim encontrou o que procurava na parte interna do punho esquerdo, parcialmente escondido entre o arame e o sangue seco. Afastou o arame e pôde ver uma tatuagem nítida o bastante para ser lida.

Fé.

Devia servir mais como um lembrete para a mulher, algo que podia significar que Deus olhava por ela, ou que ela tivesse mais fé em si mesma, ou uma mensagem particular. Qualquer que fosse a intenção, agora estava tão morta quanto a mulher. Serviu-lhe, porém, para identificá-la. Fé. Já não era uma desconhecida sem nome, não mais. Ele não só a viu como reconheceu que era uma mulher que lutou para sobreviver, que suportou sofrimento e dor, mas que acabou trucidada por dois covardes. Retidão e justiça perderam seu lugar no mundo. Se é que algum dia chegaram a ter um lugar.

Cogitou dizer alguma coisa, umas palavras de consolo, mas mudou de ideia imediatamente. Ela estava morta e não escutaria nada do que ele dissesse. Soltou os punhos dela, cobriu-lhe o corpo e pronto.

Ao sair do quarto por aquela que seria a última vez, Pilgrim virou a cabeça para cima e olhou para as estrelas. Elas lhe responderam com um brilho gélido. A presença delas espalhada pela vastidão do firmamento o fez se sentir um grãozinho de areia. Nada que fizesse causaria impacto naquelas estrelas. Nada que fizesse causaria qualquer impacto além das moléculas em movimento ao seu redor, uma esfera minúscula de reações de causa e efeito, nunca além de poucos centímetros.

Ao abaixar a cabeça, deu com a mulher o observando. Ela estava vestida e sentada de lado no banco do carona, as pernas no vão da porta, os tênis apoiados no chão. A garota se espremia ao lado dela, a garrafa de água apertada entre os joelhos. Com um pano úmido e bem de leve, dava umas batidinhas nas feridas dos punhos da mulher.

O olhar da mulher o acompanhou enquanto ele se aproximava.

Ele abaixou o lenço.

— Tem gasolina no tanque?

Ela não respondeu de imediato; parecia estar avaliando se seria sensato compartilhar qualquer informação. Baixou os olhos para a garota e voltou a atenção para ele. Fez que sim com um aceno.

— Sim. Meio tanque, talvez. — A voz rouca, falhando na metade do "talvez" e concluindo apenas com movimentos labiais.

Gritar demais pode causar isso, supôs ele.

— Que bom — disse Pilgrim, erguendo o lampião para que a garota enxergasse melhor.

Ela levantou os olhos para ele.

— Obrigada.

— Tem um pouco de água oxigenada na caixa de primeiros socorros — disse ele.

— Já usei. — Ela deslizou a mão para trás, tateou o piso do carro e apareceu com a água oxigenada. Molhou o paninho e voltou aos curativos nos punhos da mulher.

A mulher não soltou um pio, embora mordesse o lábio inferior, a testa franzida de desconforto.

Pilgrim ficou de cócoras, pegou um rolo de gaze da caixa e aguardou a garota terminar de limpar as feridas. Foi a vez dele de cuidar dos punhos da mulher, dando algumas voltas com a gaze. Segurou a ponta com o polegar e pegou o esparadrapo, usando os dentes para cortar um pedaço.

— É melhor cuidar das feridas no rosto dela — disse para a garota.

Ela se ocupou com isso enquanto ele envolvia o outro punho com a gaze. Os dedos da mulher eram longos e graciosos, as unhas, aparadas, mas as palmas eram cheias de calos e grossas. Embora os punhos fossem magros, pareciam firmes ao segurá-los. Teve de se perguntar como os dois conseguiram derrubá-la.

Eles derrubaram você.

Pilgrim franziu a testa, mas não abriu a boca. Voz tinha razão. A garota tinha sido uma distração extra, é claro, mas a verdade é que ele jamais deveria ter presumido que a situação não iria descambar para a violência, por mais simpática que a pessoa com quem conversava parecesse ser. Foi negligente ao ler os sinais, simples assim, mas não seria pego de surpresa daqui para a frente.

Percebeu que estava com os olhos fixos no punho da mulher, ainda em suas mãos. Era evidente que ela havia resistido — os irmãos acabaram com ela —, e ainda assim continuava inteira, pelo menos por fora. Ele se perguntou se testemunhar a tortura e a morte da outra mulher tornou as coisas mais difíceis ou mais fáceis. Sem dúvida mais difíceis, porque se podia ver em primeira mão o que lhe fariam quando chegasse sua vez, mas também mais fácil, porque, enquanto estavam ocupados com a outra, a execução de sua pena permanecia em suspenso.

Eu me pergunto se elas se conheciam, disse Voz.

Pilgrim ergueu os olhos e encarou o rosto da mulher. Uma das maçãs do rosto estava inchada, a pele brilhosa e repuxada por cima do osso, diminuindo a abertura das pálpebras. O lábio estava cortado e os cabelos, embolados em torno do rosto. Ele imaginou que fossem de um tom escuro de louro se estivessem lavados, mas não tinha certeza. Mas os olhos eram inteligentes. Inteligentes com dor e ódio e desconfiança, inteligentes com um turbilhão de emoções.

Ele analisou os olhos dela.

Elas não são parentes, observou Voz. *Mas tem* alguma coisa *aí*.

— É. Alguma coisa.

— Quem é você? — sussurrou a mulher, a voz quase inaudível — Você é de onde?

— Do mesmo lugar que você, provavelmente. Do longínquo oeste. — Ele se ocupou em guardar os itens da caixa de primeiros socorros que a garota tinha largado espalhados no chão.

— Ele é todo fechadão — comentou a garota em tom de censura. — Não quis nem mesmo me dizer o nome dele de verdade.

— Por que você não diz o seu nome para a Lacey? — indagou a mulher.

Com um suspiro de impaciência, ele ficou em pé, a caixa numa das mãos e o lampião na outra.

— Já terminou os curativos? — perguntou à menina.

Ela o surpreendeu com um sorriso que iluminou seu rosto, lhe deu um ar afetuoso, adorável.

Pilgrim sentiu um músculo se contrair no canto do olho esquerdo e se perguntou o tamanho da encrenca em que tinha se metido e se ainda teria tempo de se safar sem causar uma encrenca ainda maior.

— Não preciso saber o seu nome, Escoteiro. Gosto de você de qualquer jeito.

Pilgrim girou nos calcanhares e se foi às pressas.

Voz deu uma gargalhada dentro da cabeça dele.

Pilgrim fez o possível para ignorá-las quando elas retomaram a conversar baixinho. Mas não conseguia ignorar Voz, que vinha de um lugar de onde ele não podia se afastar.

*

Ele teria se sentido tentado a deixá-las para trás lá mesmo: tinham um carro com combustível, uma estrada liberada e uma arma para mantê-las a salvo. Não havia muita necessidade de acompanhar as duas, independentemente do combinado. No entanto, Lacey já tinha colocado as coisas dele na mala do carro ("Aí você não precisa carregar nada", disse ela), e as duas estavam sentadas na frente, o motor roncando, esperando que ele tomasse a dianteira.

Houve um breve bate-boca sobre se deviam ou não enterrar o corpo da mulher, a maior parte entre ele e Lacey. A mulher parecia hesitante em defender uma posição e se limitou a balançar a cabeça algumas vezes, os olhos abatidos. Concordaram que ela não precisaria deles para mais nada; ele havia retirado as amarras e coberto o cadáver com a manta e, no seu entender, isso bastava. Também não estava disposto a gastar tempo e energia cavando um buraco. Estava com dor de cabeça e um ombro e um lado do quadril enrijecidos nos pontos em que bateram no chão, pontadas de dor bem no fundo dos ligamentos passo sim, passo não. O assunto enterro foi descartado.

Não entendo como você se mete nessas situações, matutou Voz. *De manhã, éramos só nós dois, e agora a gente tem nas costas uma adolescente, uma mulher vítima de agressão e o cadáver de um gato. Você precisa parar de catar desgarrados que encontra na rua.*

— Espero ansiosamente pelo dia em que vai ter apenas um de mim — disse Pilgrim.

Voz se recolheu num silêncio ranzinza, e Pilgrim não sentiu nem um pingo de culpa.

Com o motor desligado, empurrou a moto até o lado do passageiro e aguardou que a garota descesse o vidro.

Abaixou a cabeça para poder falar com a mulher ao volante.

— Se eu piscar as luzes do freio quatro vezes de um jeito que pareça de propósito, você para o carro e espera até eu ir até vocês. Quatro vezes. Combinado?

— Quatro? — disse Lacey. — Eu só quero ter certeza de que entendi direito. — Ela mostrou quatro dedos bem na cara dele.

— *Quaaatro* — repetiu ele, articulando bem a palavra.

— A gente entendeu — disse a mulher.
— Para onde a gente está indo? — perguntou a garota.
— Não se preocupa. Nada de hotéis.

Suspendeu o lenço para pôr um ponto final na conversa e deu a partida na moto, cortando o giro. Conduziu-as de volta à rua principal e em direção da rodovia.

Antigamente, Pilgrim preferia não dirigir depois que escurecia; agora, porém, achava reconfortante, apesar do frio. Atravessou a paisagem noturna, ansioso por botar quilômetros de distância entre eles e o hotel. Como a lua estava cheia e brilhante, decidiu desligar o farol, e, seguindo seu exemplo, o carro que ia na sua cola fez o mesmo. Ele confiava que a estrada continuaria iluminada o bastante para dirigir com segurança. A terra estava banhada por um brilho branco meio azulado, como se todas as cores tivessem empalidecido, deixando um mundo alienígena no lugar. Não se ouvia nem mesmo o cricrilar dos insetos ou os uivos obstinados de coiotes ao longe. Tudo imóvel e silencioso, exceto pelo ronco dos motores. Sua sombra seguia ao seu lado, disparando pelo asfalto. E, acima dele, outro mundo — o mundo das estrelas cintilantes que se alastravam pelo fundo aveludado, como se Deus tivesse espalhado purpurina prateada no ar e ordenado aos ventos que levassem seu tesouro para todos os horizontes do firmamento.

A temperatura havia caído com o anoitecer, refrescando as rochas e o betume, e injetando um sopro frio no ar. Pilgrim tinha abotoado a jaqueta e calçado as luvas de motociclista, mas o vento frio descobriu um jeito de se enfiar por baixo das mangas da jaqueta e congelaram seu pescoço. O calor do motor mantinha a parte interna das coxas aquecida, mas os tornozelos e os pés logo começaram a ficar dormentes.

Volta e meia olhava de relance para trás, mas em nenhum momento o carro ficou a mais de cem metros de distância. Ele não conseguia enxergar para além das ondulações do reflexo do luar reluzindo no para-brisa, mas sabia que as duas estavam lá, olhando para ele nos intervalos de sua conversa em voz baixa. E isso lhe trazia conforto, embora não tenha refletido sobre essa sensação. Sabia também que elas se sentiam em segurança, aninhadas no calor do interior do carro (que sem dúvida havia acumulado o calor do dia), os quilômetros se estendendo mais e mais entre elas e a carnificina no hotel. Sabia disso tanto quanto sabia que elas estavam cansadas e doloridas e que precisavam dormir, mas ele não ia parar de novo até encontrar exatamente o que procurava.

Parecia que seus olhos estavam cheios de areia. Sempre que piscava, tinha a impressão de ouvir o atrito de uma lixa grossa raspando os globos oculares. Diminuiu a velocidade para sessenta por hora quando a linha central da estrada virou duas, saiu de foco e voltou a ser uma. Não conseguia se lembrar da última vez que dormiu.

Sua paciência foi recompensada. Freou quatro vezes, olhando para trás para ter certeza de que a mulher estava parando conforme suas instruções. O carro diminuiu a velocidade e metade dele saiu do asfalto, as rodas do lado do passageiro entrando no acostamento revestido de cascalho. O carro parou com o som do cascalho e estacionou meio torto.

Ele também foi diminuindo a velocidade até parar, fincando a bota no chão. Apontou para um celeiro, planejando fazer uma busca. Ficava a uns duzentos metros da rodovia. Ainda não conseguia distinguir as duas dentro do carro, mas recebeu um piscar de farol confirmando o sinal, depois as luzes e o motor foram desligados, deixando o carro escuro e silencioso.

Ele se afastou, acelerando, preferindo se manter na via principal em vez de se arriscar em estradas vicinais e acabar com o pneu dianteiro enfiado numa toca de animal, voando por cima do guidão. Uma estrada de terra seguia em diagonal à direita, levando à estrutura. Inclinou-se para a frente e saiu feito um raio, levantando uma poeirada, um arrepio de prazer silencioso correndo por ele com o poderoso torque da moto.

O celeiro era uma construção de madeira de dois andares. Estava meio caindo aos pedaços. Antes da metade da estrada de terra, já dava para ver o céu através dos buracos do telhado. Havia um estábulo cercado construído ao longo da parede leste do celeiro, as escoras da cerca mais próximas da estrada, em sua maioria, caídas feito soldados mortos numa guerra.

Parecia vazio e abandonado, mas, enquanto completava o pensamento, Voz se intrometeu e o concluiu por ele.

Mas às vezes as aparências enganam, concorda?

CAPÍTULO 13

— O que você acha que ele está fazendo? — perguntou Lacey baixinho ao ver a luz do freio se acender, feito um baseado brilhando no escuro. O Escoteiro parou a moto do lado de fora do celeiro, e o vermelho da luz foi diminuindo até parecer um carvão meio queimado.

— Verificando se tem alguém lá dentro.

Elas sussurravam em respeito à noite e à profunda escuridão vazia do deserto que as rodeava. Lacey estava com medo, embora jamais fosse admitir em voz alta. Suas mãos não paravam de tremer. Deu uma olhada nas mãos de Alex: os dedos da mulher envolviam frouxos o volante. Lacey não conseguia entrever nenhum tremor neles.

Com um suspiro, verificou mais uma vez se sua porta estava trancada e depois cruzou os braços, encaixando as mãos nas axilas. Ainda sentada, inclinou-se para a frente e viu a sombra do Escoteiro se desconectar da moto e se afastar sorrateiramente.

— Quer dizer que vamos ficar aqui? — perguntou-se em voz alta.

— É o que parece. Faltam algumas horas para o sol nascer, e a gente precisa descansar.

A luz difusa do painel dava ao rosto de Alex uma tênue nuance esverdeada que escurecia os hematomas e abria cânions na órbita dos olhos.

Os olhos de Alex pousaram na garota, e um leve sorriso suavizou os olhos encovados.

— Não se preocupa, a gente sempre pode ficar aqui no carro. O Senhor Misterioso pode dormir no chão. Aqui é só para mulheres. Proibida a entrada de meninos.

Lacey deu um sorriso rápido e voltou a olhar para fora pela janela. O Escoteiro tinha sumido e levado com ele sua sombra. A moto ficou sozinha, seu farol projetando um grande círculo branco nas portas do celeiro.

— Alex, por que você estava no hotel?

No silêncio pesado que se seguiu, Lacey desejou ser capaz de trazer de volta as palavras para a boca e engoli-las. Quando ia aprender que não havia nada de errado com o silêncio, que havia momentos para o silêncio e por um bom motivo?

Quando Lacey ia mudar de assunto, Alex disse:

— Foi a minha irmã. Foi ela quem quis parar lá.

Lacey virou o rosto depressa, os olhos arregalados em choque.

— Era... Era a sua irmã lá no quarto?

A mulher não disse nada, ficou apenas com o olhar perdido além do para-brisa.

E se fosse Karey deitada naquela cama? Como Lacey se sentiria? Enlouquecida, desnorteada, irritada, desesperada, desesperançada, inconsolável, com raiva do mundo. Tantos sentimentos, tudo misturado e amarrado numa emoção avassaladora: devastação. Estaria devastada e não teria a menor vontade de conversar sobre isso com uma desconhecida.

— Eu sinto muito. Eu não devia... O que eu quero dizer é que não é da minha conta.

Alex respirou fundo.

— Tudo bem. Eu deveria falar sobre ela. Ela merece. Não posso fingir que não aconteceu. — Ela olhou de relance para Lacey, tão rápido que mal trocaram olhares. — Eu fui adotada; Sammy nasceu alguns anos depois. Não que isso faça qualquer diferença. Ela ainda era minha irmã. — Alex olhou para o colo, a cortina de cabelos descendo para esconder seu rosto. — Eu sempre cuidei dela, desde que eu era grande o bastante para falar. Ela não era uma pessoa fácil de se conviver. Tinha... problemas. Não era culpa dela, mas às vezes ela podia ser difícil, *má*. Assim que pude, fui embora para fazer faculdade; eu precisava sair de casa, era o meu jeito de escapar, eu acho. Deixei ela com os nossos pais, mas eles não aguentaram. Parece que eu era a única pessoa que ela escutava. Eles imploraram que eu voltasse para casa, mas não voltei. Eu *gostava* da vida que levava, gostava mais de mim mesma quando não estava perto dela. Ela dava *tanto* trabalho. — Alex começou a chorar.

Lacey esticou o braço e tocou as costas da mão dela.

— Sinto muito. Você não tem que me explicar nada.

— Foi um *alívio*. Quando tudo isso aconteceu — disse Alex apontando para o rosto machucado e, quando se virou, Lacey mal conseguia olhar nos olhos da mulher. A desolação naquele olhar era infinita. — Dá para acreditar? Eu me senti *livre*. Viu como eu era uma irmã péssima? Eu fiquei feliz em não precisar mais procurar comida ou um lugar seguro para ficar, ou tomar *todas as merdas das decisões*. Eu só queria que isso acabasse. Claro que eu não queria que ela se machucasse. Nunca quis que ela se machucasse. Mas eu me senti aliviada quando eles a levaram para longe de mim e eu não tive mais que cuidar dela. — Ela cobriu o rosto com as mãos, e os sons que fez eram tão angustiantes que Lacey teve de se segurar para não chorar.

— Mas você *cuidou* dela, Alex. Durante todo esse tempo.

— E olha aonde isso a levou. — A risada de Alex foi rude, as palavras abafadas pelas suas mãos.

— A culpa não foi sua. Eles eram uns monstros. Você não sabia que estariam lá. Tem sorte de não estar morta também.

— Bem, é que eles deram essa mancada. Eles tinham que me matar. Juraram que iam me matar.

— Não, Alex. Não fala assim. Sua irmã não ia querer que isso acontecesse, nunca. Ela ia querer você aqui, viva, num lugar seguro do meu lado.

Alex esfregou o rosto com força para secar as lágrimas. Respirou fundo, puxando o ar no meio do choro.

— É para onde estou indo — disse Lacey —, encontrar a minha irmã. Ela é tudo o que tenho agora.

Alex soltou o ar devagar e deixou as mãos caírem com peso no colo. Olhou de relance para Lacey com um sorriso tão triste que a fez sentir um nó na garganta.

— Você é uma irmã melhor que eu.

Lacey tentou afastar o tremor da voz, mas não foi totalmente bem-sucedida.

— Não, não sou. Pelo menos você esteve com a Sammy esse tempo todo. Tem oito anos que não vejo a Karey.

Foi a vez de Alex tomar a iniciativa.

— Ah, querida — disse ela, afagando o braço da garota.

— A gente era muito próxima quando eu era pequena — disse Lacey, o interior fechado e quente do carro oferecendo um clima íntimo e confessional. — Karey é doze anos mais velha que eu, mas nunca se incomodou em me ter por perto. A gente perdeu a nossa mãe quando eu tinha 3 anos, e o nosso pai não era muito presente, então éramos só a Karey, vovó e eu. Acho que a Karey sentia que tínhamos que cuidar umas das outras. Mas ela *odiava* o lugar onde a gente morava, no meio do nada. Não era muito sofisticado. A gente nunca estava onde as coisas *aconteciam*, sabe? Não do jeito que ela queria. Ela queria ser uma executiva talentosa numa cidade grande. Nunca consegui entender isso: por que alguém ia querer morar num lugar tão barulhento e tumultuado, num lugar em que não dava para ver as estrelas direito quando olhava para cima? *Eu* é que não ia querer. Mas ela se envolveu com esse cara mais velho, o David, na faculdade. Ele era legal, meio formal e sério, e eu não conseguia ver o que os dois tinham em comum porque a minha irmã estava sempre rindo, umas gargalhadas longas e barulhentas que vinham lá do fundo, e David dava só um sorrisinho, e, quando *ele* dava uma gargalhada, fazia um barulho esquisito pelo nariz. Eles simplesmente não pareciam formar um bom par, sabe?

"Bom, ela ficou fissurada pelo David, e eles se casaram no aniversário de 19 anos dela. Karey fez as malas e foi embora. Simples assim. Foi meio dolorosa a partida dela. Eu achava que a gente formava um time, que ela não ia para lugar nenhum sem mim. Mas lá no fundo eu sabia que ela não queria me magoar, ela só não queria ficar lá. Acho até que ia pirar se ficasse. Ela era arrojada demais para aquela casa. Precisava 'bater asas e voar', como vovó costumava dizer.

"Ela foi morar muito longe, também, mas de vez em quando eu ia para lá e ficava com ela. A gente se divertia com festas do pijama e coisas do tipo: pintava as unhas uma da outra, fazia trança no cabelo. Ela me falou que queria ter um bebê, mas que não estava acontecendo tão rápido quanto ela gostaria, e toda vez que vi a Karey depois disso a risada dela não parecia mais a mesma, já não ressoava como antes, só ficava meio que dependurada na boca e sumia. Toda a energia dela que costumava encher a casa de vovó quando ela estava lá desapareceu. — Lacey fez uma pausa porque seu peito doía, bem no meio. Cobriu o punho com a manga e secou os olhos. — Depois disso, eu quase nunca mais fui para a casa dela."

A mão de Alex, que antes descansava no seu ombro, se ergueu, e Lacey sentiu uma mecha do seu cabelo ser gentilmente colocada atrás da orelha. Havia lágrimas novas no rosto da mulher.

— Acho melhor a gente parar ou vamos parecer duas choronas quando o Senhor Misterioso voltar — disse Alex. — Ele vai ficar se perguntando o que a gente ficou fazendo aqui dentro do carro.

— Verdade. Festa da choradeira. — Lacey fungou e ofereceu a manga em que tinha secado os olhos para Alex. — Sinto muito mesmo, Alex. Pela sua irmã.

Alex não olhou nos olhos dela. Fez que não com a cabeça para a manga que a menina oferecia.

— Eu também. Obrigada.

Lacey arregaçou a manga e segurou a mão de Alex, ficando assim enquanto ela voltava a atenção para o celeiro. O Escoteiro não tinha reaparecido.

— Faz um tempão que ele está lá dentro — comentou Lacey.

— Não tem tanto tempo assim. Só uns minutos.

— E se ele não sair?

Alex apertou os dedos da garota para tranquilizá-la.

— Ele vai sair.

— Mas e se ele não sair?

— Você disse que conheceu ele hoje de tarde, foi isso?

Lacey fez que sim, os olhos pregados no celeiro, sem se dar conta de que tinha erguido a mão livre para roer a unha do polegar.

Alex disse num tom afável:

— Então, por todos os anos antes de conhecer você, ele conseguiu se virar sem a nossa ajuda, certo?

Lacey a encarou com um olhar penetrante por cima da mão.

— Já saquei o que você quer dizer. É que... — E voltou a vigiar o celeiro. — Ele me salvou lá no hotel. Não tinha obrigação nenhuma. Ele podia ter se livrado dos arames e escapado. Não faltou oportunidade... Seria perfeito, por sinal, porque eles estavam ocupados comigo, nem mesmo desconfiariam que ele tinha ido embora. Mas ele não foi. Voltou para me salvar.

Ela se lembrou de como ele entrou no quarto, uma energia que se assemelhava ao prenúncio de uma tempestade, silenciosa e mortal. Não hesitou por um mísero instante. Foi como assistir ao bote de uma serpente, uma fera atacando outra, sem sentimentos, sem remorsos. As feições dele não se alteraram quando enfiou as pontas do alicate no pescoço de Russ e rasgou tudo. Ficou enjoada ao relembrar como o sangue esguichou.

— Ele não me devia nada — murmurou Lacey. — Nada mesmo.

— E agora você sente que deve algo a ele?

Lacey fez que não com a cabeça.

— Não. Ele me surpreendeu, só isso. Na verdade, eu achei que ele tinha ido embora.

— E você acha que ele não foi por quê?

Lacey bufou.

— Não faço a menor ideia — admitiu.

— As pessoas não fazem coisas a troco de nada, Lacey.

Lacey lançou um olhar duro para a mulher, embora as palavras de Alex tivessem sido gentis.

— Ele é um cara bom. Mesmo que de vez em quando seja meio babaca.

— Você mal conhece ele.

— Eu mal conheço *você*, o que não significa que eu esteja errada. Sei que sou jovem e inocente, mas não sou burra, Alex. Eu não estaria sentada nesse carro se achasse que ele estivesse planejando arrancar a nossa pele para fazer um vestido de festa.

Alex apertou sua mão e, por um segundo, Lacey quis afastar a mão.

— Você está certa — disse Alex. — Desculpa. É que estou uma pilha de nervos. Ficou tão... tão difícil confiar em alguém.

— Você pode confiar em *mim*.

Mais uma vez, Alex apertou sua mão, e não soltou, como se Lacey fosse a única coisa em que ela pudesse se apoiar. Lacey ficou feliz de repente por não ter afastado a mão de birra.

As duas ficaram olhando pelo para-brisa. Nada se mexia lá fora, nem mesmo o vento.

— Hoje ele salvou nós duas, Alex — disse Lacey quase sussurrando, ainda sentindo necessidade de defendê-lo. — Isso tem que ter algum significado.

Lacey ouviu a mulher respirar bem fundo.

— Pois é. Eu me pergunto o que ele faz nos dias de folga.

Lacey deu um leve sorriso.

— Vai saber. Ele deve ter deixado a capa em casa.

— É... Do lado do collant.

A menina soltou uma risadinha pelo nariz, e as duas caíram na gargalhada. Foi maravilhoso. Aliviou o clima de tensão que tinha invadido o carro, aliviou algo dentro de Lacey também, seu peito relaxando o bastante para que, pela primeira vez desde que saiu do hotel, respirasse fundo. Ficaram sentadas no calor do carro, juntas, uma risadinha irrompendo de vez em quando, as mãos dadas, esperando que o Escoteiro voltasse.

CAPÍTULO 14

Pilgrim apertou com força os freios e derrapou até parar diante das enormes portas duplas do celeiro, deixando o motor ligado enquanto dava a volta no canto da construção e corria pela lateral. Se tivesse alguém lá dentro, sem dúvida se sentiria atraído pelo ronco intermitente do motor, e não perceberia seus passos ao redor do coleiro. Sacou a pistola do coldre e a empunhou com as duas mãos ao chegar à porta simples no canto sudoeste, que era mantida fechada por uma placa de pedra apoiada na madeira. Pilgrim deu um empurrão com a sola da bota e a pedra tombou. Com um rangido, a porta se abriu uns quinze centímetros. Dentro, escuridão total.

Espero que não tenha cobras lá dentro.

— Ah, que ótimo, muito obrigado.

Não tem de quê.

Ele se agachou, as costas para a parede e, cauteloso, enfiou a cabeça pela abertura e espiou o interior do celeiro. No telhado, um buraco grande e irregular abria espaço para o luar, que iluminava a área feito um canhão de luz apontado para um palco. Além das quatro baias do outro lado, que pôde ver que estavam desocupadas, o restante da construção era de paredes de vigas de madeira — um esqueleto de ossos de madeira. Não havia um segundo piso, as paredes subiam retas para o cavernoso vão do teto e para o céu estrelado. Havia pilhas de madeira quebradiça emporcalhando o chão onde parte da estrutura do telhado tinha caído.

Abriu completamente a porta e entrou. Margeou a área mais iluminada pelo luar, mantendo-se onde não batia luz, o ombro roçando as paredes do celeiro, e foi até as portas duplas. Fazia tempo que não eram abertas — precisou de toda a sua força para que cedessem. Abriu as duas folhas e, quando ia subir na moto, ouviu um carro se aproximando. Olhou na direção do barulho e viu as duas a caminho, entrando na estrada de terra.

— Eu mandei não saírem do lugar — murmurou ele.

São mulheres. Elas fazem o que querem.

— Pois é, mas vão ter que mudar de atitude.

Agora você é minoria: duas contra um.

— Notei que você se mantém longe dessas equações quando convém.

Isso mesmo. Na vida é preciso aprender a escolher as batalhas, meu amigo. Mas, de qualquer maneira, não é como se eu fosse de grande ajuda. Elas vão pensar que você é maluco e perigoso.

— Não me importo em ser maluco, contanto que me obedeçam.

Pilgrim já havia tirado a moto do caminho quando elas chegaram. Esperou que a mulher estacionasse ao seu lado e se acocorou para falar com ela pela janela.

— Talvez você prefira dar ré para poder sair direto.

Ela acenou com a cabeça e manobrou o carro.

O que aconteceu com a bronca por não terem obedecido às suas ordens?

Pilgrim se afastou bastante ao ver as luzes da ré do carro acesas.

— Estou escolhendo as minhas batalhas — respondeu ele.

Assim que o carro estava em segurança dentro do celeiro, Pilgrim entrou empurrando a moto. Quando a garota e a mulher desceram do carro, já envolvidas numa conversa, ele se apressou a sair e foi até os fundos, onde tornou a encostar a pedra para manter a porta fechada. Serviria para manter os animais lá fora.

Enquanto fazia o caminho de volta, Voz falou de novo.

Você precisa ficar alerta na presença de Alex. Você não está acostumado a ter gente por perto. Se ela perceber que você me escuta, talvez não reaja bem.

Pilgrim diminuiu o passo, massageando a parte detrás da cabeça, os dedos apertando um ponto atrás da orelha direita. Parecia firme, inteiro, perfeitamente normal.

Definitivamente, as aparências enganam.

As duas estavam lutando para fechar as portas do grande celeiro quando ele virou a quina. Ajudou-as, agarrando a porta pela beirada e dando um tranco. Analisou a estrada deserta e a paisagem pela última vez, atento a qualquer movimento naquele breu ou a faróis de carros ou luzes de lanterna, mas não viu nada. Deu um último puxão e a porta se fechou por completo, com eles lá dentro.

Não demorou muito para se acomodarem. Sentaram-se em círculo em frente ao carro e acenderam uma pequena fogueira no meio. Havia bastante madeira seca espalhada por todo lado para mantê-la queimando.

A garota ofereceu um pouco de frango de um dos seus embrulhos de carne e algumas rodelas de um pepino fino e minúsculo, então tomaram limonada de um cantil de metal. Foi uma das melhores refeições de que Pilgrim se lembrava.

— Queria que a gente tivesse água o bastante para se lavar — disse a garota, afastando as mãos engorduradas do corpo, como se tivesse medo de alguma contaminação.

— Lambe os dedos — disse Pilgrim.

— Não vi você lambendo os seus.

Ele fez questão de se exibir esfregando as mãos no jeans.

Ela torceu o nariz.

— Que nojo!

— Parte do treinamento dos escoteiros. Use o que tiver à mão.

Mesmo à luz alaranjada das chamas, ele notou curiosidade nos olhos dela.

— Quanto tempo de treinamento você teve? — indagou ela.

— O tanto que você tem de vida.

A mulher entrou na conversa.

— Você tem mais algum conselho útil?

O fogo dançou nos olhos dela, deixando avermelhado o branco. A pele também parecia escurecida, realçando o tom claro da gaze dos curativos. Sentava-se abraçando os joelhos e se remexia o tempo todo, sem dúvida procurando uma posição menos dolorida.

Você não tem treinamento nenhum. Você só vai improvisando.

Pilgrim franziu a testa, aborrecido por Voz ter chegado tão perto da verdade.

— Não tire as botas para dormir — disse à mulher.

Os olhos dela pousaram nas botas dele antes de voltarem para seu rosto.

— Essa eu saquei. Caso a gente tenha que fugir, certo? Ninguém quer correr por aí descalço.

Ele fez que sim.

— Seus pés são mais úteis que uma arma. Na maioria das vezes, é melhor fugir do que lutar.

Voz zombou. *Você só fala merda.*

— Eu tenho pé chato — disse a garota.

A mulher arqueou as sobrancelhas.

— O quê? — questionou a garota. — É verdade.

— Mais uma razão para tomar cuidado com eles — disse Pilgrim.

— Vovó dizia que eu era descendente de sereias. Que os meus pés evoluíram de barbatanas. Que eu nasci para viver na água.

— Logo você, que morava no meio do deserto — disse ele.

— É, eu sei, mas adoro tomar banho.

A mulher emitiu um som suave e ofegante, um som que Pilgrim só percebeu que era uma risada depois que acabou. Ele tomou um gole direto do cantil, o sabor ácido e doce da limonada na língua. Sobrou um restinho. Ele esticou o braço e passou a garrafa para a garota.

— Você ouviu alguma notícia nos lugares por onde passou? — perguntou a mulher.

A garota parou no meio do gole, as feições demonstrando interesse. Ela o encarou com esperança.

Ele suspirou e se demorou se ajeitando no lugar.

— Que tipo de notícia?

A mulher respondeu com um leve dar de ombros.

— Qualquer notícia.

O fogo não mais dançava nos olhos dela; sombras deslizavam pelo seu rosto, escondendo ora os olhos, ora a boca, e então de novo os olhos.

Por que ela quer saber?, perguntou Voz, desconfiado.

— Fica longe da Califórnia — disse Pilgrim.

Teve a impressão de que as sobrancelhas da mulher baixaram um pouquinho, ou talvez tenha sido ilusão de ótica.

— Califórnia? Por quê?

— Disseram que sirenes de emergência tocaram em Diablo Canyon.

Houve uma leve hesitação.

— Sério?

Por essa ela não esperava!, disse Voz, presunçoso.

A garota se intrometeu.

— O que é Diablo Canyon?

— Uma usina nuclear — respondeu a mulher sem dar muita atenção à pergunta. — Foi um acidente nuclear? — perguntou ela.

— Talvez.

— Ai, meu Deus! Você acha que houve contaminação?

Ele deu de ombros.

— Não quero descobrir.

Os ventos mortais que sopram para o leste, vindos da Califórnia, poderiam viajar centenas de quilômetros, envenenando as terras pelo caminho, acrescentou Voz, prestativo.

Ninguém falou nada, e Pilgrim não compartilhou o que Voz disse. Ele não fazia ideia do que se passava na cabeças das duas; a sua, porém, estava repleta de imagens de bebês com malformações congênitas, tocos mirrados no lugar dos braços, a parte inferior do corpo derretida.

A mulher quebrou o silêncio.

— E as outras notícias? Você ouviu alguém falar sobre novas teorias?

— Não — respondeu ele de pronto, resignado por estar tendo a mesma velha conversa e ansioso para acabar com isso o mais rápido possível.

— Nada de novo, só as mesmas teorias de sempre.

— Que tipo de teorias? — perguntou a garota, ansiosa.

Ele a encarou por cima do fogo e viu que ela parecia satisfeita em esperar até que ele decidisse responder.

— Você não vai desistir disso, não é?

— Não mesmo — disse ela, dando um sorrisinho de lado, como se dissesse que era melhor ele responder. Não se conheciam nem há um dia inteiro, mas, sim, essa era uma coisa que ele não podia esconder que sabia.

— Tá bom. — E, para acabar logo com essa história, foi contando nos dedos rapidamente os itens da sua lista. — Ataque biológico, envenenamento, efeitos colaterais de vacinas contra demência, extraterrestres, guerra subliminar ou psicológica, poluição química nos mananciais de água, forças místicas das marés e da lua. E, o meu favorito, alguma coisa tipo arrebatamento.

Intrigada, a garota ergueu as sobrancelhas.

— Arrebatamento?

— Doideiras da Bíblia — disse a mulher. — Quando os verdadeiros fiéis ascendem aos céus antes do Fim dos Tempos, deixando o resto de nós aqui para morrer.

— E isso é o fim dos tempos?

— Não — disse Pilgrim, seco —, não é. Ninguém ascendeu a lugar nenhum. Está todo mundo aqui, mortos e vivos.

— E isso não explica as vozes — apontou a mulher.

— Vozes? — A garota olhava de um para o outro, como se assistisse a uma partida de tênis. — Do que vocês estão falando?

Pilgrim tensionou o maxilar e respirou devagar pelo nariz.

Conta até dez, recomendou Voz, as palavras aferroando em tom de ironia.

— Você não sabe nada das vozes? — perguntou Alex, surpresa.

Pilgrim não deixou passar despercebido o medo que fez o rosto da garota se contrair por um instante. Ela fez que não com a cabeça.

— Ela passou os últimos sete anos trancafiada numa fazenda com a avó superprotetora — explicou ele.

A garota lançou um olhar enfurecido.

— Vovó dizia que todo mundo tinha enlouquecido. — Ela se dirigiu à mulher, decididamente excluindo-o da conversa. — Ela me falou de um sujeito chamado Jim Jones que fez lavagem cerebral num pessoal da América do Sul. E me explicou que ele sabia exatamente que palavras usar para entrar na cabeça das pessoas. Como se fosse uma espécie de mágico ou coisa assim. Ela disse que foi histeria coletiva, que as pessoas podem, facilmente, ser levadas a fazer as coisas mais absurdas. Que as coisas fugiram do controle.

— Tem um pingo de verdade no que a sua avó disse — respondeu Alex, devagar, lançando um olhar para Pilgrim, talvez na esperança de que ele se encarregasse de explicar melhor ou, pelo menos, de que oferecesse uma colaboração, mas ele permaneceu calado. Ela se ajeitou, retraindo-se um pouco, por não saber responder ou por se sentir dolorida, ele não sabia ao certo. — As vozes são... sussurros, murmúrios, ou seja lá como queira chamar. Elas estavam dentro da gente. Foram elas que levaram muita gente a se machucar ou machucar outras pessoas.

— Dentro da gente? — sussurrou a garota. Foi a vez dela de encarar Pilgrim, como se buscasse nele uma confirmação, mas ele se limitou a encará-la. Não queria se envolver naquela conversa; tinha pouco a acrescentar.

Ela se virou de volta para a mulher.

— E o que acontece se você tem uma?

— É perigoso. Por um monte de razões.

— E se eu tiver uma sem saber que tenho?

— Você já saberia a essa altura. Nem todo mundo tem uma. As vozes só se manifestam depois da puberdade. Por algum motivo, crianças menores não as ouvem. Talvez tenha algo a ver com a anatomia do cérebro, não tenho certeza. Também não ouço nada, e a gente deve se sentir grata por isso. Depois de tudo o que aconteceu, havia muito ódio. Se suspeitassem que você ouvisse uma voz, levavam você e... Bom... Não vou entrar em detalhes. Ainda tem muito medo, muito ódio. E com razão.

Ela não está sendo nada boazinha, sussurrou Voz. *Como se fôssemos todos farinha do mesmo saco.*

— Mas por que essas vozes querem nos machucar?

Pilgrim surpreendeu a si mesmo ao responder:

— Não tem uma explicação simples para isso. Por que causamos a extinção de tantos animais? Há tons de cinza por trás de cada ação. Nada é totalmente mau nem totalmente bom.

— Ainda assim, as vozes não são dignas de confiança — cortou Alex.

— E daí? Vamos continuar sendo um bando de paranoicos e viver como inimigos?

Parecia que Alex não tinha resposta para isso.

— Tem havido um movimento de integração — disse Pilgrim, ainda sem saber por que estava discutindo o assunto. — Num agrupamento em Estes Park, os que escutam e os que não escutam vozes vivem bem próximos. E não houve nenhum registro de distúrbios. Vivem pacificamente.

— Nunca ouvi falar deles — disse Alex, baixinho, as chamas alaranjadas da fogueira lançando um brilho delicado em seus olhos. — Isso não é comum. — E acrescentou: — Coabitação.

— Tem razão — concordou ele —, não é comum. Mas as coisas estão mudando. Alianças estão sendo feitas, desfeitas e refeitas. Tem muita coisa acontecendo hoje em dia.

Os lábios da mulher se pressionaram numa linha reta e triste.

— Por quê? — perguntou a garota. — O que está acontecendo?

— Boa pergunta — disse Pilgrim, remexendo a fogueira, as chamas revivendo, dançando alto, lambendo a lenha. Ele não desgrudou os olhos da mulher sentada à sua frente. — Talvez aqueles que vinham sendo tratados feito cachorros sarnentos se cansaram de viver escondidos.

É simples assim?, perguntou Voz. *Não existe uma linha nítida entre as pessoas que nos ouvem e as que não nos ouvem. As que nos ouvem não carregam uma marca para distingui-las das demais. E tem aquelas que se recusam a admitir que ouvem vozes e vivem aterrorizadas pelo segredo que carregam; e há uma minoria que não escuta absolutamente nada, mas é nossa aliada. Não é apenas um caso de nós contra eles.*

A mulher tinha baixado o olhar para a fogueira e encarava as chamas. A voz dela, rouca e grave, parecia vir de um lugar muito mais distante que do interior do celeiro onde estavam, o céu noturno espreitando-os através dos buracos do telhado.

— Ouvimos histórias por onde passamos — murmurou ela. — Sobre um homem de olhos pretos, parecidos com os de uma mariposa. Disseram que ele entra de mansinho em acampamentos e assentamentos à noite, atrás de pessoas que ouvem uma voz, até mesmo daquelas que ninguém suspeitava que tivessem uma, e vai na ponta dos pés direto até a cama delas, como se elas chamassem por ele em seu sono. Ele as desperta com palavras bonitas, sussurrando, persuadindo com falsas promessas, colocando essas pessoas contra tudo que amam e dão valor. Então ele atrai elas para fora, uma espécie de Flautista de Hamelin do mal. Mas antes ele põe fogo nas casas das fazendas, nas lavouras e nas cidades onde elas moram. As famílias dormindo, mesmo crianças e bebês... Todas queimadas. E esse homem sem nome desaparece com essas pessoas na calada da noite, como se nunca tivesse estado lá. — Ela encarou Pilgrim e, desta vez, as sombras tremeluzentes não deslizavam pelo rosto dela, camuflando partes das suas feições, mas foram confinadas nos seus olhos, o brilho aquecido incapaz de alcançar a escuridão. — Sempre tem rumores — continuou ela, baixinho. — Sei disso. Rumores dão vida aos nossos medos. Mas a minha irmã e eu vimos, com os nossos próprios olhos, uma cidadezinha ser consumida pelas chamas. Uma enorme muralha de fogo que parecia queimar o céu e tingi-lo de vermelho. Era como se esse... esse homem sem nome, esse Flautista de Hamelin que vem raptar pessoas à noite, estivesse na estrada bem na nossa frente, incendiando o mundo.

Um estalido veio da fogueira, um toco de lenha se desintegrando em uma explosão de faíscas vermelhas; a menina tomou um susto.

— Onde foi isso? — quis saber Pilgrim.

A mulher abraçou bem apertado os joelhos, trazendo-os para junto do peito, como se sentisse frio, apesar do calor da fogueira.

— Não muito longe de Colorado Springs.

A noroeste daqui, sussurrou Voz.

Pilgrim resmungou.

— Parece história da carochinha. Incêndios acontecem o tempo todo. Será que elas já não tinham visto isso acontecer? Não precisa de muito, basta a mais suave das brisas para soprar uma fagulha de um prédio ao outro, para o fogo se espalhar num instante de uma casa para um apartamento, para uma loja, todos cheios até o teto de móveis e objetos abandonados, montes de material inflamável esperando ser consumidos. Uma besta ávida por chamas poderia despontar para uma vida de fúria e lamber uma cidade inteira em minutos; e não havia mais serviços de emergência funcionando para conter tanta destruição.

Rumores são baseados em fatos ocorridos em algum momento da vida, disse Voz. A gente também tem ouvido falar desses grupos de andarilhos, e chegamos a ver um deles há menos de uma semana. Como sabemos se esses incêndios não estão relacionados de alguma forma com esses grupos ou com essa história do homem sem nome?

— Presumo que você esteja certo — disse Alex e, por um instante de perplexidade, Pilgrim achou que ela estivesse se dirigindo a Voz. — Mas conheci pessoas que perderam irmãos, primos, amigos. Todos desapareceram. Sem uma palavra de adeus, sem aviso.

— Isso tem quanto tempo? — perguntou ele. — Quando vocês viram o incêndio?

— Quatro semanas, seis no máximo.

— E essa historinha dizia que esse homem sem nome perseguia as pessoas que ouviam vozes? Especificamente?

A mulher assentiu.

— Isso.

Pilgrim apenas ficou em silêncio.

— Ainda não entendi — disse a garota. — De onde vieram essas vozes?

Um suspiro profundo veio da mulher, e ela mudou um pouquinho de posição. Talvez estivesse ficando cansada — tão cansada quanto ele — daquela conversa.

Não, ela está sentindo dor. Você não consegue perceber como os olhos dela estão fundos?

— Ninguém sabe ao certo — respondeu ela. — Mas o que não faltam são teorias, do tipo que o seu amigo aqui listou.

Os olhos de Lacey se viraram para ele.

— Então, o que *você* acha que aconteceu?

Nos olhos arregalados da garota havia um misto de curiosidade e ignorância, o que fez com que Pilgrim ficasse ainda mais contrariado. Será que a avó dela acreditava mesmo que seria capaz de protegê-la para sempre? Ora! Tudo o que conseguiu foi não dar à neta as condições para viver no mundo em que Lacey agora estava.

Frustrado, Pilgrim atirou uma lasca de madeira na fogueira, provocando uma segunda explosão de faíscas.

— Olha, não importa o que eu acho. Ninguém consegue consertar ou mudar o passado, e é muita presunção da nossa parte imaginar que temos o direito de demandar qualquer coisa no futuro. Aproveite enquanto está viva e agradeça por isso. — Era tudo o que ele suportava de convívio social por uma noite; toda essa conversa sobre boataria e homem misterioso perambulando por aí sequestrando os da sua espécie tinha acabado com seu bom humor. — Acho que chega de papo. A gente devia descansar. Amanhã vai ser um longo dia.

Uma nova preocupação incitou a garota a uma linha diferente de indagações.

— Você vai estar aqui amanhã de manhã, não é?

A resposta não foi imediata, e sua hesitação falou bem alto.

— Você está querendo se livrar da gente. — Era uma acusação.

— Não foi isso que eu disse.

— Nem precisava dizer.

— As coisas são diferentes agora que tem outra pessoa aqui. E um carro que funciona.

— Achei que a gente tivesse um acordo. — A menina estava começando a parecer um tanto teimosa.

— E tinha — disse ele devagar, com calma. — Mas as condições mudaram um pouco.

Ele estava ciente de que a mulher acompanhava tudo em silêncio, os olhos indo dele para a garota e de volta para ele. E então ela resolveu se intrometer:

— Não estou aqui para atrapalhar os planos de ninguém. Agradeço a sua ajuda. Devo a você mais do que jamais poderia pagar. A vocês dois. Mas o fato de eu estar aqui não precisa mudar nada.

— Você não está mudando nada, Alex — disse Lacey. — A gente te salvou. Agora você é uma de nós.

— Não existe esse negócio de *nós* — declarou Pilgrim.

O crepitar e os estalidos do fogo soaram alto no silêncio que se seguiu. Ele suspirou de novo.

— Tudo bem se você tiver que ir a Vicksburg? — perguntou ele à mulher.

Depois de uma olhadela para a garota, Alex se virou para ele.

— A gente estava indo para a Costa Leste antes de parar. Ouvimos falar de uns cientistas lá procurando ajuda.

O que isso quer dizer?, disse Voz.

Pilgrim não estava prestando atenção. Ela era a solução para seu problema imediato, e isso era tudo o que importava.

— Perfeito. Vicksburg fica a leste. Está resolvido, então. Ela pode levar você — disse ele, apontando para a mulher.

Mas a garota não desistia.

— Não. É *você* que vai me levar. Você tem a pistola.

— E você tem uma carabina — rebateu ele.

Ela abriu a boca para continuar a discussão, mas ele levantou a mão para cortá-la.

— O combinado era você pegar uma carona até Vicksburg. A gente nunca acertou nada sobre quem daria a carona.

Ela mudou de tática.

— Tem algum lugar que você precise ir primeiro? A gente podia ir lá antes de Vicksburg se...

— Não. Não tem lugar nenhum. É que eu prefiro ficar sozinho.

Os olhos da menina estavam enormes, refletindo a luz do fogo.

Cuidado, hein...

Ele baixou o tom de voz, que passou a soar conciliatória.

— Olha, a gente conversa mais amanhã de manhã. Precisamos descansar. Estamos todos cansados.

Sem esperar por uma resposta, levantou-se e espanou com as mãos a poeira das calças. Foi até a mala do carro e pegou a mochila. Quando voltou e começou a desenrolar seu saco de dormir, as duas estavam entretidas com as próprias coisas. Entregou seu saco de dormir para a garota, e ela ergueu os olhos para ele.

— Você dorme primeiro, vou ficar de vigia.

Por um instante, ela pareceu que ia rebater, mas então abaixou os olhos e fez que sim devagar, os ombros caindo, indicando que seu espírito guerreiro enfim tinha sucumbido.

Pilgrim se afastou e foi se sentar com as costas na porta do celeiro. De lá, podia escutar os uivos de um coiote em algum ponto na escuridão do deserto, seguidos de um uivo em resposta, mais próximo e mais alto, mas não o bastante para preocupá-lo. De lá, também podia ver as duas se acomodando, a luminosidade fraca das chamas pairando sobre elas feito um enxame de demoniozinhos do fogo. Elas se deitaram bem perto uma da outra, provavelmente uma atitude inconsciente, formando um L, as cabeças marcando o ponto de encontro. Elas conversaram um pouco, falando bem baixo, mas logo ficaram em silêncio, a respiração num ritmo compassado ao pegarem no sono. Da ponta dos sacos de dormir despontavam pés enfiados nas botas.

Passou a primeira parte do seu turno de sentinela observando as duas. Os suspiros de um sono leve, leves contrações musculares que provavam que, mesmo em descanso, seus corpos estavam alertas para se defender. Reparou na tranquilidade nos rostos — mesmo no da mulher, que estava machucado e inchado — e explorou esses detalhes, porque sentia como se as redescobrisse. Perguntou-se que desculpa daria se uma delas acordasse e desse com ele olhando tão intensamente, e só de pensar nisso o fez desviar o olhar das cinzas quentes e de algumas brasas vivas da fogueira para as sombras. A escuridão acolheu de bom grado seus olhos e pensamentos. Não, não as estava redescobrindo; já as conhecia há um tempo, e a recíproca era verdadeira.

Voz lhe fazia companhia, embora Pilgrim não tivesse pedido por isso.

Logo vai amanhecer. E aí?

A resposta de Pilgrim não passou de um resmungo.

É sério, qual é o plano? Não sei se gosto do jeito como essa Alex olha para a gente. Ela não é burra. E se ela for uma patrulheira ou coisa do gênero? E se for ela quem sai atrás de pessoas como a gente e taca fogo em tudo? Talvez aqueles dois doidinhos lá no hotel a pegaram tentando incendiar o lugar.

Voz estava sendo ridículo, e Pilgrim não precisou dizer nada para que ele sacasse sua impaciência.

Você não vai descartar as minhas teorias tão rápido quando ela nos apunhalar enquanto dormimos.

Ele não tinha a menor intenção de dormir. Não por enquanto.

Porque a história do Flautista de Hamelin deixou você preocupado? Está com medo de chamar pelo nome dele enquanto dorme e ele aparecer na surdina e levar a gente embora?

Tudo que Pilgrim queria era mandar Voz calar a boca, mas tinha aprendido logo no início que discutir com ele em momentos como esses só piorava as coisas. Logo ele cansaria de falar. Era sempre assim.

E qual é o lance desses cientistas que ela mencionou? O que eles estão tramando? Fazendo experiências? Aposto que sim. É isso que eles fazem. Fazem experiências com as pessoas para depois dissecá-las, fingindo saber exatamente o que estão fazendo.

Os cientistas, se é que *de fato* havia algum cientista, estavam afastados ao leste. Tão afastados que não representavam um problema para Pilgrim. Boatos e fofocas, só isso; era o que alimentava os canais de comunicação que tinham na falta de internet, smartphones e televisão.

Por fim, Voz emudeceu. Era a mesma coisa quase toda noite: falava, falava, até ficar em silêncio. Só restava a Pilgrim esperar. Talvez Voz precisasse de um descanso, igual a qualquer pessoa, Pilgrim não sabia ao certo, mas acolheu a pausa com tanta reverência quanto um beduíno daria as boas-vindas a uma sombra depois de viajar cem quilômetros sob o sol implacável do deserto. Era o único momento em que se sentia sozinho de verdade. Uma sensação abençoada — como se um alfinete pudesse cair nos espaços silenciosos da sua mente e ninguém respondesse.

Deu algumas voltas no celeiro, alongou as pernas e curtiu a quietude. Evitou ficar sob a luz do luar, deixando que as sombras o abraçassem. Cavoucou umas pilhas de escombros, mas não encontrou nada que prestasse, e logo se viu entrando mais uma vez na poça de luz aquecida perto de Lacey e Alex, parando para pôr mais lenha na fogueira.

Em certo momento, percebeu que cantarolava baixinho. Alguma melodia antiga, uma música que foi popular na sua juventude, e ele parou no meio de um verso, a última nota flutuando canhestramente no ar, sem destino para pousar. Abriu as mãos para as chamas, deixando o calor penetrar através das palmas, deliciando-se com a sensação de estar sendo tostado pela frente enquanto suas costas continuavam frias. Estava arruinando sua visão noturna, ele sabia, mas não resistiu à tentação de encarar aquelas chamas, de ver como lambiam sinuosamente os pedaços de lenha que eram consumidos, de perceber uma leve corrente de ar que atravessava as fendas das portas, obrigando as línguas de fogo a fazer malabarismos, ora se contorcendo, ora se envergando. Lembrou-se de que quando era pequeno costumava roubar fósforos do pai e tacar fogo em rolinhos de jornal. Ele ficava sobre a pia do banheiro olhando o papel virar cinzas, emporcalhando tudo. Quanto mais tempo assistia àquilo, percebia que o vermelho das brasas ia mudando de cor, oscilando para azuis e verdes, um show de cores caleidoscópicas que o hipnotizava. O cheiro de queimado o excitou. Não num sentido sexual, mas parecia iluminar um canto escuro da sua mente até fulgurar tão quente quanto as faíscas que escapavam do jornal.

A lembrança foi desconfortável — ele não gostava de pensar no passado. Não servia de nada ficar remoendo essas coisas; não obstante, sabia que as recordações continuariam brincando nos recônditos da sua mente pelo tempo que aquele fogo durasse.

Decidiu aplicar a mesma técnica que às vezes usava para suprimir Voz, embora fosse necessário um esforço muito maior para que funcionasse e durasse uma fração do tempo. Pilgrim visualizou a lembrança como uma cena desenhada num papel, depois dobrou a folha ao meio algumas vezes, formando quadrados perfeitos, e a guardou dentro de um baú. Passou correntes de ferro grossas ao redor do baú, cruzando-as por todos os lados até que não houvesse possibilidade de ser reaberto. Então, trancou as correntes com cadeados. Colocou o baú que guardava suas memórias no topo de uma falésia, as faces íngremes de calcário tão claras que pareciam brilhar por dentro da rocha pálida. Em seguida, empurrou-o pela beirada. Imaginou-o caindo no oceano abaixo, ficou observando a entrada explosiva na água escura e funda, ficou observando o baú submergir e afundar e continuar afundando por centenas e centenas de braças, descendo silenciosamente através de camadas escuras de água até desaparecer no mundo das trevas. E, mesmo depois de ter sumido de vista, ele sabia que o baú seguia caindo e seguiria caindo para sempre, para um lugar que ele não conseguiria alcançar, um lugar que não conseguiria alcançá-lo.

Uma delas murmurou alguma coisa dormindo. A testa de Lacey franzida, os cantos dos lábios voltados para baixo. Ela se agitava, inquieta.

Sem saber exatamente por que, Pilgrim voltou a cantarolar, um pouco mais alto, mas nem tanto, e, não demorou muito, a menina se acalmou e a pele da sua testa ficou lisa.

Deixou-as dormir, planejando dar a elas uma hora extra antes de acordá-las para que fosse sua vez de dormir. Em algum lugar no fundo da sua mente, Voz começou a cantar baixinho uma canção, algo que envolvia a necessidade de escapar, o desejo de achar alguém e de dirigir a noite toda. Mas Pilgrim parou de ouvi-lo tão logo começou a cantoria.

CAPÍTULO 15

Lacey levou uma eternidade para pegar no sono. De olhos fechados, ficou ouvindo os estalidos do fogo, a respiração suave de Alex deitada perto dela, próxima o bastante para tocá-la, caso desejasse. Ficou também atenta ao Escoteiro, mas era como se estivesse ouvindo um fantasma por todo barulho que ele fazia. Contudo, sabia que ele estava lá, sentado, imóvel, os braços cruzados sobre o peito que se mexia silenciosamente, o cérebro tiquetaqueando feito um relógio de bolso.

Escutou sobretudo a si mesma. Mentalmente fez perguntas, conversou consigo mesma, com vovó, deixou todas as questões em suspenso e aguardando respostas, mas nenhum alienígena respondeu. Nenhuma voz, apenas os próprios pensamentos, os de sempre e os que eram de se esperar.

A avó era velha e frágil, e sua sanidade era um pedacinho de papel separando sua mente racional das coisas apavorantes que se escondiam do outro lado. Às vezes, esse véu caía e vovó começava a gritar e falar coisas sem nexo e a brigar contra o que quer que visse do outro lado. Talvez houvesse uma voz lá à espera dela, o mesmo tipo de voz sobre a qual Alex e o Escoteiro comentaram.

Lacey evitou esses pensamentos, e sua mente imediatamente trocou a marcha e se virou para o que a aguardava na periferia. O hotel. Sentiu a fisgada do arame nos punhos, a comichão da coberta engomada sob as coxas, o fedor acre do próprio medo no suor. As sombras do quarto 8 espreitavam por trás das suas pálpebras, a irmã de Alex escondida nelas, deitada na cama do hotel como se estivesse brincando de um esconde-esconde cruel. Inevitavelmente, a exaustão mental transformou o corpo inerte no de Karey, e a imagem da irmã morta a fez sentir uma pontada de dor no coração.

Seus dedos encontraram um tantinho de pele da sua axila e ela beliscou com raiva. Punição por duvidar, mesmo que por um segundo, que a irmã estivesse viva. Punição, também, pelo interminável turbilhão de pensamentos. Estava tão cansada, mas ainda assim seus pensamentos não a deixavam dormir.

Vinha fazendo frio à noite — será que Karey tinha um lugar aquecido para dormir, algum lugar seguro? Será que teve o azar de se deparar com pessoas como Russ e Nikki, cruéis e impiedosas, dispostas a feri-la? Será que temeu pela vida da filha, uma bebezinha quando tudo aconteceu e agora uma menininha com menos de metade da sua idade? Addison, que era uma parte de Lacey por ser também parte de Karey. Todas tinham o mesmo sangue correndo nas veias, o mesmo sangue de vovó, o mesmo sangue da mãe de Karey, que passou muito tempo doente, com chumaços de cabelo caindo e bochechas tão descarnadas e encovadas que seu rosto parecia assombrada pelo fantasma do próprio crânio, e ainda assim ela provou que todos os médicos estavam errados, recusando-se a morrer quando lhe disseram que sua hora havia chegado.

Sangue forte.

A família inteira de Lacey tinha sangue forte.

Dois anos depois de a mãe falecer, Lacey estava com 5 anos e saiu perambulando para além da cerca do quintal, para o canteiro de tremoços. Eram lindos, as hastes oscilando suavemente como um aceno para se achegar (e azul era a cor predileta de vovó). Ela estava arrancando as flores, cantarolando baixinho alegremente e pensando no quanto vovó ficaria feliz ao receber o buquê, quando de repente foi atacada tão rápido que não teve tempo de afastar a mão.

As presas da cascavel afundaram na sua carne.

A dor foi imediata.

Seu grito deve ter arrancado Karey de qualquer que fosse o romance da Mills & Boon que estivesse lendo, porque, antes que Lacey se desse conta, já estava no colo da irmã, que corria com ela pelo quintal até o carro. Karey acariciava a cabeça suada de Lacey, que descansava no seu colo, enquanto disparavam para a cidade, dizendo que ela tinha sido muito bobinha em mexer com uma cobra tão mal-humorada, que a cobra devia ter levado um susto maior do que tinha lhe dado. (Lacey se lembrava de discordar disso, afirmando que a cobra é que era burra e malvada e torcia para que todos os dentes dela caíssem). Parecia que sua mão estava pegando fogo. Milhões de agulhas espetavam sua carne. Pontinhos pretos cobriam sua visão, mas ela mordeu os lábios e tentou não chorar; não queria deixar Karey assustada.

Não se lembrava de quase nada do que aconteceu depois. Foi Karey quem mais tarde disse que ela teve um choque anafilático e desmaiou. Foram necessárias quatro doses de soro antiofídico para neutralizar as toxinas injetadas no seu corpo. Teve de passar quatro dias na UTI. Ao acordar, a mão e o antebraço estavam com o dobro do tamanho de tão inchados, e ela chorou ao vê-los, imaginando que ficariam assim para sempre e as pessoas zombariam dela. Demorou quase uma hora para que a avó conseguisse acalmá-la, explicando que em questão de algumas semanas voltariam ao tamanho normal. O médico que a atendeu disse que ela era uma garota de sorte, mas àquela altura suas lágrimas haviam secado e tudo o que queria era um sorvete.

Apelidaram Lacey de Garota Cobra. Mas ela nunca esqueceu que foi Karey quem a salvou. Lacey não morreu por muito pouco, e provavelmente teria morrido se a irmã não tivesse agido tão rápido. E *por isso* ela sabia que Karey e Addison estavam bem. Karey não deixaria nada de ruim acontecer à filha, assim como não deixou nada de ruim lhe acontecer. Lacey se aferrava a essa crença com tanta força quanto, aos 5 anos, havia se agarrado à irmã, quando Karey correu com ela para o carro.

Estava quase dormindo quando ouviu o farfalhar suave da roupa do Escoteiro, o quase inaudível arrastar das botas na poeira do piso.

Percebeu quando ele se levantou e ficou observando-as de perto, o olhar sombrio, contudo *confiável*, e então seus passos abafados se afastaram.

Lacey abriu os olhos e ergueu a cabeça, procurando por ele, mas para além da fogueira era só breu. Tentou ouvir o chocalho da cauda de cascavéis, mas não escutou nada. Tentou ouvir também os sons furtivos de algum estranho entrando sorrateiramente no celeiro para roubá-los. Ou, isso dando errado, matá-los queimados. Respirou pelo nariz, atenta a qualquer cheiro de fumaça vindo de longe, mas era impossível detectar qualquer coisa. Ficou com a cabeça levantada até o pescoço não aguentar mais.

Ao deitar, tentou se manter acordada, mas o calor das chamas era seu cobertor, e a quentura, um peso que se assentou como mãos quentes sobre seus olhos e cabeça.

Nem bem acordada nem bem sonhando — não havia uma linha dividindo esses dois estados. Dormiu sem se dar conta de que havia dormido. As mãos continuaram lá, mas não eram nem quentes nem acalentadoras, e sim rudes e lascivas, enfiando-se por dentro da sua calça, por baixo da sua blusa, agarrando-a, *bolinando-a*. Ela se debateu e reclamou, e sua respiração ficava mais densa, como antes das lágrimas virem, aquela sensação terrível gosmenta no fundo da garganta. Tentou afastar as mãos profanadoras, mas elas eram escorregadias feito enguias, escapulindo das suas investidas.

E então música. Uma melodia suave de notas simples que atravessava aquelas mãos e entrava nos seus ouvidos. O dedilhar delicado da melodia pairou sobre ela, aumentou de volume, solidificando-se, oferecendo aconchego. As mãos se recolheram, afastaram-se das suas roupas, do seu corpo, e ela dormiu.

CAPÍTULO 16

Um carro!
Às palavras de Voz, Pilgrim se levantou de pronto e espremeu o rosto na rachadura mais próxima na parede do celeiro. O fogo não passava de cinzas, e sua visão noturna logo captou um carro pequeno vindo do leste em disparada para o celeiro. No céu, um lusco-fusco do início do alvorecer, uma faixa azul ligeiramente mais pálida em comparação com o restante do céu noturno.

O carro serpenteava pelo asfalto, indo de uma faixa para a outra. A guinada foi tão brusca que ele cantou pneu, e o carro rabeou na pista. Pilgrim achou que derraparia fora de controle, mas de alguma forma voltou para a estrada. Na verdade, o motorista conseguiu manter o controle por mais uns cem metros, até que o carro girou para a direita; os freios guincharam, o capô mergulhou para a frente e o carro capotou. Avançou um tanto com as rodas para o alto, depois de lado, a barulheira de metal se amassando e vidros se estilhaçando, então quicou com as quatro rodas no chão antes de continuar capotando.

Foram quatro capotagens até parar com as rodas para cima. Pilgrim calculou que os ocupantes deviam ter virado pedaços de carne e estilhaços de ossos depois de passar pelo menos umas dez vezes naquele liquidificador em que a cabine de metal se transformou.

A barulheira trouxe Lacey e Alex dos seus sacos de dormir direto para os buracos na parede ao lado de Pilgrim. O silêncio que se seguiu ao acidente preencheu os ouvidos dele como se estivessem cheios de algodão. Nem mesmo os insetos zumbiam.

Um dos faróis tinha estourado, enquanto o outro lançava uma luz amarelada insípida em frente ao capô amassado. Saía fumaça do motor. Um cabo preto abria caminho pelo vidro traseiro quebrado e ziguezagueava por alguns metros, afunilando-se numa antena longa e prateada que reluzia no asfalto feito uma rapieira.

Um rádio, sussurrou Voz.

Será que fazia parte do comboio que tinham visto? Se fosse o caso, o que estaria fazendo por essas bandas?

Talvez tenha alguma coisa a ver com o homem sem nome de Alex, disse Voz em tom dissimulado. *Talvez ele despache emissários para reunir seu rebanho.*

— Fique aqui — ordenou Pilgrim ao notar que Lacey estava prestes a sair.

— Mas pode ser que eles estejam...

— *Fique aqui.*

Ele foi examinar o veículo de perto, que no fim não tinha parado muito longe da estradinha de terra que levava ao celeiro — coisa de uns dez metros. Dava para ver o lado do passageiro, mas o interior estava escuro. Nada se mexia.

— Acho que a gente devia ir até lá para ver se precisam de ajuda — disse Alex.

Pilgrim sentia que ela o encarava, mas não afastou os olhos do acidente. Tampouco se deu ao trabalho de responder.

No que você está pensando?, perguntou Voz.

— Que a gente deveria aguardar.

— Aguardar pelo quê? — perguntou Alex.

Agora Pilgrim sentia o olhar das duas nele. Voz também dava sua própria versão peculiar de olhar, pronto para mais perguntas, Pilgrim sentia, mas por enquanto decidiu ganhar tempo.

— Por aquilo — disse Pilgrim, notando movimento na escuridão, um segundo antes de o tinir de vidro cortar o ar noturno e chegar aos ouvidos deles.

Uma única figura humana se arrastou para fora pelo buraco da janela do passageiro. E se arrastar era tudo o que poderia fazer, a julgar pela lentidão e pelo esforço visível.

Pilgrim olhou para os dois lados da estrada, mas não havia sinal de outros veículos. Ainda assim, contou devagar, mentalmente, até vinte e um — o um depois do vinte era um acréscimo útil porque, nesse segundo extra, um carro poderia ter surgido. Não surgiu, então esse segundo extra cumpriu sua função. Endireitou a postura e gesticulou para que elas dessem um passo atrás. Abriu uma das portas do celeiro, só o suficiente para ser capaz de passar pelo vão, e ficou parado por um minuto, observando o carro capotado. A pessoa tinha parado de se arrastar, quadris e pernas ainda dentro do carro. Agora estava imóvel, os estilhaços de vidro cintilando feito joias espalhadas ao redor dos braços nus.

Pilgrim notou quando Lacey se enfiou pela abertura da porta atrás dele e bloqueou a passagem dela.

— Epa — queixou-se ela, esbarrando nas suas costas.

Ele concedeu a ela uma espiadela e notou que segurava a carabina; resolveu chegar para o lado, para ela passar.

— Fique atrás de mim — mandou ele.

Alex continuou dentro do celeiro, zanzando meio sem rumo perto das portas. A visão das feridas de Alex deixou Pilgrim chocado. A luz tênue da fogueira as havia suavizado, disfarçando-as em sombras e línguas de fogo; agora, porém, a luz do sol as exibia em todas as suas minúcias vívidas e dolorosas. Ele precisava lembrar que ela era quem tinha os melhores motivos para não confiar em estranhos.

Ele lhe acenou com a cabeça para que ficasse dentro do celeiro e se afastou apressado sem esperar por uma resposta, sacando a pistola e destravando a trava de segurança, andando rápido, mas com cautela, vasculhando o carro, os dois lados da estrada, o matagal desordenado e o carro de novo. A pessoa não tinha se mexido desde que havia rastejado para fora.

Ao se aproximar do carro acidentado, com Lacey precisando dar uma corridinha para acompanhar seus passos largos, Pilgrim ergueu o cano da arma e apontou.

Acho que morreu.

— Você sempre acha isso — murmurou Pilgrim, depois, em alto e bom som, disse: — Tenho uma arma apontada para a sua cabeça. A menos que queira que estoure os seus miolos, não faça nenhum movimento brusco.

Voz riu entre os dentes. *Mortos não se mexem.*

Pilgrim diminuiu o passo e se abaixou, investigando o interior do carro. Parecia vazio. Mais de perto, pôde ver que era o corpo de um menino caído de frente com o rosto no chão, magrelo, o colete com manchas de sangue velho. Os braços nus tinham inúmeras feridas profundas, colares de contas de rubi-preto adornando os diamantes de cacos de vidro.

A uma distância de um carro, Pilgrim parou e se virou para a garota. Os olhos dela estavam arregalados, e ela mordiscava os lábios, mas a coronha da carabina estava posicionada com firmeza no ombro e ela manejava a arma com desenvoltura.

— Me dê cobertura — disse ele.

Ela acenou com a cabeça, encostou o queixo na coronha e ergueu o cano, apontando-o para o menino caído no chão. Pilgrim se aproximou, pé ante pé, cacos de vidro estalando sob seu peso, a mão direita mirando na cabeça, a esquerda indo com cautela para o pescoço do garoto. A ponta dos dedos encostou na pele quente e úmida e pressionaram o pescoço para verificar o pulso. Havia uma leve palpitação.

Olhou para trás, para se certificar de que a garota continuava alerta, enfiou a arma no coldre e se inclinou para agarrar o garoto por debaixo dos braços, erguendo-o e puxando-o para fora do carro. Os pés do garoto arrastaram na terra quando Pilgrim o puxou até uma área limpa, as pernas dobradas em ângulos nada naturais feito lápis quebrados. O garoto já parecia esquelético, e, ao erguê-lo, Pilgrim descobriu que pesava só um tantinho mais que um saco de batatas. Deitou-o e se manteve de cócoras quando o segurou pelo ombro sangrento para virá-lo de costas.

Lacey se sobressaltou.

Puta merda!

O menino não era um menino. O menino era uma menina, uma mulher, cuja idade era difícil de avaliar, mas sem dúvida alguns anos mais velha que Lacey. O cabelo foi cortado bem curto, as bochechas estavam encovadas, mas o que mais chamou a atenção de Pilgrim foi a boca. Em carne viva, com buracos carnudos na gengiva no lugar de dentes, crostas de sangue seco cobriam o queixo e o pescoço — em contraste com as adições recentes e brilhosas do acidente de carro —, o que sugeria que os dentes foram arrancados por amadores havia pouquíssimo tempo.

— Quem fez *isso* com ela?

Pilgrim encarou de olhos semicerrados a estrada de onde o carro tinha vindo e depois fitou Lacey. O céu clareava bem depressa; logo o sol despontaria no horizonte. À luz do amanhecer, a pele dela parecia descorada, quase translúcida. Pilgrim imaginou que, se fixasse os olhos por alguns minutos, conseguiria mapear os finos percursos azuis das veias sob a pele das bochechas e das têmporas, feito estradas levando ao cérebro dela.

Sondou de novo a estrada, perguntando-se o que os aguardava.

Alguém que definitivamente não queremos encontrar.

A garota desdentada tossiu; um gorgolejo espesso, como se o catarro estivesse grudado na garganta. Uma careta de dor atravessou seu rosto. Sem abrir os olhos, ela esticou a mão e segurou o punho de Pilgrim. Uma pegada forte — ele notou que as juntas dos dedos dela ficaram esbranquiçadas, os ossos pontudos e afiados sob a pele fina feito papel. O polegar comprimia a palma da sua mão.

Ela tentou dizer alguma coisa, mas os sons eram incompreensíveis, só uma confusão de sílabas empapadas.

— O que foi que ela disse? — perguntou Lacey ao se agachar bem na frente dele.

A moça apertou o punho de Pilgrim e puxou a mão dele para perto do seu pescoço. De novo, ela tentou falar, sangue borbulhando nos seus lábios. Mais rubis.

Pilgrim curvou a cabeça, o ouvido perto dos lábios dela.

O gorgolejo ficou mais baixo, mais sussurrado, a respiração irregular, uma pressão avançando para os pulmões. Pilgrim sabia que se enchiam de sangue. Ele ficou bem parado quando ela sussurrou um nome.

Christopher?, perguntou Voz. *O que ela quer dizer com isso de "Christopher"?*

Ele não teve tempo de responder porque ela falou mais uma vez. Outra palavra.

— O que ela está dizendo? — perguntou Lacey.

— Parece com *defend*... — Pilgrim omitiu o nome "Christopher" por enquanto.

— Defender o quê?

O que está rolando? A gente conhece essa garota? As perguntas de Voz eram tão sem rodeios quanto uma rajada de balas.

— "Defenda-*a*"? — sugeriu Pilgrim.

— A gente precisa ajudar ela. — A agonia estava estampada na cara de Lacey. Ela o encarou como se ele tivesse poderes mágicos para remendar os estragos dentro do corpo da moça e, num passe de mágica, esconjurar tudo de ruim que havia no mundo. Será que àquela altura ainda não havia sacado que a maioria das coisas desse mundo não tinha conserto?

O aperto da moribunda no seu punho ficou menos firme, e ele sentiu a palma da própria mão descansar no peito dela, os dedos na base do pescoço. Ele olhou para baixo. Os olhos dela estavam abertos, e ela o encarava. Uma respiração quase imperceptível atravessou seus lábios, mas ela continuava o encarando, os olhos como um lago castanho-escuro, o branco do mais puro branco. Pilgrim sabia que ela o tinha reconhecido. Suas pupilas eram alfinetadas no seu rosto, o reconhecimento ardendo dentro delas. Sua boca se mexeu e, embora som algum tivesse escapado dela, ele captou as palavras pelo movimento dos lábios.

Defenda-a.

Os olhos dela foram perdendo o foco aos poucos, as pupilas se dilatando, e então o olhar dela passava direto por dele, encarando o céu do amanhecer bem alto acima de suas cabeças, como se pudesse enxergar para onde estava indo e se alegrasse por estar deixando Pilgrim e todos da sua espécie entregues à poeira.

*

Mais ou menos um minuto depois, Pilgrim se levantou. Sentiu-se extraordinariamente alto. A garota morta parecia estar uns seis metros abaixo dele, o mundo estendendo-se ao seu redor, espichando-lhe as pernas e o tronco, os pés cada vez menores vistos de longe, o cadáver do tamanho de um bebê adormecido.

Ouviu Voz ao longe. *Quem é ela? Ela conhece a gente? Deu a impressão de que conhecia.*

Pôde sentir Voz morrendo de vontade de fazer uma análise minuciosa do rosto dela, mas desviou o olhar. Não queria que houvesse nenhum reconhecimento. De que adiantaria? Ela estava morta, e tudo o que pudesse saber morreu com ela.

Acho que a gente devia conhecê-la, disse Voz, incerta.

Será mesmo? Já não tinha certeza. Havia partes suas, vácuos de memória, que eram abismos sem fim, e era assim que ele queria que fosse. Quanto menos lembrasse, menor o sofrimento que as memórias lhe causariam e mais curto o tempo passado lamentando coisas fora do seu controle. Não *queria* se lembrar. Quase conseguia ouvir o barulho de todas aquelas correntes em todos aqueles baús nas profundezas escuras de todos aqueles oceanos profundos. Esquecer era um presente que dava a si mesmo, e disso não abriria mão. Era a única coisa que garantia sua sanidade.

Voz exclamou, exasperado. *Você e essa sua cabeça de vento!*

Lacey continuava ajoelhada ao lado do corpo. Parecia absorta em pensamentos. Pequena e insignificante. Ela falava, mas o som estava abafado, como se viessem de uma estação de rádio mal sintonizada. Pilgrim levou as mãos às laterais da cabeça e respirou fundo duas vezes.

A raiva de Voz esfriou e virou preocupação. *Você tá bem*, compadre?

Pilgrim resmungou e relaxou os braços. O recado da garota morta o incomodava. Não sabia como nem com que finalidade, mas as palavras dela significavam alguma coisa. O carro podia ter capotado dez quilômetros antes, num trecho da rodovia sem ninguém para escutar suas últimas palavras. Pilgrim sabia que na maioria das vezes pessoas à beira da morte diziam "por favor" ou "socorro" ao sentir a vida se esvaindo

— sabia disso por ter presenciado inúmeras mortes —, mas essa garota não disse nada do tipo. Ela disse "Defenda-a" ou "Defenda". E tanto "defenda-a" como "defenda" de alguma forma significavam alguma coisa. Alguma coisa especificamente para ele. Ela o havia encontrado para lhe dizer essas palavras. Que outro motivo teria para estar aqui?

Ela devia estar se referindo à Lacey, disse Voz. Há algo diferente nessa garota. Você percebeu de cara, e não se faça de inocente. Eu reparei quando você viu o brilho nos dedos dela. E não era miragem.

Pilgrim se recusou a dar atenção ao que Voz estava dizendo.

Não seja tão cabeça-dura!

Lacey não ouvia voz alguma, disso Pilgrim tinha certeza. Ele sabia identificar os sinais, e ela não manifestava nenhum deles. Mas *havia* algo de diferente nela, Voz tinha razão. Bem dentro dela havia um abismo, um espaço que parecia pronto para ser preenchido. Ele tinha medo do quanto ela era aberta e vulnerável; tinha medo *por* ela e não sabia por quê. Tudo o que sabia era que não tinha o menor interesse em ser o protetor de ninguém.

A minúscula Lacey, bem lá embaixo, perto do pé dele, se levantou e, com esse movimento, o mundo se endireitou num rápido efeito de sucção, como num zoom, as bordas tremendo fora de foco.

Pilgrim piscou para ela, que, de volta ao tamanho normal, estava de pé na sua frente.

— O que vamos fazer? — perguntou ela.

— Fazer?

— Com ela. — Lacey acenou com a cabeça para a garota morta de tamanho normal.

Ele não entendeu a pergunta.

— Não tem nada a *fazer*. Ela está morta.

— Então vamos deixar ela aqui?

Ele olhou para o corpo de novo. Os rubis de sangue nos lábios da garota já tinham começado a secar.

Ruby, pensou ele.

Ruby? Os sensores de Voz sondavam a mente de Pilgrim, gavinhas farfalhando entre seus pensamentos feito teias de aranha, fuçando, fuçando.

Os olhos de Pilgrim se desviaram do cadáver, e ele desligou a linha de raciocínio.

— Vamos — disse ele ao se virar e bater em retirada pela estrada de terra.

Lacey não foi atrás dele de imediato. Pilgrim notou que ela se demorou uns segundos numa espécie de despedida, talvez desculpando-se por não poder ajudá-la mais, desculpando-se pelas mutilações infligidas nela. Mas, como Pilgrim disse, ela estava morta, e pedir desculpas agora não era senão um bálsamo para a própria alma.

Não dá para se esconder de si mesmo para sempre, disse Voz.

Dava sim, mas isso não era da conta de Voz.

Ao entrar no celeiro, Pilgrim viu que Alex já havia empacotado tudo. Ela estava terminando de apagar a fogueira antes de pegar a mochila e, mancando até a porta aberta do lado do passageiro, arremessá-la no banco traseiro. Ela estancou ao vê-lo parado ali, mas não demorou nem um segundo e já voltava para apanhar o cachecol de Lacey.

A gente devia se manter longe das rodovias, disse Voz. *É perigoso demais. Pelo menos enquanto as duas estiverem conosco.*

O carro estava a pelo menos oitenta por hora quando capotou. E não havia nenhum outro carro na rodovia. O que significava que a garota não estava sendo seguida de perto. Ainda assim, mesmo quando perdeu o controle do carro, ela não reduziu a velocidade nem tentou parar. Ela estava em fuga, e o que quer que a perseguisse a deixou aterrorizada demais para diminuir a velocidade.

Pilgrim foi até sua moto e fechou as tampas do alforje, aprontando-se para partir.

Lacey entrou no celeiro. Ficou parada com a silhueta marcada no vão da porta, o sol nascente irrompendo quente e brilhante atrás dela. Mais uma hora e a temperatura do lado de fora chegaria quase a trinta graus. Mais quatro horas, chegaria perto dos quarenta.

Numa das mãos da garota, algo cintilou, capturando os primeiros raios do sol.

— O que você tem aí? — perguntou Alex.

Lacey deu um passo à frente e ergueu o objeto, exibindo-o para a mulher. Era uma espécie de medalha, pequena, pendurada numa correntinha de prata.

— Eu achei. Estava com a garota.

Alex foi até Lacey.

Pilgrim recolheu o descanso da moto e fez peso sobre o guidão, arrastando a moto pesada pelo chão poeirento do celeiro até a porta. Passou por Alex e Lacey. A medalhinha estava na palma de Alex. Não precisou vê-la para saber que era de um homem com um cajado numa das mãos e uma criança nas costas.

São Cristóvão, disse Voz num estalo.

— Um pingente com a imagem de são Cristóvão — explicou Alex. — Em teoria, ele protege os viajantes.

— Tipo um amuleto da sorte?

Alex fez que sim com a cabeça e devolveu o cordão.

— É, tipo um amuleto da sorte.

As duas tomaram um susto quando Pilgrim abriu a porta do celeiro com um chute. Ele conduziu a moto para fora e falou com elas por sobre o ombro.

— Vou pegar o combustível que tiver sobrado no carro acidentado. Não vai demorar. Estamos indo embora.

Ele passou uma perna sobre o banco, ligou o motor e levantou uma nuvem de poeira ao acionar o acelerador.

Pensei que a gente fosse ficar longe das rodovias.

— E vamos.

Quando?

— Logo.

Logo quando?

— Quando eu estiver pronto.

Alguns segundos de silêncio.

Você está cometendo um erro.

Pilgrim não respondeu.

A gente está indo justamente na direção de onde a garota veio, de onde estava fugindo. Você vai arranjar confusão se insistir nisso.

Pilgrim olhou para trás. O carro o seguia numa velocidade constante a um caminhão de distância. Como na noite anterior, ele não conseguia distinguir as duas ocupantes atrás do para-brisa; desta vez, porém, era culpa do sol que refletia no vidro e bloqueava sua visão, e não do brilho prateado do luar. Melhor assim. Estava de saco cheio dos olhares acusadores que Lacey vinha lhe lançando desde que abandonaram a garota morta sob o sol. Era curioso como Lacey não pareceu ter problemas com a ideia de largar a mulher estrangulada no quarto de hotel, mas, de alguma forma, sentia-se magoada com a situação da garota.

É porque a garota não é muito mais velha que ela. Podia muito bem ser ela sendo deixada para trás.

Vicksburg ainda estava a um dia inteiro de viagem. Mais tempo ainda se tivessem saído da rodovia; estavam a quase quinhentos quilômetros de atravessarem a divisa para a Louisiana. Àquela altura, a combinação de adrenalina com falta de sono começava a afetá-lo. Uma fadiga esquisita que formigava, zanzando de um ombro ao outro, que pareciam pesados, e prejudicando sua concentração na estrada, a linha central amarela serpenteando e ficando borrada e dobrada. Apesar disso, o coração batia acelerado, um bater de asas de borboleta constante nos pontos de pulsação do seu corpo. Sabia que não conseguiria dirigir por muito mais tempo.

O escapamento pipocou e pôs fim ao seu dilema. Desacelerou, e a moto avançou alguns metros antes de engasgar e perder velocidade, até que o motor soltou uns estalos e morreu. Puxou a embreagem e foi no embalo para o acostamento, o silêncio tão inusitado que ele se pegou murmurando num tom baixo e monótono, como se imitasse o ronco do motor.

No acostamento, seguiu ainda alguns metros antes de parar. Continuou sentado, quieto. Felizmente, Voz o deixou em paz — Pilgrim só queria respirar e controlar a palpitação; não ouvir nada por alguns instantes. Não deixou nem mesmo que o som da porta de um carro se abrindo atrás dele perturbasse sua meditação.

— Está tudo bem? — Uma rouquidão de fumante ainda tornava áspera a voz da mulher, mas dali a um ou dois dias ela voltaria ao normal. Provavelmente a única parte dela que voltaria ao normal.

Massageou os músculos tensos do pescoço. Todo travado, desceu da moto e foi até o carro. Sentiu uma fisgada, um aperto no estômago que não passava, ordenando que virasse o rosto e olhasse para a estrada, que farejasse o ar como um animal sentindo o cheiro de sua presa. Em vez disso, ficou parado e encarou a moto. O motor ainda soltava uns estalidos enquanto as peças se assentavam no lugar. O tanque de gasolina estava coberto por uma camada de poeira, a carroceria cheia de mossas e rachaduras, e a corrente começava a enferrujar. Sentiria saudades dela. E, ao pensar nisso, concluiu que deixaria a moto para trás, quer gostasse ou não; agora formavam um trio, e ele não tinha o direito de levar o combustível delas.

Abaixou o lenço que lhe cobria o rosto.

— Vou viajar com vocês por enquanto.

Juntos, descarregaram o que estava na moto.

Alex não ergueu os olhos enquanto esvaziava as bolsas do alforje.

— Lacey disse que a moça morta perto do celeiro teve todos os dentes arrancados.

Ele resmungou baixinho.

— Por que alguém faria uma coisa dessas?

— Não por ser a fada dos dentes, sem dúvida. — Ele foi até o carro e colocou tudo na mala.

Alex continuou agachada ao lado da moto. Qualquer que fosse o motivo, ela não fazia nada que indicasse que ia se levantar. Ele suspirou e foi se arrastando até ela.

Ela olhou para o carro além dele, para a garota sentada lá dentro, antes de encará-lo.

— Não queremos cruzar o caminho da pessoa que fez aquilo.

Ele fez que sim com a cabeça, tendo tomado sua decisão.

— De acordo.

Sua ideia antes era seguir viagem pela rodovia até encontrar alguém que pudesse explicar o que havia acontecido com a garota morta e por que ela estaria sussurrando palavras enigmáticas para desconhecidos. Se estivesse sozinho, com certeza seguiria em frente com esse propósito — continuava inconformado com isso —, mas Voz estava certo: fazer isso enquanto as duas estivessem com ele seria imprudente.

— Precisamos entregar essa garota à família dela em Vicksburg — disse Alex.

Ele não sabia nada sobre família, mas respondeu:

— Mais uma vez, de acordo.

— Essa deve ser a nossa maior preocupação.

— Ã-hã.

Alex se levantou com um gemido abafado, uma das mãos buscando apoio no joelho. Olhou nos olhos de Pilgrim e disse:

— Sabe de uma coisa? Não faço a menor ideia de quem você é de verdade.

Ele afastou uma mosca que voava perto do seu rosto.

— Ninguém está pedindo que você faça isso.

Alex se calou. Seus olhos se estreitaram levemente, mas Pilgrim percebeu que os cantos dos lábios dela relaxaram um pouco.

— Não sei o que aconteceu com você. Não sei se tem alguma coisa além de *você* mesmo nessa sua cabeça teimosa e não vou perguntar. Também não espero que me diga, e acho que não vou gostar da resposta, mesmo que me desse. Mas tenho a impressão de que você não tem muita coisa nesse mundo. Exceto, talvez, por aquela lata-velha lá. — Ela indicou a moto com o queixo, mas ele não desviou os olhos dela, embora a expressão "lata-velha" fosse uma injustiça e o tenha ofendido um pouco. Não fazia ideia de aonde ela pretendia chegar com essa conversa. — E o que tenho a dizer é que eu também não tenho muito nesse mundo — continuou. — Não mais. Tudo o que tenho está naquele carro. Estamos entendidos?

O carro era importante para ela — e deveria ser mesmo. Qualquer meio de transporte era um bem valioso, e ela deveria fazer tudo o que estivesse ao seu alcance para mantê-lo.

Não sei bem se foi isso que ela quis dizer..., começou Voz.

— Entendi — disse Pilgrim.

— Ótimo. Então é melhor a gente seguir em frente. Ou vai querer ficar aqui fora entregue às moscas? — Ela arqueou as sobrancelhas, inferindo alguma coisa que o deixou confuso. Botou um ponto final na conversa passando na frente dele e voltando para o carro.

Pilgrim ficou onde estava por um tempo, despedindo-se da sua querida moto antes de ir atrás de Alex. A antena longa e ultrafina que saía do carro capotado estava conectada a um serviço móvel de Rádio do Cidadão instalado no painel. Ele desconectou as peças e transferiu tudo para o carro de Alex, montando a base imantada da antena no teto do carro. O carregador se encaixou perfeitamente no acendedor de cigarro. Ele deixou Lacey brincando com o sintonizador, zapeando pelos canais de estática em busca de transmissões. Ele não lhe disse o que estava procurando exatamente — ela, sem dúvida, achou que ele queria conseguir informações que pudessem mantê-los distantes daquela gente que tinha machucado a garota morta; qualquer informação que recebessem poderia ser útil. A carcaça do rádio se quebrou com as capotagens, o plástico rachado exibindo o interior, por isso Pilgrim não botou muita fé que funcionaria. A estática parecia embaralhada quando ele deixou a garota brincando.

Ele conferiu mais uma vez a antena no teto do carro — continuava firme — e abriu a porta traseira. Lacey se virou no banco do carona para olhá-lo enquanto se sentava atrás dela. Ela estava usando os óculos escuros de mosquinha de novo. Viu de relance um brilho metálico no pescoço dela. A medalhinha de são Cristóvão.

— Agora não tem mais jeito, você está preso com a gente — disse ela com um sorrisinho convencido.

Ele não resistiu e sorriu. Era um sorriso meio inexpressivo, estranho no rosto dele, como uma máscara de areia prestes a se descolar da pele e cair no seu colo. A pontada no estômago parecia ter cedido agora que estava sentado no carro.

— Vai saber, talvez você passe a *gostar* de ter a gente por perto. — Lacey arqueou uma sobrancelha, como se o desafiasse a responder, então voltou a mexer no rádio. A estática ficou alta por um instante.

— Escutou alguma coisa? — perguntou ele.

— Achei que sim por um momento, mas depois nada além de *shhfffhh*. — Ela acrescentou uns estalos e assovios para ilustrar.

— Você testou as estações que indiquei?

— Nove, dez, quatorze, dezenove e... hummm...

— Vinte e um — completou ele, os canais da Rádio do Cidadão de antigamente para emergências, tráfego nas rodovias e notícias das estradas estaduais.

— Certo. Vinte e um. Tentei todas. Nadica de nada.

— Volta para a quinze e deixa lá. — Era nessa estação que o rádio estava sintonizado quando foi ligado pela primeira vez. A garota devia estar monitorando essa estação.

— Saquei — respondeu Lacey.

Pilgrim se ajeitava no banco enquanto Alex voltava para a rodovia e acelerava aos poucos. Não olhou para a moto quando passaram por ela; ele deixou diferentes partes suas por onde esteve. Muito em breve, tudo o que teria seriam as botas e a habilidade de colocar um pé na frente do outro até que não houvesse mais lugares para ir. Talvez, então, ele se desse ao luxo de olhar para trás.

— Você devia dormir um pouco — disse Alex, olhando nos olhos dele pelo retrovisor.

Ele baixou no banco, as pálpebras pesadas, o conforto do acolchoado se abrindo para recebê-lo.

— Saia da rodovia na próxima rampa de saída — disse ele. — E não pare para ninguém.

Afundou-se bem fundo naquele abraço acolchoado até estar completamente encasulado, como se estivesse deitado num caixão felpudo e aconchegante.

CAPÍTULO 17

Pilgrim dormiu feito uma pedra. Não sonhou. (Sonhos eram para pessoas que ainda acreditavam que havia lugares seguros no mundo.) Mas houve vislumbres de imagens na escuridão. Lembranças que estavam alojadas nos recessos do seu crânio, ocultas nos vastos oceanos da sua mente e supostamente salvaguardadas em baús trancados. Ocasionalmente elas escapuliam das suas amarras, nem os elos das correntes conseguiam contê-las.

Uma dessas visões era de um homem nu pendurado pelo pescoço, o corpo oscilando na ponta de uma corda amarrada a um poste telefônico. Num pedaço de papelão amarrado ao peito do enforcado estava escrito com marcador preto "Ele ouve" em letras tremidas. Tinha um pé calçado. Um brogue preto e branco. Uma criançada se acotovelava na rua, a mais velha por volta dos 8 anos, e todas atiravam pedras e latas vazias como se o morto fosse uma *piñata*, pronto para esparramar doces e balas se levasse uma paulada no lugar certo.

Na imagem seguinte, Pilgrim viu três adultos acocorados ao redor de uma fogueira, um grupo heterogêneo de imundície, ossos salientes e roupas esfarrapadas, os olhos muito brancos contrastando com o rosto emporcalhado. Um cachorrinho era assado num espeto sobre uma fogueira. Eles sequer se deram ao trabalho de pelar o bicho ou tirar a coleira. Partes do animal pegavam fogo, exalando o cheiro almiscarado e enjoativo de pelos queimados. Ao verem Pilgrim, levantaram-se furiosos e, aos berros, acenaram para que desse o fora. Ele não entendeu uma palavra — tinham perdido a capacidade de verbalizar seus instintos desvairados. Eram mais animalescos que o coitado do vira-lata sendo assado no espeto.

A última imagem não era uma reminiscência. Ou ao menos não uma de que se recordasse. Ele estava no meio do que costumava ser uma cidade, mas agora a paisagem parecia lunar, com ruas cheias de crateras e rachaduras e calçadas umas sobre as outras em diferentes níveis, como se Deus tivesse pessoalmente deslocado as placas tectônicas no interior da Terra para criar degraus, alguns ascendendo para o paraíso, outros mergulhando nas entranhas do inferno. Todos os prédios tinham desabado. Não havia ninguém. Pilgrim era o primeiro homem na cidade desde que ela havia sido destruída e provavelmente seria o último. O lugar era a definição de devastação. Nada vivia ali, não mais. Entretanto, o céu pululava de vida com uma estática pulsante, vermelha, explosões magnéticas a cada poucos segundos, um zumbido contínuo das profundezas como se cabos de energia invisíveis corressem acima da sua cabeça. A cada explosão crepitante de eletricidade, os pelos dos seus braços se arrepiavam e o zumbido emitia cliques, quase como palavras. Quanto mais tempo passava encarando aquele céu vermelho, volátil e magnético, mais achava que compreendia sua essência, embora o céu falasse com ele. Ele dizia: "Tânatos" e "Ouça" e "Chacina" e "Morte"; e essas palavras fizeram seu sangue fervilhar com a estática também, que corria abrasadora e aterrorizante sob sua pele.

Pilgrim abriu os olhos e lá estava ele no banco traseiro do carro, olhando para as nucas de Alex e Lacey. Ele não transitou por aquele estado de semiconsciência: simplesmente estava dormindo e de repente acordou.

As duas estavam conversando de novo. Tudo que elas pareciam fazer era conversar. Abaixo do som da conversa, a estática da Rádio do Cidadão fornecia uma almofada de ruído branco.

É o que as mulheres fazem, conversam. E fazem com que os homens se sintam inferiores. Voz pairava por perto, como se o esperasse acordar.

Pilgrim queria contar para ele a última parte do seu sonho, sobre o céu vermelho e pulsante, e as palavras que esse céu lhe disse, mas algo paralisou sua língua. O sonho lhe deixou com um vago sentimento de preocupação, e não queria que Voz se envolvesse nisso.

Voltou a atenção para fora do carro, para a posição da bola enorme e ardente. Ele dormiu por mais ou menos uma hora. Ficou satisfeito ao ver que elas haviam seguido suas instruções e saído da rodovia. Naquele momento atravessavam uma cidade abandonada, bem diferente daquela da qual havia despertado. Janelas quebradas, portas quebradas, carros enferrujados e sem rodas, mato crescido e arbustos ressecados, telhados caídos, pórticos de garagens desmoronados. Um pequeno cinema anunciava no letreiro "E   EX B ÇÃ   — M D   AX: (18)".

O interior do carro estava abafado e quente. Sentiu-se meio tonto. Ficou jogado onde estava escutando a conversa das duas.

— Tenho quase certeza de que é a próxima à direita — dizia Lacey. Houve um farfalhar de papel quando ela levantou o mapa e o dobrou ao meio, então mais uma vez ao meio, apoiando-o no colo, a cabeça balançando sobre o mapa.

— Me avisa quando for para virar — disse Alex.

— Você vai adorar Vicksburg, Alex. Minha irmã mora numa casa bem grande, então vai ter bastante espaço para você.

Ela tem uma irmã, disse Voz em tom pensativo.

Pilgrim levou um tempo esmiuçando a lateral do rosto de Lacey quando ela se esticou para pegar o fone do rádio. A armação dos óculos escondia os olhos dela, mas o perfil formava curvas suaves e harmoniosas. Havia um pequeno inchaço na ponte do nariz, como se tivesse caído de cara do balanço do jardim da sua casa, ou levado uma chifrada da cabra que ordenhava, enquanto espremia as tetas, ou talvez tivesse escorregado ao sair da banheira depois de um dos seus banhos que tanto adorava.

Não, avisou Voz.

— Seria ótimo — disse Alex —, mas primeiro vamos ver o que a sua irmã acha disso. Talvez ela não queira desconhecidos na casa dela.

O rádio respondeu com uns cliques quando a garota apertou o botão liga e desliga do microfone.

— Ah, a Karey não vai se incomodar. Ela gosta de receber visitas. Você tem que provar os *scones* dela. Ela faz os *melhores scones*, pode apostar. — A estática parou quando ela ligou o microfone. — Ouviram o que eu disse? Alguém aí quer *scone*? *Scones* de chocolate com laranja, de chocolate branco com morango e os clássicos de passas. Mas ela não é muito boa assando tortas de maçã — continuou, num tom mais íntimo. — Mas você daria tudo por um *scone* dela. A próxima rua é a South Levee.

Alex dobrou à direita. O rádio soltou uns estalidos, e as orelhas de Pilgrim ficaram em pé, mas foi só.

— Eu costumava fazer biscoitos deliciosos — disse Alex. — Como eu adorava a minha cozinha! Era a menor cozinha do mundo. Pensa num selo de carta; ela era assim mesmo de tão minúscula. Mas eu alcançava tudo parada. Era maravilhoso.

— A cozinha da minha irmã é bem grande. E antiquada. Com fogão de ferro fundido e coisas assim.

A pergunta seguinte de Alex foi um tanto hesitante.

— Será que ela sabe que você está a caminho?

Lacey se virou para olhar pela janela do passageiro. Embora sua voz soasse alegre e tranquila, Pilgrim percebeu uma empolgação forçada. O rádio se calou mais uma vez, a estática emudeceu, como se ele também quisesse escutar melhor a resposta da garota.

— Ela deveria imaginar, sim. Eu esperei por tanto tempo. É que, sabe, eu não sabia se ela ia até lá ver a gente, e vovó dizia que a gente precisava se preocupar com a nossa vida, e que a minha irmã sabia muito bem se virar. Ela tem o David e a Addison, a minha sobrinha, já falei dela? Eu sou tia. — Lacey deu risada, como se isso fosse a coisa mais extraordinária do mundo. — Depois de tentar por muito tempo, a minha irmã finalmente engravidou. Vovó costumava dizer que a Addison foi um milagre. Karey deu à luz alguns meses antes de tudo virar de cabeça para baixo, por isso ainda não a conheço. Terrível, né, nunca ter visto a minha própria sobrinha? Mas vovó dizia que não era seguro, entende, sair viajando por aí e atravessar dois estados. Ela bem que tentou uma vez, depois de eu insistir muito. Mas não deu muito certo. A visão de vovó só piorava, e, no fim, ela mal conseguia enxergar... — Ela fez uma pausa, mas logo retomou o fio da sua alegria. — Então, depois que vovó morreu, decidi que arrumaria um jeito de ir para lá.

— Uau. Então a sua sobrinha deve estar com 7 anos agora.

— É. Quase 8.

— E faz quanto tempo que a sua avó faleceu?

Lacey murmurou baixinho enquanto fazia contas de cabeça e voltou a apertar o botão que ligava o microfone.

— Acho que deve ter sido... três meses atrás? É, mais ou menos três meses. — Ela bem que tentou soar indiferente, mas Pilgrim podia apostar que a garota sabia exatamente há quanto tempo tinha sido, provavelmente em número de dias.

— Foi por isso que montou a barraca de limonada que você falou? — perguntou Alex.

— Não de início. Para falar a verdade, eu não sabia direito o que fazer. — *Clique-clique-clique.* — O que quero dizer é que vovó tinha ficado muito esquecida, e bem que eu tentava conversar com ela, mas não era de grande ajuda. Tive que resolver tudo sozinha. — A estática emudecida fez *clique*. — Quase não tem carros passando perto da fazenda, mas calculei que um belo dia alguém ia aparecer. Resolvi arriscar na esperança de que fosse alguém disposto a ajudar. Mas fui prevenida e levei a minha bicuda.

— Bicuda?

— A velha faca de descascar de vovó.

Pilgrim tinha escutado o bastante; espreguiçou e gemeu enquanto alongava o pescoço e as costas. Ele disse:

— Quer dizer que você planejava me furar se eu não pagasse o que estava devendo?

Ele ficou levemente aborrecido ao perceber só agora que permitiu que ela subisse na garupa da sua moto sem antes revistá-la em busca de armas. Ela podia facilmente ter enfiado a bicuda entre as suas costelas se quisesse, e ele não teria conseguido impedi-la.

Antes Lacey estava sentada para a frente, mas agora estava de lado, o braço enganchado no encosto para que pudesse encará-lo de frente.

— Eu planejava enfiar a bicuda em você se tentasse me comer.

Me comer! Voz gargalhou.

— Sorte a minha que a limonada me deixou satisfeito.

Lacey deu um sorrisinho convencido.

— Ainda bem! Caso contrário você ia estar cheio de buracos, tipo nos desenhos animados quando um personagem acaba todo furado e quando bebe alguma coisa o líquido vaza pelas feridas feito uma fonte humana.

Pilgrim, a Almofada de Alfinetes.

— Está se sentindo melhor? — perguntou Alex. — Você dormiu pouco.

— Estou bem. — Ele movimentou o pescoço e ouviu um estalo; abriu e fechou a mão esquerda, que formigava, como se alfinetes e agulhas pinicassem sua pele.

Lacey coçou o nariz com o punho da blusa e disse:

— Está com fome? Acabei de contar para a Alex sobre os *scones* da minha irmã...

— Chocolate com laranja, chocolate branco com morango e o tradicional de passas. Eu ouvi.

— Seu gambá imundo — disse ela, mas com um sorriso largo no rosto.

— Mas eu não estava me fingindo de morto.

Um pouco do sorriso largo dela se foi, e o que sobrou ficou solto, pairando no ar sem rumo certo.

— Gambás se fingem de mortos para afastar predadores — explicou ele. — Eu estava só dormindo.

O sorriso dela desapareceu de vez. A estática do rádio caiu num silêncio agourento.

— Eu não saberia dizer. Nunca vi um de verdade.

— E provavelmente nunca vai ver. Todos já devem ter sido caçados e comidos, ou voltaram para as florestas...

— Pelo mapa — interrompeu Alex — que estamos usando, devemos estar ao sul de Fort Worth. Então só umas seis horas de distância de Vicksburg.

— Ótimo — disse Pilgrim, acenando com a cabeça. — Muito bom. — Ele se virou para Lacey e perguntou: — Você está indo para Vicksburg porque acredita que a sua irmã vai estar lá?

Pilgrim...

Lacey franziu a testa, uma nuvem de desconfiança afiando sua língua.

— Ã-hã, por quê?

— Você sabe que as chances de encontrar ela com vida são ínfimas.

Pilgrim. O timbre de Voz era de severa repreensão.

— Olha — disse Alex ao mesmo tempo que Voz, encarando-o. — Primeiro, a gente deveria verificar, antes de fazer qualquer suposição.

— Falsas esperanças são um perigo — retrucou ele. — Você sabe tão bem quanto eu que as chances não são grandes.

— Você não sabe nada — disse Lacey lançando-lhe um olhar duro, de olhos semicerrados. Pilgrim não entendia ao certo por que ela estava tão brava; ele só estava sendo realista. — Você acha que sabe porque andou por aí mais do que eu. Mas não sabe.

— Não foi isso que eu disse — falou ele, franzindo o cenho. — Mas, se essa é a única razão para você querer ir a Vicksburg, então precisa repensar...

Alex interrompeu de novo:

— Vamos torcer para que tudo esteja bem e ver o que encontramos. Tá bom? Não tem nada de errado em pensar assim. — Pelo retrovisor, os olhos dela pousaram nos dele, silenciando-o.

Lacey direcionou um último olhar a ele e se virou, afundando no banco e cruzando os braços. O microfone emitiu uma sequência de cliques rápidos conforme a garota apertava o botão insistentemente.

Esse clique-clique está ficando bem chato.

— Quanto mais você clica ou segura o botão, menores são as chances de ouvirmos qualquer transmissão.

A garota bufou e o clique-clique parou. Um ruído branco se assentou no carro.

Pilgrim coçou o rosto.

Adolescentes, disse Voz, como se isso explicasse tudo. *Não se preocupe. Você teve uma irmã. Você se lembra dela? O mesmo cabelo cacheado...*

— Agora não — disse Pilgrim.

Alex lhe lançou outro olhar de cenho franzido pelo retrovisor, mas ele não se importou.

Agora não, agora não. É sempre "agora não" com você. Nunca quer me escutar.

— Posso dar uma olhada no mapa? — perguntou ele, esticando a mão para o vão entre os bancos da frente, deixando-a ali, vazia, aguardando pacientemente até que Lacey deu um suspiro alto e bateu com o mapa na palma dele. — Obrigado.

Ela não respondeu.

Depois de encontrar no mapa o trecho da rodovia do acidente de carro, traçou com a ponta do dedo a rota de fuga da garota morta, lendo um por um o nome de cada cidade, pequena ou grande, torcendo para que a palavra "Defenda" lhe saltasse aos olhos. Nada. Não havia "Defenda", nem palavra nenhuma derivada do mesmo radical em lugar nenhum num raio de mais de cento e cinquenta quilômetros. Deixou o mapa no colo e usou o polegar e o indicador para coçar os olhos.

Olha!

Uma placa verde passou rápido, com uma seta apontando para uma saída à esquerda.

— Para! — Pilgrim se virou, os olhos fixos na placa como se ela fosse deixar de existir caso despregasse os olhos dela.

A biblioteca ficava num prédio pequeno de um andar. O telhado era marrom e a fachada, de tijolos beges desgastados. Elmer, o elefante xadrez, tinha sido pintado em uma das janelas da frente, mas faltava a cabeça e o vidro estava quebrado ao meio. A porta tinha sido retirada das dobradiças, de modo que agora só restava o vão e um convite para entrar, o que, Pilgrim tinha certeza, teria deixado os bibliotecários de antigamente muito felizes. Afinal, todo mundo é bem-vindo à biblioteca.

— O que a gente está fazendo aqui? — perguntou Lacey, descendo do carro sob o sol escaldante do meio-dia.

Pilgrim havia imaginado que ao ar livre se sentiria melhor que no carro abafado, mas se enganou.

Quente feito os scones da irmã da Lacey.

Pilgrim baixou os óculos escuros e analisou o estacionamento. O chão de concreto estava desbotado e esburacado, assim como as calçadas. Os fundos de cinco prédios davam para o estacionamento, e ele verificou as janelas, uma por uma, mas não viu ninguém espiando nem sentiu olhares em si. Seus ouvidos, porém, percebiam um som. Mais uma vibração que um barulho. Um zumbido fraco sob o concreto. Um gerador, provavelmente. Isso podia significar pessoas. Mas elas preferiram não dar as caras, o que para Pilgrim era uma cortesia.

— Procurando uns livros — respondeu ele e bateu a porta do carro. Exibiu-se ao sacar sua pistola, retirar o carregador e verificá-lo antes de recarregar a arma.

— Tá, isso eu saquei. Mas que livros?

Pilgrim quase sorriu quando a garota ergueu sua carabina, instintivamente seguindo o exemplo dele ao verificar a arma do jeito que ele teria pedido que fizesse.

— Eu mostro quando achar — respondeu ele.

Ela foi atrás dele para a traseira do carro, onde ele abriu a mala e pegou a mochila, pendurando-a nas costas. Lacey e Alex seguiram o exemplo e tiraram seus pertences. Alex trancou o carro. Pilgrim não comentou que, se alguém quisesse, podia arrombá-lo em meros dez segundos e sair em disparada antes que eles tivessem tempo de voltar.

— Cara, por que *tudo* com você tem que ser esse mistério? Não dá para me dizer quais livros?

Ele abaixou os olhos para Lacey. Os óculos de sol ainda escondiam os olhos da garota, mas ele podia afirmar pelas sobrancelhas arqueadas e pelas rugas na testa que ela estava de cara feia.

— Você prefere que alguém diga em vez de ver por conta própria? — perguntou ele, genuinamente surpreso.

— *Sim.*

Ele olhou para Alex, que encolheu os ombros e deu um sorrisinho. Ele notou que ela havia pegado a chave de roda da caixa de ferramentas do carro e enfiado por dentro do cinto.

Ele se virou para a garota.

— É que eu ainda não sei. Quando bater os olhos neles, aí vou saber. — E passou na frente dela e foi direto para a entrada da biblioteca, dando uma terceira e última boa vasculhada nas redondezas.

Passado um momento de silêncio, ela recomeçou:

— Você está de brincadeira, é isso? Quer dizer que você nem mesmo *sabe* que livros está procurando? — Ele ouviu os passos pesados dela logo atrás.

Pilgrim parou no vão da porta. Veio saudá-lo um sopro de ar com cheiro bolorento de livros velhos, e ele respirou fundo.

— Antigamente, acreditavam que fazer livros digitais, ou melhor, *tudo* digital era o futuro. Mas onde estão essas coisas agora? Perdidas, é isso. — Ele não se virou para Lacey ao falar. — Livros em papel são reais. É a experiência de manusear. De virar as páginas. Sentir o cheiro da tinta. Você vai entender quando encontrar o livro certo. — Apontou a arma e entrou. — E fica esperta — acrescentou. — Não temos como saber quem está aqui.

Filtrada pelas janelas, a luz do sol ganhava um tom esfumaçado, seus feixes amarelados vibrando com a poeira que pairava no ar. Pilgrim cobriu a boca e o nariz com o lenço, sentindo uma coceira no fundo da garganta ao respirar. Tirou os óculos com a mão livre e entrou mais no hall de entrada.

O espaço se abria: o balcão de empréstimos e devoluções à direita, uma longa mesa à frente e estantes de madeira escura cobrindo as paredes laterais. À sua esquerda, um vão entre as estantes abria caminho para uma escada larga que descia para o porão e uma placa cinza desbotada sinalizava que os livros infantis ficavam lá embaixo. Não havia livros nas prateleiras, mas elas serviam de lar para cotões de poeira e cadáveres de insetos.

Essa é mesmo uma boa hora de parar para procurar material de leitura? E se esses doidos que curtem arrancar dentes estiverem por aqui?

— É sempre uma boa hora.

Lacey emparelhou com ele.

— O que é sempre uma boa hora?

— Para abrir nossas mentes — respondeu ele.

— Tá... — disse ela franzindo a testa, estranhando a resposta.

À frente, fileiras de seis estantes perpendiculares à parede davam para uma área de leitura com mesinhas baixas e baias de estudo. Uma escada em L subia para o mezanino, onde mais placas indicavam onde antes havia uma seção de livros de não ficção; esse espaço formava um balcão que dava para a área de leitura embaixo.

— Então, cadê todos os livros?

Ele correu os olhos por aquele vazio, procurando uma porta específica.

— Muitos foram queimados — respondeu ele, desatento. — São bons combustíveis para fogueiras.

Vagando ao longo da mesa, os dedos da mão esquerda trilhando inconscientemente os veios da madeira, ele bateu os olhos numa porta com a placa "Somente para funcionários".

Sorte grande, disse Voz.

— Sorte grande — concordou Pilgrim.

Imaginava que a porta estaria trancada, mas a maçaneta virou com facilidade e a porta se abriu para dentro sem ranger. Era como olhar para o interior de uma cratera; os olhos dele não foram capazes de distinguir nada naquela total e completa ausência de luz. Enfiou a mão no bolso lateral da mochila e pegou a lanterna. O facho de luz perfurou a escuridão, abrindo caminho e banhando tudo de um branco inclemente. Pé ante pé, atento a qualquer movimento, foi apontando a lanterna de um lado para o outro, iluminando uma escrivaninha e uma cadeira, dois armários para pastas suspensas com todas as portas escancaradas, um quadro de cortiça com recados de pontas rotas fixados com alfinetes e uma lixeira de metal virada de ponta-cabeça. Na parede mais afastada, outra porta o atraía. Também destrancada. Quando a abriu, recebeu uma baforada gélida, como se o cômodo tivesse liberado o ar dos pulmões depois de uma interminável lassidão, trazendo consigo uma inhaca de ranço e mofo ainda mais forte.

Seis fileiras de arquivos deslizantes ocupavam quase todo o espaço. O arquivo do meio estava aberto e, quando Pilgrim deu uma olhada, notou que todas as prateleiras estavam repletas de livros. Centenas de livros.

Opa, olha só! Você achou uma mina de ouro, Pilgrim, meu parça.

Guardou a arma no coldre e se enfiou no vão entre os arquivos, tomando cuidado para não pisar nos trilhos, e acariciou a lombada dos livros, o olhar atento aos títulos. Retirou um exemplar de poucas páginas de *O bebê de Rosemary*, de Ira Levin, e folheou o papel amarelado. Como era boa a sensação de ter um livro nas mãos. Abriu a mochila e o enfiou lá dentro.

Voltou a correr os dedos pelas lombadas, parando aqui e ali para sentir as letras gravadas em baixo ou alto relevo.

Você não tem como levar tudo.

— Cinco — disse Pilgrim. — Tenho como levar cinco.

Tudo bem. Mas seja rápido.

CAPÍTULO 18

Lacey quase foi atrás do Escoteiro para a sala nos fundos, mas ele não lhe concedeu sequer uma olhadinha, ocupado demais catando seus preciosos livros para se importar se ela estava ou não ali com ele. Melhor esquecê-lo, se o que ele quer é procurar o misterioso livro *você vai entender quando encontrar*. Tinha coisas melhores para fazer do que ir atrás dele feito um pinto esfomeado esperando ser alimentado.

Ficou parada perto da mesa longa e vazia, observando o foco de luz da lanterna de Pilgrim vagar de um ponto a outro no depósito escuro. Olhou para baixo, para sua mão descansando no tampo poeirento da mesa, seus dedos, assim como os do Escoteiro, trilhando aqueles mesmos caminhos feitos na poeira. Retirou a mão e, irritada, espanou a sujeira do jeans.

Alex tocou seu cotovelo.

— Ele não fez por mal. Ele só precisa aprimorar o convívio social.

— Não me diga — resmungou ela.

Alex enlaçou seu braço no de Lacey.

— Vem, vamos procurar os nossos próprios livros. Mais tarde ele vem encontrar a gente.

Lacey deixou que Alex a arrastasse. As duas perambularam até a escada, a iluminação cada vez mais fraca à medida que se afastavam da entrada da biblioteca. Na parede — os detalhes perdidos naquela penumbra —, um coelho pintado num painel de quase dois metros lhes dava as boas-vindas no patamar da escada. Lacey tirou duas velas da mochila e as segurou bem firme enquanto Alex as acendia. Seguindo o coelho, desceram para a escuridão, agarrando-se ao corrimão, uma nova pintura do coelho pulando, a cada cinco degraus mais ou menos. A luz das velas projetava as sombras delas nas paredes, o coelho acordando para a vida nas chamas dançantes, saltando e pulando com elas.

A seção infantil era uma caverna escura. Mantiveram-se à direita, tateando as prateleiras para se orientar.

Alex parou e por pouco não foi atropelada por Lacey, que vinha logo atrás.

— Uau, olha isso!

Na frente de Alex, uma lagarta verde imensa pendia do teto. Alex a cutucou com um dedo e o inseto balançou na ponta de um fio. No caminho de volta, Alex a pegou com uma das mãos.

— Parece que anda comendo muito pimentão — disse Lacey.

Alex deu uma risadinha.

— É uma lagarta muito comilona, come tudo o que aparece pela frente.

Lacey ficou olhando para aquela coisa, sem entender a referência.

— E...?

Alex a encarou como se ela tivesse feito brotar uma lagarta do olho.

— Meu Deus! Você nunca ouviu falar da lagarta comilona?

Por algum motivo, o espanto de Alex deixou Lacey aborrecida.

— Não. Sinto muito se a minha avó não costumava frequentar bibliotecas nem ler muito para mim. Eu tinha uns 9 anos, acho, quando todo mundo resolveu pular de pontes e se jogar na frente de trens e matar uns aos outros e coisas assim. Nunca tive a oportunidade de ser uma leitora voraz.

Alex soltou a lagarta, que ficou oscilando suavemente na ponta do fio.

— Desculpa. Eu estava revivendo um pouquinho a minha infância. Não quis dizer que você devia saber quem é a personagem só porque eu conheço.

A irritação de Lacey se foi instantaneamente.

— Ai, meu Deus, desculpa, Alex. Eu fui meio babaca. Deixa pra lá, tá? Que tipo de livro é esse?

Alex sorriu, mas estava triste, distante.

— Um livro infantil. Nossa babá costumava ler para nós quando éramos pequenas.

— Babá? Não os seus pais?

— Não, eles não eram pais do tipo que leem na cama para os filhos. — Seu sorriso se impregnou de amargura.

— Eles se foram, também? Seus pais, quero dizer.

Alex de novo estendeu a mão para a lagarta e a colocou na palma em concha, o polegar acariciando o corpo verde do inseto.

— Aconteceu com eles o mesmo que com a maioria das pessoas. Mas a minha mãe foi um pouco mais inventiva. Ela fez todo o lance da Sylvia Plath. Minha mamãe querida, sempre teve talento para o drama.

Sylvia Plath era outra referência que Lacey não compreendia, mas não estava a fim de pedir explicações. O que queria mesmo era se desculpar mais uma vez, mas estava farta dessas palavras. De saco cheio, de verdade. Eram palavras que deixavam um gosto sem graça e poeirento na boca.

— Será que a gente encontra o livro da lagarta comilona aqui? — perguntou. — Eu ia adorar.

CAPÍTULO 19

Por causa do peso, Pilgrim resolveu apanhar só mais três livros finos: *Cama de gato*, de Kurt Vonnegut, *The Day of the Triffids*, de John Wyndham, e *Eu sou a lenda*, de Richard Matheson. De repente, reparou que fazia um bom tempo que tudo estava tranquilo demais.

Virou a lanterna para a porta aberta.

Ninguém ali.

A inimaginável descoberta de todos esses livros intatos fez com que ele momentaneamente se esquecesse da garota e da mulher, mas agora o silêncio berrava em seus ouvidos na ausência delas. Até a vibração sutil do chão havia desaparecido. Apressado, tirou o quinto livro da estante sem sequer olhar o título e o colocou na mochila. Saiu do espaço entre os arquivos ajeitando a mochila nas costas, fez o caminho de volta pelo escritório externo e entrou na biblioteca propriamente dita.

Elas também não aguardavam por ele ali fora. Foi recebido apenas por silêncio e poeira. Ficou parado, imóvel, e aguçou os ouvidos.

Talvez elas...

— Xiu!

Nenhum barulho. Chegou a cogitar chamá-las, mas desistiu. Não havia motivo para atrair atenção.

Esse lugar não parece seguro, sussurrou Voz. *Nem para nós nem para elas. É como se os problemas sempre arrumassem um jeito de encontrar a gente.*

Os olhos de Pilgrim foram atraídos para o vão da porta. De onde estava dava para ver o estacionamento, e por um segundo se imaginou saindo rápido da biblioteca, sem olhar para trás ao passar pelo carro de Alex, e seguir andando. Sabia que a garota ficaria zangada quando descobrisse que ele se foi, mas pelo menos não teria de encarar a expressão de mágoa nem a tristeza pela traição nos olhos dela, porque àquela altura estaria a mais de três quilômetros dali, na estrada, e aumentando a distância entre eles a cada passo.

Achei que você quisesse ajudá-las, disse Voz.

Viu de novo os olhos da mulher pelo retrovisor, porém, desta vez, em pé nessa biblioteca vazia com nada além dos pesos da mochila nas costas e de Voz na cabeça, achou que enfim compreendia o que ela estava tentando lhe dizer: isso era tudo o que ela tinha. Não tire isso dela.

Talvez a gente até ganhe alguns scones, acrescentou Voz.

— Você sabe tão bem quanto eu que a irmã dela está morta. — Mas não havia desprezo em seu tom de voz. Ele encarava os rastros que seus dedos deixaram na poeira no tampo da mesa. Ao lado deles, viu rastros menores feitos pelos dedos da menina na superfície, atravessando os seus.

No fim das contas, ele não era um canalha desalmado. Não totalmente.

— Acho que eu disse para ela que ia levá-la até lá — sussurrou ele.

Ã-hã.

— E não vai levar muito tempo.

Ã-ã.

Pilgrim seguiu em frente, a cabeça abaixada, os olhos estudando o rumo das pegadas no carpete empoeirado.

Sabe de uma coisa? Para um cara que está sempre reclamando que quer ficar sozinho, você representa direitinho o papel de Papai Urso.

— Se não tem nada de interessante para falar — disse Pilgrim —, faz um favor a nós dois e não diz mais nada.

Como uma criança que insiste em ter a palavra final, Voz acrescentou: *Você é tão mal-humorado quanto um urso, também.*

Balançando a cabeça, Pilgrim acendeu a lanterna e desceu para o porão, onde foi recebido pelo Ursinho Pooh, pelo Elmer, o elefante sem cabeça, e pelo Grúfalo.

A seção infantil era uma área com pé-direito baixo e tão ampla quanto as seções de ficção e não ficção juntas. A escuridão passava uma sensação claustrofóbica e tétrica, apesar do conceito de andar aberto. Com as estantes de madeira escura da altura de uma criança e caixas coloridos pelo chão, havia uma infinidade de cantos para alguém se esconder. Pilgrim sacou a pistola, mantendo o cano apontado na altura de um joelho.

As estantes mais próximas à escada estavam vazias, mas, ao adentrar no labirinto de caixas de madeira e estantes, livros começaram a aparecer, uns caídos, outros encostados uns nos outros num efeito dominó, e apenas um ainda de pé, como se colocado de propósito pelo bibliotecário naquela manhã para ganhar a atenção de uma criança curiosa. Obviamente, a tarefa de carregar esses livros escada acima tinha sido cansativa demais para os ladrões, que concentraram seus esforços no térreo logo acima.

Ao fim de muitos corredores, foram pendurados ou colocados em exibição animais ou criaturas fantásticas, feitos para capturar a imaginação dos pequenos visitantes. Mas também capturaram a dos mais velhos, e Pilgrim deu à grotesca aranha de pernas compridas um bom espaço para descansar no fim de um corredor, o corpo de papel machê do aracnídeo do tamanho da sua cabeça. Foi muito fácil para ele imaginar a aranha acordando, alongando as patas compridas e finas e correndo para ele numa inesperada explosão de velocidade. Sem pensar duas vezes, passou rápido por ali.

Escondido sob a escada, um portal em forma de arco atraiu sua atenção, um suave brilho tremeluzente de vela bailando nas paredes da alcova. Lá encontrou a garota de pé em frente a uma árvore. Alex estava sentada num pufe redondo com um livro aberto no colo, uma vela na prateleira acima do seu ombro esquerdo, a base de cera derretida e espalhada pelo tampo de madeira. Ela ergueu os olhos ao vê-lo, com um sorrisinho de saudação que nem bem se abriu e já se fechou. Ele acenou com a cabeça para ela e olhou para a árvore que fascinava tanto a garota.

Olhando de perto, viu que era feita de cartolina e papéis pintados de marrom e presos em tiras longas para imitar a casca. As folhas eram de papelão, revestidas de papel de seda verde.

Lacey esticou o braço e espalmou a mão na imitação de tronco, sua cabeça inclinada para trás, os olhos voltados para a copa da árvore. Nos galhos, dois passarinhos coloridos observavam tudo em silêncio.

— Alguém fez tudo isso — sussurrou a menina.

Pilgrim se aproximou e, incapaz de resistir à tentação, guardou a arma e descansou a palma no tronco de papel. Era áspero ao toque, mas não estava frio.

Feito casca de árvore, disse Voz.

— Ã-hã — murmurou ele.

— Deve ter levado horas e horas de trabalho. Não é incrível? — Lacey olhou para ele. Seus olhos refletiam a luz fraca e bruxuleante da vela. — Alguém levou tanto tempo para fazer algo assim, só para as crianças poderem admirar e brincar ao redor. — Ela se virou de novo para a árvore, a mão afagando a casca como se ela pudesse sentir sua carícia.

Pilgrim olhou para cima, para os galhos, e deu com um passarinho de pelúcia encarando-o lá de cima, os dois olhos de minibotões pretos imóveis. Um guardião inerte de crianças mortas há muito.

Ouça, sussurrou Voz.

Bem baixo, Pilgrim ouviu vozes. Reais, vozes externas.

Lacey deve ter notado quando ele virou a cabeça e de repente ficou imóvel.

— O que foi? — perguntou ela.

— Alguma coisa no andar de cima — afirmou Pilgrim. — Espera aqui.

Alex já estava em pé, o livro que lia jogado de lado. Havia um desenho de uma cobra verde na capa. Ela fez uma pergunta com os olhos.

— Se apronte para sair — instruiu ele e deixou as duas, desligando a lanterna e encontrando o caminho de volta para a escada, as vozes ficando mais altas conforme ele subia os degraus.

Ao menos três. Talvez mais.

Pilgrim parou na metade da escada, alto o bastante para identificar palavras nas vozes, mas os donos delas continuavam fora do campo de visão.

— ... vai fazer, Jeb?

— A gente vai ver que merda esse povo tá fazendo aqui. E por que estão transmitindo um monte de merda pelo nosso canal Cidadão, e por que diabos estão dirigindo por essas bandas.

Bem que eu falei que os problemas sempre arrumam um jeito de encontrar a gente, sussurrou Voz.

— Mas o sinal que a gente estava seguindo morreu. Como é que a gente vai saber se é o mesmo pessoal?

— Eles têm uma antena na porra do teto do carro e uma unidade do rádio dentro. O capô ainda está quente. Pode apostar como são eles mesmos, seu imbecil. Agora, vamos revirar esse lugar até eles aparecerem e pedir a Deus que a tenham visto.

Uma terceira voz se juntou.

— O Chefe quer a Red de volta. Então vamos procurar até achar.

A primeira voz falou de novo e soava aflita.

— Ela não vai se deixar ser encontrada. Não depois do que fizeram. Ela não quer ser encontrada.

Seguiu-se o som de uma bofetada e de um grito.

— Pelo amor de Deus, para de reclamar que nem uma vagabunda.

O chorão choramingou um pouco mais.

— Não precisa me bater, Jeb. Puxa vida!

— Então cala a porra da boca e vai verificar aquelas salas lá. Bill, você vai lá para baixo. Grita se vir qualquer coisa.

Pilgrim recuou, descendo silenciosamente de volta para a alcova. Fez sinal para que Alex apagasse a vela, então puxou as duas para perto. A escuridão se tornou impenetrável por alguns segundos, mas ele sabia que seus olhos logo se ajustariam.

— Estão em três — sussurrou ele, mal se fazendo ouvir — Um está vindo para cá. Vamos ficar em silêncio e juntos. Nada de tiros, a não ser que não tenha outro jeito.

Elas estavam tão perto que Pilgrim podia sentir a tensão vibrando nas duas, o calor escaldante da ansiedade. A garota já estava ofegante, respirando rápido.

Isso não vai dar certo, disse Voz.

E não ia mesmo. A garota estava praticamente hiperventilando. Elas ficariam no seu caminho, ou fariam barulho e atrairiam o homem; de um jeito ou de outro, acabariam mortos, e isso não podia acontecer.

— Esqueçam o que eu disse — sussurrou Pilgrim às pressas. — Fiquem aqui. Mantenham a arma apontada para a entrada. Se virem alguma coisa, atirem, e não se preocupem com o barulho.

— Mas e quanto a você? — murmurou Alex.

Assassinato no escuro?, perguntou Voz com um deleite sinistro no seu tom.

— É, assassinato no escuro — respondeu Pilgrim.

CAPÍTULO 20

Tirou a mochila das costas, deixou-a ao lado da árvore e se embrenhou na escuridão da seção infantil. O facho de luz da lanterna quicava escada abaixo, enquanto o homem — chamaram-no de Bill — descia para eles.

Deixando a arma no coldre, Pilgrim desembainhou a faca escondida nas costas, um pouco acima da cintura. Mantendo-se abaixado, avançou feito um fantasma para trás da estante mais próxima, agachando-se e passando por baixo da aranha de papel machê pendurada no teto, no instante em que o homem entrou no seu campo de visão.

Os passos de Bill pararam enquanto ele examinava a biblioteca, a lanterna fazendo uma grande varredura por cima da cabeça de Pilgrim.

O homem assoviava baixinho enquanto seguia pelo corredor diante da escada, a dois corredores de Pilgrim. Um clarão sob as prateleiras marcava o percurso que ele tomava. Pilgrim esperou alguns segundos e então passou de novo debaixo da aranha, avançou dois corredores e espreitou. Viu um vulto de costas, a cabeça em movimentos lentos de um lado para o outro, a lanterna apontando para o alto a cada dois ou três passos, para iluminar o topo das estantes e abrindo fendas na escuridão. Ele carregava uma espingarda apoiada no ombro, o cano apontado para cima. Bill chegou ao fim do corredor e dobrou à direita.

Você vai ter que agir rápido. Os jecas lá em cima vão terminar as buscas e vir para cá.

Pilgrim se levantou o suficiente para observar Bill por cima das estantes. O sujeito estava indo para a área cheia de caixas de madeira espalhadas pelo chão e com poucos cantos para se esconder. Pilgrim voltou a se abaixar e se esgueirou sorrateiramente pelo corredor. Ouvia o barulho suave das próprias botas no carpete.

Bill parou de assoviar.

Pilgrim congelou, o coração disparando. Havia um facho de luz se infiltrando sob a estante, bem na direção dos seus pés, mas não era suficiente para determinar ao certo a localização de Bill.

Ele ouviu você.

— Mas que mer... — A voz de Bill foi se perdendo, então ele apertou o passo. Mais rápido. Os passos desembestados.

Pilgrim arriscou levantar a cabeça e viu o homem se dirigindo para a escada que tinha acabado de descer e rumando para a alcova.

Vai!

Agachado, Pilgrim fez o caminho de volta, agora rapidamente, as botas batendo com força no carpete, na esperança de que essa barulheira se perdesse na barulheira dos passos apressados de Bill.

Ele deve ter visto as duas.

Pilgrim não deu ouvidos; precisava parar Bill antes que ele pusesse os pés no portal e Lacey apertasse o gatilho, porque o estrondo atrairia os outros dois. Agachado e rápido, virou na quina e quase caiu ao tentar parar. Bill havia parado no fim do corredor para cutucar a aranha de papel machê com o cano da espingarda, dando risadinhas anasaladas.

— Que porcaria é essa! — disse o homem, achando graça.

Por pura sorte, Bill não estava virado na direção de Pilgrim. Mas bastava que ele virasse o rosto e tudo estaria terminado. Ele também olhava para a entrada em arco que dava para a alcova.

Recuar ou avançar?

Pilgrim avançou. Sacrificou a velocidade em prol da discrição, colocando cuidadosamente uma bota na frente da outra, andando tão depressa quanto se atrevia. Seus olhos não se despregaram de Bill, nem mesmo quando o homem arrebentou as cordinhas que prendiam a aranha no teto e pisoteou o enfeite, a carapaça se partindo com um barulhão, feito uma aranha de verdade. Bill deu um chute tão forte no aracnídeo achatado que ele foi quicando para a escuridão e desapareceu do outro lado do portal. De dentro da sala veio um suspiro de surpresa, que logo foi abafado, mas não rápido o suficiente.

— Que porra...? — disse Bill, indo atrás da aranha e erguendo a espingarda. Ele estava a menos de oito metros do vão da porta, e chegando mais perto.

Pilgrim o seguiu feito uma sombra, indo rápido por trás dele, embora soubesse que não conseguiria ser ligeiro o bastante para imobilizá-lo antes que alcançasse o vão em arco e Lacey apertasse o gatilho. Por isso, Pilgrim chamou o homem pouco antes de alcançá-lo.

— Oi, Bill — disse, baixinho e viu a cara de surpresa quando ele se virou, a espingarda acompanhando o movimento, os canos escuros prontos para cuspir fogo e morte. Pilgrim esperou ouvir o estrondo ensurdecedor da arma disparando, o horrendo *CREC* do cartucho, que sem dúvida alertaria os colegas de Bill. Pilgrim, porém, ainda avançava, até que agarrou os canos que se viravam e os puxou com força. Ouviu o grunhido de Bill e um estalo seco de osso quebrado, quando seu dedo ficou preso na guarda do gatilho.

Pilgrim arrancou a espingarda de Bill e, com a outra mão, cravou a faca na barriga do homem, abaixo das costelas, forçando a ponta para dentro até sentir o jato quente de sangue lhe cobrir a mão, quase escaldando-a. Bill deixou cair a lanterna, que quicou no carpete perto dos pés deles e em seguida começou a girar, como uma luz estroboscópica de discoteca, antes de bater na bota de Pilgrim e parar. O facho de luz apontou para dentro da entrada em arco, onde Alex segurava uma chave de roda ao lado de Lacey, que por sua vez observava os dois pela mira da sua .22. Ela não precisaria atirar em ninguém, porque Bill, de olhos esbugalhados encarando o rosto de Pilgrim, despencou aos pés dele — uma queda lenta e preguiçosa, como se quisesse lhe propor casamento sem apressar o pedido, as mãos ásperas agarrando a de Pilgrim, que ainda segurava a faca enfiada fundo nas suas entranhas. Enfim caiu, as mãos escorregando da de Pilgrim e curvando-se ao lado do corpo, um suave sopro de ar despedindo-se num suspiro infinitamente longo. Então parou, e o homem ficou imóvel, sem respirar.

Pilgrim não estava imóvel; limpou a faca na camisa do homem e a guardou. Pegou a lanterna e se dirigiu às garotas. Elas abriram caminho. Ele passou por elas e apanhou a mochila ao lado da árvore, mandando que juntassem as coisas. Dez segundos depois, conduzia-as pela seção infantil da biblioteca, tomando um curso sinuoso por causa das caixas espalhadas pelo chão para o canto sudeste, a lanterna apontando para a saída de emergência. Atrás deles, no andar de cima, alguém chamava por Bill.

Evidentemente, Bill não respondeu.

Pilgrim não parou nem olhou para trás, mas baixou a alavanca da porta em direção ao sol ofuscante.

Subiram correndo um lance de escadas de concreto e contornaram o exterior da biblioteca até a frente, onde Pilgrim parou para espiar pelo canto. O carro deles continuava no mesmo lugar. Não muito afastado dele havia um jipe de aspecto frankensteiniano, apinhado de antenas, sem faróis nem grade frontal, sem a tampa traseira, deixando a caçamba exposta às intempéries. A porta do passageiro estava aberta, esperando seus ocupantes entrarem de volta depois de perambularem pelas ruas. Não havia sinal de Jeb nem do Chorão.

E o Atchim e o Dunga?, brincou Voz, zombando dos nomes.

— Você não está colaborando mesmo — murmurou Pilgrim, voltando-se para as duas e entregando a carabina a Alex. — Eu entro no carro primeiro e abro as portas para vocês. Lacey na frente e a Alex no banco detrás. Todas as mochilas vão com a Alex no banco detrás. Entrem, mas *não* batam as portas. Depois, se agachem o máximo possível, até o chão, se puderem. E não se levantem até eu mandar. Prontas?

Pouco importava se estivessem ou não, mas ele ficou esperando pelas respostas. Lacey mordiscava o interior das bochechas com tanta força que Pilgrim teve certeza de que o rosto dela sumiria; ela, porém, sequer hesitou antes de fazer que sim. As feridas de Alex tinham um aspecto desolador em sua pele pálida, mas ela fez que sim com a cabeça sem pensar duas vezes e lhe passou as chaves do carro.

Mulheres corajosas.

— Corajosas o bastante — disse Pilgrim. — Vamos.

Sacando a arma, ele correu para o estacionamento, os olhos não se desviando da entrada principal da biblioteca. Com a chave na mão, enfiou-a na fechadura da porta do motorista, abriu-a e se esticou para destrancar a porta traseira para Alex, que entrou direto e já começou a apanhar as mochilas antes mesmo que Pilgrim acabasse de se desvencilhar da sua. Ele deslizou para o banco do motorista, assobiando baixinho quando suas costas tocaram o estofamento escaldante, e se inclinou para destrancar a porta do passageiro. Atrás dele a porta traseira foi fechada bem devagar. Lacey dava a volta pela frente do carro, enquanto Pilgrim enfiava a chave na ignição, pronto para ligar o motor assim que ela se sentasse.

Lacey gritou quando um enorme rottweiler preto avançou para ela da caçamba do jipe. Ela caiu ao lado do carro, o cão impedido de avançar por conta de uma corrente presa à coleira e, na outra ponta, a alguma coisa no veículo. O animal latia sem parar, uns latidos profundos e altos que machucavam os ouvidos. O cão fazia de tudo para alcançar Lacey, seus músculos retesados sob o pelo lustroso enquanto lutava para se livrar da corrente, e o focinho repuxado exibindo dentes amarelos e afiados.

— Entra! — Pilgrim girou a chave, mas o motor não pegou.

Lacey arranhou a porta buscando a maçaneta, e Alex se esticou por cima do encosto e a abriu, gritando o nome dela.

O motor girava e girava, e Pilgrim temia que a chave pudesse quebrar dentro da ignição de tanta força que fazia. O carro enfim deu a partida no instante em que o homem que devia ser Jeb saiu com tudo pela porta da biblioteca, com Chorão nos calcanhares. Eram como dois espantalhos barbudos de camisa xadrez e jeans imundo, só braços e pernas, a cabeça grande demais para o restante do corpo.

Pilgrim engrenou a ré.

Jeb sacou sua arma.

— *ABAIXEM-SE!* — vociferou Pilgrim.

Alex e Lacey se abaixaram, e dois tiros foram disparados em rápida sucessão, perfurando o para-brisa à direita de Pilgrim, as rachaduras no vidro parecendo teias de aranha. Uma das balas acertou o apoio de cabeça de Lacey e a outra atravessou zunindo o interior do carro e se alojou no encosto traseiro. Pilgrim pisou fundo no acelerador e o carro disparou de ré, cantando pneu e deixando duas faixas de borracha no concreto. Girou o volante com força e o carro derrapou amplamente. Engatou a marcha e o carro avançou.

Nenhum tiro.

Olhou de relance para trás e viu os homens correndo para o jipe, saltando para dentro e acelerando.

Você devia ter destruído o carro deles, disse Voz.

Pilgrim controlou a irritação. Tinha chegado a pensar nisso, mas preferiu não perder tempo. Sabia que em questão de alguns minutos os homens descobririam o companheiro assassinado na seção infantil.

Lacey foi se levantando do chão do carro e olhou pela janela traseira.

— Viu aquilo? — perguntou ela, ofegante.

Pilgrim pegou a saída do estacionamento rápido demais, passando por cima do meio-fio do outro lado antes de endireitar o carro e acelerar. O ponteiro do velocímetro se deslocou continuamente.

Ele ouviu o cantar de pneus quando o jipe veio na cola deles.

— Estava escrito "Defender" na traseira — disse Lacey.

Num ato imprudente, ele virou os olhos para ela.

— Eu vi. Juro!

Ele acreditou.

— Acha que consegue atirar neles?

Ela olhou mais uma vez para fora pela janela. O jipe estava a uns cem metros e se aproximando.

— Posso tentar.

Boa menina!

— Tenta — disse Pilgrim.

Lacey foi se contorcendo por cima do apoio de cabeça do seu banco, com Alex segurando-a e ajudando, até que ela caiu estatelada no encosto.

— Segurem firme. Curva.

Pilgrim pisou leve no freio, desacelerando o mínimo possível, fazendo a curva a mais de cinquenta por hora, e tudo dentro do carro — Alex,

Lacey, as mochilas e o que mais não estivesse preso — foi jogado para a esquerda. O amortecedor rangeu, o carro estremeceu todo, e Pilgrim teve de botar tanta força no volante para manter o carro no curso que seus braços chegaram a doer. Então estavam em pista livre, e ele viu, a menos de dois quilômetros, a saída para a rodovia. Afundou o pé no acelerador.

Atrás deles, o jipe disparou na curva, derrapando desgovernado por toda a largura da pista, quase batendo num sinal de trânsito meio caído. Eles já estavam uns vinte metros mais próximos.

Vão emparelhar com a gente antes de entrarmos na rodovia.

— Lacey? — chamou ele.

— *Lacey?* — repetiu Alex para a garota.

— *Quase lá!* — gritou ela em resposta, a voz distante.

Pelo retrovisor, ele pôde vê-la com metade do corpo para fora da janela traseira, ela e a carabina tão para fora que a cabeça e os ombros só podiam ser vistos pelo retrovisor da porta. Alex a segurava pela cintura enquanto a garota acompanhava os movimentos do jipe.

Ele pisou no freio de novo, permitindo que o jipe ganhasse mais alguns preciosos metros.

Espero que você saiba o que está fazendo...

A carabina disparou e a explosão reverberou absurdamente alto no interior do carro. Um segundo tiro foi disparado quando Pilgrim pegou a rampa de subida para a rodovia. Pelo retrovisor, em rápidas olhadelas, viu que ela havia acertado o alvo nos dois tiros: o para-brisa do lado do motorista tinha dois buracos de bala. O jipe saiu da estrada, seus pneus levantando nuvens de poeira, a traseira rabeando loucamente. Alex puxou a garota para dentro do carro e as duas viram o jipe derrapar até parar. As garotas caíram na gargalhada. Alex passou um braço pelos ombros de Lacey, abraçando-a.

Pilgrim não riu — a porta do motorista abriu de supetão, e Jeb saltou para fora, a arma empunhada e apontada para eles. Um estalo metálico ecoou pelo para-choque traseiro do carro e, então, o impossível aconteceu. Foram inúmeras as vezes em que Pilgrim leu sobre a dificuldade de se atingir um pneu em movimento, de tirá-lo do eixo. Mas ele sentiu a traseira do carro dar um salto, o volante estremecer sob seus dedos enquanto o carro derrapava desgovernado. Fez de tudo para mantê-lo na pista. Um chiado horroroso vinha do aerofólio, a borracha da roda destruída tendo saltado do aro.

O volante parecia de chumbo e puxava para a esquerda. Na tentativa de alinhá-lo, exagerou, e, no período de um único dia, viu um segundo carro capotar, só que, desta vez, testemunhou de dentro. O mundo girava desordenado ao seu redor. O carro bateu de lado. O motor estrondeando enquanto o mecanismo de propulsão continuava fazendo as rodas traseiras girarem, mas falhava ao ganhar tração. A lataria chiava e se retorcia, e os vidros explodiram quando as janelas quebraram. Vinham gritos do banco traseiro. O carro virou mais uma vez até ficar com as rodas para cima. A cabeça de Pilgrim bateu primeiro na lateral, depois no teto, e tudo ficou preto, a televisão em sua mente desligando, e a próxima coisa que ele notou era que estava fora do carro, deitado de costas, o sol batendo forte nos seus olhos.

Um chute nas costelas fez com que despertasse por completo. Instintivamente, encolheu-se todo e colocou os braços sobre o ponto da dor lancinante.

Isso quebrou pelo menos duas, disse Voz.

Pilgrim o teria mandado calar a boca se tivesse fôlego.

— O filho da puta matou o Bill — falou uma voz familiar que veio do alto, seguida por outro chute, dessa vez nos rins.

— Deixa ele em paz!

Pilgrim cuspiu sangue e poeira e, olhando para cima, viu um segundo ruivo, Chorão, dar um sopapo na cabeça de Lacey para que ela se acalmasse.

Pilgrim tentou se levantar, mas uma bota entre seus ombros o esmagou de volta no chão.

— Fica no chão, porra — ordenou Jeb.

Ele não obedeceu. Apoiou-se na terra e foi subindo o corpo, de novo. Um chute no rosto, seguido de mais dois, enfim derrubaram Pilgrim.

— Filho da puta! Não sabe a hora de desistir?

— *NÃO!* — gritou Lacey. — *Para!*

Pilgrim estava de bruços, a cabeça latejando, as costas, na altura da lombar, ardendo de dor. Estilhaços pontiagudos furavam a lateral do seu corpo. Sua mão deslizou para o quadril, procurando a arma no coldre. Tinha sumido.

A gente já esteve em situações críticas antes, compadre, mas não faço a menor ideia de como você vai livrar a gente dessa.

— "Para"? — berrou Jeb para a garota. — Parar o quê? De bater nesse merdinha aqui? — Tascou um chute na perna de Pilgrim, a biqueira da bota indo fundo no músculo da coxa.

— *Isso!* Para! Por favor! — Lacey fez de tudo para se soltar, mas Chorão era forte e, por mais que ela se contorcesse, não conseguia se livrar dos punhos dele.

Jeb levou a mão em concha ao ouvido, parodiando um surdo.

— Desculpe, não consigo ouvir. — E deu outro chute nas costelas de Pilgrim.

Gemendo, Pilgrim se virou de lado, usando o movimento como pretexto para pegar a faca escondida na bainha presa à cintura, nas costas. A meio metro dele, Alex também estava deitada de lado, perto do carro acidentado. Ele parou de rodas para cima, e Pilgrim não se lembrava de quando isso aconteceu. Os olhos dela estavam abertos, virados para ele. Alex meneou a cabeça, mas Pilgrim não captou o que aquilo significava: não reaja? Não reaja *ainda*? Será que ela sugeria que era para ele desistir, ou apenas ignorá-los?

Seus dedos trêmulos encontraram o cabo da faca.

E o que pretende fazer com isso? Esses caras estão armados!

— Ca-la-do — conseguiu dizer, as sílabas partidas, a boca recusando-se a obedecer. Voltou a atenção para Jeb e encarou as botas dele de olhos semicerrados, a visão borrando por um instante, depois subindo para as barras esfiapadas, imundas e dobradas do jeans do sujeito.

— Qual é agora? — disse Jeb. — Está *me* mandando calar a boca? — insistiu ele, os lábios franzidos numa expressão que Pilgrim suspeitou que fosse de intenso desagrado, os pelos da barba repuxados para cima de um lado do rosto. Parecia um imbecil. — Que tal você calar a porra dessa *sua* boca, seu merda — esbravejou enquanto agarrava Pilgrim pela gola da camisa, suspendendo-o do chão até que ficasse de joelhos.

Pilgrim sufocou um grito quando seu corpo pareceu arder em chamas de tanta dor. Sua testa ficou molhada de suor. Mas Jeb estava bem perto dele, e Pilgrim sacou sua faca e a cravou na barriga do homem. Pretendia atingi-lo mortalmente, como tinha feito com Bill, mas, atordoado, Pilgrim calculou mal, atingindo-o mais para a lateral, sob as costelas. Foi uma facada boa o bastante, porque Jeb berrou feito uma mulherzinha e soltou a gola da sua camisa, o que deu a Pilgrim a chance de extrair a lâmina para cravá-la uma segunda vez. No entanto, tudo em volta se deslocava devagar, a velocidade do mundo se reduzindo até rastejar, sua mão e o braço de Jeb se movendo por um líquido gelatinoso invisível. A visão de Pilgrim ficou nítida ao dar com o revólver vindo devagar, devagar, subindo quase à queima-roupa, apontado para a sua cabeça. Viu as unhas encardidas dos dedos de Jeb se apertarem no gatilho. Pilgrim reconheceu o revólver como sendo um Smith & Wesson modelo Chief's Special, de cartuchos .38 que viajavam a mais de cento e cinquenta metros por segundo. Assim que a bala deixasse o cano de sete centímetros, ele seria atingido em aproximadamente 0,0035 segundos. Mais rápido que um piscar de olhos. Sabia de tudo isso assim como sabia que estava prestes a morrer.

Está descarregado. Ele descarregou a arma atirando no nosso carro.

Mas Pilgrim sabia que não estava. Havia contado dois tiros disparados na biblioteca e mais três que atingiram o para-lama do carro, um deles estourando o pneu. Sobrava uma bala. E bastava uma.

Não, está descarregada, repetiu Voz, mas agora incerto.

O tempo voltou à velocidade normal, a pistola dando um coice nas mãos de Jeb, o tiro provocando uma explosão de calor desértico, uma labareda lambendo o lado de fora da boca do cano da arma, bela em seu vermelho flamejante. Foi a última coisa bela que Pilgrim veria antes de a bala perfurar a sua cabeça e Voz escapar para a escuridão.

PARTE 2
A garota que ouvia vozes

CAPÍTULO 1

Lacey gritou. Ela não conseguia ouvir o grito, mas sabia que devia estar gritando porque sua boca estava aberta e sentia as vibrações do som se propagando pelo tórax. A garganta doía.

Não é verdade, pensou. Não, não, não, não é verdade.

Olha, é verdade, sim.

O jeito como a cabeça dele foi jogada para o lado, a arma perto demais, disparando à queima-roupa. O jeito como ele desabou no chão, pesado e mole.

NÃO.

E aquele monstro barbudo foi para cima dele para disparar mais vezes nas suas costas, mesmo ele estando prostrado e imóvel.

Imóvel!

Mas a pistola fez um ruído seco de novo e de novo e de novo.

— Deixa ele em paz! — berrou ela, e dessa vez conseguia se ouvir.

Desvencilhou-se do ruivo fedido que a segurava — ele exalava uma mistura de atum, suor velho e cabelo sujo, e Lacey achou que vomitaria em cima dele na primeira vez em que a agarrou — e correu para aquele que havia atirado no seu amigo, empurrando-o com tanta força que o homem tropeçou e caiu de bunda no chão.

— Filha da *puta* — esbravejou ele.

A última coisa que ela queria era olhar para baixo, não queria ver o que fizeram dele, nem o que a bala tinha rasgado e destruído, mas não conseguiu resistir ao impulso de olhar para ele, para se certificar...

Se certificar de quê?, perguntou uma vozinha.

... se certificar! Só se certificar! Mas tudo o que conseguiu foi olhar de relance porque, *ó Deus*, era tanto sangue, e de repente sentiu uma quentura, uma tontura, igual àquela vez que tomou um banho escaldante de banheira quando estava menstruada e, ao sair da água, o mundo ficou todo psicodélico e fora do eixo, e ela acordou nua, caída encostada na parede do banheiro, vovó curvada sobre ela, abanando-a com um exemplar antigo de uma revista de decoração.

Como não queria desmaiar de novo, desviou rapidamente o olhar do Escoteiro e tapou a boca com a mão para fazer parar aqueles gemidos estranhos que saíam dela.

— Jeb! — O fedorento correu até aquele que ela empurrou.

— Ele me deu uma facada, Posy — disse o barbudo com ar contemplativo, como se não acreditasse no que havia acontecido, e mostrou as mãos ensanguentadas. — Estou sangrando pra caralho.

Ao ouvir seu nome, Lacey se virou e viu Alex tentando se levantar, usando o carro destruído como apoio. Correu e se enfiou debaixo do braço da mulher para ajudá-la. O corpo de Alex tinha calafrios em longas ondas de tremores. Lacey viu sangue na lateral do pescoço dela e manchando a manga da blusa.

— Eu tô bem — disse Alex, seu braço apertando os ombros de Lacey. — Não estou ferida.

— Alex. Alex, mataram ele. — Sentiu um nó na garganta e pressionou o rosto no pescoço quente dela, respirando fundo e com dificuldade.

Alex a abraçou forte, a tremedeira diminuindo pouco a pouco. Fez Lacey reparar que também estava tremendo.

— Puta merda, Posy, desgruda os olhos dele e vem me ajudar, caralho.

Lacey afastou a cabeça do ombro de Alex. O fedorento — Posy? — ainda encarava a pilha de coisas quebradas que era o corpo retorcido do Escoteiro. Mas, ao comando de Jeb, Posy saiu correndo para ajudar o amigo que, ferido, não parava de xingar e arfar. Ela sentiu uma onda de satisfação ao ver o estado péssimo da camisa encharcada de sangue. O Escoteiro o pegou de jeito.

— Tá olhando o quê, porra?

Tomou um susto e olhou nos olhos dele. Eram pretos, malignos e repletos de dor — mas ver o sofrimento daquele homem lhe deu uma espécie de exultação selvagem. As palavras escaparam da sua boca sem pensar.

— Estou olhando você sangrar até a morte.

O rosto dele ficou vermelho de raiva, e ele ergueu a arma e apontou para ela. A mão dele tremia como se tivesse sofrido uma paralisia.

— Eu vou atirar em você também, sua piranha boqueteira.

A arma dele está descarregada, com certeza, disse aquela vozinha.

— A sua arma está descarregada — disse ela tranquilamente. Tranquilamente *demais*. E achou isso muito bizarro.

Alex chamou baixinho por Lacey e envolveu com mais força os ombros da garota.

— É mesmo? — A voz de Jeb fraquejou. — Caralho, é mesmo? — Ele remexeu na pistola, abriu o tambor e deixou as cápsulas caírem no chão. Do bolso traseiro da calça apanhou um punhado de balas e, ainda tremendo, começou a carregar os cartuchos nas câmaras. Girou o tambor para fechar e armou o cão da arma. — Viu? Agora não está mais descarregada, não é, sua piranha metida a espertalhona?

— Jeb... — chamou Posy de mansinho.

Jeb se virou para ele.

— *Que foi?*

— O Chefe não quer que a gente mate mulheres.

— Eu *sei*, caralho. Tá pensando o quê? Que sou burro?

— Não, Jeb... — respondeu ele lentamente.

— Então cala a porra dessa sua boca e põe aquele morto no jipe agora!

— Mas ele é muito alto, Jeb. Acho que não vou conseguir carregar soz...

— Então põe as duas pra te ajudar! — Jeb acenou o revólver engatilhado para Lacey e Alex de novo. — *Porra!* Eu tenho que pensar em *tudo*?

Posy acenou com a cabeça feito um cão obediente, passou-lhe a espingarda e se abaixou na esperança de erguer o Escoteiro pegando-o por baixo dos braços. Não foi muito longe.

— *Você* — disse Jeb, apontando com truculência sua arma para Alex. — Vem cá ajudar. Anda, *anda*, vai!

Alex soltou Lacey, não sem antes lhe dar um último aperto no ombro, e se juntou a Posy, inclinando-se para segurar as botas sujas do Escoteiro. Juntos conseguiram arrastar o cadáver por uns três metros, talvez, até que o corpo escapou das suas mãos e acabou de novo no chão. Lacey trincou os dentes. Não conseguia olhar para ele; fazê-lo seria como estilhaçar a frágil redoma que havia construído às pressas à sua volta. Vê-lo deitado de rosto para baixo, mesmo de relance, faria com que se encolhesse toda, contorcendo-se de dor, como se tivesse levado um chute no estômago, justamente naquele ponto macio debaixo do esterno, suas entranhas feridas da pélvis ao coração.

Jeb a observava, e ela o observava também, seu olhar escapando de vez em quando para o ponto onde o braço dele comprimia a ferida. Estava pálido. O sangue que manchava sua camisa era escuro e molhado.

Ela respirava pelo nariz em arfadas curtas. Isso mesmo!, pensou. Continue sangrando, seu desgraçado. Bote todo o sangue para fora.

Na terceira vez que deixaram o Escoteiro cair, Jeb explodiu.

— Que merda! Só larga ele aí! Não tenho tempo a perder com esse merda! Pega as coisas deles e coloca tudo no jipe.

Posy foi se arrastando de um lado para o outro, transferindo seus pertences para a traseira do jipe. O enorme cachorro preto acompanhava Posy para cima e para baixo, a corrente que lhe servia de guia tilintando e o focinho cavoucando as bolsas, farejando tudo. Posy foi até Jeb e pegou de volta sua espingarda, mantendo-a apontada para Alex e Lacey, enquanto Jeb mancava para o lado do motorista e, gemendo de dor, acomodava-se no banco detrás. Lacey o examinou pela abertura em V da porta traseira do passageiro. Fios ruivos ensebados pendiam sobre a testa, tapando seus olhos; a barba desgrenhada escondia o restante do rosto. O pouco de pele que ela conseguia ver era pálida e grudenta. Não queria entrar no carro com ele; seria o mesmo que estar encurralada com um animal moribundo. Um animal moribundo e *armado*.

— Entra! — ordenou ele, apontando a arma.

Lacey subiu no jipe e deslizou a bunda para dar espaço para Alex se sentar. A porta bateu depois que Alex entrou, e Posy deu a volta para a porta do motorista. Lacey se espremeu o máximo que pôde para perto de Alex e o mais afastada possível de Jeb e do calor pestilento que emanava dele. Porém, assim que Posy se sentou ao volante, Jeb se inclinou para perto, pressionando seu corpo nojento no dela, e encostou o cano da arma na lateral do seu corpo, comprimindo a carne macia sob as costelas. Ela deu um grito e tentou se afastar, mas não havia para onde ir.

— Se tentar alguma coisa, te mato aqui mesmo — disse ele com frieza. — Nesse aperto em que estamos, a bala vai atravessar você e a sua amiga. Dois coelhos com uma cajadada só!

Posy deu uma gargalhada estridente.

— *Dirige*, Posy. Preciso do Doutor.

Exatamente *como os sete anões*.

Os malvados, pensou ela.

Posy voltou para a rodovia, desviando com tanto cuidado do carro capotado que deu a impressão de que dirigir era uma tarefa complicada para ele. O jipe ganhou velocidade quando chegaram ao entroncamento com a I20. O para-brisa quebrado e o pedaço faltando da parte traseira do teto foram um presente dos deuses: em pouco tempo o vento corria barulhento pela cabine, dispersando muito do fedor e do calor acumulados ali dentro.

Lacey se revirou, reprimindo outro grito quando Jeb tornou a comprimir o cano da arma na sua pele. Mas ela já não se importava mais. Depois de não querer olhar, agora *não* tinha opção.

Você não deveria olhar para trás. Nunca é bom olhar para trás.

Olhou mesmo assim, até que a pilha de roupas empoeiradas em que se transformou o Escoteiro saiu do campo de visão e não restou nada além da extensão da estrada vazia atrás deles.

CAPÍTULO 2

— Como vocês conseguiram entrar no nosso canal? Os olhos pretos e embaçados do homem sangrando estavam fincados em Lacey como se fossem capazes de arrancar uma resposta dela. Talvez conseguissem em circunstâncias normais, mas ela não fazia a menor ideia do que ele estava falando.

— Na porra do *Rádio do Cidadão* — rosnou ele. — O que vocês pretendiam transmitindo do nosso canal?

O braço de Alex que envolvia Lacey puxou a menina mais para perto.

— A gente estava passando por todos os canais — respondeu Alex. — Curiosas para ver se alguém ia responder, só isso.

— Onde vocês conseguiram o equipamento? — Havia uma suspeita sólida nos olhos sofridos de Jeb.

Não diga nada para ele.

Mas, de novo, Alex respondeu antes que Lacey tivesse a chance de abrir a boca.

— Pegamos umas semanas atrás.

Não sabia por que Alex havia mentido, mas ficou agradecida.

Ela não é burra. Olha só para ele, um assassino.

Jeb resmungou, encarando-as com raiva por um tempo antes de se recostar com um suspiro penoso.

— Para onde você está levando a gente? — perguntou Alex.

— Para ver o Chefe — respondeu Posy do banco da frente. Perto dele na cabine, Lacey conseguia ver as marcas de acne da adolescência nas bochechas de Posy, que nem mesmo a barba ruiva e rala, crescendo em tufos, conseguia disfarçar.

— Calado! — disse Jeb, mas faltava autoridade nas palavras. Ele soava sonolento, drogado. A cabeça um pouco caída, e a arma já não comprimia Lacey com tanta força.

Olhando de relance para o colo dele, ela reparou que o sangue havia escorrido para a calça, formando uma mancha escura na virilha.

Ele notou o olhar dela.

— Tira a porra dos olhos de cima de mim.

Lacey voltou a olhar pelo para-brisa. Uma lágrima solitária escorreu do seu olho do lado que Jeb não conseguia ver. Ela disfarçou e limpou o rosto.

— Quem é o Chefe? — perguntou Alex. Ela havia se curvado um pouco para a frente, para que pudesse dirigir suas perguntas a Posy.

— É o pai para a nossa família. O padre para o nosso rebanho. O...

— Se mais uma palavra escapar da sua boca — avisou Jeb —, vou contar para o Chefe que era você que não estava vigiando direito quando a Red fugiu.

Posy fechou a boca.

— Quem é Red? — perguntou Alex ao homem ensanguentado.

— Outra piranha encrenqueira. Quem poderia imaginar que o mundo estava repleto de gente que nem você? — Ele riu. Não era um som de quem se divertia.

Passaram por uma placa. "Williamstown – 6km."

— Logo você vai ter *todas* as respostas que está procurando e vai desejar nunca ter perguntado, posso apostar. — Jeb resfolegou outra risada, sua cabeça despencando para a frente, o queixo batendo no peito.

Lacey se remexeu um pouco no banco, afastando-se de Jeb e grudando em Alex. Sentiu o olhar da mulher nela, mas não se virou para fitá-la; estava ocupada demais encarando a arma que cutucava as suas costelas.

Eu não tentaria nada, advertiu aquela voz. *Pelo menos não por enquanto.*

Nos últimos minutos, Lacey não prestou muita atenção aos seus pensamentos. Em grande parte porque tudo aconteceu rápido demais e porque achava que estava em estado de choque. Distraída demais para se concentrar direito no que quer que fosse. Agora que tinha tempo para ouvir com mais atenção, começou a perceber que esses não eram pensamentos normais. Não mesmo! Para começo de conversa, não era a *própria* voz que estava ouvindo.

Quem disse que não é a sua voz?

Ela congelou. Semicerrou bem os olhos. Não, não, não, por favor, não deixe que isso aconteça comigo. Não vou aguentar se uma coisa dessas acontecer comigo agora. Por favor.

Está acontecendo. Mas está tudo bem. Não precisa ficar assustada.

Ela abriu os olhos e encarou Alex.

A mulher levantou as sobrancelhas para ela.

Acho que está acontecendo, Alex, pensou sem verbalizar. Estou escutando uma voz. Me ajuda.

Evidentemente, Alex não respondeu. Ela não tinha poderes paranormais.

Você não é louca, disse a voz. *Não mais do que já era, pelo menos.*

— Não — gemeu ela, o desespero tomando conta do seu corpo.

A cabeça de Jeb se ergueu só um tico ao som da voz dela, mas em segundos voltou a pender até esbarrar no seu peito. A arma se afastou um pouco mais, sem mais apontar para o seu corpo, mas para o painel do jipe.

Sei que você está com medo, mas não tem motivo para isso. Não vou fazer mal a você, prometo. Agora, é mais fácil manter os seus pensamentos separados se você falar em voz alta, mas é claro que levanta menos suspeitas se a gente conversar aqui dentro. E é muito mais seguro evitar suspeitas.

Ela correu os olhos ao redor de novo, o coração batendo forte na goela, mas ninguém parecia notar que havia uma voz na sua cabeça que só ela era capaz de ouvir. Posy estava totalmente focado na estrada; Jeb murmurava alguma coisa, os olhos fechados, as pálpebras tremulando de vez em quando, feito cachorros quando sonham que estão caçando coelhos; um dos braços de Alex continuava envolvendo seus ombros, o calor e o peso aconchegando-a, enquanto os dedos longos e finos da sua outra mão beliscavam fios soltos no jeans. Olhava pela janela, os pensamentos a milhões de quilômetros dali.

Lacey balançou a cabeça. Não ia se envolver com essa coisa na sua mente. Nisso morava a loucura! Muitas vezes, mais perto do fim, ela flagrou vovó conversando sozinha, balbuciando com pessoas que não estavam lá, sacudindo a mão perto da cabeça, como se espantasse um inseto. Lacey sempre acreditou que era um lance genético e, embora tivesse apenas 16 anos, talvez precisasse admitir que a demência tinha vindo se instalar mais cedo nela, por enquanto só a ponta dos dedos roçando, procurando um jeito de agarrar com mais força mais tarde. Mas já não acreditava nisso. Havia uma *voz* na sua cabeça, exatamente como Alex tinha descrito. Era a mesma coisa que fez com que todo mundo perdesse o juízo e se matasse.

Você não está perdendo o juízo. Confie em mim.

Lacey fechou os olhos, mas não gostou nada da escuridão por trás das pálpebras e rapidinho tornou a abri-los. E se essa coisa a forçasse a fazer uma loucura?

Sentiu uma onda de pânico correr pela espinha só de pensar nisso. Não queria machucar ninguém!

Calma aí. Você está no controle. Não posso obrigá-la a fazer nada que não queira.

Até então tinha sido só conversa. E ela não notou nem raiva nem intenções maldosas na voz. Mas isso não significava que deveria confiar em suas palavras.

Só tenta limpar a sua mente. Por favor. Mesmo que só por um instante. A gente precisa conversar.

Se conversasse com aquilo, perguntaria de onde tinha vindo e o que queria dela. Vovó sempre dizia que a ignorância costumava levar ao medo. Era preciso entender uma coisa antes de decidir se ela era digna ou não de medo. E, se não gostasse do que a voz dissesse, bem, aí sim lidaria com isso, certo? Um passo de cada vez.

Só se concentre em não pensar em nada. Vai ajudar.

Respirou fundo e fixou os olhos no plástico texturizado do painel; de repente, sua vista começou a ficar embaçada. Entrou em pânico, e lá se foi toda a concentração. Sua boca estava tão seca que quase não dava para salivar. Engoliu em seco com muita dor.

Você está se saindo bem. Continue respirando. Imagine que sua mente é uma folha em branco, um quadro de giz à espera de palavras.

Desejou que a voz se calasse. Uma névoa rasteira se infiltrou por todos os lados, a luminosidade do mundo exterior rareando nas bordas, como costumava acontecer quando ela estava quase pegando no sono. Sons e cheiros ficaram mais fracos. E a mesma névoa invadiu suas orelhas e narinas.

Bom. Muito bom, disse a voz em tom tranquilizador.

Ela dirigiu os pensamentos para as profundezas da mente, imaginando a própria cabeça como um poço escuro e sem fundo, as palavras irregulares, agitadas e num forte contraste branco com seu medo, flutuando para o fundo escuro.

"O que você quer? Quem é você?"

Aguardou, mas não houve resposta, e outra vez considerou a possibilidade de sua sanidade estar perdida para sempre.

Sou só uma voz. Não vim fazer mal a você.

Sobressaltou-se com um solavanco do carro ao passar sobre uma pedra e se desconcentrou, todos os barulhos do mundo material regressando — o assobio do vento, o ronco do motor, o tilintar agudo das correntes pesadas quando o cachorro se mexia —, tudo tomando seus sentidos de assalto.

Fechou bem os olhos e tentou bloquear os ruídos. Levou um minuto inteiro para aquietar os pensamentos.

"Mas de onde você veio?"

A resposta veio mais rápido desta vez. *De onde vem a vida? Ela simplesmente passa a existir. Aqui não, mas de repente ali. Puf, feito mágica.*

"Quê? Está me dizendo que você é mágica?"

Se não posso ser explicado pela ciência, então devo ser mágica, certo? Mas estamos desviando do assunto.

Isso não explicava nada, e ela começava a achar que estava sendo tratada de forma paternalista, como se fosse uma criança bobinha. Engoliu a raiva.

"Então *por que* você está aqui?"

Tudo indica que preciso estar em algum lugar. Não houve muito tempo para ponderar sobre os prós e os contras. Minhas escolhas eram limitadas.

"Mas o que você é? E o que você *quer*?"

"*Quer*"? *Eu não quero nada. Estou tão surpreso quanto você com tudo isso. Nunca soube de algo parecido já ter acontecido antes. Você não deveria contar nada disso para essas pessoas, Lacey. Seria muito arriscado para você. Preciso que me escute.*

Essa coisa sabia o seu nome! Medo e frustração martelavam nas suas têmporas. Na verdade, havia todo um misto de emoções crescendo dentro dela, um bolo de pressão no seu peito que subia até a garganta.

Você vai chorar? A voz parecia apavorada com essa possibilidade. E isso fez Lacey se perguntar como uma voz desencarnada conseguia transmitir a sensação de pavor através do seu próprio ser; mas ela a sentia, de verdade, e era mais uma emoção que se sobrepunha a todas as outras que a engoliam. Era muita coisa acontecendo na sua cabeça e, honestamente, os próprios pensamentos já eram mais que suficientes, mas agora eram os dela e os dessa *outra* coisa, e seus sentimentos estavam disparando para todo lado, parecendo um sistema de irrigação descontrolado.

— Eu não vou chorar, seu idiota! — disse ela, mas seus olhos estavam marejados de lágrimas de ódio.

— Quê? — A cabeça de Jeb se levantou. Seus olhos estavam injetados e vidrados quando ele olhou para ela.

Xiu, repreendeu a voz.

— *Vai se foder* — sibilou ela.

Os olhos de Jeb ficaram em alerta e sua testa se franziu.

— O que que você disse? — Ele se endireitou, contraindo-se de dor ao se mexer, e ajeitou a arma na mão. — Cuidado com essa boca suja aí, garota.

Que hipócrita!

Lacey podia sentir a aversão que enlaçava essas duas palavras, revestindo sua mente de uma camada de lodo gosmento. Não tinha como saber onde aquela aversão terminava e seus próprios sentimentos começavam. Tudo se mesclava, e ela voltou a falar mais uma vez antes de pensar duas vezes se era sábio compartilhar seus pensamentos em voz alta.

— Você quer que *eu* maneire o *meu* linguajar? — disse ela, sentindo o rosto quente e inchado. — Logo você, que não parou de xingar desde que falou com a gente pela primeira vez?

Por um instante, Jeb pareceu sem palavras. Mas logo começou a se mexer, sua arma subindo rápido demais para Lacey reagir. Um golpe na lateral da sua cabeça desfez de súbito a confusão dos seus pensamentos, reduzindo-os a um só: DOR. Levou a mão à testa e sentiu o calor do sangue que escorria do corte que a arma tinha causado.

Alex se virou para ela e a abraçou bem forte para protegê-la e ergueu a outra mão para Jeb, dizendo que ele devia abaixar a arma, se acalmar, que elas ficariam quietas, que se comportariam, que não havia necessidade de machucar ninguém, por favor. Lacey não viu mais nada; ficou sentada com a cabeça baixa, apoiada nas mãos. Alex a puxou para perto, murmurou palavras de consolo em seu ouvido; contudo, todos os músculos do corpo da mulher tremiam, e Lacey sentia o coração de Alex batendo forte.

O restante da viagem foi silencioso.

Até a voz ficou calada.

Foi com impaciência que Jeb indicou o caminho a Posy, que parecia não se lembrar para onde estavam indo. Entraram em Williamstown havia poucos minutos, e Posy dobrou ao acaso várias vezes à esquerda e à direita, ziguezagueando para mais perto dos prédios cinzentos em ruínas, desviando o caminho ao dar com barricadas de carcaças de carros queimados e bloqueios policiais velhos. O entulho de prédios de apartamentos caídos bloqueava calçadas e se espalhava pelo meio das ruas feito migalhas de biscoito.

Em alguns momentos, Lacey pensou ter notado movimento no segundo ou no terceiro andar dos prédios, mas, ao olhar de novo, não havia nada. Concluiu que deviam ser apenas peças que sua mente estava pregando. Melhor mesmo era se conformar com a sua nova condição de doida. Tinha certeza de que daqui em diante seria só ladeira abaixo.

Embora Lacey não estivesse nada acostumada a estar numa cidade grande, recordava-se do que o Escoteiro havia lhe dito. Eram perigosas, apinhadas de assassinos sanguinários e gente que já não tinha mais nenhum pensamento civilizado na mente. Em outras palavras, fique longe delas. Alex deve ter ouvido recomendações similares, porque, quanto mais se aproximavam das ruas principais, mais e mais seu corpo ficava tenso, e a sensação de Lacey era de que ela estava presa por cabos de aço.

Lacey manteve o olhar longe das calçadas em frente aos prédios mais altos. Era como se medidas contra inundação tivessem sido tomadas, pilhas altas de sacos de areia servindo de barricadas ao redor do térreo. Mas não eram sacos de areia. Mesmo sabendo que não devia olhar, não conseguia desgrudar os olhos dos corpos mumificados amontoados na frente dos prédios. Parecia chover pessoas das janelas naquela época, e não havia uma Supergirl nem um Homem de Ferro entre elas. Devem ter atingido o chão com ruídos macabros. Uma escavadeira com a pintura amarela tão desbotada que parecia leite talhado estava imóvel e com a caçamba meio erguida, pernas e braços humanos escapando feito macarrão por entre os dentes da caçamba. Nas proximidades, um caminhão de lixo cheio até a boca de cadáveres secos e murchos. Foram feitas tentativas de remover os corpos, mas tempo era um recurso escasso para todos. Será que os motoristas daqueles veículos escolheram se juntar aos mortos depois que iniciaram o trabalho de removê-los do caminho? Será que as vozes sussurraram nos seus ouvidos o tempo todo, fragilizando suas defesas até que ruíssem, sucumbissem? Era isso que ia acontecer com ela?

Lacey sentiu um arrepio correr pelo corpo e desviou o olhar para o chão do carro, exatamente como fez todos aqueles anos atrás na perua de vovó. Tateou até encontrar a mão de Alex e a apertou, ancorando-se na mulher, na esperança de que ela pudesse mantê-la com o pé no chão e a sã. Alex imediatamente envolveu a mão de Lacey com seu dedos.

O veículo entrou numa ruazinha isolada ladeada de prédios de muitos andares que obscureciam o sol esfumado do entardecer. Era um beco sem saída. Lacey se remexeu com Alex ainda segurando a sua mão, sentando-se um pouco mais ereta para observar o trajeto e tentar descobrir para onde estavam sendo levadas. O jipe havia chegado quase ao fim do beco quando Posy falou ao microfone do Rádio do Cidadão.

— Defender-Um, Defender-Um na dez quatro. Câmbio e desligo.

Depois de alguns segundos de estática, uma voz irritadiça respondeu:

— Posy? Quem foi o filho da puta que deixou você usar o rádio de novo?

— Entendido, Cachorro de Lata. Vamos atracar.

Um mar revolto de chiados seguido por:

— Você quer que a gente abra a porta?

— Correto, câmbio.

Ouviu-se um grito, e uma grande porta corrediça de metal corrugado começou a subir aos trancos. Surgiu um vão perto do chão. Posy manobrou o jipe para a abertura, esperando o portão subir por completo antes de entrar. Assim que o cruzaram, o mecanismo tomou a direção oposta e o portão se fechou com um som vibrante atrás deles, um tinido de irreversibilidade que fez os dentes de Lacey trincarem.

O homem que havia aberto o portão veio se aproximando a passos lentos. Parecia um clone de Jeb e Posy: magérrimo, de olhos fundos e barbudo. Esse cara era mais velho, no entanto, com mechas longas e grisalhas na barba e nas têmporas.

— Que que tá rolando, camaradas? — perguntou ele alongando as vogais enquanto abria a porta para Jeb e olhava o interior do jipe.

Lacey mal conseguiu entender o que ele disse; as palavras tão pastosas em sua boca, como se estivesse tentando mascá-las em vez de pronunciá-las.

— Preciso do Doutor, Lou — gemeu Jeb, remexendo-se no banco.

Lou viu a frente da camisa de Jeb empapada de sangue e se afastou, enquanto Posy abria a porta do motorista e saía de trás do volante. Posy foi para a traseira do jipe e, depois de alguns tinidos, soltou o cachorro.

Lou fez que sim com a cabeça e disse, arrastado:

— Eu diria que você estava certo sobre isso, meu parça. Aguenta aí. Vou buscá-lo.

Ele lançou às duas um olhar de esguelha curiosamente indiferente, então se virou e foi andando devagar, subiu os cinco degraus de concreto até a plataforma de carga e descarga e desapareceu através de uma das portas vaivém. Lacey imaginou que estivessem num terminal de carga nos fundos de um shopping; a área era ampla o suficiente para acomodar três caminhões grandes enquanto as mercadorias eram transferidas para carrinhos aramados e empilhadeiras que corriam para cima e para baixo na plataforma principal de carga e descarga. Três portas vaivém saíam da plataforma, e só a do meio tinha sido usada até então.

Apareceram algumas pessoas, aproximando-se arrastando os pés enquanto Jeb tirava Lacey e Alex do banco traseiro. Lacey se encostou na lateral do jipe quando uma mulher se separou do novo grupo e se aproximou. Era difícil avaliar a idade dela, mas sua pele era um emaranhado de rugas. Usava um xale roxo esfiapado sobre os ombros ossudos, mantido no lugar por dedos igualmente esquálidos. As juntas eram entumecidas e pareciam inflamadas, a artrite congelando-as no formato de garras.

Jeb ainda segurava a arma sem firmeza, usando-a, inclusive, para acenar com desdém para que a tal mulher se afastasse.

— Não se atreva a tocar nelas, sua piranha velha.

A voz da mulher era tão envelhecida e retorcida quanto suas juntas.

— Ah, deixa de ser rabugento. A gente só quer sentir um pouquinho.

Ela deu mais uns passos e levantou um dos seus braços macilentos. A pele solta fina feito papel pendia como a papada de um peru morto das axilas ao cotovelo e sacolejava enquanto se aproximava de Lacey.

A garota se inclinou para longe dela, a boca se retorcendo de repugnância. Temia começar a gritar se aquela bruxa encostasse nela; o grito parecia contido detrás das amídalas, um zumbido de pânico tão rente à pele que seus poros tremiam com ele.

— Se você encostar em mim, eu quebro o seu braço — sussurrou.

Os olhos da bruxa velha se estreitaram até parecerem fendas reluzentes. Em uma fração de segundo, a velha frágil, porém assustadora, se transformou numa bruxa ameaçadora e demoníaca.

Ai, merda, olha o que eu fui fazer, pensou Lacey, arrependida, toda a sua coragem evaporando tão rápido quanto tinha chegado. Ela vai me rogar uma praga e eu vou cair morta.

A porta vaivém central, pela qual Lou havia entrado, girou ao contrário e dela saiu um homem sem barba nenhuma. Ele parecia mais asseado, com roupas apresentáveis e um estranho chapéu redondo inclinado para trás, um modelo que Lacey tinha visto em fotos antigas chamado chapéu-coco, segundo vovó. Ele carregava uma maleta de médico pequena, de couro marrom. Seus olhos verde-claros sequer pousaram nela ou em Alex, indo para Jeb. Os lábios dele se afinaram em sinal de reprovação.

— O que aconteceu? — perguntou. Falava calmamente, mas o lugar ficou silencioso depois que ele apareceu, o burburinho parecendo morrer na expectativa das suas palavras.

— Um filho da puta enfiou uma faca em mim, Doutor — respondeu Jeb.

Quando o Doutor passou na frente de Lacey para inspecionar os ferimentos de Jeb, a menina sentiu o cheiro fresco de menta. As roupas de vovó sempre tinham um toque de hortelã (de onde vinha, Lacey não sabia), e o perfume do homem penetrou em suas narinas e provocou uma saudade tão imensa da sua casa que chegou a doer. Ela daria tudo para estar de volta, sentada na poltrona de vovó, um dos álbuns de retratos aberto no colo e aquele cheiro sufocante de poeira e de coisas velhas acalentando-a feito uma coberta velha e familiar. Ela não se incomodaria de estar sozinha naquela casa enorme e labiríntica; não se incomodaria com os rangidos e o assobio do vento que a mantinham acordada a noite inteira na cama gelada; não se incomodaria nem mesmo com o estômago roncando e queimando de fome, obrigando-a a ir para a cama toda encolhida em posição fetal, os joelhos apertando bem a barriga para que parasse de doer. Preferia tudo isso a estar aqui com essas pessoas.

Mas nunca teria conhecido o Escoteiro, pensou. Nunca teria conhecido Alex.

Pois é, e olha no que deu: o Escoteiro levou um tiro na cabeça e Alex está enfiada nesse buraco comigo, mais distante do que jamais estive da minha irmã e da minha sobrinha, à espera de sabe-se lá que outras maldades, maldades sobre as quais não quero nem pensar. Nunca nada de bom, porém. Nada de bom.

Naquele exato instante, Lacey sentia *ódio* do mundo. Queria de coração que ele acabasse. E, se isso não acontecesse, queria que ela mesma deixasse de existir.

Não!, disse a voz com severidade. *Não pense nisso. Nunca!*

Um rosnado baixo e gutural a deixou paralisada. Viu o cachorro a encarando, a cabeça gorda e feroz, dentes afiados à mostra. Posy deu um puxão na corrente, e o vira-lata lambeu os beiços e se acalmou.

Jeb chiou de dor. O Doutor havia levantado a camisa dele e se inclinava sobre a ferida, as mãos longas de dedos finos movendo-se com destreza.

— Posy, leve as duas para o Chefe — ordenou Jeb entre um arquejo e outro. — Explique a ele o que aconteceu com o Bill. E que a gente não conseguiu encontrar a Red, mas trouxemos essas duas para compensar.

Posy fez que sim bem rápido.

— Claro, Jeb, pra já.

Lacey deu uma última e longa olhada em Jeb, o homem encarando-a também, os dentes amarelos, lascados, trincados detrás da barba. Ela queria gravar a imagem dele na memória; os olhos fundos no rosto, a pele escura das pálpebras formando o desenho de uma lua crescente, queria ter certeza de que se lembraria do aspecto dele naquele exato momento — parecendo um morto-vivo —, porque sabia que o Escoteiro o havia matado. Jeb só não sabia disso ainda.

CAPÍTULO 3

Posy as conduziu por corredores de paredes caiadas; Lou cuidava da retaguarda.

Ele está olhando para a sua bunda.

Ao se virar, Lacey constatou que Lou estava mesmo encarando sua bunda. Ele sequer fingiu ficar constrangido ou se sentir culpado por ter sido pego. Tudo o que fez foi continuar com seus olhos úmidos de peixe morto grudados nela. Pouco depois, ela desviou o olhar e virou o rosto, chamando-o baixinho de "Pervertido", sem coragem de dizer alto o bastante para que ele ouvisse.

Posy assobiava enquanto andava, de vez em quando olhando para trás, sorrindo alegremente através da barba rala como se estivessem a caminho de um piquenique. A corrente que ligava Posy ao seu cachorro chocalhava e tinia feito sinos de trenó. As unhas do cão faziam clique-clique no chão encerado enquanto seguia trotando à frente dele.

Lacey procurou a mão de Alex de novo assim que deixaram a plataforma de carga. Os dedos gelados da mulher se fecharam sobre os seus, apertando-os com firmeza. Agora Alex a puxava para perto e abaixava a cabeça, para que somente Lacey pudesse escutá-la.

— Deixa que eu falo com eles.

Lacey fez que sim. Ela não tinha a menor vontade de conversar com essa gente, e menos ainda com quem quer que estivesse encarregado de cuidar delas. Preferia desaparecer e fingir que não estava ali.

Boa sorte com essa tática.

Ela vinha ignorando a voz na esperança de que desaparecesse. Não fale com a sua alucinação se não quiser que ela responda, ou, como vovó dizia: "Ignore algo por tempo suficiente que essa coisa some feito um gambá na noite."

Não sou um gambá.

— É bem pior que um gambá — murmurou.

Rá! Consegui fazer você falar!

Ela cerrou os lábios, desolada por ter sido manipulada por essa coisa.

É preciso praticar muito para me calar. Soou quase arrogante. *Pilgrim era expert nisso, mas mesmo ele tinha que se esforçar bastante.*

A voz caiu num silêncio pesado, como nuvens de fumaça cinzentas rodopiando taciturnas entre seus pensamentos. Ela queria perguntar quem ou o que era um peregrino, mas não iria quebrar o silêncio, mesmo morrendo de vontade.

Chegaram a uma escada de concreto e subiram quatro andares. Depois disso, Lou parou diante de uma pesada porta corta-fogo, e Posy continuou em frente pelo corredor, gesticulando para que elas o seguissem. Ele tinha ficado mais tagarela conforme se aproximavam do seu destino. Era uma falação nervosa que, por sua vez, deixou Lacey nervosa. A palma da sua mão começou a transpirar na de Alex.

— Puxa vida, o Chefe vai ficar feliz com vocês duas. Vai, sim. Ele adora carne fresca. Especialmente se é bonita.

Ele havia se virado para falar com elas, andando de costas sem olhar para onde estava indo. Pisou na pata do rottweiler, e o cão soltou um ganido agudo que fez Posy tropeçar e xingar o bicho, dando a volta nele. Deixou cair a corrente. Ao perceber que estava livre, o cão saiu em disparada pelo corredor, a corrente serpenteando atrás dele.

— *Merda!* — Posy correu atrás do cachorro. — Princesa, volta!

Princesa? Você só pode estar de sacanagem.

Lacey estava pensando a mesma coisa, mas por teimosia dispensou o pensamento antes que aquela coisa, aquele intruso na sua cabeça o registrasse.

— Posy.

Posy parecia não ter o que fazer. A cachorra continuava em disparada, sem ninguém na sua cola, a corrente tinindo e arranhando o piso, até dobrar em um corredor e sumir. Posy parou, imóvel, os ombros suspensos até as orelhas.

Então, o chamado se repetiu.

— *Posy*. Vem cá. Quero falar com você. — Era uma fala arrastada, com um timbre tão grave que chegava a vibrar.

Posy se virou, no rosto uma guerra entre insegurança e medo. Dava para perceber a tensão e a hesitação na sua postura, dando a impressão de que estava louco para girar nos calcanhares e disparar na direção que a Princesa foi; mas então saiu do transe e refez seus passos, parando diante de uma porta aberta.

— Oi, Chefe! — respondeu Posy com uma animação desmedida.

— Então, vocês a encontraram?

As juntas dos dedos de Posy ficaram brancas no batente da porta.

— Bom, não exatamente — admitiu ele.

Houve uma longa pausa. Lacey trocou olhares com Alex e pôde ler uma grande preocupação nos olhos da mulher. Lacey sentiu o mesmo, uma ameaça velada suspensa no ar, uma tempestade se armando, pronta para irromper com violência.

— Mas... encontramos outras coisas — contrapropôs Posy, hesitante.

— É mesmo? Me mostre.

— Sim. Sim senhor. É pra já. — Posy se virou para as duas, os olhos grandes e desesperados. Fez um gesto para que se aproximassem. — Vêm, vêm. Vou mostrar, Chefe. Você vai gostar, *juro*.

Lacey não se mexeu, os pés de repente colados no linóleo do piso; Alex, contudo, já avançava, arrastando a menina pela mão. Lacey deu uma última olhada para trás, para o fim do corredor, onde um imóvel Lou observava tudo feito um cão de guarda reptiliano, e naquele instante ela concluiu que preferia encarar os latidos e os rosnados da Princesa ao olhar sem vida daquele homem.

O que eu queria *mesmo*, pensou ela, era estar com a minha carabina. *Vai abrir caminho a tiros tipo Butch Cassidy?*

Ela não sabia quem era esse, mas tinha certeza de que se sentiria bem melhor com uma arma. Ou ao lado do Escoteiro. Mas pensar nele fez com que algo se desprendesse dentro dela, e uma pressão quente e traiçoeira subiu pela garganta e se alojou por trás dos olhos; então, mais que depressa, ela reorganizou seus pensamentos.

Posy abriu caminho e as conduziu para dentro balançando os braços como se fossem as rodas de um moinho, ansioso para que entrassem logo de uma vez. O ar quente e abafado a atingiu em cheio assim que cruzou o vão da porta. Estavam no quarto andar; no entanto, todas as janelas permaneciam fechadas, cada uma delas um painel de vidro que ia do piso ao teto e oferecia uma vista ampla da cidade abaixo. Uma cidade em ruínas, totalmente destruída, feito as terríveis tortas de maçã da Karey, com pedaços pingando pela borda da forma. Ainda assim, continuava bela, sobretudo quando iluminada pelo indolente sol da tarde, as sombras se estendendo preguiçosas pelas ruas para depois subirem discretamente as paredes e os vãos das portas. De longe, os murais e os grafites lembravam pinturas pré-históricas.

A mesma luz suave decorava as paredes com uma cor de manteiga derretida. Não tinha mais nada de interessante na sala: uma poltrona de couro craquelado diante de uma mesinha de centro, ambas vazias. A vista da janela preenchia o restante do espaço.

O homem que Posy chamou de Chefe estava em pé num canto de braços cruzados, casualmente inclinado para a janela. Ele não se virou quando eles entraram e continuou observando a cidade.

Um rei inspecionando seu reino, disse a voz.

Lacey achou que ele não se parecia com nenhum rei que ela já viu, embora tivesse de admitir que não tinha visto muitos. Esse homem lembrava um dos caipiras que tinha visto num filme uma vez. Ela não devia ter assistido a esse filme, soube disso logo nos primeiros dez minutos, mas havia implorado e implorado a Karey que a deixasse assistir, até que a irmã enfim cedeu. Era empolgante e arriscado ficar acordada depois que vovó tinha ido para a cama, aconchegada no escurinho da sala com o volume da TV bem baixo e a coberta tricotada por vovó envolvendo os ombros das duas. Lacey se escondia atrás da manta quando a cena ficava muito aterrorizante, mas nem a coberta nem a presença tranquilizadora da irmã mais velha podiam calar os grunhidos apavorantes das vítimas dos caipiras que a perseguiam por toda parte. Mesmo agora, depois de tantos anos, ela ainda podia ouvi-los.

O caipira diante dela era alto e tinha ombros largos. O maxilar forte era coberto por pelos escuros salpicados de fios prateados, e as pernas longas e finas pareciam fortes feito troncos de árvore. Mais lenhador que caipira, portanto. Havia mais alguma coisa que o diferenciava dos caipiras do filme, e Lacey sentiu um bolo na garganta quando se deu conta do que era. O homem lembrava o Escoteiro. Não pela cor ou pelas feições, nem mesmo pela altura, mas havia algo na tranquilidade, na confiança em si mesmo, que sugeriam as características do amigo morto.

— Chefe? — chamou Posy.

A cabeça do Chefe se virou. Inclinou-se para o lado, como se estivesse escutando sons ao longe, mas isso durou apenas até o segundo seguinte; e então ele se concentrou em Lacey e Alex, os olhos fazendo um balanço, vagueando sobre as duas, descendo e subindo, parando na cintura e até nos pés delas, antes de voltarem para o rosto.

— Nomes? — perguntou.

Lacey abriu a boca, mas a fechou imediatamente quando Alex respondeu. Ela havia se esquecido da promessa de ficar calada e deixar que ela falasse pelas duas.

— Sou a Alexandra. Essa aqui é a Lacey.

Os olhos dele pousaram no rosto dela por um bom tempo antes de se dirigir a Alex.

— Vocês não parecem parentes.

— Não somos — disse Alex.

— Namoradas?

— Não.

— Amigas, então.

— Sim, somos amigas.

— Amigos nunca são demais — disse ele, os cantos dos seus olhos enrugando-se de um jeito excessivamente simpático. O tom grave da voz produziu uma vibração sonora que atravessou o peito de Lacey, aquecendo-a do jeito que um trago da garrafa de xerez de vovó costumava fazer.

Não gosto dele, disse a voz.

Lacey também não, mas preferiu não compartilhar sua opinião.

— Amigas, isso mesmo, Chefe — disse Posy, animado. — Ter amigos é bom.

O Chefe se afastou da janela e se aproximou deles bem devagar, os olhos escuros e espertos. Não deu nenhum sinal de notar a presença de Posy, nem olhou na direção dele quando parou atrás da poltrona, as mãos enormes descansando no encosto. Despreocupadamente, inclinou-se para a frente e fixou os olhos em Alex.

— Onde está a Red, Posy? — Seus olhos saltaram para Lacey e de volta para Alex. O leve sorriso que estampava seu rosto era até certo ponto amigável.

Posy deu um sorriso nervoso para Lacey, então olhou de volta para o homem alto.

— Como, Chefe?

— Mandei vocês a encontrarem. Cadê ela?

— Hum... Nenhum sinal dela, Chefe. A gente procurou por toda parte. De cima a baixo, de um lado ao outro. Nenhum sinal dela.

O couro da poltrona rangeu sob os dedos do homem.

— E Jebediah e William?

— Jeb está lá embaixo. O Doutor está cuidando dele. Foi esfaqueado.

— Por quem? — Ele ergueu as sobrancelhas para as duas. — Por vocês?

Lacey fez que não com a cabeça.

— Não — respondeu Alex.

— Bill está morto — disse Posy em tom sorumbático.

Pela primeira vez, o Chefe se virou para Posy. O rapaz congelou, a tremedeira de nervoso desaparecendo assim que os olhos do homem encontraram os dele.

— Quem? — foi tudo que o Chefe disse.

— Um sujeito alto. Estava com elas. — Posy apontou o polegar para Lacey e Alex. — Jeb atirou na cabeça dele.

— Ele morreu?

— Sim senhor.

— Ele matou o Jeb também — intrometeu-se Lacey.

Alex deu um apertão tão forte na sua mão que os ossos doeram.

O homem alto se virou para ela. Sorriu, todo charme e simpatia.

— Foi mesmo? Esse homem era seu amigo também, é isso? — perguntou.

— A gente conhecia ele, sim — respondeu Alex, tentando sem sucesso redirecionar a atenção de volta para ela. Lacey já estava arrependida de ter aberto a boca.

— Parece que Jeb deu o troco, com essa história toda de tiro na cabeça — disse o Chefe para Lacey.

O rosto dela ficou rubro, uma sensação latejante na nuca fez com que os olhos pulsassem nas órbitas.

Aguenta firme, garota. Não deixa que ele mexa com a sua cabeça.

As rugas atraentes nos olhos do homem alto se acentuaram ainda mais, como se irradiassem deles.

— Ele *era* amigo seu, dá para ver. E não tem nada de errado com isso. Amigos vêm e vão. É da natureza das amizades serem efêmeras. Mas agora ele está morto e eu... — continuou ele, curvando-se um pouco mais sobre o encosto da poltrona, diminuindo o timbre da voz de maneira a falar diretamente a ela — ... *eu* posso ser seu novo amigo.

— Não quero mais amigo nenhum, obrigada — respondeu Lacey.

O sujeito alto deu uma gargalhada estrondosa que retumbou nas paredes e fez tudo tremer. Lacey meio que ficou na expectativa de ver o gesso do teto despencar.

Ele deu um sorriso largo englobando os outros e chegou a bater palmas, parecendo encantado com a resposta de Lacey.

— Ela disse que não quer mais amigos. — E deu outra gargalhada.

Posy riu também, mas dava para ver que ele não sabia qual era a graça. Ele se empolgou no instante em que o Chefe se aproximou dele e passou o braço musculoso pelos seus ombros ossudos.

— Gostei dessa aqui — disse para Posy, ainda sorrindo para Lacey. — Vocês fizeram um bom trabalho. Vou perdoá-los por não encontrarem a Red. Tenho mais uns procurando por ela. E vão trazê-la de volta.

Posy sorriu com vontade.

— Isso mesmo, Chefe. Vão encontrar a Red, pode apostar.

— Essas duas já foram examinadas para...? — O homenzarrão assobiou e girou um dedo logo acima da orelha.

O coração de Lacey parou. Ela chegou a imaginar que podia sentir a coisa dentro da cabeça ficar completamente imóvel, naquele local novo em folha na nuca onde a voz nasceu e de onde falava com ela, como se de súbito entrasse em estado de atenção.

— Não, Chefe. Ainda não.

O homem alto deu um tapa nas costas de Posy com tanta força que o corpo do rapaz deu um tranco para a frente.

— Vamos ter muito tempo para isso mais tarde. Vai ver como o Jebediah está e volte com notícias.

— Claro, Chefe, claro. Vou ver. — Posy balançou a cabeça para cima e para baixo, ansioso, mais uma vez andando de costas, ainda sorrindo e acenando com a cabeça enquanto atravessava a porta.

Lacey ficou ouvindo os passos apressados dispararem pelo corredor.

— É um idiota, mas tem sua utilidade — afirmou o Chefe com um sorriso, justificando a conduta de Posy. — Minhas desculpas, ainda não me apresentei. Charles Dumont — disse com uma reverência curta e zombeteira. — Um nome pomposo para um caipira, presumo que seja o que estejam pensando. Meu bisavô era francês e minha bisavó, filha de um francês com uma peruana. Infelizmente, minhas credenciais de boas maneiras começaram e terminaram com eles. Nasci e fui criado em Nova Orleans, muito embora tais distinções de local de nascimento sejam inúteis nos dias de hoje.

Ele tinha um jeito curioso de usar as palavras, a fala arrastada e cortês, o vocabulário bem mais sofisticado do que o dos caipiras do filme a que Lacey havia assistido.

Ele não é tudo o que parece. Que surpresa, hein.

— Sr. Dumont, poderia nos dizer o que quer? — perguntou Alex.

Charles Dumont franziu os lábios.

— O que eu quero?

— É. O que quer da gente?

Toda e qualquer expressão de graça e charme sumiram do seu rosto.

— Alexandra, permita-me ser bem honesto com vocês. Quero e vou arrancar de vocês tudo que eu desejar.

Dumont imediatamente voltou a sorrir ao terminar sua fala, mas a ousadia deslavada das palavras ficou girando e girando feito um pião na cabeça de Lacey.

Tudo que ele desejar.

E ele vai conseguir.

"Você precisa ajudar a gente."

Seguiu-se um instante de silêncio mortal.

Quem? Eu?

"É, você! Quem mais fala comigo de dentro da minha cabeça?"

Sei lá. Um minuto atrás, você sequer estava falando comigo.

"Bom, mas eu estou agora. Você pode ajudar a gente ou não?"

Não sei... Talvez. Mas a gente tem que tomar cuidado. Não sei direito o que esses sujeitos estão procurando, mas, se querem aqueles que escutam vozes, talvez a gente possa... A voz se converteu em murmúrios incompreensíveis.

"'Possa' o quê? Do que está falando?"

Lacey bufou pelo nariz tentando não perder a paciência, e só quando enfim notou os olhos de Dumont observando-a foi que se deu conta de que essa conversa interna estava aparecendo no seu rosto.

— Desculpa — disse ela.

O homem a contemplou com ar curioso.

— Às vezes eu me distraio — explicou ela.

— Distrações podem ser perigosas. Sobretudo quando é importante que se preste atenção.

— Desculpa — disse ela mais uma vez.

— Acho que Alexandra e eu precisamos ter uma conversa em particular, e gostaria que você esperasse no saguão com o Louis.

Lacey ergueu os olhos para Alex e buscou a mão dela.

— Não — respondeu.

— Tudo bem — tranquilizou Alex, embora com ar assustado. — Não vai demorar muito.

Dumont tinha ido até a porta. Chamou Lou.

— Alex... — começou Lacey.

— Xiu, vai ficar tudo bem — sussurrou ela. Depois, ficou de frente para a garota e pôs a mão na sua nuca suada. — A gente só vai conversar, ajustar as coisas. Vai ficar tudo bem. — Ela tentou sorrir, mas mal conseguiu.

O coração de Lacey estava disparado. Sentiu o pânico subir como se fosse uma corrente elétrica que partia do estômago e se espalhava devagar até a garganta, deixando um gosto horrível de metal na boca.

Alex acariciou a parte detrás da sua cabeça.

— Queria a minha carabina — choramingou Lacey.

Alex deu um sorriso triste.

— Eu também, querida, eu também. — Desviou os olhos para além dos ombros de Lacey, o sorriso murchando. Segurou os ombros dela e olhou nos seus olhos. — Não se preocupe comigo. Sou mais forte do que aparento.

Lacey queria muito acreditar nela.

Olha pelo que ela já passou, argumentou a voz. *Ela é uma sobrevivente, sem sombra de dúvida.*

Dumont estava de volta, Lou atrás dele. Ordenou que tirasse Lacey da sala, o que fez, levando-a embora pelo cotovelo. Os dedos dele machucavam sua pele, como se fossem feitos de osso, unha e coisas mortas. Ele a arrastou para longe de Alex.

— Alex!

Alex parecia mais apavorada por Lacey que por si própria.

— Xiu, tá tudo bem, querida. Não discute com eles.

Lacey tentou se desvencilhar de Lou, desesperada para voltar para perto de Alex, mas Lou a agarrou pela cintura e a suspendeu do chão. Ela gritou e chutou e ameaçou machucá-lo com violência, mas ele era surpreendentemente forte para um esqueleto.

A última coisa que viu antes de a porta ser fechada com um estrondo foi Dumont, desprovido de qualquer simpatia, uma excitação sombria nos olhos, e naquele instante ele ficou *idêntico* àqueles caipiras horrorosos que machucaram o infeliz do homem que grunhia feito um porco no tal filme. E, atrás dele, a última amiga de Lacey no mundo inteiro sozinha no meio da sala, o sol poente iluminando o lado esquerdo do seu rosto, salientando as feridas que ainda não tinham tido tempo de sarar.

CAPÍTULO 4

Lou a carregou até o fim do corredor, para a escada. Ela parou de berrar quando ele abriu a porta corta-fogo com um chute, mas continuava tentando se desvencilhar dele. Ele a atirou num canto. O cotovelo dela bateu dolorosamente no corrimão e o ombro, na parede de concreto. Ela se virou e encostou as costas no canto, ainda no chão, olhando com ódio para o homem.

— Quieta — ordenou ele.

— Vai se foder, seu velho.

Ele deu uma risadinha anasalada, os cantos do bigode se agitando, mas não disse mais nada.

Lacey se acocorou, o cotovelo latejando, a mão formigando, e desejou que Lou morresse. Desejou que ele caísse duro ali mesmo, uma artéria entupida fazendo o coração dele se contrair num espasmo, ou um coágulo no cérebro disparando choques espasmódicos para as pernas e os braços, fazendo as pálpebras palpitarem loucamente, enquanto o que restava do seu cérebro implodia.

Você é uma coisinha malvada, sabia?

Abraçou os joelhos e, escondendo o rosto entre eles, chorou. Tomou o cuidado de não fazer nenhum barulho para não dar a Lou o prazer de ouvi-la ou vê-la chorar. Na escuridão dos braços cruzados, não conseguiu impedir a repetição dos sons que sua mente havia gravado: os gemidos de dor de Alex no banheiro do hotel toda vez que o Escoteiro desatava um arame dos seus punhos sangrentos, os breves "ai!" quando uma pontinha acidentalmente tocava uma das incontáveis feridas, o jeito como Alex tinha sussurrado seu nome pela primeira vez, um dos olhos quase fechados por causa do inchaço da maçã do rosto, a voz rouca de tanto gritar por socorro. Mas agora essas imagens foram suplantadas por aquelas da sala que Lacey tinha acabado de sair, e era Dumont em pé sobre Alex, tendo como pano de fundo a cidade destruída. Ele se agigantava sobre ela como um adulto faria a uma criança assustada.

Você devia parar de pensar nisso, disse a voz. *Não faz bem nenhum.*

Vovó diria a mesma coisa. E não foi o Escoteiro que disse que nem todo mundo era mau? Ele sabia das coisas melhor que ninguém.

Ela fez um esforço gigantesco para tirar essas coisas abomináveis da cabeça e, no lugar delas, viu a imagem do Escoteiro andando até o carro delas, a moto sem combustível apoiada no suporte ao fundo. O sorriso meio sem graça que ele lhe deu quando entrou no banco traseiro e ela comentou que a partir daquele momento não tinha mais jeito, ele estava preso com elas. Foi uma coisinha de nada aquele sorriso, mas ela notou e ficou feliz porque talvez significasse que, para ele, não era uma ideia tão ruim. E agora ele estava morto. E Alex logo morreria também, ou teria um destino ainda pior. Lacey soluçou e trincou os dentes com tanta força que temeu que seu maxilar rachasse.

A voz apareceu de novo, num tom mais agradável. *Sinto muito.*

"Não, você não sente!", pensou ela com raiva.

Sinto muito, sim, Lacey.

"Você disse que podia *ajudar* a gente."

Eu disse que "talvez" pudesse ajudar, repetiu a voz com bastante cuidado.

— Então ajuda de uma vez! — gritou ela.

Lou resmungou, mas Lacey não ergueu os olhos.

Xiu. Tá bom.

Dessa vez ela olhou para cima, a menor das chamas de esperança agitando seu peito. Se a voz pudesse ajudá-la, se pudesse ajudar Alex, ela não se importaria se ouvir vozes significasse que estava louca.

— Tá bom? — perguntou ela.

Sim. Tá bom. Agora para de falar. Você está atraindo atenção para a gente.

— "Tá bom" o quê? — disse Lou pela boca cheia de dentes e através da barba.

— Nada — respondeu Lacey. — Não estou falando com você.

O cara que eles chamam de Doutor vai subir a escada daqui a pouco. Quando ele chegar aqui, você tem que dizer para ele que Dumont está brincando com a Alex.

"O cara de chapéu? Por quê? No que isso vai dar?"

Só diz isso.

— Então com quem você está falando? — questionou Lou, desconfiado.

— Com ninguém. Vai se foder!

Lacey!

As sobrancelhas peludas de Lou baixaram tanto que se juntaram uma na outra, mas, antes que ele pudesse responder, uma porta se abriu e fechou em algum lugar abaixo deles, ecoando escada acima. Dois conjuntos de passos começaram a subir.

Lou se pendurou no corrimão e olhou para baixo.

— Ei, vocês! — chamou ele.

— Lou! Estamos subindo! — Era a voz de Posy.

Segundos depois, o homem de barba rala virou o canto numa espécie de galope e subiu saltitando o último lance de escadas, o peito magro subindo e descendo pelo esforço. Atrás dele vinha o Doutor, o chapéu cobrindo a parte posterior da cabeça, os passos mais graciosos, os olhos já erguidos para Lou, e depois se abaixando para ela, sentada num canto.

— Charles quer saber como o Jeb está — disse ele a Lou na sua voz suave.

— Isso. Ele disse que é para você seguir em frente e deixar as informações comigo — respondeu Lou.

Mais uma vez, o Doutor olhou de relance para Lacey com seus impressionantes olhos verdes, atenciosos e inteligentes. Sem se dirigir a ela, ele acenou com a cabeça para Lou e o atualizou quanto ao estado de Jeb. Ele foi costurado, mas as próximas horas seriam cruciais. O ferimento era gravíssimo; ele tinha poucas chances de se recuperar. Havia perdido muito sangue.

Lou disse que repassaria tudo, e, mais uma vez, o cara de chapéu olhou para Lacey.

Diga agora. Rápido.

O Doutor se virou para ir embora, e Posy mais do que depressa abriu caminho.

Diga logo!

O homem já tinha descido três degraus.

— Ele-está-com-a-minha-amiga-Alex-naquela-sala! — falou, as palavras misturando-se umas às outras na pressa de verbalizá-las.

Diga que ele está brincando com ela.

— Ele está *brincando* com ela!

Posy começou a murmurar alguma coisa bem baixo, nervoso.

Tudo o que ela conseguia ver era a copa do chapéu preto e perfeitamente oval. Bem lentamente, ele foi virando o rosto e a encarou mais uma vez.

Ela respirava com dificuldade, o pânico tão real que parecia uma coisa viva batendo as asas dentro do seu coração, da sua garganta, dos seus ouvidos.

O Doutor desviou os olhos dela e os pousou no piso à sua frente, no que exatamente Lacey não fazia ideia, nos degraus, talvez, ou nos próprios pés, e por um instante longo demais presumiu que ele seguiria seu caminho sem dizer mais nada, simplesmente descendo os degraus e virando no canto sem olhar para trás, e ela seria deixada no patamar com o velho barbudo de olhos vazios, sem nada a fazer além de esperar sentada e se perder imaginando todas as coisas horripilantes que aconteciam com a amiga. Mas então ele deu meia-volta, subiu até o alto da escada e, quase sussurrando, mandou Lou abrir a porta corta-fogo. Lou demorou para obedecer. Primeiro olhou para Lacey, os olhos semicerrados, a barba retorcida num sorriso de desdém. Ele balbuciou algo que soou como "Sua piranhazinha", mas não disse mais nada ao chegar para o lado e abrir a porta.

— Ai, não! — Posy respirou, balançando-se nos calcanhares ao pousar os olhos entre Lou e o Doutor.

O Doutor desapareceu no corredor. Lou e Posy foram em seguida, e Lacey se levantou num salto, mancando atrás deles, quase caindo, os pés dormentes como maçarocas sendo alfinetadas, conforme o sangue voltava a correr por eles. Ela tropeçou ao atravessar o vão da porta, o mecanismo pesado fechando-se nos seus calcanhares.

O Doutor já tinha alcançado a porta fechada quando ela se aproximou. Posy era o último, e ele lhe deu uma olhada, os olhos brilhando de empolgação. O Doutor não bateu à porta, mas a abriu de supetão e entrou, Lou logo atrás, já pedindo desculpas pela intrusão.

Lacey só conseguia ver Alex. Ela estava praticamente sentada no chão, as costas contra a perna de Dumont. A blusa rasgada e aberta, e a pele dos seios e da barriga muito lívida, salvo pelas marcas vermelhas de hematomas antigos. Estava com um cinto enrolado no pescoço, enforcada por ele, e Dumont segurava a outra ponta. Ele erguia quase todo o peso dela por aquela única peça, o traseiro de Alex a centímetros do chão. Os olhos dela já estavam revirados, só o branco aparecia. A língua estava para fora da boca. O cinto se enterrava no pescoço e a pele ao redor estava vermelha e afogueada. O rosto tinha ficado roxo.

Lacey tentou abrir caminho por entre os homens, mas era como empurrar para o lado colunas de pedra. Gritos e acusações por todo lado, os de Dumont suplantando os demais, mas Lacey não os escutava; ela ficou de quatro e serpenteou entre pernas e pés, movendo-se bem rápido. Ao alcançar Alex, agarrou a mão de Dumont, enfiou-lhe as unhas e socou a coxa dele, gritando para que a soltasse. Os sons de sufocamento de Alex eram pavorosos, mas o pior foi quando os sons pararam.

Lacey meteu os dentes na mão de Dumont e mordeu. Com força.

O homem gritou. Os dedos se abriram. Alex caiu no chão.

Dumont esbofeteou Lacey e ela caiu para trás, de bunda, apoiando-se com as mãos. Sentiu gosto de sangue na boca, mas se levantou e foi até

Alex, as mãos trêmulas no pescoço da mulher, lutando para soltar o cinto de couro que a estrangulava.

A fivela! Solta a fivela!

Lacey ouviu e puxou o pino de metal, então o cinto se abriu. Soltou o pescoço de Alex e atirou o cinto longe.

Alex não respirava.

— Não, não, não, não — gemeu Lacey.

Deu um tapa nela.

A cabeça da mulher rolou para o lado.

— Alex! — gritou ela e deu um tapa mais forte, a palma atingindo em cheio a bochecha da mulher.

O corpo de Alex sofreu um tranco e ela respirou fundo, abrindo os olhos de repente. Instintivamente, avançou contra Lacey, que segurou as mãos de Alex e repetiu o nome dela várias e várias vezes até que a tensão deixou o corpo da mulher e ela a reconheceu. Alex abriu mais os olhos. Ela tentou dizer alguma coisa, mas era tarde demais. Mãos agarraram Lacey pelas costas e, pela segunda vez, ela foi arrastada, aos chutes e gritos, para longe da amiga. A porta se fechou com um estrondo entre as duas, Alex perdida atrás dela, e Lacey deu um grito tão alto que deixou em carne viva sua garganta. E, quando o grito morreu, não havia mais nada a não ser ar, ossos e desespero.

CAPÍTULO 5

Eles a trancafiaram numa câmara frigorífica.
Ainda bem que não tinha eletricidade, então não estava frio. Alguém havia arrancado a borracha de vedação, por isso um fiapo de luz conseguia se infiltrar pela moldura da porta. Não o bastante para iluminar o interior nem para ajudar Lacey a acostumar a vista à escuridão; mal dava para enxergar as prateleiras de metal vazias e uns ganchos que pendiam do teto. (Ela investigou as prateleiras no tato.)

Tinha passado algum tempo socando a porta, gritando para que a deixassem sair e berrando por Alex. Vieram respostas distantes, mas nenhuma da sua amiga, e nem ela nem quem estava do outro lado conseguia entender o que era gritado. Depois de uns vinte minutos se esgoelando, teve de parar, pois a garganta estava em brasa. Foi verificar o que havia no interior, mas não encontrou nada que prestasse. Todos os ganchos pareciam bem presos nas roldanas chumbadas no teto, e ela não era alta o bastante para tentar soltá-los.

Por fim, sentou-se de pernas cruzadas na posição de lótus e manteve os olhos fixos na luz que brilhava em torno da porta. Passou a língua no corte na parte interna do lábio. Tinha parado de sangrar, e o inchaço dolorido era de certa forma reconfortante. Continuou cutucando a ferida até sua boca se encher de gosto de cobre.

De vez em quando, via sombras de passos no piso, a iluminação dentro do frigorífico diminuindo por um instante, e então gritava, mas não obtinha resposta.

— Pois é, né. Seu plano deu certinho — disse ela num tom sarcástico que não tinha a menor intenção de esconder. Não via mais nenhum motivo para não falar em voz alta. Estava se lixando se as pessoas achassem que era maluca.

Sua presença, um broto de flor de jasmim, floresceu num canto da sua cabeça. *Vocês ainda estão vivas, não estão?*

— Por enquanto, talvez. Nem sei para onde ela foi levada. — Achou desnecessário explicar de quem estava falando.

Ela não está longe.

Lacey respirou fundo e abriu a boca.

Mais longe que essas pessoas com quem você ficou gritando.

Lacey fechou a boca e ficou em silêncio por um tempo. Mexeu-se um pouco, pois sua bunda estava começando a doer de estar há tanto tempo sentada no chão duro. Por fim, perguntou:

— Como você sabe aquelas coisas? De experiências passadas? Como você sabe onde a Alex está?

Talvez seja você quem saiba.

— Eu não sei de nada. Como eu poderia saber? Não sou nenhum tipo de telepata.

Você não sabe o que você é. Assim como eu não sei o que eu sou. Não sabemos como o seu cérebro funciona, que usos ele pode ter. Por exemplo, como foi que eu vim parar aqui e agora estou conversando com você?

— Como é que eu vou saber? — murmurou. — Até onde eu sei, isso tudo pode muito bem ser fruto da minha imaginação, igualzinho ao que aconteceu com vovó. E agora ela passou isso para mim, e chegou a minha vez de sofrer.

Eu não sou imaginação sua. Com o tempo vai perceber.

— Então prova!

Tem um monte de coisa que não dá para provar, Lacey. Mesmo coisas que você entende como claramente definidas e finitas. Talvez o tempo não passe como você acha que passa, feito uma linha que vai de um ponto ao outro, com passado, presente e futuro bem definidos. Talvez o tempo seja espaço, que nos rodeia como o ar. Talvez seja possível saber o que vai acontecer ou o que pode acontecer com tanta certeza quanto se sabe o que está acontecendo e o que acabou de acontecer. Estou começando a achar que tudo isso pode ser aprendido.

Lacey pressionou as têmporas com a ponta dos dedos, essas ideias novas e grandiosas, o espaço dentro da sua cabeça meio que parecendo pequeno demais para acomodar tudo isso. Também não se sentia à vontade com esse negócio de "nós" que a voz usava o tempo todo.

Tudo é fluido. Nada é garantido. Estamos em fluxo permanente. A única coisa que sabemos é que não sabemos nada.

— Mas você sabia que o tal do Doutor ia subir a escada.

Era uma possibilidade, sim.

— E você sabia o que dizer para ele.

Achei que pudesse provocar uma reação, é verdade.

— Mas isso é como prever o futuro.

Não, é apenas ser observador.

— Observador? Isso ainda não explica como você *sabia* essas coisas.

Você quer uma explicação clara?

— Quero.

Tá bom. Foi mágica.

— Deus do céu, você é *tão* babaca.

A coisa deu uma risadinha, ou, ao menos, essa foi a impressão que ela teve, como uma espuma borbulhante que vai rebentando em uma sucessão de pequenas e alegres explosões. Uma sensação esquisitíssima.

A tranca da porta da câmara frigorífica foi destravada e a porta pesada se abriu. Um raio de luz foi direto no rosto de Lacey, que virou a cabeça para o lado e levantou as mãos para bloqueá-lo.

— Dá para abaixar isso? — perguntou ela de olhos semicerrados.

Depois que a lanterna baixou, Lacey piscou até que os pontos pretos diminuíssem e viu Posy parado na porta. Ele puxou uma banqueta e se sentou. Ficou calado olhando para os próprios pés, remexendo-se sem parar. Para Lacey, ele parecia tímido. Mas ela não havia se esquecido do tapa que ele tinha lhe dado na nuca.

— O que você quer? — perguntou, sem tentar ser simpática.

Ele pigarreou, depois fez aquele som baixo e esquisito que parecia um zumbido.

— Hummm... Isso aqui é seu?

Só então ela notou que ele carregava alguma coisa. Quando ele estendeu a mão para ela, viu que eram livros.

— Não. Onde você achou isso?

— Na sua mochila.

Lacey fez que não com a cabeça, os olhos pousando nos livros mais uma vez.

— Não são meus, não. — Mas ela sabia de quem eram. Do Escoteiro. Ele havia encontrado os livros que procurava. Quis arrancá-los da mão de Posy e, página por página, ler cada palavra com avidez.

— Você sabe ler? — perguntou Posy, nas feições, um ar de esperança.

Ela não respondeu, mas esticou a mão para ele, prendendo a respiração, torcendo para que não notasse o quanto estava desesperada para segurá-los. Quando ele entregou os livros, ela os colocou cuidadosamente no colo e olhou um por um. Sem pressa, esfregando o polegar nas lombadas, folheando, um fedor bolorento suave fazendo cócegas no seu nariz. Por um instante, seus olhos ficaram marejados de lágrimas, e foi impossível ler os títulos e os nomes dos autores. Pressionou um deles contra o nariz e inspirou. Uma gotinha pingou na quarta capa. Ela deu uma fungada e limpou o nariz na manga.

— Você não sabe? — perguntou ela.

Ele fez que não com a cabeça.

— Só o meu nome. E sei escrever ele também. Nunca consegui aprender a ler direito. Mamãe dizia que eu era meio lento, e ainda estou recuperando o tempo perdido. Eu não estava respirando quando saí dela.

— Hum. Uau — disse ela, sem saber como responder.

— Pois é. Eu sou especial. — Ele tamborilou a cabeça, parecendo orgulhoso. — Foi o que me disseram.

— Especial como?

— Especial diferente.

Ele é especial, sem dúvida, disse a voz, maldosa.

— Você escuta uma voz? — perguntou Lacey, a curiosidade instigando-a.

Ele franziu a testa, fazendo cara feia.

— Não. Não escuto nada. — Ele parecia desapontado.

Lacey teve vontade de dizer que, se ele quisesse, podia ficar com a dela.

Epa, reclamou a voz.

— *Você* lê? — insistiu ele.

— Nunca fui de ler muito quando era criança — confessou ela. — Não gostava de ficar sentada no mesmo lugar por muito tempo. Preferia brincar de fazer comidinha no quintal e de fazenda de lesmas. Já vovó gostava de ler revistas de jardinagem, e a minha irmã era obcecada por livros de histórias de amor. Mas, sim, eu sei ler. — Ela ergueu os livros que ele havia lhe dado. — Quer que eu leia um para você?

Posy acenou com a cabeça rapidinho, a carranca se desfazendo e um sorriso de alegria abrindo-se tanto que os olhos dela doíam de tão feia que era a visão. Esse cara podia até não ter apertado o gatilho, mas ele havia ajudado a matar seu amigo, e agora estava sentado ali, fingindo que nada tinha acontecido. A banqueta mal aguentava as pernas desengonçadas e a ansiedade.

— Topa fazer uma troca, então? — indagou ela.

— Troca? — Uma pausa momentânea na felicidade, as feições retorcidas e intrigadas, tudo nele indicava que não tinha entendido nada.

— Isso! Troca. Eu leio para você e você me leva para ver a minha amiga.

Posy se levantou, aproximou-se da garota e arrancou os livros das mãos dela. Apanhou a banqueta e saiu da câmara frigorífica batendo a porta.

Lacey se levantou num pulo e estava à porta assim que a trava se fechou. Suas mãos tremiam, contraindo-se em pânico.

— Espera! Desculpa, não foi a minha intenção! Vou ler para você!

Nada.

Ela pressionou a testa na superfície fria da porta.

— Posy, me desculpa, tá? Volta e eu leio para você. Por favor.

Lacey ficou encarando o chão, a nesga de luz forte interrompida por duas sombras onde estavam os pés de Posy, do outro lado.

Ele é um bocó.

— Posy?

Ele não respondeu.

— Posy, eu sei que você está aí fora. Dá para ver os seus pés por baixo da porta.

A porta foi destrancada, e Lacey saltou para trás quando ela se abriu. Os olhos dele eram sérios e solenes; a boca, uma linha estreita e reta escondida na barba ruiva e rala. Pela primeira vez, Lacey se deu conta de que ele não era muito mais velho que ela, 19 ou 20 anos, no máximo.

— Nada de troca? — perguntou ele, ainda cheio de suspeita.

— Não, acabou essa conversa sobre troca. Só a hora da leitura. Palavra de honra. — Ela espalmou a mão como num juramento.

Ele tornou a entrar, e ela se afastou para dar passagem e se sentou no chão enquanto ele se acomodava na banqueta de novo. Ele se inclinou para lhe entregar um livro. Lacey o pegou, a mão tremendo um pouco, e alisou a capa bem de leve com a palma da mão. Depois foi virando as páginas até encontrar uma totalmente escrita.

Usando o dedo para marcar a página, olhou para cima.

— Está pronto?

Ela aguardou até que Posy fizesse que sim antes de pigarrear e começar.

— *Algo sinistro vem por aí. Prólogo...*

Ela interrompeu a leitura no capítulo 14.

— Posso beber um pouco de água?

Posy piscou muito devagar. Ele nadava de volta para ela depois de estar submerso num oceano de terras imaginárias.

— Água? — repetiu ele numa voz monótona.

— É. Minha garganta está seca.

— Hummm... Tá bom, vou buscar. — Ele deu um salto e se apressou, fechando a porta ao sair com um clique.

A banqueta tinha ficado para trás. Lacey deu uma boa olhada nela, as três pernas mais parecendo um tripé alienígena, iluminado pela luz que corria pela nesga da moldura da porta. As sombras alongadas das pernas se arrastavam pelo espaço até a alcançarem.

Deve ser pesada, pensou. Podia esperar Posy voltar. Quando ele abrisse a porta e entrasse, ela daria com a banqueta na cabeça dele com toda a força, rachando seu crânio. E depois sairia em disparada.

Uma imagem do Escoteiro deitado com a cara na terra, uma poça de sangue escuro em volta da cabeça, apareceu na sua mente, e ela balançou a cabeça, sussurrando *"Não!"* consigo mesma. Um "não" para o quê, ela não tinha certeza.

Antes de decidir o que faria, lá estava Posy, lutando para abrir a porta enquanto segurava uma tigela de água.

É como se você fosse o bichinho de estimação dele, e ele estivesse trazendo um pires com água para você.

Cala a boca, pensou ela.

Segurando a tigela com as mãos em concha, Posy lhe ofereceu água. Ela assentiu e deu um sorrisinho de agradecimento enquanto pegava tigela e a levava aos lábios. Cautelosa, tomou um golinho, testando a água morna que, no fim das contas, tinha um gosto passável, apesar de um pouco velha. Encheu a boca e passou a água tépida por entre os dentes e pela gengiva antes de engolir. Deixou a tigela no colo em cima do livro virado para baixo, que ainda estava aberto na página que ela estava lendo.

— O seu nome é Posy mesmo?

Ele estivera roendo as unhas imundas enquanto a observava. Então, cuspiu um naco e fez que não com a cabeça.

— Não, é porque significa "buquê". É que eu gosto de flores.

— Qual é a sua preferida? — Ela tomou outro golinho.

— Gosto de umas brancas, pequenas, amarelas no meio.

— Margaridas?

Ele fez que sim e passou a roer a unha seguinte. Será que esse era o aspecto dela quando roía unha? Precisava parar com isso. Que coisa nojenta!

Lacey fez a água girar no interior da tigela.

— Minhas preferidas são os camarás. Já ouviu falar? São venenosas para a maioria dos animais, inclusive para a gente, mas passarinhos conseguem comer as frutinhas. Acho isso o máximo, elas conseguirem ser duas coisas ao mesmo tempo, veneno ou comida, dependendo de quem você for.

Ele continuou roendo unha.

— Mas eu entendo isso de Posy, eu acho — continuou. — E Margarida é nome de menina, certo?

Como se Posy não fosse.

Posy resmungou e cuspiu outro tiquinho de unha.

— Você não vai ler um pouco mais?

Lacey fez que sim com a cabeça bem devagar.

— Num minuto — disse Lacey. — Preciso terminar a água. — Ela revirou a tigela um pouco mais e a ergueu, demorando-se um tantinho antes de tomar outro gole. — Posy, o que eles vão fazer com a gente? — Ela tomou mais um pouco, observando-o por cima da beirada da tigela.

Ele tinha parado de roer as unhas, a mão ainda cobria a boca. Ele a encarou por uma fração de segundo e então baixou o olhar para o chão. Deu de ombros.

— Foi o Doutor que botou você aqui. Câmaras frigoríficas são boas prisões, foi o que ele disse.

— Ah, então você também capturou outras pessoas? O que aconteceu com elas?

Posy abaixou a mão e olhou de relance para trás, para o caso de haver alguém por ali que pudesse ouvi-lo. Depois se virou para ela e falou baixinho:

— Nem sempre consigo ver o que acontece. Às vezes elas ficam, às vezes simplesmente somem.

— Somem onde?

Ele deu de ombros.

— Às vezes são levadas para outro lugar. Às vezes são mortas, eu acho. Às vezes são comidas. Isso é coisa da Dolores, ela diz que mandaram ela comer gente. Uma piranha velha e doida. — Esse último comentário soou como se estivesse repetindo algo que tinha entreouvido uma vez.

A pele da nuca de Lacey congelou. Sentiu como se um punho entrasse nela e agarrasse suas entranhas, espremendo-as com força e, por um instante, achou que fosse vomitar a água que tinha acabado de beber.

— Se eu sumir, não vou mais poder ler para você.

— Eu sei — lamentou ele. — Também não consigo achar a Princesa.

Lacey deixou a tigela vazia no chão ao seu lado.

— Posso ajudar você a procurar por ela.

Ele não pareceu confiar.

— Teve uma vez que vovó perdeu os óculos de leitura, e eu lembrei que ela tinha plantado umas mudas de árvores frutíferas no quintal. Então fui lá e dei uma volta, e sabe o que ela tinha feito? Tinha deixado cair num vaso de terra. Bem no fundo. Devia querer plantar uma oculeira, vai saber? O que estou querendo dizer é que sou boa quando se trata de achar coisas.

Posy voltou a encarar os próprios joelhos.

— Não posso deixar você sair daqui. Senão vou me ferrar de novo.

Assim como foi com Red?

— Foi isso que aconteceu com Red? — perguntou Lacey brandamente. — Você a ajudou a sair e ela fugiu?

Ele a encarou com intensidade no olhar.

— Foi um *acidente*. Só saí por um *segundo* para buscar a comida dela. Ela não andava comendo direito, sabe? Quando voltei, ela tinha sumido, *igual* aos outros, só que esse foi um *mau* sumiço. O Chefe não ficou nada contente. Ele gostava que ela conversasse com ele sobre a coisa na cabeça dela.

Posy envolveu a própria cintura com os braços e balançou o corpo para a frente e para trás, o feixe de luz da lanterna indo e vindo, o balanço da luz deixando Lacey mareada.

Coisa na cabeça dela? Pergunte a ele o que...

Mas Lacey já tinha começado a falar.

— Ela devia estar morrendo de medo para fugir desse jeito.

— Ela ficou apavorada com o Homem-Esvoaçante. Ele apavora qualquer um. — Posy parou de se balançar e olhou bem para ela. — Eu não devia falar mais com você. Vou arranjar encrenca para mim.

— Tudo bem, não vou contar para ninguém. Esse pode ser o nosso segredinho. Fica só entre nós dois.

O que é esse Homem-Esvoaçante?

— Red é boazinha — disse Posy. — Ela era boa para mim. Não tinha nenhuma obrigação de ser legal comigo, mas era. Não foi certo o que fizeram com ela.

— O que foi que aconteceu com ela, Posy? O que a deixou tão apavorada?

Os olhos dele se apertaram, e ele voltou a roer unha, murmurando por trás da mão, os olhos pregados nela.

— Ela disse para o Chefe que tinha alguém vindo. Alguém com a morte nos olhos. Alguém que ela tinha encontrado há muito tempo no deserto, e que a missão dele era colocar tudo de volta no lugar, para que gente como o Chefe e o Doutor e o Homem-Esvoaçante não tivesse mais domínio de nada. Ela não falava isso como um aviso para ele se preparar. Não mesmo. Ela falava do jeito como o Jeb às vezes fala comigo quando rouba o meu cobertor. O com remendos. Leva embora e esconde de mim, e não quer me dizer onde está. Foi assim. Como se ela *gostasse* de saber o que estava por vir. Red é boazinha — disse ele, fazendo que sim com a cabeça com firmeza. — O Chefe, não. O Homem-Esvoaçante é pior ainda. Mas a Red é boa, e ela não gostava de nenhum deles dois. Não mesmo. Meu trabalho era ficar de olho nela, cuidar para que estivesse em segurança. Ela gostava de mim. Ela disse que queria que eu ficasse por perto, longe do Doutor. Ela estava proibida de sair, sabe? Era preciosa demais para ficar solta.

Quando se deu conta do que tinha acabado de dizer, a pele das bochechas de Posy ficaram retesadas, e o pavor fez seus olhos se arregalarem. Levantou-se, derrubando a banqueta com um estrondo, e meteu a cara para fora da porta para verificar os dois lados do corredor. Voltou para perto dela e disse, falando rápido:

— Chega de conversa. Conversa demais. Preciso ir agora. — Ele pegou a banqueta.

Lacey se levantou aos trancos.

— Espera. Pelo menos me deixa ajudar você a procurar o seu cachorro.

— Não. A conversa acabou. — Posy saiu da câmara frigorífica e, antes que ela erguesse a mão ou tivesse tempo para dizer uma palavra sequer, ele bateu a porta com força, trancando-a no escuro.

Lacey o chamou, mas não havia sombra de pés do lado de fora. Ele se foi. Num acesso de raiva, ela atirou o livro longe e ouviu quando ele bateu na parede. Um segundo depois, chegou ao chão com um estalo. Imediatamente foi atrás dele, arrependida de ter atirado longe uma coisa que pertenceu ao Escoteiro, e aninhou o livro nas mãos, alisando as dobras e os amassados da capa. Foi para perto da porta e se deitou de bruços segurando o livro numa posição em que a fraca faixa de luz que entrava por baixo da porta conseguisse iluminá-lo.

Leu a quarta capa mexendo os lábios, formando as palavras silenciosamente. Imaginou os olhos do Escoteiro percorrendo as mesmas linhas, as palavras entrando na sua mente da mesma forma que haviam entrado na dele, até que ambos tivessem absorvido exatamente o mesmo conhecimento. Agora ela compartilhava isso com ele; nem tempo nem espaço poderiam tirar isso dela. Sentiu-se mais próxima dele naquele momento enquanto lia e relia a quarta capa, deitada no chão, sozinha no escuro, os olhos ficando mais e mais cansados, as palavras se embaralhando umas nas outras.

Você não está sozinha.

— Acho que não — sussurrou ela, deitando a cabeça. Fechou os olhos e se permitiu devanear. — Sou uma garota maluca com um treco só meu na cabeça para me fazer companhia.

Na verdade, é bem agradável aqui dentro. Muito claro. Como estar rodeado de vidro polido. Nada de buracos chatos, tudo inteiro, liso e intacto.

— Que bom. — O sono deixou sua voz meio pastosa, e ela balbuciou: — Como eu chamo você? Treco não parece certo. Você é *o* Voz? Você soa como *o* Voz...

Pode me chamar de Voz. Não ligo para essas coisas. Voz serve muito bem.

CAPÍTULO 6

Ela não fazia ideia de quanto tempo havia dormido, mas, ao acordar, estava gelada e desconfortável, ainda deitada no piso bem perto da porta, o livro servindo de travesseiro. Sentou-se. A barriga roncou tão alto que ela se assustou e a cobriu com as mãos.

— Puxa vida! Estou com tanta fome que comeria um cachorro com nome de menina. — Ela não falou com ninguém em particular, mas ficou esperando uma resposta.

Não veio nenhuma. Voz permanecia quieto. Lacey se perguntou se ele dormia igual a ela. Ou talvez a doideira na sua cabeça tivesse resolvido mudar de endereço.

— Talvez — sussurrou — eles já tenham comido o cachorro... — Ela, porém, se negou a seguir essa linha de pensamento e a apagou antes que sua imaginação insistisse nisso.

Usou o chão como apoio e foi se levantando aos poucos até ficar em pé e, sem muita empolgação, fez uns alongamentos: mãos na ponta dos pés, mãos nos quadris, tronco girando de um lado para o outro. Chegou a se aventurar a fazer alguns polichinelos, achando que assim espantaria o frio. Na verdade, sentia-se ligeiramente melhor quando tornou a espremer a orelha na porta.

— Oi! Alguém aí fora?

Esmurrou a porta.

— Estão querendo me matar de fome! *Oiii!*

Nada. Deu um passo atrás e acertou um chute pesado com a sola do sapato na porta da câmara frigorífica. Ela não se mexeu.

— Isso é ridículo! — Mancou em pequenos círculos. O pé doía por causa do chute, como quando se pula de um muro alto demais e as solas dos pés batem numa espécie de barrigada no chão duro.

Barrigada, não, pensou, "pisagada", e riu.

Queria não ter chutado a porta com tanta força.

Ao ouvir passos se aproximando, Lacey parou de dar voltas. Contava em ver Posy quando a porta fosse aberta, mas, em vez dele, lá estava o homem de barba feita e o hilário chapéu-coco. O Doutor. O cheiro de mentol veio junto, mas, desta vez, havia um aroma secundário sob o mentolado, que não era nem fresco nem agradável. Ele a encarava com olhos verdes muito claros e indecifráveis.

— Vocês não têm café da manhã? — perguntou Lacey.

Ele não disse nada, só se virou e foi embora, deixando a porta aberta. Lacey não o seguiu de imediato. E se fosse uma armadilha? Podia estar fazendo um teste para ver se ela aproveitaria a chance para fugir. Mordeu as bochechas e deu um passo à frente. Pegou o livro que havia deixado no chão e, apertando-o no peito, espreitou o corredor. O homem estava a uns três metros, meio virado para ela, à espera. Lacey olhou para o outro lado, para o longo corredor vazio e convidativo.

— Eu nem cogitaria fugir — disse tranquilamente o homem que chamavam de Doutor. — Tem vinte pessoas nessa parte do prédio. Se não estiver do meu lado, vão achar que você é uma ameaça. — Mais uma vez, sem esperar por ela, ele se virou e seguiu pelo corredor.

Depois de um instante, Lacey enfiou o livro por dentro do cós do jeans e foi atrás dele.

— Cadê a minha amiga? Ela está bem?

Nenhuma resposta.

— Para onde você está me levando? — perguntou ela.

— Quero mostrar uma coisa — disse ele sem se virar.

— Mostrar o quê?

— Você vai ver.

— Por que as pessoas não querem me dizer na lata o que está acontecendo? E se eu disser que não vou dar nem mais um passo até você me dizer o que está rolando? — Ela parou no meio do corredor e cruzou os braços.

Ele também parou e virou ligeiramente o corpo para ela. As sobrancelhas finas estavam um pouco erguidas, quase desaparecendo sob a aba do chapéu, se de surpresa ou confusão, ela não sabia ao certo.

— Eu diria que seria uma atitude bem tola — afirmou ele em tom de enfado.

Ficaram se encarando por um bom tempo, e Lacey sentiu uma espécie de frio cortante na barriga. Medo. Não sabia por que — afinal, não havia hostilidade no olhar do homem, nem um clima de tensão entre eles, como em geral se percebe antes de um ato de violência —, mas Lacey estava convencida de que, de algum modo, ele sabia exatamente no que ela estava pensando, que ela era um livro aberto para ele e que a considerava divertida como um entomologista consideraria um insetinho minúsculo divertido ao cutucá-lo sob sua lupa.

— Você vem?

Ele se expressou de um jeito que não ficou claro para ela se era de fato uma pergunta ou uma ordem. O sentido da frase foi tão ambíguo quanto seu dono.

Ela fez que sim, calada.

Um movimento quase imperceptível nos cantos dos lábios sinalizou um sorriso, então ele se virou e voltou a conduzi-la.

Lacey perdeu a conta de quantos corredores percorreram e quantas esquinas dobraram, mas por fim o homem de chapéu a levou para uma sala. Antes de entrar foi atingida em cheio pelo odor: carne podre, sangue seco, fezes quentes. Uma única cama num canto e, sobre ela, Jeb, de costas para a porta.

O olhar observador do Doutor repousava nela enquanto ele ia até uma cadeira desocupada encostada na parede mais ao fundo e se sentava.

Sem pensar duas vezes, Lacey deu os passos que faltavam para chegar ao lado da cama de Jeb. Quanto mais se aproximava, mais frio sentia. Era como se ondas de frio irradiassem do homem, escorrendo da cama para o chão, encharcando seus sapatos, escalando suas pernas, injetando-se diretamente na espinha. A pele de Jeb estava tão lívida que dava para ver as veias roxeadas que, como teias de aranha, corriam sob a pele. Ele estava ofegante, com a respiração curta.

— Ele perdeu muito sangue.

Lacey se virou para o Doutor quando ele falou. Ela reparou que ele havia cruzado elegantemente as pernas e se sentava muito à vontade com as costas no espaldar da cadeira.

— Era isso que você queria me mostrar? — perguntou ela.

— Não exatamente. Quase.

Ao se virar para Jeb, viu que ele a encarava com olhos injetados.

— *Você* — sussurrou ele com rispidez, os lábios descorados, ressecados, rachados. — Sua filha da puta, você me *matou*.

Lacey balançou rápido a cabeça, o sentimento de culpa atingindo-lhe o estômago feito um soco.

— *Não*. Não, a culpa foi *sua*. Você devia ter deixado a gente ir embora. Por que não deixou a gente em paz? A gente não tinha feito nada com vocês.

— Os vermes falantes vão comer os seus miolos. Vão comer o seu cérebro de piranha imunda, vão fazer você *apodrecer* pelo que fez comigo. Apodrecer igual à porra do seu amigo. Espero que os coiotes tenham acabado com ele, que tenham arrastado as tripas dele pela estrada feito uma corda de pular. Onde foram parar todas as cordas de pular? Foram queimadas ou usadas como nó de forca. Forca... Deus do céu, por que eu estou com *tanto* frio? Doutor?

O Doutor se levantou e entrou no campo de visão do moribundo.

— Doutor! Me ajuda, Doutor, *por favor*. Ai, Deus, como *dói*.

Jeb sofreu uma tremedeira tamanha que a cama tremeu junto batendo na parede. Ele tentou puxar as cobertas para junto do corpo, mas as mãos apenas as tateavam, os dedos endurecidos incapazes de agarrar qualquer coisa. Começou a chorar, um choro entrecortado por soluços que o deixavam com tremores convulsivos, mas nenhuma lágrima escorria pelo canto dos seus olhos. O rosto ficou encovado, só rugas, dentes podres quebrados e cabelos eriçados.

— Não posso fazer mais nada, Jebediah — disse o Doutor. — Agora só o seu Deus pode ajudar você.

— *Foda-se o meu Deus!* — gritou Jeb. — *E fodam-se os seus, também!* — Ele encarou Lacey com tamanho ódio que ela chegou a dar um passo para trás. Perdigotos salpicavam sua barba enquanto, encolerizado, ele apontava os dedos em garra para ela. — *Eu vou te matar! Eu vou te MATAR, sua piranha do caralho! Vou mandar você para o inferno com todas essas merdas de vermes no seu cérebro!* — Seus olhos quase saltaram das órbitas, e ele sofreu uma convulsão. Caiu de volta na cama, os dentes trincaram. Veio dele um som gorgolejante terrível enquanto seu corpo estrebuchava violentamente, o ar fazendo um barulho seco na garganta. Seus braços se enroscaram sobre o peito, balançando-se como as mandíbulas de um inseto, os dedos contraídos feito garras.

— O que está acontecendo? — perguntou Lacey. Contra sua vontade, seus olhos se encheram de lágrimas. Seu coração palpitava tão forte que tudo o que ela conseguia ouvir era um rufar de tudo ao seu redor, como se estivesse presa dentro de um útero. Queria fugir e sair correndo até que só conseguisse ouvir seus pés e sua respiração apressada, até que o sangue disparasse por suas veias feito tiros de metralhadora; mas não conseguia se mexer, do mesmo jeito que Jeb era incapaz de controlar o que estava acontecendo a ele.

— Falência dos órgãos — disse o Doutor.

Jeb começou a balbuciar.

— Por favor, por favor, *por favor*. Me desculpa, Doutor, *me desculpa*! Por favor, me ajuda, *por favor*! *Juro-por-Deus-que-estou-arrependido!*

— Lamento que tenha sido esfaqueado — disse o Doutor, embora seu tom de voz não revelasse sentimento algum.

Os olhos de Jeb se reviraram, e continuaram se revirando até se cravarem em Lacey. Ainda havia raiva e ódio neles, mas sobretudo pavor. Um pavor que dava pena. Os lábios sangravam depois de mordidos por dentes podres e quebrados.

Lacey não saiu do lugar até o último tremor de Jeb passar e o homem soltar o ar longa e ruidosamente. As mãos continuavam congeladas feito garras sobre o tórax. Os olhos vítreos permaneceram fixos no rosto dela. Ele parecia encolhido e ressecado, como se a morte lhe tivesse sugado até a última gota de líquido do corpo. O que sobrou era apenas uma carcaça macilenta.

Lacey respirava com dificuldade, como se tivesse corrido.

A morte tinha colocado uma mortalha naquele quarto. Lacey conseguia senti-la como uma presença repulsiva que lhe tapava as orelhas, a boca e a garganta, e ela achou que morreria sufocada.

Quebrando o silêncio, o Doutor disse:

— Era *isso* que eu queria lhe mostrar.

Lacey foi levada de volta à cela. Não se lembrava de nada do caminho. A porta foi trancada, e ela ficou sozinha na escuridão, porém indiferente tanto à solidão quanto à ausência de luz. Sentou-se e agarrou o livro com as duas mãos. Estava vagamente ciente de que Voz tentava conversar com ela para tirá-la daquele estado de espírito alheado e sombrio em que havia se recolhido, mas ainda não tinha nem vontade nem condições de conversar.

Enfim trouxeram comida — uma espécie mingau gelado —, e ela comeu no automático, sem sentir o gosto. Bebeu água da tigela, que tinha sido reabastecida. Depois, deitou em posição fetal com o livro no meio. Teve um sono entrecortado por pesadelos com garras e patas de insetos e a boca cheia de vermes que avançavam para seu cérebro, onde se torciam e retorciam, e com as pessoas que amava, todas enfileiradas e com feridas abertas na barriga sangrando: vovó, Alex, Karey, a sobrinha que nunca chegou a conhecer (que era pequena e sem rosto) e até mesmo o Escoteiro. Ele olhava com tristeza para ela, as mãos em forma de concha sob o rio vermelho que escorria da barriga, enquanto lhe perguntava numa voz sofrida por que ela não estava ajudando as pessoas que amava.

Acordou aos prantos.

Ficou deitada horas a fio. Às vezes escutava Voz; outras vezes, não. Ele fazia perguntas sobre sua irmã e como ela achava que a sobrinha era. Lacey não respondeu a nenhuma.

Posy entrou e tentou fazer com que ela lesse mais um pouco, mas acabou indo embora, porque ela sequer pareceu notar sua presença.

Achei que você quisesse que Jeb morresse.

Foram essas palavras que abriram um buraquinho no escudo de torpor que ela havia construído à sua volta.

— Não — sussurrou, engolindo em seco apesar da dor na garganta.
— Não daquele jeito.
Morte é morte, não importa como acontece.
— Calado — murmurou ela, cerrando os olhos, como se isso fosse a senha para isolar Voz.
Ele fez coisa muito pior com as pessoas que encontrou.
— Eu quero a Alex — disse ela. Uma lágrima quente, escaldante, escorreu feito um rio de fogo pelo lado do rosto e se acomodou na orelha.
Não seja infantil.
— Eu quero a minha avó. — Mais lágrimas seguiram o percurso da anterior.
Pela primeira vez, Voz soou irritado. *Não venha com essa conversa mole pra cima de mim. Cadê a sua determinação?*
— Não tenho — choramingou.
Então trate de arranjar. Não é hora de demonstrar fraqueza.
Ela rolou para o outro lado, dando as costas para a porta.
— Me deixa em paz.
Não ajudaria em nada se eu...
— Me deixa em paz!
Voz hesitou por mais um segundo e depois se foi, deixando um vazio no fundo da mente de Lacey. Ela sentiu a ausência de Voz de imediato, mas reprimiu o sentimento assim que ele veio.
O que vovó pensaria se a visse tão amuada assim? Lacey engoliu o choro, porque *sabia* como a avó reagiria, e ela não teria aguentado. Vovó já a teria agarrado pelo cotovelo, obrigando-a a ficar de pé, e agitaria o dedo deformado em riste diante do seu nariz, mandando tomar juízo, mocinha, porque ninguém gosta de um bebê chorão, e que não se consegue nada quando se fica se lamentando pelos cantos e com pena de si mesma, e tem sempre muito a fazer e muito a *planejar* fazer quando tiver tempo para isso.
— Mas por que ele iria querer me mostrar aquilo, vovó? — sussurrou ela.
Não esperava uma resposta, e não a obteve nenhuma.

— Não entendo por que ele me levaria até lá só para assistir à morte de Jeb.

Lacey estava prestes a se entregar de novo às imagens de como Jeb havia se convulsionado e gritado e a encarado duramente até o último suspiro escapar barulhento dos seus pulmões. Lacey se sentou num único e súbito movimento, mas manteve a cabeça inclinada para a frente, apegada com firmeza à imagem de vovó, da colcha tricotada à mão que envolveria seus ombros e da aliança larga e arranhada no dedo anelar, e também das mãos calosas, fortes e igualmente habilidosas em desembaraçar nós de cabelo ou arrancar farpas. A imagem de vovó era bem mais vigorosa que a do homem morto, e Lacey esfregou os olhos para enraizar aquela imagem na mente, e esfregou mais e mais vezes os olhos até que moscas volantes flutuaram no fundo escuro das suas pálpebras. Ela sorriu. "Volúveis", era como vovó as chamava. Eram um lembrete de que, mesmo no escuro, sempre havia alguma coisa que podia ser achada.

— Eu te amo, vovó — sussurrou Lacey. — Como eu gostaria que você estivesse aqui comigo.

Enfiou a mão por debaixo da gola e achou a medalhinha de são Cristóvão. Estava quente, e foi esquentando ainda mais enquanto a segurava. Na escuridão, onde as "volúveis" flutuavam e o espírito de vovó se mantinha vivo, uma ideia começou a brotar na sua mente. Inconsistente nos primeiros instantes, mas que rapidamente se desenvolveu e se tornou algo consistente e viável.

Arregalou os olhos.

— Voz? Voz? Preciso falar com você.

Lacey soltou o são Cristóvão e encostou os dedos aquecidos num ponto atrás da orelha direita. Voz foi surgindo feito um fósforo aceso no escuro, não totalmente presente nem totalmente ausente. Ele era uma "volúvel" à sua maneira.

— Voz, acho que tive uma ideia.

Ainda relutante, Voz perguntou: *Que tipo de ideia?*

CAPÍTULO 7

Dumont estava de pé na área de carga e descarga, supervisionando o carregamento dos veículos. Havia duas picapes, três carros e um trailer na área concretada, pessoas correndo de um lado para o outro, incumbidas de acondicionar o material nos bagageiros e na caçamba das picapes. Afastados daquela agitação, dois meninos com não mais de 10 anos estavam acocorados perto da parede dos fundos, brincando de cara ou coroa. De repente, Lacey viu o menino mais velho empurrar o menorzinho, um empurrão maldoso que fez o outro cair estatelado, seu punhado de trocados espalhando-se num arco reluzente. O garotinho ficou de pé num piscar de olhos e partiu para cima do agressor. Deu socos e cotoveladas no menino maior até que uma mulher veio apressada e o arrastou dali, dando-lhe um tapa na cabeça como castigo por ficar criando confusão. O mais velho, que começou a briga, continuou encolhido num canto. Ninguém apareceu para ver se ele estava bem.

Lacey voltou a atenção à movimentação em torno dos veículos e tentou ignorar Lou, parado bem atrás dela. Perto demais. Dava para sentir o calor que escapava do corpo dele.

— O que está acontecendo? — perguntou a Dumont.

Ela nunca tinha visto tanta gente por ali. Sem dúvida, mais de trinta. Um grupo de seis perambulava perto do trailer, todos com ar indiferente, a maioria com os olhos voltados para o chão. Uns davam a impressão de estar falando, mas não com os outros; ninguém erguia os olhos nem parecia notar que havia alguém ao lado. Outros quatro, três homens e uma mulher, estavam sentados no chão, recostados no trailer, as mãos amarradas na frente do corpo. Pareciam tristes, desanimados, e observavam o que acontecia em torno deles com olhares hostis. O homem sentado no centro exibia um olho roxo e lábios inchados, e a frente da sua camisa supostamente branca estava manchada com vestígios que poderiam ser de sujeira, mas Lacey desconfiava que fossem de sangue.

Dumont arqueou uma sobrancelha para ela. Seus ombros largos esticavam o tecido da camisa.

— Estamos nos preparando para ir embora.

— Para onde?

— Você é mesmo muito enxerida, não é? — Dumont se virou para o seu pessoal. — Está na hora de irmos para novas paragens. Colhemos tudo o que havia aqui, até a última gota. Não há mais ninguém que preste para recolher por essas bandas.

Ele está levando pessoas, sussurrou Voz. *Como naquelas histórias.*

— Você amarra as pessoas quando elas deixam de ser úteis? — perguntou ela.

Dumont chamou um tal de Terence, que estava verificando o pneu traseiro de uma picape, e perguntou se ele tinha pegado o carro de alguém chamado Stevie. Terence lhe garantiu que sim.

Lacey achou que Dumont não tinha escutado sua pergunta e já ia abrir a boca para repetir, quando ele disse:

— Não. Aquelas pessoas ali vão ser úteis em outro momento. Só não estão prontas para se juntar à nossa causa. Mas vão estar.

— Que causa?

— Acho que você também ainda não está pronta, minha querida. Tudo a seu tempo. Posy!

Lacey avistou Posy no meio dos outros, carregando o que parecia ser a mochila do Escoteiro e colocando-a na traseira de uma picape. Ele parou com o grito de Dumont e olhou para cima.

— Soube que você andou futucando de novo os rádios.

Posy abaixou a cabeça e ficou arrastando os pés no lugar sem saber o que fazer, feito uma criança gorducha pega em flagrante com o dedo enfiado até a metade num pote de pasta de amendoim.

— Não encoste neles de novo. Sacou? Da próxima vez eu quebro a sua mão. E talvez o braço preso nela.

Posy resmungou alguma coisa para os próprios pés.

— Ele não consegue ouvir você, imbecil! — gritou Lou de trás de Lacey, fazendo com que o coração dela desse um salto e os ombros se contraíssem de susto.

Posy não ergueu a cabeça, mas levantou a voz.

— Entendi, Chefe. Nada de rádios para mim, Chefe.

Dumont fez que sim com a cabeça, satisfeito.

— Bom garoto. Agora, ao trabalho.

Ao lado da picape em que Posy colocava a bagagem estava o jipe que a havia trazido. E lá estava aquela palavra, de novo, escrita em caprichadas letras prateadas no painel traseiro. "DEFENDER". A mão de Lacey deslizou até a bainha da blusa e passou por baixo, a ponta dos dedos tocando rápido o livro que ela tinha enfiado por dentro do cós, como se fosse um talismã com poderes de lhe transmitir coragem.

— Red — disse Lacey.

Dumont não se mexeu, nem para se virar para ela nem mesmo para dar a entender que a havia escutado.

Mas ele ouviu, ouviu sim, disse Voz.

— Eu sei onde ela está.

Dessa vez, Dumont deu meia-volta para encará-la. Ela se recordou de como os músculos dos braços dele tinham se avolumado quando ele suspendeu Alex pelo pescoço. Lembrou-se de como as veias da sua testa ficaram destacadas, do rosto escuro pelo esforço, dos olhos vívidos de empolgação.

— E por que eu deveria acreditar nisso? — perguntou ele.

— Posso provar. Mas antes precisamos acertar as condições.

Ele abriu um sorriso largo.

— Rá, eu gosto mesmo de você. Você é divertida. Sabe, o Doutor me disse que você não lidou muito bem com a morte de Jebediah, apesar de ter desejado que ele morresse. Mesmo que você tenha parecido contente por ele estar à beira da morte, da última vez que conversamos. Mas não é fácil ver alguém morrer, não é? Mesmo que não goste da pessoa. *Especialmente* alguém de que não se gosta. Agora, imagine, então, como seria assistir à morte lenta de alguém que você *gosta*. Essa, sim, é uma experiência totalmente diferente.

Lacey respirou rápido pelo nariz, tentando se manter impassível, sem revelar nenhum sinal de fraqueza enquanto o encarava duramente, como Voz havia lhe dito que fizesse, quando na verdade, lá no fundo, tudo o que queria era se encolher feito uma bola aos pés dele, igual ao menino depois de ter sido agredido.

— Vou mostrar para você onde ela está — afirmou Lacey. — Mas, para isso, você tem que deixar a Alex ir embora. E, quando eu tiver te levado até a Red, você *me* deixa ir embora.

— Você acha que a Red vale duas pessoas que já tenho em mãos?

Acho.

— Acho — respondeu ela, torcendo para que Voz estivesse certo.

Dumont esfregou o queixo, sorrindo e trocando olhares com Lou.

— E como você vai provar que sabe onde a Red está? — perguntou ele.

Sem dizer nada, Lacey levou as mãos à nuca e abriu o fecho do pingente de são Cristóvão e o segurou pela corrente. A medalhinha de prata ficou rodando suspensa no ar, refletindo a luz de vez em quando e lançando um clarão nos olhos de Dumont. Ele encarava o objeto como se Lacey o tivesse hipnotizado, sequer piscava quando a luz o ofuscava.

— Eu poderia simplesmente torturar você até que me revelasse o paradeiro da Red — disse ele num tom bem baixo para que só ela escutasse, sem tirar os olhos da medalhinha.

Lacey recolheu o são Cristóvão e a corrente e os escondeu na mão trêmula.

— Claro, você poderia, mas seria perda de tempo. Ela não estava muito bem quando a vi da última vez.

Voz deu uma gargalhada. *Não mesmo.*

— As *minhas* condições são as seguintes — disse Dumont, aproximando-se da garota, a mão imensa fechando-se sobre aquela em que ela mantinha a medalhinha. — Você leva dois dos meus homens até a Red. Quando ela for encontrada, você vai ser libertada. E, quando a Red me for entregue, Alexandra vai ser libertada.

Ela se sentiu totalmente nas mãos dele. Ele pairou ameaçadoramente sobre ela, a cabeça inclinada para que pudesse olhar nos seus olhos, a mão quente envolvendo a sua com força, mas sem machucá-la.

— Como posso confiar que você vai libertar a Alex e não simplesmente matá-la? — perguntou Lacey, o timbre de voz pouco acima de um sussurro, impressionada com a própria capacidade de reunir coragem para tanto.

Você está se saindo muito bem, garota. Continue assim mais um pouco.

— Por que eu a mataria? — disse Dumont, demonstrando surpresa pela pergunta. — Para mim ela é bem mais divertida viva que morta.

— Isso não basta como prova de que vai libertar a Alex.

— Venha comigo — ordenou ele.

Ele a arrastou puxando-a pela mão. Lacey tropeçou ao descer os degraus de concreto e ao ser obrigada a desviar do pessoal ocupado em carregar os veículos. Dumont se virou e chamou Lou, ordenando que lhe trouxesse a mulher.

Ao chegarem à traseira de uma picape, Dumont mandou que Posy e outro homem parassem o que estavam fazendo e descarregassem a caçamba. Posy lançava um olhar curioso meio de esguelha enquanto retirava a mochila do Escoteiro e outros pacotes.

— O que que está rolando, Chefe? — perguntou Posy assim que acabou de esvaziar a caçamba.

— Pegue a corrente do portão, garoto. Prepare-se para abri-lo.

Posy baixou o último pacote e, distraído, foi até a polia da corrente, o tempo todo virando o rosto e encarando Lacey com olhares confusos.

Na doca de carga e descarga, a porta do meio se abriu e Alex foi empurrada para fora. Ela teria se estatelado se não conseguisse apoiar a mão no chão.

— Alex!

A sensação de alívio ao ver Lacey estava estampada no rosto de Alex e podia ser vista mesmo a uns cinquenta metros. Ela estava com uma aparência horrível. O pescoço estava totalmente coberto de manchas roxas e azuladas de vergões e contusões. Lacey mal conseguia enxergar a amiga, a visão embaçada pelas lágrimas ao se desvencilhar da mão de Dumont e correr em disparada. Alex tinha descido todos os degraus quando a garota lhe deu um abraço bem apertado.

Alex suspirou, recuando um pouco, sua voz contida pela dor e muito baixa, quase um sussurro.

— Não tão forte, querida. Se apertar muito vai acabar me matando.
— Desculpa. — Lacey afrouxou os braços.
— O que está acontecendo? — murmurou Alex ao ouvido dela.

Lacey sentiu a mulher lhe acariciar as costas, bem entre as escápulas, e quase se derramou em lágrimas.

— Eu contei para ele que sei o paradeiro da Red.
— Quem?
— *Red*. A garota que ele está procurando.

Alex não disse nada.

— É a garota que a gente viu capotar com o carro, Alex. De quem eu peguei o cordão.

Alex segurou Lacey pelos ombros e gentilmente a afastou para que pudesse olhar bem nos olhos da garota.

— Tem certeza?

Lacey acenou com a cabeça de pronto, preocupada por não saber quanto tempo teriam antes que Dumont as separasse.

— Mostrei a medalhinha para ele. É mesmo dela. Ele quer que eu leve alguns dos seus homens até ela. Depois, vão me deixar ir embora.

Alex já aquiescia.

— Que bom. Vai com eles. Faz o que tiver que ser feito e se livra dessa gente o quanto antes. Não vai até muito perto daquele carro, a menos que não possa evitar.

— Ele disse que vai deixar você ir embora também. Quando trouxerem a Red de volta. Ele prometeu. — Sua voz titubeou na última palavra e seus olhos se encheram de lágrimas, porque sabia como isso devia soar ridículo, como era improvável que um homem como Dumont honrasse qualquer promessa.

— Que ótimo, meu bem — sussurrou Alex com o máximo de convicção em sua voz rouca. — Não se preocupa comigo. Vou ficar bem.

— Você sempre diz isso — reclamou Lacey, as lágrimas escorrendo. — E acaba sendo estrangulada ou coisa parecida.

Alex deu um sorriso triste.

— Meu objetivo é sempre ficar bem. Isso é o mais importante.

— Chega! — disse Dumont, surgindo ao lado delas. Ele agarrou Lacey pelo punho e a arrastou para longe de Alex. — Louis, você vai. Chame alguém para ir com você. Agora!

Sem contestar, Lou foi até um homem corcunda debruçado sobre o para-choque traseiro do trailer e trocou algumas palavras com ele. Os dois voltaram juntos.

— Levem-na com vocês — ordenou Dumont, empurrando Lacey, que, aos tropeços, foi parar nos braços dos dois e se afastou bem rápido assim que recuperou o equilíbrio. — Ela vai indicar para vocês o caminho até a Red e, quando tiverem certeza de que é mesmo ela, deixem a garota ir embora. Entenderam? Vocês a libertam, sã e salva, e voltam. Se vocês a machucarem, acabo com os dois. Estamos entendidos?

Lou e o corcunda fizeram que sim.

Dumont se virou para Lacey.

— Está bom?

Ela deixou a pergunta pairar em sua mente, aguardando a reação de Voz, precisando que ele decidisse por ela, mesmo que não passasse do espelho da sua própria imaginação, pois, naquele instante, uma sensação de culpa insuportável que estragava tudo começava a brotar no seu coração.

Está bom, disse Voz. *Talvez tenha um jeito de voltar para buscá-la.*

Lacey se virou para Alex, que fez que sim com a cabeça de novo. Um gesto resoluto; nenhum sinal de fragilidade na atitude ou na troca de olhares com a garota.

Ela olhou para Dumont e disse:

— Não esquece o que você prometeu.

Dumont ergueu a mão.

— Posy! Abra o portão!

Com uma barulheira, a porta corrediça começou a girar, uma faixa radiante de sol alargando-se no concreto conforme ela subia.

Os dois homens a agarraram.

— Alex! — Lacey se debateu ao ser forçada a entrar no banco da frente da picape. — Não! Esperem! ALEX!

E ela continuou se debatendo até que Lou se sentou ao volante, ao lado dela, e lhe deu um soco na orelha. Ela caiu para o outro lado e levou a mão à cabeça, a orelha inchando, quente e dolorida. Um *bum* ressoou pela cabine, e ela se encolheu quando a caminhonete sacolejou. Dumont se afastou da porta do motorista depois de tê-la chutado, deixando um amassado considerável na lataria.

Lou ergueu uma das mãos pedindo perdão.

— Desculpa, Chefe. Não vai se repetir.

— Acho bom.

Quando Dumont se foi, Lou deu um sorrisinho dissimulado para Lacey.

Posy tinha terminado de abrir o portão. Foram duas tentativas até Lou conseguir fechar a porta empenada, então ele ligou o motor. Lacey se remexeu no assento quando a picape partiu, vendo Alex sumindo ao longe, a mão de Dumont pousada no ombro da mulher.

Lacey ficou olhando para Alex, decidida a não desviar o olhar, até que Lou avançou para a luz do sol e não deu mais para ver Alex, e mesmo assim Lacey seguiu olhando pelo vidro da janela traseira até que o portão girou no sentido inverso, descendo rápido e com muito barulho.

Era a única coisa que você podia fazer, disse Voz. *Pelo menos uma de vocês tem mais chances de sair dessa com vida.*

— E as chances da Alex? — murmurou ela.

Voz não respondeu.

Desta vez, Lacey também não tinha nada a acrescentar. Virou-se, sentou-se de frente e ficou com os olhos perdidos no porta-luvas.

Não são de todo ruins. Dois sobreviventes e meio de três.

Ela levou um instante para entender.

— Dois e meio? Do que você está falando?

Lou pegou um walkie-talkie e falou:

— Fica esperto, Jacky. O Chefe quer sair em trinta minutos.

Ele se inclinou para a frente e olhou para o telhado de um prédio ao lado, e Lacey viu um homem andando até a beirada. Ele acenou para a picape e respondeu, na outra ponta do walkie-talkie, dizendo que estava a caminho, a voz soando minúscula pelo alto-falante minúsculo do rádio. Como estava distraída escutando a conversa, Lacey não entendeu o que Voz disse.

— O quê? — perguntou ela sem se importar de falar alto.

Dois sobreviventes e meio de três não é tão ruim. Você ainda está no jogo. E tenho quase certeza de que o Escoteiro também. E Alex também não é carta fora do baralho ainda. Ela é a metade, acrescentou ele, solícito.

O coração de Lacey bateu tão forte que ela achou ele tinha acertado o esterno.

— Repete o que você disse. Sobre o Escoteiro. — Ela mal conseguia respirar.

Eu diiisse, repetiu Voz num tom exagerado, *que o Escoteiro não está totalmente morto. Pelo menos não estava da última vez que a gente o viu.*

A PARTE ENTRE PARTES

O homem que era Lázaro

CAPÍTULO 1

Pilgrim queria estar morto. Se significasse o fim daquela dor de cabeça insuportável, ele se oferecia com todo prazer a quem quer que estivesse no comando do inferno naqueles dias e dançaria alegremente para cair nas boas graças dele. Faria qualquer coisa — *qualquer coisa* — para a dor parar.

Sentiu um frio danado por um bom de tempo, mas o frio não era nada perto da agonia abrasadora que corria pelo pescoço e penetrava no seu crânio. Era como se alguém tivesse deixado sua cabeça oca e colocado no lugar uma bolota de sol escaldante. Embora seu corpo fosse torturado por arrepios que o faziam bater o queixo, sua cabeça pegava fogo com uma dor lancinante que latejava em sincronia com as batidas aceleradas do coração.

Em certo momento, conseguiu se virar de costas, e foi então que um segundo sol incandescente no céu fustigou seus olhos como atiçadores de ferro em brasa.

Ficou lá estatelado pelo que pareceram meses morrendo de dor. Quando enfim teve forças para levar a mão à nuca, seus dedos tocaram num buraco carnudo atrás da orelha direita. O osso escapuliu para o lado sob a leve pressão dos dedos, e a dor explodiu feito uma nebulosa. Com o choque, seu corpo se contraiu, e ele gritou, um grito estridente parecendo o de um animal ferido. Então, a abençoada escuridão caiu sobre ele mais uma vez.

Ao acordar, descobriu que não tinha morrido e deu um gemido triste. O lamento, porém, foi bem curto, porque sua garganta havia deixado de ser uma garganta — era uma longa faixa de cacos de vidro. Engolir estava fora de cogitação e respirar era quase tão difícil quanto. O ar passava sibilando pela sua traqueia.

Por fim, ele se cansou de sentir dor e de não poder respirar direito e de precisar urgentemente de água. Então se sentou.

Arrependeu-se de pronto. Uma sensação de ser esfaqueado na lateral do corpo, e ele levou a mão às costelas. Sentiu ânsia de vômito, e bastou o rápido movimento do abdômen para sua cabeça latejar. Deu um tempo até a dor ficar um pouco menos insuportável.

Embora cambaleante e ofuscado pelo sol, conseguiu se levantar. Minutos depois, de olhos semicerrados, viu o carro capotado à sua frente. Piscou de novo porque a visão do olho esquerdo estava meio embaçada. O olho direito continuava bom, e o usou para examinar o vidro quebrado, o sangue, o aro da roda sem pneu. Isso devia significar alguma coisa para ele, mas seu cérebro embaralhado não lhe daria chance de perceber nem o que tinha acontecido, nem como, nem por quê. E o exercício de pensar era doloroso, por isso desistiu. Viu marcas de pneus na terra fofa do acostamento da estrada. Sabia que tinha havido um segundo carro. Isso também significava alguma coisa.

Precisava de água. Era sua preocupação imediata. Agora que conseguia ficar de pé, desejar a morte tinha perdido uma ou duas posições na sua lista de desejos. Virou-se para a cidade. Dava para ir a pé até lá. Estreitou os olhos e vasculhou a estrada de ponta a ponta. O horizonte em ambas as direções o saudava sem nenhum movimento.

Parou no caminho de volta ao carro e se abaixou para pegar uma coisa no chão. Quase caiu de cara quando tudo em volta girou feito um espelho distorcido. Aprumou-se com cautela, respirando devagar, dando tempo para a dor diminuir, flexionando um por um os dedos ao redor da pedra que tinha encontrado. Era pesada, tão grande quanto a cabeça de um bebê. Um bom tamanho.

Varreu os estilhaços de vidro do banco do motorista antes de se sentar e pôs a pedra no banco do carona. Colocou a mão esquerda diante do rosto e notou o tremor, o sangue seco. Não conseguiu fazê-la parar de tremer, então a baixou e começou a vasculhar o carro. Encontrou um mapa amassado no chão e, no banco detrás, um cachecol vermelho-escuro com borlas. O tecido escorregadio deslizou por entre seus dedos, as borlas roçando sua pele e deixando uma sensação agradável de cócegas. Quando o suspendeu diante do rosto, o tecido era tão fino que dava para ver a estrada através dele. Tornou o mundo inteiro vermelho-sangue. Dobrou-o até se tornar uma bandana e o amarrou na cabeça, sem apertar muito por causa da dor na nuca. Dobrou o mapa e o enfiou no bolso. Conferiu os outros bolsos e encontrou um Zippo arranhado — mas que funcionava —, um canivete e um rolo de barbante. Sem mais nenhum lugar para verificar, correu os dedos pelo painel e se surpreendeu ao dar com a chave na ignição. Girou-a de olhos fechados, e o motor ligou na primeira tentativa.

— Sorte grande! — murmurou ele.

Manobrou o carro, o aro da roda vibrando e cantando no asfalto, e rumou mais uma vez para a cidade.

Segurava a pedra com a mão direita, que era mais forte, enquanto ia de casa em casa. A pedra não era bem uma arma, mas daria conta do serviço se alguém resolvesse tentar pegá-lo de surpresa. Antes de entrar nas casas, passava uns cinco minutos na soleira da porta, os ouvidos atentos, até se certificar de que era o único ali. Apesar desses cuidados, sentia-se tenso, observado. Não sabia se essas sensações seriam ou não normais para ele, mas de qualquer forma não lhe agradavam em nada.

Na terceira casa, achou uma garrafa quase vazia de alvejante no closet do andar superior. Na quinta, encontrou água na caixa de descarga acoplada ao vaso sanitário no banheiro da suíte. Acrescentou umas gotas do alvejante e bebeu tudo, o gosto metálico e amargo. Na oitava casa, encontrou um pote de aspirina numa caixa de primeiros socorros escondida debaixo de uma bancada na garagem e despejou em uma panela velha o que restava de água do tanque de água quente. Quase deu para encher a panela. Bebeu metade de uma tacada e engoliu quatro comprimidos. Saiu da casa.

Ao virar a esquina, viu de relance um vulto passando feito uma flecha à esquerda. Pilgrim virou a cabeça, o braço para o alto, brandindo a pedra do tamanho da cabeça de um bebê, pronto para acertar quem o atacasse. Mas, na hora, arrependeu-se do movimento quando cabeça, pescoço e ombro foram engolidos pela dor. Tudo que havia era uma rua deserta, algumas árvores tristes e murchas e duas fileiras de quintais totalmente iguais. Gemendo, baixou a pedra, sentindo-se desajeitado e bobo. Outras emoções que não combinavam nada com ele.

Ervas daninhas e trepadeiras escapavam de bueiros, conduzindo para o esgoto; contudo, embora tecnicamente vivas, nem elas nem nada na rua se mexia. Por um instante, pressionou o olho esquerdo com a palma da mão. A pele estava quente e macia.

Ficou parado por um tempo, dando oportunidade para que o vulto reaparecesse e percebeu quando fiapos de sangue escuro passaram pelo campo de visão do olho esquerdo. Suspirou. Não podia confiar nem mesmo na própria visão.

Retomou as buscas. Em cinco das oito casas seguintes, encontrou cadáveres. Felizmente, não precisou aumentar o número de mortos rachando o crânio de mais ninguém. Muitos estavam enforcados com nós improvisados; dois se deram um tiro; quatro de uma mesma família mortos na garagem, os corpos esparramados em uma van da Nissan, um tubo partindo do cano de descarga e desembocando na janela traseira. E o último corpo, um tanto criativo, tinha colocado uma sacola plástica presa com fita adesiva na cabeça. A sacola tinha um desenho do Mickey Mouse na frente, as orelhas pretas redondas cobrindo perfeitamente os olhos do suicida.

Para muitas pessoas, a morte foi uma questão particular, realizada na segurança do lar ou em lugares reservados. Já quem agiu no impulso, ou que não teve tempo suficiente para planejar, despudoradamente tirava a própria vida, ou a vida de outros, em público.

Ao ir de casa em casa, Pilgrim não deu muita atenção aos porta-retratos com fotos de famílias sorridentes sobre lareiras ou em mesinhas de canto, não olhou para os bichinhos de pelúcia enfileirados na janela dos quartos com paredes pintadas de rosa ou amarelo ou roxo nem para as caminhas vazias com mantas com estampa infantil cobertas de poeira. Não queria ver as caras de felicidade dos moradores das casas que saqueava.

Viu-se parado diante de uma entrada de carros, segurando a panela de água pela metade, sem se lembrar de como nem de quando tinha saído da casa. Encarava uma rachadura no asfalto, uma plantinha despontando feito um lencinho verde debruado de frufrus. Seus olhos se desviaram para a panela. Franziu a testa. Sentiu falta de alguma coisa e levou uns segundos para perceber que tinha largado a pedra em algum lugar. Rapidamente correu os olhos ao redor, verificando se havia algum vulto, mas continuava sozinho. Suas preocupações diminuíram um pouco. Levantou a cabeça para observar o infinito céu azul. Estava tudo tão calmo. Anormalmente calmo. Era estranho.

— Alô? — chamou ele.

Não houve resposta.

Sua inquietação foi quebrada por um bocejo longo, desses de estalar os ouvidos. Exausto, entrou de volta na casa e encontrou a pedra na mesa da sala de jantar, então se lembrou de tê-la deixado ali mesmo. Deitou-se no primeiro sofá que encontrou, colocou a panela de água ao seu lado com cuidado e adormeceu com a pedra sobre a barriga.

Quando abriu os olhos, ainda estava claro lá fora, e ele sabia para onde precisava ir. Tomou mais três aspirinas e bebeu o que restava de água. Estava saindo da casa quando ouviu um rangido baixinho no andar de cima, seguido por um clique de porta sendo fechada.

Parou por um segundo, um pé dentro e o outro fora da casa, e inclinou a cabeça para ouvir. Não escutou mais nada, mas ele sabia que havia alguém lá em cima. Alguém que esteve na casa o tempo todo, espionando-o enquanto dormia. Devia ter ficado nervoso pensando nisso, todos os sinais de alerta deviam ter disparado, mas nada disso aconteceu. Deixando a porta da frente aberta, refez o caminho até o pé da escada.

Sentiu um forte impulso de sair, de *seguir em frente*, mas algo o conteve. Deixou a pedra no segundo degrau e começou a subir.

Não se interessou pelas três primeiras portas fechadas no patamar superior e foi direto para a quarta. Girou a maçaneta com a mão esquerda, a mais fraca, e empurrou.

A primeira coisa que viu foi o corpo de uma criança na cama. Os braços e as pernas eram atarracados, desproporcionais. A cabeleira de fios grossos se espalhava pelo travesseiro empoeirado. Não, não era um corpo, mas uma boneca do tamanho de uma criança, parcialmente escondida debaixo da colcha cor-de-rosa.

A segunda coisa que viu foi um menino todo encolhido num canto. Ele estava bem vivo e encarava Pilgrim com grandes olhos escuros.

A terceira e última coisa que viu foi a faca que o menino segurava. Não estava apontada ameaçadoramente para ele, mas pressionada contra o próprio punho do garoto; tinha cortado a pele. Um fio de sangue escorria pelo antebraço e deixava pontos vermelhos no carpete cinza.

Pilgrim ficou na porta. Olhou para a risca fina de sangue e disse:

— Tánatos.

O menino franziu a testa, uma reação estranha que mais revelava insegurança que medo.

Pilgrim também franziu a testa, sem ter certeza de onde a palavra Tánatos tinha vindo.

— Não — disse ele ao garoto. — Não faz isso. — Foi preciso se concentrar muito para verbalizar essas três palavras, pois a sensação que tinha era de que sua boca estava cheia de pedras.

O punho do menino já mostrava um corte profundo de tanto que ele pressionava a faca que, no entanto, tremia em sua mão.

Pilgrim teve de conscientemente passar a língua por toda a gengiva antes de articular as sílabas.

— Qual é o seu nome?

Lentamente, o menino fez que não com a cabeça.

— Sem nome? Tá bom. Você... mora aqui?

De novo, o menino fez que não com a cabeça.

Pilgrim exercitou os músculos da boca, abrindo e fechando o maxilar.

— Homem de poucas palavras — disse ele, assentindo com um aceno de cabeça.

Os olhos expressivos do menino adquiriram uma aparência curiosa.

— O que aconteceu com você? — Ele tinha um jeito curioso e animado de falar, meio melodioso, meio estrangeiro.

Pilgrim deu dois passos para dentro do cômodo e se agachou, ficando na altura do menino. Parou perto do pé da cama, deixando uns dois metros de distância entre os dois, e se recostou na estrutura da cama. Ficou grato por ter um apoio.

— Eu perdi uma coisa... importante. Agora tenho que encontrar. — Pilgrim abanou a mão perto da cabeça, frustrado com a porcaria dos bloqueios na mente. — Estou tendo dificuldade... de encontrar as palavras certas hoje.

— Quando foi a última vez que você viu essa coisa?

Pilgrim deu uma espiada na faca. Notou uma leve diminuição da pressão na lâmina.

— Acho que na... — Lutou para encontrar a palavra, ela não lhe ocorreu, então disse: — No prédio com livros.

— Na biblioteca?

— Isso! Na biblioteca!

— Você devia voltar e ver se a coisa ainda está lá.

Pilgrim assentiu.

— Esse era o plano.

O menino o olhou com atenção.

— Você sabe o que é essa coisa que perdeu?

Até aquele instante, não, mas, assim que a pergunta lhe foi feita, a resposta veio na hora.

— Uma garota.

— Parente sua?

— Não. Só uma garota.

— Mas ela está precisando de você?

— Está. — Foi a vez de Pilgrim fazer uma pergunta. — Quantos anos você tem?

— Treze. E você?

Pilgrim achou graça.

— Velho demais para me lembrar.

Um sorrisinho de nada visitou os cantos da boca do menino, mas logo as feições sérias tomaram seu rosto de volta. Ele ergueu a ponta da faca.

— Às vezes... Às vezes é bom conversar com alguém. Pode ser muito solitário.

Pilgrim fez que sim.

— É, pode, sim. Mas, por outro lado, pode haver paz.

— É, às vezes.

Pilgrim olhou de relance para a faca, que o menino agora segurava com indiferença no colo.

— Cadê os seus pais? — perguntou com cuidado. — A sua família?

— Estão mortos.

A maneira como disse enfatizava a irreversibilidade da situação.

— Então você está aqui sozinho?

Pilgrim logo correu os olhos pelo quarto, embora soubesse que não havia ninguém lá além dele, do menino e da boneca de membros atarracados na cama.

— Não totalmente sozinho — respondeu o menino, e Pilgrim voltou toda a sua atenção para o garoto, que apenas acrescentou: — Estou aqui conversando com você.

Pilgrim concordou com um grunhido, mas ficou desconfiado de que talvez o menino se referisse a mais alguma coisa. O veneno da suspeita se espalhou feito praga pelo seu corpo sem que ele soubesse por quê.

O menino fez que sim com um aceno de cabeça.

— Vou ficar bem. Obrigado. Está vendo? — Ele balançou um pouco a faca e a deixou ao seu lado no carpete, aquela sombra de sorriso veio e foi embora de novo. — Chega de pensamentos negativos.

Pilgrim não estava convencido. O menino parecia estar prestes a cortar os pulsos quando ele entrou no quarto. Não parecia certo deixá-lo sozinho na casa com cadáveres suicidas putrefatos espalhados pelos cantos, todos servindo de lembrete de que a morte era uma solução bem melhor que a vida que levavam.

Mais uma vez, Pilgrim sentiu o impulso de avançar, de seguir em frente, levantar e voltar para o andar de baixo, para a luz do dia. *Tem tempo demais se passando*, dizia esse impulso. *Mais tempo do que você tem.*

Estendeu a mão vazia para o menino.

— Você viria comigo? Pelo menos até... — disse, tentando pronunciar a palavra antes que ela escapulisse de novo — ... a biblioteca.

Os olhos escuros do menino pousaram na mão aberta de Pilgrim, e de lá para o rosto. Havia neles um traço de algo cintilante nas profundezas acastanhadas.

— Hari — disse o menino tranquilamente.

Pilgrim franziu a testa.

— Hari?

— Sim. Hari. Esse é o meu nome.

CAPÍTULO 2

Pilgrim dirigiu o carro tremulante para a biblioteca, os dentes trincados por causa do guincho do aro de metal no asfalto, o barulho enfiando estilhaços de vidro na sua cabeça. Inspecionava cada casa de cada rua — suas janelas como olhos, suas portas como bocas, as fachadas como roupas — em busca de sinais de atividade recentes. Podia muito bem estar procurando vida em Marte. A cidade parecia totalmente deserta, exceto por ele e pelo menino, mas tinha de haver alguém em algum lugar. Era uma cidade de tamanho perfeito: nem grande demais para atrair viajantes indesejados para saqueá-la, nem pequena demais que não pudesse oferecer atrativos e comodidades. Contudo, não havia sinal de vida.

Entre uma varredura e outra, Pilgrim pousou os olhos no seu passageiro.

Hari estava sentado ao seu lado, os braços envolvendo uma bolsa carteiro no colo, olhando para fora pela janela do passageiro em silêncio. Antes de sair do quarto, a faca havia desaparecido dentro da bolsa, e o menino tinha apanhado duas bolachas de arroz e oferecido uma a Pilgrim, que a comeu numa voracidade que deixou o menino muito espantado. Hari, então, lhe ofereceu metade da outra, que Pilgrim também aceitou.

— Você estava indo para algum lugar? — indagou Pilgrim, sua pergunta desviando a atenção do garoto de um quintal com um cortador de grama enferrujado no meio do matagal.

Hari fez que sim com um único aceno de cabeça, como se essa fosse a maneira usual de sinalizar OK.

— Tem um lugar. Perto do mar.

Pilgrim permaneceu calado, esperando o menino terminar, e, passados alguns segundos, Hari continuou:

— Um lugar secreto. Uma pousada. Longe de tudo.

— E você já esteve nessa... pousada? — Quanto mais Pilgrim falava, mais as palavras surgiam naturalmente, os lábios e a língua não mais resistindo às tentativas de organizá-las em linha com seu pensamento.

O menino pareceu pensativo.

— Não. Mas li sobre.

Pilgrim dobrou numa rua à esquerda, usando a mão direita para girar o volante. Seu corpo dirigia o carro no piloto automático, e Pilgrim permitiu, confiando nos instintos. Inspecionou com cuidado a rua em que entraram. O estacionamento da biblioteca estava bem à direita.

— E você acredita na pessoa que escreveu? — perguntou, virando-se para o menino.

— Ã-hã. — O garoto esfregou a ponta dos dedos nos lábios e olhou de relance para Pilgrim, como se tivesse medo de fazer contato visual.

— Também me contaram dos céus vermelhos. Você sabe do que estou falando?

O coração de Pilgrim bateu forte, como se o corpo soubesse *exatamente* do que o menino falava, mas a mente se recusasse terminantemente a fazer a conexão. Um segundo choque perfurou sua mente, como um aviso de que não devia fazer perguntas. Retraiu-se de dor.

— Não. Acho que não. O que é isso?

— Dizem que, se uma pessoa vê isso, ela leva um tempão para esquecer o que viu.

Pilgrim havia se esquecido de muitas coisas, mas quem era ele para discutir? Queria dizer ao menino que ele estava sendo muito críptico, mas sua língua se rebelou e simplesmente se recusou a reproduzir a palavra. Em vez disso, ele disse:

— Você não está sendo muito claro, Hari.

Manobrou, entrou numa vaga bem em frente à entrada principal da biblioteca e estacionou. O motor barulhento silenciou.

— Muitas coisas também não são muito claras para mim — disse o menino calmamente, as feições sérias. — Mas não tem lugar para mim aqui. Por isso vou para lá ver o que acontece.

Pilgrim ficou sentado por um bom tempo, olhando através do para-brisa para a entrada da biblioteca, observando, fascinado, enquanto um tênue e desfocado anel de escuridão pulsava ao redor da entrada e latejava em sincronia com suas dores, seu olho esquerdo se estreitando quando as erupções se intensificavam. Os punhos foram pousar despreocupadamente no volante, embora ele não se sentisse nem minimamente despreocupado. Sentia os olhos do menino o encarando. O que faria com ele? Não tinha nada a lhe oferecer, nem comida, nem proteção. Nada além de uma carona.

— Hari, acho que o lugar para onde estou indo vai ser perigoso. Vou levar você até onde for possível, isso é tudo o que posso oferecer.

O menino fez que sim com a cabeça.

— Sabe essa garota que você está procurando?

Os olhos escuros de Hari brilhavam tanto que Pilgrim podia ver uma versão iluminada de si próprio encarando-o de volta, distorcida, maior que tudo. Era desconcertante ver os olhos de Hari o engolindo tão completamente.

— Essa garota tem muita sorte de ter um amigo como você.

Ao entrar na biblioteca, Pilgrim deixou Hari no hall e desceu a escada, mantendo aceso seu isqueiro. Com a luz trêmula para conduzi-lo, encontrou o homem morto.

Tudo vinha boiando de volta, aparecendo lentamente através das águas turvas da sua mente. Quando viu o cadáver, Pilgrim se recordou da aranha de papel machê e de como o cara tinha chutado o enfeite dentro da salinha. Erguendo a cabeça e fechando o olho esquerdo, encarou a abertura escura da sala escondida debaixo da escada. Sentiu como se estivesse sendo fisicamente arrastado pela camisa para dentro.

Cruzou a soleira, e seu olhar se fixou no pufe redondo. Ele estava afundado no meio e havia um livro ilustrado aberto no chão. Ajoelhou-se ao lado da cadeira e, vendo um montinho de cera seca numa prateleira logo acima, apoiou seu isqueiro nele. Colocou a palma da mão no assento do pufe, a forração áspera ao toque, o corpo de alguém ainda impresso nas bolinhas de isopor. A mulher havia se sentado ali. Conseguia vê-la à luz bruxuleante da vela, os cabelos loiros escuros, o rosto ferido e os olhos incrivelmente sombrios; olhos que pareciam observá-lo, sondando sua alma como se tentasse procurasse defeitos nela.

Qual era mesmo o nome dela?

Ele sabia. Ele *sabia* que sabia.

Mas não se lembrava.

Frustrado, levou a mão às costelas doloridas, virou-se e se sentou no pufe com o som curiosamente furtivo do farfalhar discreto das bolinhas de isopor.

Foi então que viu a árvore. Imponente num canto da saleta, envolta em sombras. Os passarinhos escondidos nos galhos observavam tudo com seus olhinhos pretos. Na escuridão, mal dava para identificar as cores, mas ele sabia que as folhas eram de um diáfano papel de seda verde e que o caule tinha sido pintado de um marrom abrasivo. Dava para sentir as ranhuras na palma da mão.

A ponta da língua tocou o céu da boca. Recolheu a língua. Voltou aos dentes e ouviu um L.

— Lacey — sussurrou.

E outro nome. Quase a mesma articulação da sua língua.

Alex.

— Isso, Alex.

Sentiu um pingo quente na mão, mas, ao olhar para baixo, o único sangue ali estava ressecado e com uma crosta amarronzada. Ouviu o tiro, sentiu a vibração de ar quente no cabelo, mas a explosão de dor nunca veio; sua cabeça apenas latejava com um líquido espesso, deixando os olhos ardendo. A árvore em frente parecia pulsar e ondular, uma luz branca piscando em suas bordas.

Cerrou os olhos e respirou fundo pelo nariz, dando um tempo para a sensação passar. Quando se sentiu melhor, levantou-se do pufe e saiu da saleta. Aproximou-se do homem morto e vasculhou os bolsos dele. Encontrou uma latinha de cigarros enrolados à mão, uma caixa de fósforos, uma carteira de dinheiro surrada com duas fotos amassadas (ambas de uma mulher de cabelos pretos bonita que sorria timidamente para a câmera) e uma carta escrita à mão, a tinta tão borrada que era impossível de ler. Descartou a carteira e as fotos. Ao verificar a perna do morto, descobriu uma cartucheira com uma faca de caça, que pegou e prendeu na própria perna.

Sem nada mais para surrupiar, Pilgrim saiu da seção infantil da biblioteca.

Quando voltou para o hall amplo e iluminado da biblioteca, Hari não estava lá. Pilgrim desdobrou o mapa e o abriu no chão. Localizou a estrada pela qual estava viajando quando conheceu a garota e de lá foi fácil rastrear o caminho que haviam tomado, mas não conseguiu ler o nome das cidades — as letras se retorciam feito larvinhas pretas, e, quanto mais forçava a vista, mais se retorciam. Tapou o olho esquerdo com a mão e usou o outro para ler, mas não adiantou. Dobrou de volta o mapa e se sentou por uns minutos, enquanto o sol na diagonal atravessava o hall sem porta, esperando Hari reaparecer. A soleira da porta da biblioteca era uma moldura para o carro e o estacionamento, o céu azul sem nuvens acima e suas botas empoeiradas. Um retrato perfeito da sua vida: não havia muito para se ver.

Ficou lá sentado por tempo demais, num mundo silencioso demais. Por fim, levantou-se com um baita esforço e saiu.

— Encontrou alguma coisa? — O garoto estava sentado na mureta ao lado da entrada, os pés balançando a uns trinta centímetros do chão.

— Encontrei — respondeu Pilgrim. — Mas mortos não têm histórias para contar.

Hari fez cara séria.

Pilgrim notou um zumbido esquisito e tênue sob seus pés, nas solas e nos ossos dos tornozelos.

— Está sentindo? — perguntou.

— Essa vibração? Estou, sim. São os geradores ligados debaixo da cidade. Eles devem ter eletricidade lá embaixo.

— "Eles"? — Pilgrim ficou olhando para o menino, dos fios escuros de cabelo até os tênis surrados que iam e vinham no balanço das pernas.

— É, eles. As pessoas daqui não são acolhedoras com quem vem de fora. Nem mesmo com um menino sozinho.

Com a mão em concha, Pilgrim fez sombra sobre os olhos sensíveis e examinou o entorno dos prédios, mas não havia nada para ver que já não tivesse sido visto. Talvez seus olhos não tivessem se enganado mais cedo, quando aquele vulto apressado desapareceu num piscar de olhos.

— Eles são muito bons em se esconder — comentou Pilgrim, impressionado com a engenhosidade. Não à toa não havia percebido nenhum sinal de vida ao nível da rua. Se quiser os confortos de uma cidade sem ser perturbado por passantes, ir para o subterrâneo faz todo o sentido.

— São, sim. Mas muita gente é. Todo mundo deve ter ouvido as histórias e ficado extremamente cauteloso.

— Histórias?

— De um homem. Que arranca as pessoas das suas casas. Ele vai atrás de quem ouve vozes além da que você ou eu escutamos. Ele amarra essas pessoas dentro de sacos e some com elas durante a noite. Você nunca ouviu essa história? — perguntou Hari, a cabeça inclinada para o lado.

— Eu... Não, acho que não. — Mas isso não era inteiramente verdade, era? O que Hari contou remexeu com algo em sua memória, como uma historinha para dormir que a mãe lhe contava havia muito, muito tempo.

— Dizem que ele está viajando o mundo à procura do seu povo. E, quando ele terminar, vão vir os céus vermelhos.

A grade de esgoto mais próxima, a uns trinta metros do estacionamento, ficava no nível da rua, o meio-fio cortado para acomodar um dreno de ferro fundido para águas pluviais. Escondido na escuridão, qualquer um podia estar de vigia, inclusive o homem que atacava à noite em busca do seu povo.

— Onde você escutou essas histórias? — murmurou ele.

O menino apenas deu de ombros e disse:
— Por todo lado. — Ele desceu da mureta. — Para onde a gente vai agora?

Pilgrim teve de arrastar seus olhos à força para longe das profundezas da densa escuridão daquele dreno de rua e de tudo que poderia esconder, tanto seres reais quanto imaginários. Havia mais um item na sua lista de compras antes de irem embora e que não envolvia rastejar pelo esgoto para encontrá-lo.

Encontrou o que procurava saindo da cidade. Tolhido pelas pontadas nas costelas, pela falta de força da mão esquerda (e pela sensação de estar sendo incessantemente vigiado de um buraco de esgoto), levou uns bons trinta minutos para trocar o aro da roda destruída por um pneu meio murcho que pegou de um Datsun abandonado. Perdeu a conta de quantas vezes a chave de roda caiu com um clangor no chão. E, cada vez que isso acontecia, sem dizer nada, Hari a apanhava e lhe entregava.

Quando terminou, Pilgrim comemorou acendendo um dos cigarros enrolados à mão do cadáver, tragando devagar até que a guimba queimasse seus dedos. Ofereceu um para o menino, mas Hari apenas sorriu, constrangido, e fez que não com a cabeça.

A caminho da porta do motorista, Pilgrim deu um chute de leve na nova roda. Não aguentaria por muito tempo, mas serviria por enquanto. O rumo a tomar estava bem definido na sua cabeça. Leste. Por não ter outro lugar para ir, sabia que devia se dirigir para o leste. A direção do mar e do lugar secreto do menino.

Outra palavra martelava na sua cabeça. "Ruby". Não conseguia entender. Entretanto, de alguma forma parecia importante, por isso a repetiu várias vezes para si enquanto dirigia, intercalando-a com os nomes Lacey e Alex, até que começou a soar como um mantra. Lacey, Alex, Ruby. Lacey, Alex, Ruby. Às vezes, errava a ordem: Alex, Ruby, Lacey, ou Ruby, Lacey, Alex. Sua língua travou várias vezes ao pronunciar os nomes.

Do nada, sua boca disse:
— Defenda-a.

Isso também não fazia o menor sentido para ele.

Recebeu alguns olhares estranhos de Hari enquanto falava consigo mesmo em voz alta, mas o menino permaneceu em silêncio, talvez por entender que Pilgrim estava botando em ordem a confusão de pensamentos e lembranças e que interromper com perguntas atrapalharia tudo.

Quando alcançaram a estrada, Pilgrim olhou para o oeste, talvez por uma questão de hábito — verificar as duas pistas — ou qualquer outro motivo. O fato é que, ao longe, e rapidamente diminuindo de tamanho, viu um carro se afastando do seu. Estava longe demais para identificar o modelo ou qualquer outro detalhe.

— Outro carro — sussurrou Hari. O garoto se virou para ele com olhos curiosos.

Pilgrim franziu a testa e por um instante ficou curioso sobre o carro, mas sabia que ele não estava na direção que pretendia seguir, que já esteve naquele rumo antes e que nada o aguardava lá. Tomou a saída para leste.

Pare.

Foi a própria voz que ouviu na cabeça. Era estranhamente monótona, como se o som tivesse sido abafado por paredes acolchoadas. Não obstante, estava carregada de autoridade.

Pare o carro.

Pilgrim entrou no acostamento. Passado um instante, girou no banco e olhou pela janela traseira. Franziu a testa enquanto olhava, mas não havia nada além de uma estrada longa e vazia. Qualquer que fosse o carro que estivesse lá, fazia tempo que havia sumido.

— Ruby — disse ele. Depois: — Lacey.

— Qual delas é a garota que você está procurando? — perguntou Hari olhando para ele com curiosidade.

— Lacey — respondeu ele.

Pilgrim acendeu outro cigarro e o deixou pendendo no canto da boca, um fio de fumaça subindo, passando diante do olho ruim. Ainda assim, continuou a olhar.

— Merda — xingou ele, suspirando pelo nariz, deixando escapar dois jatos de fumaça.

Ele girou o volante e deu meia-volta com o carro, encarando o caminho que tinha acabado de trilhar. Virou-se para Hari.

— Fim da estrada? — disse o menino.

Pilgrim deu uma tragada e soltou a fumaça bem devagar. Através da janela sem vidro, bateu as cinzas.

— Foi mal. Foi bem mais cedo do que eu imaginava.

— Tudo bem. Às vezes a gente tem que confiar na gente mesmo, né? Às vezes é preciso ir para trás para poder seguir em frente.

O menino esticou a mão direita, e Pilgrim deu um sorriso de lado, comprimiu o cigarro entre os lábios e apertou a mão estendida que, embora delicada ao toque, era forte, e Hari sacudiu a mão de Pilgrim para cima e para baixo.

— Você vai ficar bem? — perguntou Pilgrim.

— Claro! Espero que tudo dê certo para você — disse o menino naquele seu sotaque musical.

— Para você também, Hari. Quem sabe não nos encontramos por aí?

O menino abaixou a cabeça e sorriu para sua bolsa carteiro.

— Quem sabe? — disse ele com ar tímido.

Saiu do carro e fechou a porta com um clique gentil e respeitoso. Então se afastou para dar ao carro bastante espaço para avançar.

Pilgrim ficou olhando pelo espelho retrovisor o corpo magrelo do menino ir sumindo, sumindo. Levou seis segundos inteiros para as nuvens de poeira tamparem Hari, transformando-o em algo fantasmagórico e imaterial. Como se jamais tivesse estado ali.

CAPÍTULO 3

Lacey estava morrendo de dor. Uma dor constante nas costas, nos quadris e na parte externa dos braços que fundiam seus músculos numa massa embebida em ácido. Passou tanto tempo abraçando bem apertado os joelhos contra o peito, tentando se manter o mais afastada possível dos caras ao seu lado, que tanto esforço a exauriu. Tudo o que queria era relaxar sentada ali mesmo. Mas isso estava fora de cogitação enquanto lhe restassem forças para suportar a dor.

Vez ou outra, os pneus passavam por cima de alguma coisa na estrada e a picape sacolejava, balançando-a de um lado para o outro, fazendo-a encostar ora em Lou, ora em Rink. Ela se afastava num pulo, como se tivesse sido queimada, firmando-se bem longe de ambos.

Você é teimosa feito uma mula.

Era difícil pensar com tanta dor, mas conversar com Voz era uma distração, por mais ineficaz que fosse.

"Estou me lixando. Não quero encostar neles."

Está achando que vai pegar piolhos e morrer?

"Não. Quero. Encostar. Neles."

Tudo bem, mas você não é a única a passar sufoco, sabe?

"Me fale mais sobre o Escoteiro."

Voz suspirou, uma espécie de assobio que fez cócegas no ouvido de Lacey. *Já disse três vezes. A última vez que eu o vi, ele ainda estava vivo. Que foi também a última vez que você o viu, lá na beira da estrada.*

"Mas isso foi naquele dia. A gente o deixou sangrando com um buraco de tiro na cabeça. Qualquer coisa pode ter acontecido nesse meio-tempo."

Os terríveis sons metálicos da música que escapava pelos alto-falantes da picape pararam, e Rink se inclinou para a frente para remexer nos controles. Lacey recuou de súbito quando o braço dele roçou no seu ombro. A música era outra coisa que ela tentava abstrair. As letras só falavam de amor, solidão e saudades. Eram um lembrete de que, a cada música, a distância que havia percorrido em direção a Vicksburg ia, aos poucos, sendo neutralizada. A irmã e a sobrinha eram como estrelas num céu noturno, cintilando intensamente acima do horizonte; contudo, por mais que se esforçasse ou por mais que corresse cada vez mais rápido para elas, continuavam, infelizmente, fora de alcance.

Rink tirou o CD.

— O que eu coloco agora, Lou?

— Tanto faz. Só não bota muito alto.

Rink abriu o porta-luvas e futucou a bagunça lá dentro, voltando com outro disco. Colocou no toca CD. Depois de uns segundos de silêncio, os primeiros acordes de um solo de guitarra de um rock pesado. Ela havia torcido tanto para que fosse um CD dos Beatles.

Lacey olhou de relance pelas janelas, mas nada havia mudado; era a mesma vastidão desértica, vez ou outra quebrada por saídas para estradas que faziam uma rota turística que pareciam só servir para atrair a atenção dos turistas para *mais* um cenário de total aridez.

— Acho bom você saber o caminho direitinho, garota — balbuciou Lou, os sons atravessando a barba.

— Eu sei — respondeu ela, breve.

— Você fez o Chefe de trouxa, mas não me engana. Você é uma dissimulada.

Ela não rebateu.

— Fica esperta.

Os três trocaram pouquíssimas palavras desde o começo da viagem, e agora ele queria papo? Tudo bem. Ela ia conversar.

— Para onde aquele pessoal estava indo quando a gente saiu?

O walkie-talkie emudeceu depois que deixaram a cidade, e nenhuma informação útil foi retransmitida antes de Lou prender o comunicador ao cinto, onde estava desde então.

Rink começou a responder, mas Lou o cortou.

— Essa informação só é repassada para quem é estritamente necessário saber. E você, garota, não tem que saber de nada.

Rink deu risada.

— É con-fi-den-ci-al. — E começou a batucar no painel, imitando uma bateria. Estava completamente fora de ritmo.

Outra aporrinhação.

— A Red é confidencial também? — perguntou Lacey. — É que o Dumont está dedicando muita mão de obra para trazê-la de volta. — O jeito como Lou olhou para ela deu a entender que puxar conversa não tinha sido uma boa ideia. — Para vocês deve ser a maior chateação, né? Aposto que preferiam estar lá com o restante do pessoal do que nesse fim de mundo comigo.

— Vai, vai falando, sua pirralha — disse Lou tranquilamente —, que logo também vai desejar nunca ter estado nesse fim de mundo com a gente.

— É porque a Red é diferente — disse Rink. — Ela vale dez de nós. Dez de qualquer um de nós. E isso não é papo furado do Dumont. Se a gente não a encontrar, vamos estar todos fodidos. A gente quer que ela volte, tanto quanto ele.

— Chega! — ralhou Lou com grosseria. — Escutem a porra da música e fechem a matraca. Os dois!

A hora do papo não durou muito. Lacey suspirou e cruzou os braços, numa tentativa de aplacar ao menos um pouco da dor. Ajudou. Por coisa de um minuto. Decidiu tentar meditar e fechou os olhos. Durou dois minutos.

"Sabe, eu não queria que a Red tivesse batido e tal. Eu teria gostado de conversar direito com ela."

Eu também. Ela parece uma pessoa fascinante.

"Fico me perguntando o que eles querem dizer com toda essa coisa de que ela era 'diferente'."

Eu também. Mas duvido que esses caras vão dizer.

Lacey descruzou os braços e meteu a mão por dentro da gola. A medalhinha de são Cristóvão estava quente, como sempre. Passou a ponta do dedo no relevo da imagem, visualizando-a: a criança, o cajado, a sinuosidade das ondas em que são Cristóvão caminhou. Devia ter uma história na Bíblia explicando a cena, mas ela não conhecia. Vai ver que a criança era Jesus, e são Cristóvão só tinha uma perna — daí o cajado — e ele caminhava com dificuldade pela água porque Jesus era um bebezinho e não sabia nadar, e ele queria voltar para perto do seu jumento que estava na outra margem.

Não tem nenhum jumento na história original da Bíblia. Lamento desapontá-la.

Ela tornou a cruzar os braços e cruzou os tornozelos. Bem melhor.

"Há quanto tempo você anda por aí, Voz?"

Não entendi.

"Há quanto tempo você está por aqui? Tipo, *existe*.

Lembranças são coisas engraçadas. Não se pode confiar totalmente nelas. Acho que faz um bom tempo que estou por aqui, mas não sei se a minha percepção de tempo é igual à sua.

Lacey estremeceu de medo. Será que ele estava escondido dentro da sua cabeça esse tempo todo, sem que ela percebesse?

Não. Não com você.

"Com quem, então?"

Não importa. Agora estou aqui.

"Importa para *mim*. E se você estivesse dentro de uma pessoa horrível? Em algum momento isso pode passar para o outro. Por contágio, essas coisas."

Não era uma pessoa horrível. Rabugenta, talvez, mas não horrível. Você tem que entender uma coisa: isso não devia ter acontecido. Vozes não ficam pulando de uma pessoa para outra. Isso não é possível.

"Deve ser, sim. Foi o que aconteceu com você."

Pois é, mas eu não sei como. *E também é importante que você não diga para ninguém que isso aconteceu.*

"Por que não?"

Podia sentir a irritação de Voz fervilhando, quase transbordando.

Porque sim. Por favor, acredite nas minhas palavras. Agora, neste momento, temos questões mais urgentes para discutir.

"O que tem para discutir? Estou bloqueada dos dois lados. Acho que eu poderia tentar agarrar o volante e dar uma guinada, mas não estou de cinto de segurança. Se a gente bater, vou sair voando pelo para-brisa. Aliás, você tem certeza de que é mesmo *o* Voz? Para mim, você é *o* Voz agora, mas você nunca disse que era."

Voz ignorou a pergunta. *Então você tem procurado jeitos de fugir. Isso é bom. O que mais você notou?*

"Vou te contar o que notei se você responder a uma pergunta."

A irritação de Voz fervilhou por mais alguns segundos; mas, por fim, concordou. *Tudo bem. O que é?*

"Por que você está aqui? Dentro de mim, quero dizer. E por que agora?"

Tecnicamente, são duas perguntas. Mas tudo bem, vou responder. Estou em você porque tive uma fração de segundo para escolher entre você e um imbecil. Não foi uma escolha difícil. E aconteceu agora pelo mesmo motivo que você está presa nessa picape, voltando ao ponto de onde partiu e longe da sua irmã. As circunstâncias e os eventos nem sempre acontecem do jeito que esperamos. A gente nem sempre consegue controlar o que acontece.

Ele havia respondido, e, ao mesmo tempo, não havia respondido. Não de verdade. Ela elaborou mais perguntas em sua mente, mas, antes que pudesse fazê-las, ele disse: *Tínhamos um acordo, Lacey. É óbvio que ensinaram a você a importância de honrar a palavra. Então, respeite o nosso acordo.*

Ela suspirou longamente e disse:

"Lou apoiou a arma na porta do lado dele. Fora do meu alcance. E a arma de Rink está enfiada na lateral do cinto dele. Eu poderia tentar pegá-las, mas provavelmente não iria muito longe. E, se por acaso conseguisse, posso apostar que, com a sorte que tenho, ela vai disparar e abrir um rombo em mim."

Tá bom. Então vamos aguardar.

"É, acho melhor."

No som, o rock foi alcançando o clímax, combinando o frenesi impetuoso da bateria com os choros das guitarras. Rink tentava acompanhar a música, batucando no painel com os dedos. Lacey só conseguiu voltar a se concentrar depois que a música acabou e começou a tocar uma nova, mais melodiosa e calma.

"Retomando o assunto de 'por que você está aqui'. Isso significa que você sabe de onde veio? Tipo, originalmente?"

Foi a vez de Voz suspirar. Por que ela cismava em perturbar o que estava quieto atrás da sua orelha? *Por que tanto interesse?*

"*Por quê?* Porque você está ocupando espaço na minha cabeça, por isso. E por que eu *não* estaria interessada?"

Você nem sabe o que aconteceu sete anos atrás.

"Tem razão, não sei. Vovó não entendeu o que aconteceu ou mentiu para mim. E ninguém parecia disposto a falar sobre isso."

Porque a maioria das pessoas ainda tem medo. Fazem rodeios, evitando entrar no assunto porque não entendem nada. Acham que vamos embora se fingirem que nós não existimos.

"'Nós'? Quer dizer vocês? As vozes?

Isso. As vozes ajudaram a matar muita gente.

"Como assim?"

Como você mataria uma pessoa se estivesse na cabeça dela?

Lacey pensou um pouco e deu de ombros.

"Eu só diria para ela se matar, sei lá."

Exatamente. Mandaram que se matassem, mas não do jeito que você está pensando. Foi bem mais insidioso. Pense um pouco: conhecemos praticamente todas as suas fraquezas. Elas estão bem aqui, dentro das suas cabeças. Vocês as escondem do mundo, inclusive de vocês mesmos, mas não podem escondê-las de nós. Deve ter sido facílimo semear e fazer brotar pensamentos de inadequação, de fracasso, de autodepreciação, para depois potencializá-los em atos de autodestruição.

"Mas como? Tipo, me dá um exemplo ou coisa assim."

Claro, você quer um exemplo. Tudo bem. Tá bom. Então, vamos imaginar um cara chamado Ted, certo? Ted é casado e tem três filhos. Ele trabalha para um grande escritório de advocacia em Los Angeles e foi encarregado de cuidar de um caso que atraiu muita atenção de um ator famoso envolvido com um gigolô que alegou ter tido... bom, não interessa o que ele alegou. Ted perdeu a ação por causa de um mínimo detalhe de uma prova, que ele negligenciou. Não só custou ao escritório rios de dinheiro como manchou sua reputação; sob todos os aspectos, foi uma catástrofe. Ted foi demitido. No entanto, toda manhã, ele dá um beijo na esposa antes de sair para o trabalho e volta para casa dez horas depois para jantar com a família. Só que Ted não vai para o escritório, ele vai para o cassino jogar dados, pôquer e vinte e um, na ânsia de ganhar bastante dinheiro para não precisar contar à esposa que perdeu o emprego. E agora vem a pior parte. Enquanto trabalhava no caso do ator famoso versus o garoto de programa, ele encontrou um segredinho terrível sobre si próprio, um que lhe vinha sendo sussurrado das trevas nos seus ouvidos desde então, e um belo dia ele se vê nas mesmas ruas em que o tal garoto de programa fazia ponto e dá o pouco que lhe restava de grana para um rapaz de 16 anos que se ajoelha diante do zíper da sua calça num beco imundo. Isso porque Ted já não podia pagar por um quarto de motel nem admitia que algo assim pudesse acontecer dentro do carro da família.

Lacey se sentia cada vez mais desconfortável com a história e queria pedir que Voz parasse, dizer que já tinha escutado o bastante, mas por alguma razão não falou nada.

Então, quando aquela vozinha começou a sussurrar no ouvido de Ted que ele devia se suicidar, não era aos gritos de "Se mata, sua bicha!", mas *dizendo que ele era um péssimo marido e pai. Um monstro. Imagine o que vai acontecer quando eles descobrirem as coisas nojentas que ele vinha fazendo em todos aqueles becos escuros? E eles vão descobrir. É só uma questão de tempo. Imagine a vergonha. Que eles ficariam bem melhor sem ele. Ele sabe disso, não é? Pelo menos eles vão ficar com o dinheiro do seguro. Pelo menos você pode dar isso a eles, Ted. Ah, mas, espera, você arrumou um monte de dívida também, não foi? Você não merece o ar que respira.*

Sabe o que seria melhor? Levar a sua família junto — assim eles não teriam que sofrer a dor da humilhação por todas as coisas erradas que você fez. Não precisam se tornar um bando de mendigos quando perderem a casa e as suas contas no banco forem fechadas. E, convenhamos, você não vai querer morrer sozinho, não é? Quer a sua família perto de você. Isso resolveria tudo, não? Não seria perfeito? O que você está esperando, Ted? Você fracassou em tudo na vida, até em ser um homem de verdade, mas agora pode virar o jogo. Faça alguma coisa certo pela primeira vez nessa sua vida de merda. Vai em frente, vai ficar tudo bem. Você consegue.

Lacey permaneceu em silêncio. E não sentia mais nem a câimbra no pescoço duro nem as dores nos ombros.

Depois de dois dias inteiros de sussurros em seus ouvidos, Ted está sentado na cama, aos prantos, enquanto carrega a espingarda e espera o filho mais velho voltar da escola.

"Deus do céu."

Todo mundo tem um ponto fraco capaz de desencadear alguma reação, Lacey. E presumo que tenham se multiplicado por dez quando as mortes começaram, porque todo mundo viu como era fácil. Todo mundo passou a enxergar uma saída. Às vezes, fico pensando que todo mundo busca uma desculpa para jogar a toalha, e o resto que se dane. Seria tão fácil, não é? Desistir de tudo. Se ver livre de toda a luta pela sobrevivência, de todos os problemas... o fim de tudo. Enfim, a pessoa poderia descansar e parar de se preocupar. Só faltava um empurrãozinho.

Lacey sentiu um aperto por dentro, um caroço de desespero, escuro, maligno e ameaçador, que pressionava o espaço cavernoso da sua garganta. Por fim, sua mente destravou e ela conseguiu dizer:

"Pare. Por favor, pare."

Sinto muito. Mas viu como tudo deve ter sido bem simples?

"Sim... Você... Você matou o Ted?"

Não! Claro que não! Ted é um nome fictício. Bom, alguém parecido com Ted era real, mas nunca o conheci. De qualquer forma, eu não faria isso. Não sou como outros que fazem esse tipo de coisa. Eles são diferentes de mim. Estou aqui há muito mais tempo, com alguém que me aceitou inteiramente... Bom, quase inteiramente. Algo assim.

"Mas por quê? Por que isso tudo aconteceu?"
Bem, essa é a pergunta que não quer calar, não é?
"E você não sabe a resposta?"
Em vez de responder, Voz disse: *Opa! Acho que estamos parando.*
No segundo seguinte, Lou pisou no freio.

CAPÍTULO 4

Mantendo o carro a oitenta por hora, com o vento assobiando pelas frestas dos vidros quebrados, Pilgrim levou mais de meia hora para avistar o veículo. Não tentou alcançá-lo; pelo contrário, relaxou e manteve distância. Não conseguia parar de pensar no garoto sozinho na beira da estrada, um bracinho magrelo erguido num adeus. Garras de arrependimento o apertaram. Era um sentimento atípico, parecido com fome, corroendo-o por dentro. E, igual à fome, a sensação, ele veio a descobrir, podia ser deixada de lado quando necessário.

O mundo era um imenso céu; a estrada que ele e o carro desconhecido percorriam não passava de uma faixa de terra ínfima, insignificante e imutável em comparação com a vastidão dos céus que reinavam soberanos, tingidos de uma aquarela de tonalidades delicadas de rosa, laranja e azul, sua infinita paleta de cores em constante mutação a cada quilômetro que avançava.

Céu vermelho à noite, alegria dos pastores.

Não conseguia se lembrar da segunda parte do provérbio, mas presumiu que não terminava bem.

Volta e meia, conferia o ponteiro da gasolina, mas, na maior parte do tempo, não desgrudava os olhos do carro à frente. Nada além de uma mísera mancha no horizonte, mas não havia muito mais para distraí-lo — nenhuma barraquinha de limonada à vista —, por isso que não se preocupava em perder o carro de vista. Quanto mais dirigia, mais tempo pensava, e, quanto mais pensava, mais se perguntava o que seria aquele espaço vazio nos fundos da sua cabeça. Algo sobre seguir o carro o incomodava, um dedo cutucando seu cérebro avariado, incitando-o a relembrar.

Cutuca.

Cutuca.

Cutuca.

O céu clareou, o crepúsculo retrocedendo em ondas rápidas, nuvens se dispersando num passe de mágica para revelar um céu perfeitamente azul e limpo. Suas narinas captaram um aroma forte de lúpulo. Um gato preto o encarava da beira da estrada. Como se emoldurada naquela posição, a imagem toda começou a se agitar, sacudindo tão rápido que o contorno do animal ficou borrado e três gatos pretos idênticos se sobrepuseram ao primeiro: um sentado, um de pé e outro nem sentado nem de pé. E então a tremedeira parou, e o gato foi embora, a cauda empinada bem alto feito um ponto de interrogação. Mais um tremor forte e repentino, e o gato que andava se transformou num gato sentado, lambendo preguiçosamente o pelo numa faixa banhada de sol no degrau mais alto de um alpendre de madeira. A cena tremulou mais uma vez: o gato estava de pé. O animal vibrou até virar um borrão: agora sentado. De pé, sentado, de pé, lambendo a pata, o gato trocava de posição numa velocidade extraordinária, até que um gato se transformou em todos os gatos em todas as posições o tempo todo. E então parou. E o gato preto estava deitado de lado. Silencioso. Imóvel. Sem sacolejar, sem tremer, sem sair de foco. As costelas esmagadas sob o peso de uma bota, e essa imagem final parecia ter grande significado para Pilgrim: o gato, que tinha liberdade para ficar de pé, sentar ou fazer o diabo que seu coraçãozinho desejasse, sempre terminaria assim; esmagado por algo maior e mais forte que ele.

Com uma afobação trovejante, as nuvens foram sopradas de volta acima da cabeça de Pilgrim, mas agora eram cor de sangue, escuras e inchadas, ocupando todo o céu. Elas começaram a sacudir e tremer, igual ao que aconteceu ao gato, veios escuros de raios ameaçadores cintilando do seu interior, exceto que já não eram nuvens, mas órgãos cavernosos e pulsantes, roxos e irascíveis, prontos para explodir.

E então explodiram, línguas de fogo disparando do céu em todas as direções. Um céu de chamas que despencava sobre a Terra, um dilúvio faiscante de calor abominável e vermelho abrasador.

Pilgrim arquejou e piscou repetidas vezes, e estava de volta ao carro. Tinha saído da estrada, os pneus tremendo na faixa que separava a estrada do acostamento, depois no cascalho do acostamento. Levou o carro de volta para o asfalto liso e diminuiu a tensão dos dedos ao redor do volante. O crepúsculo tinha voltado ao céu verdadeiro. Pelo espelho retrovisor, algumas poucas estrelas espalhadas pelo horizonte que escurecia.

Pilgrim esfregou a mão trêmula no rosto. Pela primeira vez em um bom tempo, estava completamente sozinho com os próprios pensamentos, e implorou a Deus para que não estivesse. Quando acordou na beira da estrada, lá atrás, quando queria morrer, o silêncio o confundiu. Mas, conforme as lembranças mais recentes retornavam em imagens desconjuntadas e *flashes* de sons, sensações e cheiros, elas se esbarravam e se uniam e deixavam algo solto. Algo dolorosamente ausente.

— Voz?

Não houve resposta.

Pilgrim respondeu para si mesmo num sussurro:

— Ele não está aqui.

Colocou os dedos na parte detrás do lenço, onde seus cabelos estavam duros de sangue. Não tocou de novo a ferida, lembrando-se da sensação esponjosa esquisita do osso do crânio. Só de pensar ficou de estômago revirado.

É claro, ele sabia que Voz se fora. Sentiu falta de algo intrínseco à sua natureza desde que acordou na beira da estrada com aquela dor de cabeça insuportável. O mundo estava silencioso demais. Nenhum comentário irritante, nenhum conselho indesejado. Encontrar o menino, conversar com ele, foi uma distração que escondeu a ausência de Voz, mas agora o vazio era quase audível. Surpreendeu-se ao perceber o quanto o sumiço de Voz o deixava irritado.

Será que o machucado na sua cabeça matou Voz? Outras lesões na cabeça fizeram Voz ficar em silêncio por um tempo, mas nunca por tanto tempo. Será que ele recuou para uma parte bloqueada da mente de Pilgrim, de onde não conseguia escapar e ficaria preso para sempre? Havia lugares para onde as vozes iam, dispersando-se no éter feito fagulhas de uma chama quase extinta e sumindo na escuridão? Ou Voz simplesmente deixou de existir, a eletricidade que desencadeou sua existência começando a falhar num esforço derradeiro para sobreviver antes de se apagar por completo?

Tudo o que Pilgrim sabia era que sua mente parecia um templo perturbadoramente vazio, as fileiras de bancos desocupadas e os túmulos de mármore gelado em silêncio e imóveis sob seus pés. Seus pensamentos ecoavam, solitários e sozinhos.

Morto ou desaparecido, dava na mesma. Pilgrim não escutava voz alguma. Suspeitou que sua irritação escondesse um sentimento de perda ainda mais profundo, mas havia uma pergunta inexplicável também. Não sabia que vozes *podiam* ser perdidas.

O carro à frente parou.

Pilgrim estacionou no acostamento a uma distância segura e teve de semicerrar os olhos para conseguir enxergar duas pessoas descendo do que agora pôde ver se tratar de uma picape e atravessando a estrada para olhar alguma coisa. O sol ia se pondo, mas o calor residual do dia tinha impregnado a estrada e uma névoa quente tremeluzia no asfalto, obscurecendo a picape e seus dois ocupantes por trás do que parecia uma parede ondulante debaixo da água. Foi só quando um deles voltou para o veículo e baixou a tampa traseira que Pilgrim se deu conta do que estava acontecendo.

Eles tinham retirado uma tábua longa e estreita e estavam empurrando sua moto para a caçamba. Sua motocicleta tinha ficado sem combustível, mas Pilgrim havia deixado a chave na ignição, e ela funcionava muito bem. Prontinha para ser surrupiada.

Suas mãos apertaram com força o volante, a esquerda notadamente mais fraca. Flexionou os dedos da esquerda enquanto aguardava a picape voltar para a estrada. Ele sabia onde seria a próxima parada, mas não aguentava mais segui-los feito um carneirinho desgarrado. Pisou fundo no acelerador, e o carro arrancou. Estava assumindo um risco calculado: tudo o que tinha era um facão, e aqueles dois certamente estavam armados.

— Lacey — disse ele.

Foi se aproximando rápido, acelerando temerariamente o motor, o vento uivando feito uma alma penada e fazendo o carro estremecer. Um chiado agudo veio de algum ponto sob seus pés.

Os dois homens agora deviam estar cientes da sua presença, mas a picape permaneceu na pista em que viajava, praticamente sem alterar a velocidade. E isso era conveniente para Pilgrim. Ele não estava pronto para um confronto. Ainda não. A distância entre o para-choque traseiro e o para-choque dianteiro não ultrapassava vinte metros. Pilgrim conseguia ver o homem no banco do carona se virar para olhar pelo vidro traseiro.

Sentiu uma estranha vontade de acenar com a mão, mas se conteve. Entrou na pista da esquerda para ultrapassar. O motor roncava alto. O vento zunia tanto que mais parecia um grito de guerra fazendo o chassi vibrar. Quando a frente do carro estava quase emparelhando com a porta da frente da picape, Pilgrim viu de relance o perfil barbudo do motorista. Era um homem mais velho, grisalho, a ponta do nariz torta. Pilgrim não o conhecia. Quando os veículos enfim emparelharam, ele já não conseguia enxergar dentro da cabine da picape, por ser mais alta. Então fez a ultrapassagem e seguiu acelerando. Trocou para a pista da direita e ficou examinando a picape pelo retrovisor. Os dois homens conversavam animadamente, porém não foi isso que capturou a atenção de Pilgrim, mas sim a garota que estava sentada entre eles. Ela lhe devolveu o olhar parecendo alguém que viu um fantasma.

Um fantasma, pensou ele e sorriu. Sentia-se de fato como um fantasma, vazio, obscuro e desconectado daquela realidade.

Mantendo a velocidade máxima, Pilgrim os deixou para trás, na esperança de que não mudassem de planos e resolvessem que valia a pena ir atrás dele. Tinha um olho na picape e outro na estrada, mas eles não aumentavam no seu retrovisor; muito pelo contrário, diminuíam. Dez minutos depois, Pilgrim os perdeu de vista.

*

Uma hora depois, o celeiro surgiu no horizonte. Parecia um sobrevivente de um furacão no horizonte, o teto despencado, pedaços das paredes caídos. Pilgrim viu as marcas escuras dos pneus onde o carro da garota perdeu o controle antes de capotar e, num momento súbito de superstição, não quis que os seus pneus passassem sobre aquelas marcas, mas, quando esse pensamento lhe ocorreu, os pneus já haviam passado sobre elas sem que nada acontecesse.

Não contava em encontrar o corpo por ali — àquela altura, animais carniceiros ou pessoas revirando o lugar já o teriam arrastado para longe —, mas lá estava a garota no mesmíssimo lugar onde ele a deixou. Deitada de costas, os olhos fechados, braços nas laterais do corpo, como se estivesse tirando um cochilo. Estacionou o carro, saiu e se aproximou, sua sombra cobrindo o rosto dela. Era menor do que se lembrava, além de mais jovem, feito uma menininha que se perdeu da família, o que ele imaginava que fosse o caso. Foi atraído para mais perto e fitou o rosto da moça com tanta intensidade que via cada poro, as rachaduras dos lábios, podia contar cada fio dos cílios. Ele a viu com vida, alta para a idade e muito magra — seu corpo se dobrava na cintura, como se seus ossos fossem ocos e a cabeça, pesada demais com tudo que acontecia lá dentro, Pilgrim sabia: eram tantos pensamentos e projetos que eles saíam dela feito estrelas cadentes num show de fogos de artifício, estourando acima da cabeça dela, iluminando-a com uma infinidade de tons de azul, verde, roxo e...

— Ruby — murmurou ele, e o som o tirou dela, trouxe-o de volta a si mesmo, e tudo o que viu foi um corpo cadavérico de uma garota no chão. Uma garota que ele conheceu na época em que o sorriso dela era magnífico e os olhos refletiam o brilho da inteligência. Não sabia como, nem quando, mas a havia conhecido. Ruby. De que outra forma conheceria seu sorriso? Sua imaginação não era tão fértil, nem sua mente estropiada teria condições de evocar imagens que nunca tinha visto. Ao menos era assim que pensava. Quis perguntar a Voz, que tinha acesso ao que havia restado das suas lembranças, por mais capengas que fossem, inclusive àquelas que preferia que tivessem sumido, mas, agora que estava disposto a aceitar a ajuda de Voz, ele não estava lá para oferecê-la. Não mais.

Pilgrim olhou de relance para a estrada, mas não havia sinal da picape. Não seria assim por muito tempo. Com todo o cuidado, até carinho, colocou o corpo no colo, ignorando a dor lancinante nas costelas. Um cheiro veio junto, o odor da decomposição, mas não era nauseante, e mais uma vez Pilgrim ficou espantado com o fato de o corpo dela praticamente não ter sido afetado depois de ser deixado ao relento por tanto tempo. Também achou igualmente estranho ver que o cadáver não tinha sido atacado por animais; contudo, não havia tempo a perder pensando nisso. Não parecia natural aquele corpo rijo em seus braços, como se ela tivesse sido congelada naquela posição, porém morna ao toque. E esse calor desestabilizou Pilgrim por um instante, mas então ele entendeu que se tratava apenas da temperatura externa, depois de o corpo ter ficado debaixo do sol o dia inteiro. Colocou o corpo na mala do carro.

Ele voltou e fez algumas marcas na terra perto de onde o corpo estava, rastros ou traços que se dirigiam ao celeiro, então foi para o volante e conduziu o carro para a frente do celeiro, dirigindo de ré para dentro, e fechou as grandes portas duplas.

Por um buraco na fachada de madeira, Pilgrim viu a picape se aproximar em meio a uma bruma seca e parar atrás do carro capotado. Os dois homens desceram, deram passos para lá e para cá, trocaram palavras e foram xeretar o interior do carro de ponta-cabeça. Enfim, olharam para o celeiro. O corcunda fez que sim com a cabeça, concordando com alguma coisa que o mais velho disse, e começou a seguir as marcas na terra, por vezes chutando uma lasca de tijolo pelo caminho. Seus passos tinham um balanço que compensava a ausência de simetria, como se uma perna fosse mais curta que a outra. Ele portava uma carabina quase igual à de Lacey.

— Talvez *seja* a de Lacey — sussurrou para si mesmo, ou talvez tenha apenas pensado. Já não tinha certeza. Sentia-se desorientado e incompleto sem Voz. Talvez até louco, diriam alguns.

Pilgrim se afastou do buraco de onde espreitava e foi recuando para os fundos do celeiro, agachando-se silenciosamente atrás de uma baia.

Pegou o facão da bainha presa ao tornozelo e encostou o rosto na madeira áspera, seu olho bom encontrou outro buraco por onde espiar.

O corcunda abriu a porta do celeiro com dificuldade e entrou com a carabina apontada. Ao ver o carro, moveu o cano da arma de um lado para o outro, demorando-se nos cantos.

— É melhor você mostrar a cara! — gritou o corcunda para as partículas de poeira, os raios do sol poente entrando na diagonal no celeiro em feixes dourados, enevoados nas beiradas, lançando desenhos multiformes no chão.

Pilgrim o viu ir mancando até o carro e apoiar a mão no capô. Estava quente, ele sabia. Também sabia que o homem havia reparado na tampa do porta-malas aberta, porque ele ergueu a cabeça e deu uma olhada em volta, como se esperasse dar de cara com alguém de tocaia. Atento, o homem deu a volta no carro, enfiou o cano da carabina na porta aberta do lado do motorista e viu que não havia ninguém lá dentro. Depois foi até a traseira do carro e examinou o interior do porta-malas. Ele se endireitou — o tanto que sua corcunda permitia —, e Pilgrim sentiu ondas de espanto vindo dele enquanto encarava o cadáver da garota. Pilgrim já estava em movimento, mesmo enquanto os olhos do homem estavam no corpo, mesmo enquanto o homem ofegava em silêncio. A essa altura, Pilgrim estava perto o bastante para ouvi-lo dizer entre os dentes:

— Red.

Pilgrim foi por trás do corcunda e espetou o facão debaixo do queixo dele, forçando a ponta na carne macia e vulnerável. Sentiu-o se enrijecer.

— Calado — sussurrou Pilgrim. — Passa a carabina para a mão esquerda. Bem devagar.

O homem não se mexeu, então Pilgrim apertou o facão até tirar sangue.

— *Agora!*

O homem passou a arma devagar, e, sem aliviar a pressão da lâmina, Pilgrim a pegou. Por pouco que ela não caiu, a carabina pesada demais para a sua mão esquerda. Apoiou a coronha no chão.

Tem alguma coisa errada com você. Foi a voz que ouviu antes, aquela que lhe disse que parasse o carro. Soava como ele, mas tinha uma autoridade, uma autoconfiança que fez com que Pilgrim hesitasse.

— Não tem nada de errado — rebateu Pilgrim.

Aquele tiro deve ter causado danos à sua mente.

— Nada além dos estragos de sempre.

— Não é comigo que você está falando, é? — A voz do homem vacilava, e Pilgrim podia senti-la vibrar através da lâmina encravada no pescoço dele.

Pilgrim torceu o nariz com a ironia. Na ausência de Voz, ele dialogava com os próprios pensamentos. Não é fácil se livrar de velhos hábitos.

— Sim. Estou falando com você — respondeu ele. — A gente vai até a porta, e você vai chamar o seu... — Ele fez uma pausa, incapaz de se lembrar da palavra que queria. — ... o outro cara que está lá fora e dizer para ele que a encontrou e que ele tem que vir dar uma olhada.

— Você matou ela?

Diz que sim.

— Não. Agora, vamos.

Pilgrim deu um passo atrás e ergueu a carabina, pressionando o cano nas costas do sujeito e o empurrando. Deram a volta no carro e seguiram para a frente do celeiro, onde lhe deu um safanão.

— Abre a porta apenas o suficiente para que ele possa ver lá fora.

Agachando-se para não ser visto, Pilgrim se encostou no homem quando a porta se abriu e firmou a carabina no ombro. Agarrou o homem pelo cinto para que não fugisse e meteu o facão na virilha do corcunda, a ponta comprimindo suas bolas.

O homem suspirou.

— P-Peraí! Eu sou igual a você! Eu... ouço uma voz. Tenho certeza.

— Bom para você. Vamos, faz o que eu mandei, agora! A menos que queira que eu transforme você num soprano.

— Você podia se juntar a nós! — disse o homem apressado. — Se você ouve vozes, o Chefe vai te aceitar. Simples assim.

— Que ótimo, mas não trabalho bem em equipe. Agora, *grita* para ele.

Para agilizar as coisas, Pilgrim pressionou um pouco mais o facão nas bolas do sujeito.

—*Lou!* — gritou o homem, a voz esganiçada, como se já tivesse sido castrado.

De onde estava, Pilgrim não enxergava nada, mas podia imaginar o homem de mais idade virando-se para olhar para o celeiro.

— Isso mesmo — sussurrou Pilgrim. — Agora, continua.

— Lou, encontrei a Red! Ela está aqui! Vem ver!

Pilgrim o puxou pelo cinto, fazendo-o andar de costas, antes que ele revelasse mais algum detalhe. Guardou o facão, pegou a carabina com a mão direita e ficou em pé. Afastado da porta e em segurança, agarrou o sujeito e o virou para que ficassem cara a cara enquanto girava a coronha da carabina no sentido oposto, até que se encontrassem no meio do caminho. O encontro fez um *tuc*, como se Pilgrim tivesse espatifado um coco, não uma cabeça humana. Os olhos do homem reviraram e ele despencou no chão. Mas não estava morto. Ainda gemia baixinho.

Bata mais uma vez, foi-lhe dito.

Pilgrim ergueu a carabina bem alto e, como se estivesse cavando um buraco, deu uma coronhada violenta na cabeça do sujeito.

Os gemidos pararam.

A picape vinha se aproximando, o barulho do motor cada vez mais alto. Pilgrim agarrou os pés do morto e o afastou das portas do celeiro. Levando a carabina, voltou para a porta, espiando por um buraco enquanto o motor era desligado e o sujeito de barba grisalha (*Lou*, a voz forneceu) saltava da cabine. Parecia mais velho, mas andava com um vigor que disfarçava a idade. Pilgrim verificou a carabina, certificando-se de que havia um cartucho não disparado no tambor. Encaixou o ferrolho de volta.

Pilgrim respirava pesado. O suor empapava o lenço amarrado na testa e escorria pelo rosto. Sentiu-se tonto, e teve de olhar onde pisava, cada passo parecendo atravessar o chão, uma queda inesperada que fazia seu estômago se revirar...

Aguente firme, meu velho. Está quase terminado.

Ao tornar a erguer os olhos, viu Lou arrastando a garota pelo punho para fora da picape. Na outra mão, uma espingarda.

Ele vai partir você ao meio com aquilo, preveniu aquela vozinha.

— Só se ele atirar — respondeu Pilgrim.

Pilgrim não prestou muita atenção na garota. Não quis arriscar. Precisava manter o foco.

Lou segurava a arma displicentemente ao lado da perna.

Respirando fundo para controlar as batidas do coração e parar a tremedeira dos braços, Pilgrim abriu a porta com um chute, a coronha da carabina devidamente encaixada no ombro; o braço esquerdo, porém, tremia tanto que o cano trepidava ao apontar para o homem de cabelos grisalhos. Pilgrim não gritou, não mandou que o outro abaixasse a arma, mas disparou e, no mesmo instante, percebeu que sua mão esquerda lhe falhou, o cano subindo demais, o tiro voando alto.

Lou tinha soltado o punho da garota e estava erguendo a arma enquanto Pilgrim enfiava outro cartucho na carabina. Antes que ele pudesse atirar, os canos da espingarda cuspiram fogo, e a arma de Lou fez *bum*.

PARTE 3

A garota que foi encontrada
e
o homem que foi perdido

CAPÍTULO 1

— O que ele está fazendo agora? — disse Lou quando o carro bege acelerou para emparelhar com eles.

Lacey se esticou toda para a frente, mas só conseguiu ver o capô e um tantinho de nada do banco do carona vazio. A cor do estofamento, porém, era familiar, e Lacey sentiu um aperto no peito que logo dobrou de tamanho antes de expelir todo o sangue de volta para as artérias. A cabeça dela latejava.

— Ai, meu Deus — sussurrou ela.

Vai com calma, recomendou Voz. *Esperança pode ser um negócio arriscado.*

Isso ela já sabia, ninguém precisava dizer.

O carro fez a ultrapassagem e entrou na frente deles. Era o carro de Alex, Lacey o reconheceu. *Tinha* de ser. Ainda não conseguia ver direito quem estava dirigindo; podia apenas ter uma vaga imagem de um homem na direção, e, quem quer que fosse, ele era alto.

— A gente não deveria ir atrás dele? —perguntou Rink.

Lou não respondeu. Ele estava curvado sobre o volante, olhos fixos na traseira do carro. Por um momento aterrorizante, Lacey achou que ele diria sim, mas logo ele voltou a se recostar, relaxando o corpo.

Ele fez que não com a cabeça.

— Não. Vamos obedecer às ordens. Pegamos a garota e voltamos.

— Mas pode ser que ele tenha coisas que a gente precisa — disse Rink.

— A não ser que ele tenha as chaves da maior reserva de comida fresca e enlatados do mundo, não dou um tostão furado para o que possa ou não ter.

— Eu só quis dizer que talvez a gente pudesse...

— Eu disse *não*.

O único desvio de rota até ali foi quando avistaram a moto do Escoteiro e resolveram ir buscá-la. Lacey ficou grata pela presença da moto e várias vezes se virou para dar uma olhada. Pensava nos quilômetros em que esteve sentada na parte detrás do banco, segurando na cintura de um homem de modos estranhos e muito reservado, na época em que ela ainda imaginava que seria fácil viajar mais de mil quilômetros desde a região oeste do Texas até o Mississippi e a casa da irmã. Foi uma idiota. Ela não sabia nada do mundo, e o mundo não sabia nada dela. E agora percebia com dolorosa clareza que sua ignorância havia causado problemas e sofrimentos àqueles que mais amava.

Voz começou a cantar.

Vilões por todo lado onde o mal é semeado num turbulento povoado.
Nela é fácil chorar, é tão fácil correr, e mais fácil ainda dizer que vai morrer.
Num povoado turbulento, onde tudo é torpe, nunca é dia, é sempre noite.

O restante foi se apagando conforme os pensamentos de Lacey se afastavam de Voz. Nunca na vida ela se sentiu tão distante de tudo e de todos que conhecia. Ficou vendo o porta-malas do carro bege diminuir cada vez mais à medida que se distanciava, e repreendeu a si mesma por ser uma idiota que sempre alimentava esperanças. Como ele iria saber que ela estava fazendo o caminho de volta? Não tinha como. Era impossível.

Voz parou de cantar e disse: *E, ainda assim, quando tiver descartado todas as impossibilidades, por mais improvável que seja a resposta que lhe restou, deve ser a verdade.*

"Podia ser qualquer um que tivesse encontrado o carro de Alex e resolveu roubá-lo. Do mesmo jeito que esses idiotas aqui pegaram a moto que encontraram por acaso."

É... provavelmente a resposta mais plausível.

Lacey suspirou, e Voz retomou a cantoria. Uma música diferente. A letra era apavorante e, enquanto Lacey a escutava, seus olhos se encheram de lágrimas, mesclando estrada e céu.

Lázaro ressuscita, Lázaro morre, Lázaro escuta quando é chamado,
Não tem caixão, nem terra, nem porta,
Só a areia do chão e um par de botas
Pode até estar morto, mas acabado não está,
Ele ressuscita sempre que o sol raiar.

— Você é a coisa mais deprimente do mundo — disse ela.

Lou a encarou, mas ela não virou a cabeça e continuou olhando pelo para-brisa. Felizmente, ele se manteve calado, e assim ficou até que a garota apontou para o celeiro.

— Lá — disse ela.

— Estou vendo — resmungou Lou.

— Está vendo o carro capotado também? É o dela.

— Você não disse nada sobre acidente de carro. — Lou foi diminuindo a velocidade e olhou para trás antes de entrar na pista da esquerda, os pneus vibrando no cascalho do acostamento. Parou a uns dez metros do para-choque traseiro do carro.

Seus pecados perdoados, ele ressuscitou, cantou Voz. *Vida longa ao príncipe da confusão.*

— Silêncio — ordenou Lacey com impaciência.

Lou se virou para ela e a encarou com olhos sem vida.

Ele parece uma cobra, pensou ela. E não há soro antiofídico no mundo que impeça que o veneno se espalhe. Uma mordida dele seria fatal.

— Hora de abrir o bico, sua pirralha dissimulada. — As palavras se arrastando para fora da boca decrépita de Lou. — Você arrastou a gente para cá, então vai logo dizendo a porra do lugar onde ela está.

— Ela estava bem ali da última vez que a vi. — Lacey apontou para um ponto coberto de estilhaços de vidro, perto da porta sem janela. — Juro. Ela estava caída ali, todos os dentes dela tinham sido arrancados. Um negócio horrível. Quem faria uma coisa *dessas*?

Lou e Rink trocaram um olhar. Lou acenou com a cabeça para o rapaz.

— Vem, vamos dar uma olhada. Você — disse a Lacey —, não se mexe nem um centímetro, ou vai ver o que faço com você.

Saíram da picape levando as armas, mas Lacey não desgrudou o olhar das chaves na ignição. Antes de bater a porta, Lou inclinou o tronco para dentro da cabine, retirou as chaves e as colocou no bolso, dando uma palmadinha nelas por cima do jeans.

— Não vai precisar delas tão cedo — disse ele com um sorrisinho maldoso.

— Desgraçado — murmurou ela assim que ele bateu a porta amassada, que só fechou na terceira tentativa.

Ficou observando enquanto eles remexiam nos destroços. Viu também umas marcas compridas na terra, provavelmente do coiote que arrastou Red para longe. Sentiu-se mal só de pensar como o animal devia ter despedaçado o corpo dela com dentes e garras afiadas. Engoliu em seco e desviou o olhar da terra escurecida onde a garota havia sangrado.

O sol se põe e os vermes despertam.
Do banquete em deleite se refestelam.
Não sobra nada além de pele e osso;
Quando toda a vida se esvai, as larvas...

— Deus do céu, qual é a sua de de repente cismar em ficar cantando? — disse ela, irritada. — Chega disso.

Voz não deu atenção.

Mordem e chupam, sugam tudo o que há.
Esbaldam-se até nos ouvir pela última vez suspirar.

Lacey começou a cantarolar para abafar a cantoria de Voz.
Voz parou de cantar. *O que é isso?*
— Não é só você que sabe cantar, sabia?
Mas o que é? Gostei.
— "Dear Prudence", dos Beatles. Já ouviu falar deles?
... Não.
Ela seguiu cantarolando a segunda na lista das suas músicas preferidas dos Beatles, enquanto Voz escutava, e ficou vendo os dois caras conversarem, suas bocas se abrindo e fechando sem que nenhum som chegasse até ela.
— A gente devia ter enterrado ela — disse Lacey.
O solo é duro demais. E com o que você teria cavado o buraco? Colheres?
— Mas eles pelo menos teriam que se esforçar um pouco.
Rink foi em direção ao celeiro, a ponta da bota direita virada ligeiramente para dentro, como se Deus não lhe tivesse parafusado a perna como devia. O que, somado à corcunda, fez Lacey de repente sentir pena do sujeito. Talvez ele nem quisesse se juntar à gangue de Dumont, mas essa foi o único jeito de sobreviver num mundo em que a maioria dos corcundas e dos aleijados acabava assassinado.
Adoro como a sua mente trabalha.
Lacey ignorou o comentário de Voz e foi escorregou no banco para se sentar ao volante. Girou a manivela para baixar o vidro, sentindo um sopro de ar quente ventilar o suor da testa. Ficou observando o celeiro. A construção de madeira tinha um ar imponente, mesmo com o telhado caído e as paredes esburacadas. Lacey não se lembrava do nome, mas havia uma condição humana que fazia as pessoas verem rostos em objetos corriqueiros. Vovó havia lhe contado, uma vez, a história de umas pessoas que pensaram ter visto o rosto de Jesus num queijo-quente (outras pessoas também acreditaram na história, tanto que compraram o sanduíche por vinte e oito mil dólares) e como os projetistas de carros usaram isso para desenhar a frente dos automóveis, sabendo que tinham de dar uma aparência agressiva aos carros esportivos, com olhos (faróis) e boca (grade do radiador) agressivos para seduzir a clientela masculina.

Agora, ela conseguia ver o rosto na fachada do celeiro, a boca colossal de portas duplas pronta para engolir os idiotas que se aproximassem e as duas escotilhas do piso acima — onde antes se costumava armazenar feno — como olhos de madeira que espiavam as presas que se aproximavam.

Rink se aproximou e abriu a porta, e o celeiro se preparou para engoli-lo.

— Se a gente não encontrar a garota, você não vai a lugar algum.

Lacey encarou o caminho de terra que se entendia até o celeiro, examinando os sulcos das rodas, sem olhar para Lou, recostado no para-lama perto da porta do motorista.

— Na verdade, se a gente não encontrar a garota, aposto como o Chefe não vai se importar se eu e o Rink castigarmos você por causa dessa sua língua mentirosa.

— Tenta, e vai acabar igualzinho ao Jeb.

Lou voou para cima dela numa velocidade difícil de acreditar, sua mão parecendo o bote de uma cascavel, os dedos esmagando a parte de baixo do seu rosto, afundando dolorosamente as bochechas nos dentes.

— Você e essa sua boca atrevida — sussurrou ele, o bafo quente e fedorento no seu rosto. — Será que é mesmo você que fala todas essas coisas? Posso apostar que não. Aposto que é um desses troços de língua preta que se esconde por trás desses seus olhinhos de anjo e fala pela sua boca.

Lacey não se conteve e arregalou um pouco os olhos.

— Você ainda não sacou como tudo isso funciona? — disse ele. — A gente faz o que quer com meninas gostosas feito você, pouco importa o que escondem aí dentro. A gente fode vocês até não aguentar mais e o resto a gente come. Botamos num espeto ainda viva para ouvir seus gritos enquanto assamos a sua carne. — Ele espremeu ainda mais as bochechas dela, as unhas se afundando na pele do seu rosto. — Para mim você não passa de um pedaço de carne ambulante.

Ela não respirou, não se mexeu. Provavelmente ele só queria amedrontá-la. Eles não fariam nada disso com ela. Talvez com a Princesa, mas não com ela.

Voz não respondeu, mas Lacey sentiu que o silêncio dele revelava mais do que escondia.

— *Lou!*

Os dedos de Lou soltaram a garota, e ela imediatamente se afastou da janela e do alcance das mãos dele. Depois massageou as bochechas doloridas e sentiu na pele as marcas deixadas pelas unhas.

— Lou, encontrei a Red! Ela está aqui! Vem ver!

Lacey não tirou os olhos de Lou quando ele entrou, mas deslizou a bunda o máximo que pôde pelo assento até encostar na porta do passageiro, o mais afastada possível dele. Lou sequer olhou de relance para ela. Dirigiu para o celeiro, desligou o motor e agarrou-lhe o punho. Ela reclamou quando foi puxada para fora da picape. Tentou se desvencilhar, mas tudo o que conseguiu foi que ele apertasse seu punho com mais força. Ela gritou, e, por pouco, não torceu o joelho na tentativa de aliviar a pressão no punho.

Pilgrim, sussurrou Voz. Lacey pensou ter notado espanto no tom, mas sua cabeça era uma panela de pressão cheia de arquejos de dor, então ela não tinha como ter certeza de nada.

A boca do celeiro se abriu e um homem alto de rosto avermelhado apareceu com uma carabina apontada para eles dois. Houve o disparo, e Lacey se abaixou instintivamente, tomada de surpresa quando Lou soltou seu punho. Ela caiu nas pernas dele e agarrou seus joelhos, o que o fez perder o equilíbrio. O *bum* do tiro de espingarda acertou seus ouvidos, e ela ficou surda. A carabina atirou de novo, o estouro abafado pelo zumbido na sua cabeça. Ainda meio agarrada às pernas de Lou, Lacey ouviu o barulho seco parecido com o de uma bofetada e sentiu o homem estremecer e cair, o joelho dele atingindo seu queixo de tal forma que seus dentes se fecharam com o impacto e ela mordeu a língua. Os olhos dela se encheram de lágrimas e, ao engolir, sentiu gosto de sangue.

A espingarda de Lou caiu a alguns metros dele.

Lou caiu de costas.

Com custo, conseguiu se desvencilhar dele e correu para a arma, mas se atrapalhou um pouco para segurá-la e carregar o tambor, virando-se para encarar o homem responsável por todas as mortes. Ela congelou, ofegando profundamente pela boca.

O Escoteiro a encarava.

Pilgrim, suspirou Voz e, dessa vez, não havia dúvida de que o tom era de espanto.

CAPÍTULO 2

*B*UM!
 A terra em frente às botas de Pilgrim explodiu lançando areia, e bolinhas de barro endurecido bombardearam suas pernas; mas agora sua mão esquerda envolvia com força a coronha — não erraria uma segunda vez.

Pilgrim viu quando a garota caiu junto às pernas do homem, fazendo o sujeito perder o equilíbrio, e soube que foi isso que salvou sua vida, o tiro atingindo a terra aos seus pés. Pilgrim deu seu segundo tiro, e, desta vez, saiu em linha reta, a bala entrando no lado direito do peito, impelindo-o para o lado e para trás, a espingarda escapando dos seus dedos. O homem caiu de costas, Lacey tombando toda torta aos pés dele.

Pilgrim encaixou o terceiro cartucho enquanto andava até eles e se surpreendeu ao ver com que rapidez a garota correu e agarrou a espingarda, virou-se e lhe apontou a arma.

— Pilgrim? — disse ela.

Ficou surpreso — mas, até aí, ela sempre teve o poder de surpreendê-lo —, mas não tinha tempo para isso. Passou por ela e se inclinou sobre o homem, espetando o cano da carabina no peito dele. Sangue florescia num círculo largo do lado direito da camisa, espalhando-se rapidamente feito tinta derramada. A respiração dele era curta e espasmódica.

— Acho que você matou ele — disse Lacey, cuspindo sangue no chão.

Pilgrim fez que sim, inclinado a concordar com ela, vendo o peito do homem tremer de modo errático. Ele abaixou a arma. Sua mão esquerda tremia sem parar.

— Você está usando o meu cachecol.

Ele ergueu os dedos trêmulos e os levou à testa, tendo esquecido que havia amarrado o cachecol na cabeça. Tentou dar de ombros e sentiu o ombro direito pular.

— Tem uma cor bacana. Cai bem no meu rosto.

— Hum, é mesmo? Lamento dizer, mas a sua cara está horrível.

Pela primeira vez, ele olhou para ela — olhou *de verdade* para ela —, e havia cores brotando dela feito faíscas que pipocavam ao redor da sua cabeça, dos ombros e dos braços, muito parecidas com a árvore na seção infantil da biblioteca que crepitava com energia; a diferença era que agora era um vermelho intenso. Ficou preocupado com essas faíscas — pareciam contrariadas, como se tentassem transmitir algo que ele estava tapado demais para captar.

Deu um sorriso forçado.

— Vai ver é por causa do tiro que levei na cabeça.

Ela se levantou, espanou a poeira das roupas e foi direto para ele, a cabeça inclinada para trás para olhar bem nos olhos dele, a espingarda numa das mãos. Com a outra, encostou a palma na bochecha dele. Estava quente, seca e mais suave do que ele esperava. A mão esquerda dele sofreu um espasmo, como se quisesse subir e manter a palma dela bem ali. Fechou os dedos com força até o impulso passar.

— O branco do seu olho está muito vermelho.

Ele ficou tonto e fechou os olhos. O mundo girou ao seu redor, com ele de pé no epicentro escuro, imaginando raízes invisíveis despontando da terra em torno das suas botas e subindo sinuosamente para as panturrilhas, fixando-o rápido à Terra em rotação. Ele esperou o mundo parar de rodar.

A mão de Lacey desapareceu da sua bochecha. Ele abriu os olhos e deu com ela encarando-o com ar de estranheza, a cabeça meneando bem devagar. As faíscas vermelhas pararam de irromper do corpo dela. Foi um alívio.

Você está desidratado.

Isso foi seu próprio pensamento? Soava como um pensamento próprio, embora tivesse partido de lugar nenhum. Talvez ele estivesse *mesmo* desidratado.

— Como você veio parar aqui? — disse ela tão baixo que ele teve de se esforçar para ouvir.

— Mágica — respondeu e viu a surpresa escrita nas feições da garota. Passou a língua nos lábios ressecados e rachados. — Você tem um pouco de água?

O rosto dela se iluminou.

— Ai, Deus, foi mal. Tenho. Na picape. Espera aí, já volto. — Ela se afastou, apressada.

Pilgrim olhou de relance para o moribundo aos seus pés, que agora era um cadáver. A pele do rosto flácida, a boca aberta, o músculo macio que era a língua, uma lesma pálida. O sangue já começava a secar ao sol, formando uma espécie de carapaça dura que modelava o relevo do peito imóvel.

Pilgrim se sentiu indiferente. O sujeito havia sido, sem a menor sombra de dúvida, o protagonista da sua própria história, o centro do seu pequeno universo, e todos perto dele, meros coadjuvantes; mas agora a história da sua vida tinha atingido um desfecho violento. Pilgrim se perguntou se o cara tinha ao menos considerado um fim como esse. Provavelmente não. Homens como ele sempre imaginam que viverão para sempre, tiranizando os mais fracos, arrancando deles tudo o que querem, sem oferecer nada em troca. Talvez ele tenha sido a figura central da própria história, o único homem a governar seu mundo, mas para Pilgrim ele não passava de mais um homem morto numa longa fila de homens mortos. Pilgrim continuou se sentindo indiferente.

Arrastou-se pelo celeiro querendo voltar para a sombra, o sol poente queimando sua nuca.

—Tem um pouco de comida também! — gritou Lacey de dentro da picape.

Pilgrim apoiou as costas na madeira aquecida pelo sol, foi deslizando até se sentar e ajeitou a carabina atravessada sobre as pernas.

A garota saltou da cabine da picape e foi até ele, segurando um garrafão de água e o que pareciam ser duas latas de sopa.

— Pêssegos — disse ela com um sorriso.

Ele deve ter parecido perdido, porque ela chacoalhou a lata para ele, o conteúdo balançando lá dentro.

— Pêssegos em calda. É tipo néctar. Juro!

A barriga dele roncou e doeu, como se o vazio revirasse sobre si mesmo. Ela lhe entregou a água e se sentou diante dele, as pernas cruzadas.

Ele tomou um golinho, não querendo encher demais a barriga, e lhe devolveu a garrafa em troca dos pêssegos. Notou que ela o observava enquanto ele lutava para segurar a lata com a mão esquerda para abri-la com a direita.

— Quer que eu abra para você?

Sem dizer nada, passou a lata para ela e observou o caminho para o celeiro, olhou para os dois lados da estrada, mas estavam completamente sozinhos; até onde ele sabia, podiam muito bem ser as últimas duas pessoas vivas no mundo naquele momento. Era uma sensação prazerosa estar sentado e dar um descanso ao esqueleto cansado e pensar que havia chegado a um fim — ele e a garota e o mundo desabitado. O céu ficava escarlate no oeste, um caldeirão em brasa lançando manchas no céu, uma fornalha enorme bombeando calor além do horizonte.

— É bonito aqui — disse ele.

— Quê? — Lacey ergueu os olhos, quase terminando de retirar a tampa da lata. Ela correu os olhos ao redor, parecendo não enxergar a beleza que ele via. — É, acho que é. Onde você escondeu a garota?

Ele demorou um instante para entender do que ela estava falando.

— Ela está no... — Mais uma vez a palavra lhe escapou, então ele disse: — Naquele espaço na parte traseira do carro.

Ele aceitou a lata que ela lhe oferecia, tomando cuidado para não deixar nada pingar. O aroma adocicado dos pêssegos alcançou seu nariz, e sua boca se encheu de saliva, seguido por uma onda de enjoo.

Lacey o encarava de novo.

— Você a colocou no *porta-malas*?

Pilgrim tomou um gole da calda. Era muito doce e muito gostosa. Depois daquela primeira reação negativa, seu estômago se acalmou, e ele tomou metade da lata.

— E o Rink? Onde ele está?

Ele ainda estava mastigando um pedacinho macio da fruta e não podia responder.

— O corcunda, puxando de uma perna — disse ela. — O que veio aqui procurar a garota. — Lacey indicou o celeiro com um aceno de cabeça.

— Ele está dormindo. — Pilgrim enfiou dois pedaços de pêssego na boca e os mastigou bem devagar, extasiado, saboreando a textura delicada e escorregadia na língua e a explosão de sabor.

— Precisamos falar com ele. Ele tem que nos dizer onde a Alex está.

Pilgrim parou de mastigar e engoliu. Observando a garota pelo canto do olho bom, lambeu os dedos um por um e virou a lata na boca, bebendo o finalzinho da calda.

Lacey seguiu tagarelando.

— Eles estavam arrumando tudo para partir quando a gente saiu. Entendi que planejavam ir para um novo lugar. Lou e Rink não quiseram me dizer onde. Nós não podemos abandoná-la.

Pilgrim não disse nada.

Lá vem ela com esse "nós" sorrateiro, sussurrou a própria voz, querendo acrescentar suas opiniões à conversa. *Se não é "você e eu", é "nós". Estamos sendo promovidos a uma unidade familiar.*

— Quantos eram? — perguntou ele sem deixar transparecer suas verdadeiras intenções, enquanto seu cérebro dolorido se revirava, as engrenagens quebradas guinchando ao entrarem vacilantes em movimento com vários estalidos.

— Quantos o quê?

— Quantas pessoas.

— Ah. Não muitas. Coisa de umas trinta, talvez.

— Alguma delas... — Ele se esforçou para pensar na palavra. — Alguma delas parecia estar lá... contra a vontade?

Ela olhou bem para ele por um instante.

— Fora eu e a Alex, você quer dizer?

— Fora vocês. Tinha mais alguém? — O corcunda disse que o tal Chefe o receberia sem fazer perguntas. E Hari lhe falou de um homem que aparecia à noite e roubava gente que "ouve vozes além da que você ou eu escutamos". Histórias da carochinha não aterrorizavam Pilgrim, mas tudo isso estava começando a fazer muito sentido de um jeito perturbador.

Lacey sugava as bochechas, o olhar distanciando-se dele e focando no caminho de terra.

— Vi quatro pessoas amarradas — disse ela ao tornar a encará-lo. — Quando eu estava prestes a sair. E outras que gritavam para mim enquanto eu estava presa na câmara frigorífica. Mas talvez fossem as mesmas pessoas.

— Mas foi tudo o que você viu? Só quatro?

— Havia outras que estavam meio fora de si. Tipo, falando sozinhas, os olhos vidrados. — A garota deu de ombros. — Fora de si. Mas não estavam amarradas nem nada.

— Mulheres? Homens?

— Tanto mulheres quanto homens.

Ele ficou em silêncio por um instante enquanto girava o dedo dentro da lata catando o que restou de calda.

— Interessante — disse ele, baixinho.

— O que é interessante?

— Que eles estejam mantendo prisioneiros.

— É... Acho que sim.

— E a Alex é normal.

Ela o encarou de olhos semicerrados.

— Normal?

Será que ela se dava conta de que estava repetindo tudo que ele dizia?

— Sim. Ela não escuta uma voz.

A garota pareceu constrangida e piscou.

— Ah. Sim.

— Ouvi a história do homem que leva as pessoas. Pessoas que escutam vozes.

— Tipo a história que a Alex contou para a gente?

Pilgrim deve ter feito cara de desentendido, porque ela ficou com pena e explicou:

— Ela contou que ouviu falar sobre esse Flautista de Hamelin. Ele entra de mansinho quando todo mundo está dormindo e sussurra no ouvido das pessoas, das que ouvem vozes, e desaparece com elas. E põe fogo em todas as outras. Você não se lembra?

Foi por isso que a história de Hari pareceu tão familiar? Alex já havia lhe contado?

— Pessoas com vozes, foi isso que ela disse?

A garota fez que sim e ficou em silêncio, encarando a garrafa de água no colo. Desenroscou a tampa, levou-a à boca com as duas mãos e tomou uns goles. A garrafa tremia em suas mãos.

— "Então vamos, você e eu, / Quando a noite se estender pelo céu / Qual um paciente anestesiado na cama."

Os olhos dela voltaram para ele. Ela abaixou a garrafa.

— É um poema — disse ele. — De um livro. Você se lembra daquelas coisas que te mostrei? Dos livros?

Os lábios dela deram um sorrisinho pouco convicto.

— Lembro, sim. E continua?

Ele fez que sim.

— Vai me contar?

Ele encarou a estrada, ponderando, sem responder na hora. Pigarreou.

— "Será que me atrevo a comer um pêssego?" — Ele virou a lata e ficou olhando o fundo vazio. — "Porei os calções de lã branca e andarei pela praia. / Ouvi as sereias cantarem umas para as outras. / Não acho que cantarão para mim."

Ela pareceu esperar que ele continuasse. Como não continuou, ela disse:

— É assim que termina? É triste.

— Não. Tem mais um pouquinho. — Olhou de relance para ela, apoiando a lata na coxas, e, quando se entreolharam, os olhos dela estavam bem abertos, na expectativa. Ele declamou o poema até o fim. — "Demoramo-nos nas alcovas do mar / Ao lado de ninfas com grinaldas de algas vermelhas e castanhas / Até vozes humanas nos acordarem, e nos afogamos."

Ela olhava para ele como se nunca o tivesse visto antes, como se, de repente, ele tivesse aberto sua cauda mágica de tritão, as escamas brilhantes e azuis. Parecia que ele também era capaz de surpreendê-la às vezes.

— É lindo — disse ela.
— Triste, mas lindo — concordou ele.
— Como se chama?
— Ah, sabe, não lembro.

Ela abriu um sorriso de orelha a orelha. Um sorriso encantador. E, desta vez, Voz não estava por perto para alertá-lo contra esse tipo de sensação.

— O engraçado é que você se lembra de um pedação, mas não do título. — Ela levou a mão às costas e trouxe algo achatado e retangular que passou às mãos dele.

Tomado de espanto, ele pegou o livro e correu o dedão pelo título, as letras brancas confusas, contorcendo-se, por mais que as alisasse. Uma sensação de perda quase insuportável tomou conta dele.

— Leu? — perguntou ele.
— Uma parte.

Ele devolveu o livro, e ela o aceitou, um tanto hesitante.

— Guarde com você — disse ele. — Ele precisa de olhos mais novos que os meus.

Pegou a lata de pêssegos vazia que estava sobre a perna, colocou-a de ponta-cabeça encostada na parede do celeiro e começou a se levantar. Era um processo longo e penoso. Lacey se levantou num pulo e foi para perto dele, pronta para oferecer apoio caso ele se desequilibrasse.

Quando ficou de pé, levou um instante para recuperar o fôlego. Sabia que a garota estava preocupada — estava escrito em cada linha do seu rosto, no ar sombrio dos seus olhos atentos —, mas ela não perguntou se ele queria ajuda, pelo que ficou grato.

— Vem, vamos ver se o Cachinhos Dourados está acordado.

Não estava. Continuava apagado.

Pilgrim amarrou as mãos e os tornozelos de Rink e se forçou a sair do celeiro. Não seria nada esperto manter um cadáver recente tão perto do acampamento deles. O cheiro de sangue atrairia animais.

Eles não vieram atrás da garota morta.

Não tinha explicação para isso. Era uma anomalia. De qualquer forma, não achou que aconteceria duas vezes. Então, arrastou o corpo para a picape e contou com a ajuda de Lacey para colocá-lo na caçamba. Sentou-se à direção, pegou a estrada e dirigiu por quase um quilômetro antes de descartar o corpo num matagal. Ao voltar, estacionou a picape dentro do celeiro, escondida.

Exausto, Pilgrim se sentou para descansar enquanto a garota ia catar lenha para a fogueira. As noites no deserto podem ser bem frias depois que o sol se põe. Ela tagarelava enquanto trabalhava, contando-lhe tudo o que aconteceu desde que ele foi deixado para morrer. Usaram as bases da antiga fogueira, voltando a se acomodar nos mesmos lugares, mas Pilgrim percebeu algo de errado na cena, e Lacey parou de matraquear assim que o fogo foi aceso. Mais uma vez, eram três pessoas, mas não as três que deveriam ser. Alex estava ausente.

Pilgrim bem que tentou acordar o sujeito algumas vezes, sem sucesso.

Bati nele com força demais, pensou.

Não sabia ao certo quanta força tinha na mão esquerda, por isso bateu com uma força extra para garantir que o incapacitaria. Agora, estava preocupado de ter batido forte o bastante para lhe quebrar o crânio.

Lesões na cabeça podem ser preocupantes, disse aquela sua nova vozinha.

Pilgrim deu uma risada nasalada.

— Podem mesmo.

Ao voltar para se sentar perto do fogo, viu que Lacey estava com o livro aberto lendo. Sentou-se sem fazer barulho para não perturbar a leitura, mas ela ergueu o olhar e fechou o livro.

— Palavras são importantes, não são? — perguntou ela.

Ele tentou ficar numa posição confortável, mas logo concluiu se tratar de uma tarefa inglória, então ficou quieto e a encarou. Ela ainda aguardava a resposta, seu olhar tão sério que o fez se sentir desconfortável. O brilho das chamas deslizava sobre a pele da garota, sombras indo e vindo nos contornos do rosto. Os olhos, porém, continuavam brilhantes.

Por ela ter perguntado com tanta formalidade, ele resolveu refletir sobre a resposta.

— Palavras *deviam* ser importantes. Elas são tudo o que temos agora. Elas são o que somos.

Ela fez que sim e pareceu satisfeita com a resposta. Lacey encarou o fogo por um tempo, pensativa, e por fim ergueu o olhar. Havia um ar de timidez na forma como ela o olhava, o que para ele foi uma novidade.

— A sua família — disse ela. — O que aconteceu com ela?

Ele a encarou também. Sabia que seu olhar a deixava constrangida. Não era sua intenção, mas a pergunta dela o deixou desconcertado.

— Não gosto de me lembrar de certas coisas — disse ele. Essa não era toda a verdade; havia muitas coisas de que *não conseguia* se lembrar. Não totalmente. Fazia tempo que ele vinha se aperfeiçoando em atirá-las daquela falésia branca para o fundo das águas profundas e escuras do oceano. O que sobrava das suas lembranças era um pedaço aqui, outro ali, ou tinham sido perdidas para sempre. E outro tanto havia sumido com o tiro na cabeça. Sem falar naquelas partes que ele não conseguia sequer se lembrar de ter esquecido.

Lacey disse:

— Isso eu entendo. Mas não se esquece da sua família.

— Não — concordou ele —, ninguém esquece completamente da família. Mas ela pode ser enterrada. De várias formas.

Ela franziu a testa, insatisfeita com *essa* resposta.

Ele disse a ela o que podia.

— Eu tinha uma irmã. Mais nova que eu. — E se esforçou para trazer à mente a imagem dela sentada no chão da sala ao seu lado, os dois tão perto da tela da televisão que a cabeça deles se inclinava para trás exatamente no mesmo ângulo. Tinha o cabelo com cachinhos suaves que subiam e desciam quando ria; as risadas dela eram uma pena na sua alma, fazendo cócegas até arrancar um sorriso mesmo quando estava com um humor de cão. Passava na televisão um desenho animado muito colorido — os carros eram pintados de vermelho intenso, o oceano de azul fulgurante, e o ursinho de pelúcia felpudo que a garotinha segurava e abraçava com carinho era marrom — enquanto a máquina de lavar roncava feito música de fundo, a mãe ocupada cuidando da roupa.

— O que aconteceu com ela?

Ao menos desta vez, ele desconsiderou os sinais de alerta desencadeados por seu instinto de preservação e conscientemente despertou suas lembranças, fuçando aquele poço escuro no fundo da sua mente, mas não muito fundo (sua cabeça doía toda vez que cavoucava *demais*). Contudo, voltou vazio. Talvez devesse ficar preocupado pela falta de memória, mas, em vez disso, ficou aliviado.

— Não me lembro.

— Como assim você não se lembra da própria irmã?

— Praticando.

— Que triste. Isso quer dizer que você também vai se esquecer de mim um dia?

— Memórias duram o tempo que são necessárias. Então passam, como tudo mais. É assim que deve ser.

Ela se exasperou.

— Isso não é resposta que se dê.

Ele deu um sorrisinho, e mesmo um movimento tão sutil doía.

— É, sim!

— Eu jamais vou me esquecer da minha irmã.

— Isso porque você acha que ainda precisa dela — disse ele, baixinho.

— Eu sempre vou precisar da minha família. — A garota parecia zangada com o rumo da conversa e voltou a atenção para a fogueira, a cara fechada.

Pilgrim fechou os olhos, a tela das suas pálpebras pintadas de vermelho pelas chamas ao fundo. Ele não saberia dizer quanto tempo ficou sentado naquela posição antes de escutar a voz da garota.

— O que a gente vai fazer se ele não acordar?

Foi um esforço abrir os olhos.

— Se ele não acordar até de manhã... — Ele deixou o resto não dito.

— A gente não pode deixar ela para trás — disse ela. — A Alex. Você não viu o que o Dumont fez com ela... Ele estava... — Pilgrim viu as sombras no pescoço de Lacey se movendo quando ela engoliu em seco. — Ele *gosta* de machucar pessoas.

Havia uma bandana envolvendo sua cabeça, que latejava em uníssono com seu coração. Sentia dor de cabeça, mas estava fraca, uma pressão constante no fundo dos olhos e nas têmporas, um inchaço pulsante atrás da orelha.

— Não acho que o walkie-talkie vai funcionar, a não ser que a gente esteja perto. Todas as transmissões foram cortadas depois que a gente saiu da cidade.

O rádio estava ao lado dela, desligado para poupar bateria. Ela havia corrido de volta para fora depois de terem verificado o estado de Rink e se ajoelhado ao lado do cadáver de Lou e o empurrado pelo ombro, rolando-o o bastante para soltar o rádio portátil do cinto dele. O equipamento não tinha sido danificado pela queda, o que era uma sorte fora do comum, porque, até então, sorte tinha sido um bem escasso.

Incapaz de suportar tanta pressão na cabeça, Pilgrim empurrou o lenço para cima da testa e o tirou de vez. Parecia que o seu pescoço era um galhinho sustentando um pedregulho.

— Você precisa descansar —disse Lacey.

Estava ficando difícil manter o foco. Sentada do outro lado da fogueira, Lacey não passava de um borrão avermelhado na visão de Pilgrim, as chamas cuspindo faíscas em volta dela. Era assustador vê-la desse jeito, pegando fogo, sentada em silêncio enquanto era continuamente consumida.

Remexeu-se para se deitar, e deve ter feito algum barulho porque, num átimo, Lacey estava ao seu lado, um dos braços envolvendo seus ombros, suportando seu peso quando ele se deitou de lado. Ela encontrou um cobertor sabe lá onde, e ele se sentiu agasalhado, aquecido e estranhamente protegido, como se usasse uma armadura. Ou talvez fosse a garota. Pela primeira vez em incontáveis luas, ele não se preocupou em dormir sem proteção.

Ouviu-a sussurrar enquanto fechava os olhos, as palavras dela se afundando em sua cabeça feito blocos de madeira entalhada, indo se alojar atrás dos olhos latejantes e na base do crânio, gravando-se no fundo.

— Você se lembra do que me disse no hotel, naquela primeira noite? — murmurou ela. — Logo depois de ter me salvado? Você disse que eles eram maus, mas que nem todo mundo que eu ia encontrar seria como eles. Que eu devia tentar me lembrar de que havia pessoas boas no mundo. Você se lembra disso?

Ele balbuciou alguma coisa, talvez um sim, talvez um som qualquer; não importava. A garota seguiu sussurrando.

— É igual para a Alex, todo mundo na vida dela era mau. Pessoas que a maltratavam, tirando dela seus entes queridos, tratando ela como se não valesse nada. Mas não para mim. E você também não. Sinto que ela faz parte da minha família, igual a minha irmã e a minha sobrinha. Você está me entendendo?

Os lábios dela quase encostavam na orelha dele, as palavras queimando delicadamente, um ferro de marcar quente.

— Você está me entendendo? — sussurrou ela outra vez. — Ela é minha família, e nunca, jamais, vou me esquecer dela.

CAPÍTULO 3

Lacey não dormiu. Ficou sentada ao lado do Escoteiro, a mão repousada na bota dele, encarando o fogo. De vez em quando, acrescentava mais lenha às chamas que morriam. Os olhos estavam secos feito carvão, como se tivessem lhe arrancado até a última lágrima e tudo o que restasse fosse cartilagem dura e pura determinação.

Volta e meia, ela o olhava enquanto ele dormia. Parecia tranquilo, os músculos relaxados. Era só quando ele estava acordado e se mexendo que ela percebia como estava machucado, como ele mantinha o corpo tenso, duro, como o olho esquerdo dele quase se fechava quando olhava para ela, o branco quase todo manchado de vermelho. Fazia seus olhos parecerem alienígenas, a íris feito uma ilha escura cercada de um mar de sangue. Ela também notou o tremor na mão esquerda quando ele tentou abrir a lata de pêssegos, mas agora, descansando, não havia tremor nenhum. Adormecido, dava a impressão de estar em perfeita condição física.

Talvez ele *seja* mágico, pensou ela.

Talvez todos nós sejamos mágicos, acrescentou Voz.

— A maioria das pessoas estaria morta se tivesse levado um tiro na cabeça — disse ela.

Suspeito que a bala tenha ricocheteado no crânio. É bem duro.

— Você o conhece. — Não era uma pergunta. — Você o chamou de Pilgrim.

Seria melhor se você não o chamasse por esse nome.

— Por que não?
Porque ele não ia gostar nada de saber como você descobriu.
— O que isso quer dizer?

Mas Voz não respondeu. Suas palavras, feito uma música, tinham chegado ao fim, a agulha do toca-discos navegando num mar de chiados. Lacey sabia que a agulha acabaria voltando à primeira faixa, mas só quando Voz estivesse pronto.

Ela queria se levantar e dar uma olhada em Rink, queria apanhar o livro que havia deixado do outro lado da fogueira, mas não queria romper a conexão com o Escoteiro. A mão dela sobre sua bota. A bota dele sob sua mão. Ele a encontrou, ela não sabia como e, de propósito, não fez nenhuma pergunta; agora, porém, tinha a sensação de que algo terrível podia acontecer caso se separasse dele. Sabia que estava sendo ridícula, mas saber disso não mudava como ela se sentia. Por fim, encontrou uma solução. Trinta segundos. Foi o tempo que deu a si própria. Trinta segundos para se levantar, pegar o livro, dar uma olhada em Rink e voltar. Trinta segundos seria seguro.

Ainda assim, hesitou.

— Não banque a idiota — disse para si mesma.

Tirou a mão da bota do Escoteiro, levantou-se e começou a contar devagar — um, dois, três. Primeiro, foi ver Rink. Inclinou-se sobre ele e verificou o pulso. Não encontrou nada, então precisou pressionar os dedos no pescoço dele. Dez, onze, doze, chegou a dezoito e começou a entrar em pânico pensando que talvez estivesse morto antes de sentir uma leve pulsação. Suspendeu a pálpebra de um olho. Ele não se mexeu. Deu-lhe uma bofetada, chamou-o pelo nome. Nada. Vinte e dois. Levantou-se num pulo e correu para o livro, pegando-o e em seguida deixando-o cair por causa da pressa — vinte e seis —, agarrou-o de novo e se virou para saltar sobre a fogueira, tropeçando ao aterrissar. Vinte e nove. Caiu de bunda e esticou a mão.

— Trinta — disse ela, ofegante, e pôs a mão na bota do Escoteiro.

Ela não se lembrava de ter pegado no sono, mas acordou e não viu o Escoteiro. A coberta que tinha colocado sobre ele agora a cobria. Ao lado da sua cabeça, o livro com a capa para cima aberto na página que estava lendo antes de fechar os olhos. O alvorecer — uma luz mais intensa se comparada ao crepúsculo — cobria a fachada do celeiro com feixes dourados longos e inclinados.

Sentia cheiro de gasolina. Uma onda de pânico brotou nas suas entranhas, e ela se sentou, a coberta atirada para o lado. Rink continuava deitado de lado — se ele se mexeu durante a noite, foi só um pouquinho.

Um som metálico fez com que se encolhesse e pegasse a espingarda ao seu lado. O Escoteiro apareceu vindo do vão entre os dois veículos, esfregando as mãos na parte detrás da calça. Ele estancou ao vê-la apontando a arma e jogou as mãos para o alto, em fingida rendição.

Ela abaixou a arma e afastou o restante da coberta.

— O que você está *fazendo*? — reclamou ela enquanto se levantava, toda torta. — Você quase me matou de susto.

— Estamos quase prontos para partir — disse ele, sem pedir desculpas.

Ela chutou a coberta para longe e ficou parada observando enquanto ele apanhava a carabina, que estava encostada na lateral da picape, e a levava até ela.

— Você é melhor com a carabina.

Ele se afastou sem dizer mais nada e foi até Rink. Inclinou-se sobre o sujeito e retirou o facão da bainha presa à bota.

A barriga de Lacey se agitou de um jeito engraçado.

— Espera!

Mas tudo o que o Escoteiro fez foi cortar a corda que prendia os tornozelos do sujeito. Ele lhe lançou um olhar de reprovação por ela ter sequer imaginado que ele iria degolar um homem desarmado e inconsciente.

— Ele vem com a gente. Me ajuda a levantar.

Lacey viu a caçamba da picape com a tampa baixada. Ao passar, deu uma espiada lá dentro. A moto estava virada de lado e outro corpo — menor e mais magro — tinha sido encostado no fundo, sob a janela traseira. O cachecol vermelho de Lacey estava enrolada no rosto.

Lacey se agachou e segurou Rink pelas botas, enquanto o Escoteiro o agarrou por debaixo dos braços. Eles o ergueram e foram andando aos trancos e barrancos até a picape. Lacey levantou as pernas do homem quando ele começou a escorregar das suas mãos, apertando as botas dele no seu quadril. Ele era *pesado*.

— Também estamos levando a Red? — perguntou ela, ofegante.

— Red? — No rosto do Escoteiro, uma careta de dor. Sua testa estava lavada de suor.

— A garota.

Quando alcançaram a caçamba, Lacey segurou firme as pernas de Rink enquanto o Escoteiro o içava para dentro. O corpo foi arriado com um baque seco. Lacey se retraiu, grata pelo sujeito estar apagado. O Escoteiro a ajudou a jogar as pernas de Rink para dentro e então ergueu a tampa. Recostou-se na traseira da picape e esfregou as costas da mão na testa.

— O nome dela é Red? — perguntou ele.

— Sim. Igual a cor.

— Igual rubi.

— Deve ser, ã-hã.

Quase baixo demais para que ela ouvisse, ele murmurou:

— Sempre as cores. — Aprumou-se, passou por trás da garota e foi para o lado do motorista. Virou-se e disse: — Pegue tudo que quiser. Cinco minutos, e aí a gente parte.

Na cabeça dela, Voz sussurrou: *Red-Ruby, Ruby-Red.*

Mais ou menos um quilômetro depois, havia um bando de aves pretas voando em círculos. O Escoteiro não comentou nada, mas Lacey baixou a janela e se inclinou para fora, para ver. Não eram muitos — menos de doze —, mas eram grandes e pareciam animais pré-históricos pela forma como abriam as asas e usavam as correntes térmicas para planar em círculos preguiçosos e graciosos. De pouco em pouco tempo, um ou dois se afastavam do bando e voavam baixo, batendo as asas entre o matagal, seus grasnidos suplantando o barulho do motor ao brigarem entre si, disputando o que quer que estivesse lá embaixo. Os sons eram enervantes, sobretudo as batidas desesperadas das asas, que se chocavam umas nas outras.

— Urubus-de-cabeça-vermelha — disse o Escoteiro.

Ela fez que sim. Eram outros sobreviventes deste mundo, apegados à vida. Humanos, ratos, coiotes, urubus. Isso dizia muito. Lacey ficou matutando por que eles ainda estariam aqui, quando tantos da sua espécie tinham desaparecido.

Às vezes são chamados também de gralhas necrófagas, disse Voz.

— Necrófagas? — disse ela.

O Escoteiro concordou com um aceno de cabeça.

— Eles sempre encontram coisas mortas para comer.

Coisas mortas. Como corpos. Lacey desviou os olhos das aves e subiu o vidro da janela.

Cochilou um pouco, a cabeça balançando no embalo das ondulações suaves do asfalto. Não pensava em nada nem sonhava com nada: era apenas uma garota tirando um cochilo num carro que ia para um lugar qualquer. O sol era uma presença aconchegante na cabine da picape. Um cobertor que protegia cada dobra do seu corpo, reconfortante e real. Ela havia deixado o vidro um pouquinho aberto, por onde soprava uma brisa suave que eriçou os pelos da sua nuca, um toque de dedos acariciando-a. Naquele estado meio acordada, meio adormecida, desejou poder ficar assim para sempre, numa estrada sem fim, com o sol brilhando e o calor que acolhia não importa quem você fosse ou de onde tinha vindo.

Como era de se esperar, algo mudou. O motor roncou um pouco mais baixo, e Lacey franziu a testa, os olhos cerrados. Quando a picape parou, muito a contragosto ela levantou o rosto, o pescoço duro, e forçou as pálpebras pesadas a se abrirem. Correu os olhos ao redor, mas os dois lados da estrada estavam desertos. Virou-se para o Escoteiro e deu com os olhos dele. Seu olho esquerdo, vermelho-sangue, não era fácil de encarar, embora ele não tivesse culpa por ela surtar. Ela meio que esperava que uma membrana descesse subitamente sobre o olho, um filme translúcido que apareceria e desapareceria num piscar reptiliano de olhos.

— Você sabe dirigir? — perguntou ele.

Ela baixou os olhos para o volante, baixou mais ainda para os pedais no piso e de volta para o painel. Deu de ombros.

— É só apontar numa direção e ir em frente, certo? Hum, acho que não é nada de outro mundo.

— Não mesmo, mas isso a gente vai ver. Passa para cá.

Ele saiu da picape, e Lacey se arrastou pelo banco até o ponto quentinho em que ele estava sentado antes e pôs as mãos no volante. Parecia enorme, como se devesse estar num navio em vez de numa picape. Ela começou a ajustar o espelho retrovisor. O Escoteiro entrou no seu campo de visão. Ele havia parado na traseira da picape e estava remexendo na tampa. O carro todo balançou quando ele se inclinou para dar uma olhada em Rink, e Lacey voltou sua atenção para o espelho lateral, descendo o vidro e mexendo de um lado para o outro até ajustá-lo. Ela ainda estava com as mãos no espelho quando viu o reflexo do Escoteiro pular para o chão. A picape sacudiu um pouco mais quando ele puxou Rink para fora da caçamba, o corpo do homem aterrissando pesado no cascalho do acostamento com um som desagradável, um som seco de um corpo sem ossos que fez Lacey prender a respiração. O Escoteiro o arrastou por alguns metros para longe da estrada, até que parou e se encurvou. Olhou para cima, e seus olhos se encontraram no espelho. Essa troca de olhares não deve ter demorado muito, mas o tempo pareceu se alongar.

Foi Lacey quem desviou o olhar primeiro.

Sentou-se olhando para a frente, as mãos no colo, e não se mexeu quando o Escoteiro subiu e se sentou no banco do carona e fechou a porta.

Não falaram nada. O sol ainda brilhava através do para-brisa, e a cabine continuava confortável e quente, mas Lacey não se sentia mais aquecida pelo calor do sol.

— Vamos começar pela caixa de marcha — disse o Escoteiro.

Ele se curvou para perto e mostrou como trocar da marcha "D", de Drive, para "R", da ré. O indicador de posições ficava no painel de controle logo abaixo do velocímetro, e ela experimentou as diferentes marchas. Ele explicou que, dos dois pedais, o mais importante era o largo, à esquerda. Eles tiveram de puxar o assento para a frente para ela alcançar os pedais, e, assim que estava acomodada, ele mandou que pisasse no freio e ligasse o motor. Suas mãos apertaram com força o volante assim que o motor acordou para a vida.

O Escoteiro disse a ela que soltasse o freio.

Ela já não lembrava qual pedal era.

O alto, disse Voz, à esquerda. Isso!

— Você está em Drive? — perguntou o Escoteiro.

O "D", disse Voz.

Ela deu uma olhadela no indicador. A luz do "P" estava acesa, então ajustou para "D". Ela fez que sim, embora estivesse uma pilha de nervos.

— Tá, vai soltando o pedal do freio. Vai sentir que a picape começa a avançar. Mova o pé para o acelerador e pressione bem devagar.

Beeem devagar.

Uma onda de empolgação percorreu seu corpo quando a picape avançou, e ela esqueceu todo o nervosismo ao deslizar o pé direito do pedal do freio para o acelerador e pisá-lo. A picape deu um tranco para a frente, e ela tirou o pé na hora. Outro tranco, agora perdendo velocidade.

— Tudo bem. Tenta de novo. Nenhum movimento brusco. Pisa *de leve* no acelerador.

Não tem nada à frente para você bater. Não se preocupe.

Ela controlou melhor o pé desta vez, pressionando-o aos poucos. A picape pegou velocidade. Ela olhou de relance para o velocímetro.

— Estou a trinta!

Uau! Estamos voando!

O Escoteiro disse:

— Tá bom, agora vamos um pouquinho mais rápido.

Quando chegou a sessenta, ela estava dando risadinhas e praticamente tinha se esquecido do homem morto que haviam largado pelo caminho.

CAPÍTULO 4

A princípio, Pilgrim não saberia dizer se estivera dormindo ou acordado. Ele ouvia vozes ou, melhor dizendo, uma voz. Um dos lados de uma conversa.

— O que eu quero mesmo é que você me dê uma resposta direta... Não... Porque você me disse para não... É, eu sei disso, mas não é como se... — A garota bufou pelo nariz, um som de frustração. — Tá bom — sussurrou ela. — Deixa pra lá.

Pilgrim continuou de cabeça baixa, o queixo tocando o peito, os braços cruzados. Os pneus da picape zumbindo aos seus pés, um ronronar interminável que queria niná-lo até que voltasse a dormir. Mas ele resistiu à tentação.

— Cara, você é tão mandão quanto vovó... Ela era, mas isso não quer dizer que não era mandona... — A garota bufou de leve em vez de dar uma risadinha. — Você não a conhecia... Não importa, essas lembranças são minhas, não suas. Você nem estava lá... Rá! *Só rindo.*

— Com quem você está falando? — perguntou Pilgrim. Ele não havia levantado a cabeça, mas abriu os olhos a tempo de ver a garota se aprumar quando ele falou.

— Q-Quê?

Ele bocejou ao se sentar, alongando os braços e estalando o pescoço.

— Perguntei com quem você estava falando.

— Com ninguém. — Ela encarava a estrada através do para-brisa, aproximou-se do volante, as mãos como ponteiros de relógio marcando dez para as duas.

— Parecia que você estava conversando com alguém — disse ele.

Ela deu outra risadinha, mas não pareceu tão natural quanto a anterior.

— Como assim? Estamos só nós dois aqui, *compadre*.

Pilgrim a encarou de olhos semicerrados.

— *Compadre?* — Ela nunca o chamou assim. — Com certeza. Somos só nós dois aqui.

Lacey se virou para ele, seus olhos se encontraram, e ela logo voltou a atenção para a estrada.

— Estava falando comigo mesma. Eu faço isso às vezes. Sabe como é, organizando as coisas na minha cabeça. Ajuda.

Ela está mentindo, sussurrou aquela nova voz.

Talvez sim, talvez não. No entanto, a porcaria da curiosidade, tão ativa nos últimos dias, foi acionada de novo.

— Eu também converso comigo mesmo, às vezes — disse ele, observando-a.

Ela fez outro ruído, não como uma risada e mais como se bufasse.

— Você não faz nada disso. Você mal fala. Conversar com você é tipo tentar arrancar palavras de uma pedra.

Ele franziu a testa. Coçou o queixo.

— Eu falo bastante.

Ela deu um sorrisinho.

— Ã-hã, claro.

— Só não estou acostumado a... — Ele fez um gesto como se pegasse algo com a mão, tentando pescar uma palavra no ar.

Pessoas?

— Pessoas? — disse Lacey.

Ele abaixou a mão e concordou.

— Isso, pessoas.

— Você gosta de ficar sozinho.

Ele pensou um pouco sobre isso e, embora não fosse totalmente verdade, respondeu:

— Gosto. É mais fácil. — Ele começou a se perguntar como e quando perdeu o controle dessa conversa.

— Mas é solitário, também. Isso de viver sozinho.

Pilgrim não respondeu — tecnicamente, ela não tinha feito uma pergunta. A menção à solidão o fez pensar no menino que deixou para trás. Pilgrim chegou a procurar por Hari naquele acostamento, mas não havia nenhum sinal dele; era como se o menino fosse fruto da imaginação da sua mente avariada e agora tivesse desaparecido na beira de um penhasco, caindo para o nada. Qualquer que fosse a procedência de Hari, o menino havia encontrado outra forma de seguir sua jornada, sobre a qual Pilgrim não tinha nenhuma influência.

Hari disse que se sentia solitário às vezes, e Pilgrim respondeu que na solidão também podia haver paz. Agora, olhando para a garota e encantado de ver como o sol a envolvia em sua luz dourada, como clareava os pelos finos, quase uma penugem, dos seus braços, como o quebra-sol abaixado estampava uma faixa de sombra no seu rosto da metade do nariz para cima, pensou que talvez a paz pudesse ser encontrada não só na solidão mas também na companhia de alguém.

— Quando vovó se foi — disse a garota —, a antiga fazenda parecia três vezes maior do que era. Eu costumava vagar pelos cômodos, entrando e saindo, trocando os móveis de lugar, só uns centímetros, alinhando-os com as marcas nos tapetes. Então, no dia seguinte, eu percorria a casa toda de novo e botava os móveis de volta no lugar. Eu zanzava pela casa feito bolinhas atrás dos seus buracos. Sabe aquele brinquedo que você tem que encaixar as bolinhas nos buracos? — Ela olhou para ele. — Aquele que tem uns buraquinhos para encaixar as bolinhas? Aí você inclina o brinquedo de um lado para o outro e tem que ser bem cuidadoso não só para encaixar as bolinhas mas também para manter as outras no buraco enquanto tenta encaixar a bolinha seguinte.

Ele fez que sim. Conhecia esse brinquedo.

— Pois então, eu me sentia igual aquelas bolinhas. Rolando para cima e para baixo, procurando um lugar onde deveria me enfiar, sem conseguir sossegar. Cheguei à conclusão de que não havia um lugar para mim depois que vovó se foi. Então eu disse para mim mesma: "Lacey, se você continuar morando aqui, vai morrer aqui. Vai morrer sozinha e ninguém nunca vai saber que você chegou a existir." E isso foi... Bom, eu odiava essa ideia.

Lacey tinha voltado a olhar pelo para-brisa, mas seus olhos pareciam estar a quilômetros de distância da estrada diante deles. Pilgrim imaginava que os olhos da garota estivessem de volta à fazenda, ao quintal onde ele a tinha visto perto do poço.

— Morrer sozinha naquele lugar sem que ninguém jamais soubesse ou se importasse... Era como se a minha vida não valesse nada. Não fazia o menor sentido, sabe? — disse ela baixinho, como se não esperasse resposta.

Ficaram em silêncio — bem, Lacey ficou em silêncio, e Pilgrim continuou calado. Ele se viu de olhos fixos na janela do carro enquanto o deserto passava, mas mal via a paisagem. Entregou-se aos próprios pensamentos que pululavam na sua cabeça, agitando-se de um lado para o outro sem rumo certo, muito parecido com o jogo que Lacey tinha descrito. Era perturbador não ter onde ancorá-los.

Passaram por saídas para outros destinos, cidades começaram a aparecer ao longe. Passaram por mais e mais centros comerciais à beira da rodovia: pátios de concessionárias (estacionamentos chamativos repletos de trailers zero quilômetro, mas em estado precário, a pintura desbotada, os pneus arriados, os reboques cobertos de ferrugem), lojas de colchões, praças de alimentação que acomodavam seis ou sete fast-foods diferentes, tudo deserto.

— Me fala... — Ele pigarreou quando as palavras saíram roucas e abafadas. — Me fala sobre a Alex.

Sentiu o olhar de Lacey nele, mas não desviou os olhos do outdoor monumental que se aproximava. Não conseguia decifrar o que estava escrito, mas a imagem de uma mulher linda deitada num travesseiro fofo, com um leve sorriso e de olhos fechados, captou toda a sua atenção.

— Tipo o quê? — perguntou ela.

— Qualquer coisa.

Para que você quer saber?, perguntou. Parecia sua voz — madura, masculina —, mas não era mesmo. Tinha algo de esquisito nela: talvez o sotaque, talvez a falta de naturalidade na escolha das palavras. As perguntas e os comentários vinham automaticamente, sem elaboração prévia, como se um clone seu, de tamanho menor e desvinculado de si, estivesse sentadinho dentro da sua cabeça, observando tudo de camarote.

Você nunca se interessou por saber da vida dela.

Mas agora ele queria saber, ponto-final. E não via motivo nem para dar explicações para si mesmo nem para descobrir a motivação da pergunta.

De soslaio, viu Lacey dar de ombros.

— Ela desenha. A maior parte dos desenhos a lápis. Me disse que tinha blocos cheios de desenhos, centenas e centenas de esboços, mas perdeu tudo. Falou como agora era dificílimo encontrar papel e lápis de boa qualidade. E que adoraria voltar a desenhar.

— Você chegou a ver algum?

Ela olhou de relance, as sobrancelhas erguidas.

— Algum desenho dela? Não. Mas ela tem mãos incríveis. Não notou?

Pilgrim fez que não, mas, enquanto balançava a cabeça, percebeu que estava mentindo. Houve ataduras, luz da lanterna e, sim, lá estavam elas, no estacionamento do hotel com Alex sentada meio de lado no banco do carona do próprio carro, os pés apoiados no chão. Lacey ao lado dela, espremida no vão da porta. Ele cuidou dos machucados nos punhos de Alex e notou a firmeza nos dedos e os calos na palma das mãos. Ele se perguntou como aqueles dois do hotel conseguiram dominá-la, como se esse acontecimento tivesse sido uma exceção na história da vida dessa mulher; no entanto, lá estava ela de novo sob o domínio de alguém. Pilgrim pensou que talvez sua má sorte fosse desencadeada pelas repetidas tentativas de proteger os outros.

Lacey disse:

— Elas são fininhas, fininhas, e seus dedos são longos. As mãos dela são tão graciosas. Aposto como os desenhos dela são lindos. Adoraria ver um. — Ela se expressou com tanta emoção e desejo que Pilgrim também quis vê-los. Ele não conseguia se lembrar da última vez que apreciou com calma uma obra de arte feita à mão.

Seu devaneio foi interrompido por Lacey erguendo a mão bem diante do rosto, o tom de voz de nojo ao examiná-la.

— As minhas são medonhas. Tenho dedos atarracados. Olha só! — Ela meio que jogou a mão para perto dele.

Os dedos dela não eram atarracados, as mãos é que eram pequenas, e a ponta dos dedos, curta e arredondada.

— Você rói as unhas — observou ele.

— Eu sei. — Ela suspirou e pôs a mão de volta no volante. — Um hábito péssimo. Vovó dizia que era pior que lamber o assento da privada.

Ele deu risada, um som fanhoso e nada natural aos próprios ouvidos.

— Por que raios você ia querer lamber um assento de privada?

Ela sorriu para ele, no olhar uma expressão de que ele a havia surpreendido de novo.

— Não ia, é claro! Prefiro roer as unhas.

— Hum, que delícia.

— Cala a boca. — Seu sorriso se tornou malicioso. — Você já reparou que escoteiro é quase igual a escro...

— Que bom que esse não é o meu nome de verdade — respondeu ele.

Era uma chance de perguntar qual era o nome verdadeiro dele, e a Lacey de antes não teria perdido a oportunidade. Esta Lacey, porém, fechou bem o bico e guardou bem guardada a sua curiosidade. O silêncio se estendeu por tanto tempo que passou da fase de pesado e artificial e entrou, mais uma vez, naquele estágio confortável, que se assentou ao redor de Pilgrim como um amigo bem-vindo. A intenção dele não era cochilar de novo, mas não demorou a bater cabeça, as pálpebras cada vez mais pesadas. O barulho do motor e dos pneus sumindo por completo.

Lá estava ele de pé diante de um hotel de três andares com a fachada branca, uma varanda que dava a volta no prédio cercada de grades brancas e uma sacada acima sustentada por colunas altas e brancas. De uma beleza impressionante em escala reduzida, feito uma cidade pequena tentando alcançar a grandeza de uma metrópole. O hotel ficava no meio de um belo jardim com vegetação abundante e canteiros de flores, um gramado imenso e bem-cuidado que começava nos fundos, na escada da varanda, e descia para o litoral pedregoso e ia mais além, até o mar. Era água a perder de vista, o azul-cobalto do mar encontrando o azul-celeste do céu.

O mar o atraía, o chamava, como se sereias serpenteassem sob a superfície fria, olhando para cima, aguardando ansiosas pelo próximo homem que se aproximasse. Ele ouvia a respiração delas nas ondas e na brisa, os sussurros no balanço das algas. Na varanda dos fundos, os sinos de vento se encresparam, emitindo badaladas mágicas.

— *O mar.*

Ele abriu os olhos ao som da própria voz. Não sabia se tinha falado em voz alta até Lacey dizer:

— O mar?

Ele se endireitou e esfregou os olhos.

— Você disse alguma coisa sobre o mar.

— Não me lembro. — E era verdade. A imagem do mar, do litoral, do gramado, da varanda e do hotel de colunas brancas já se apagava. — Devo ter sonhado.

Lacey ficou olhando para ele por um segundo a mais, mas estavam passando por uma placa, e ela se virou para ler. Apontou o dedão para trás quando passaram.

— Williamstown — disse ela. — Estamos quase lá.

Pilgrim ficou calado enquanto Lacey os levava pelo labirinto de ruas residenciais, que logo se transformou num centro urbanizado com quarteirões de lojas saqueadas e prédios de apartamentos em ruínas. Com a espingarda no colo, o tronco para a frente, os olhos vasculhando sem cessar cada carro capotado, cada canto escuro onde alguém pudesse estar de tocaia num vão de porta ou no alto de uma escada de incêndio ou atrás de uma cerca, parede ou caçamba de lixo, verificando todo ponto com vista privilegiada onde um potencial atacante podia estar vigiando. Era imprudente estarem ali, ele sabia disso. Uma infinidade de locais para emboscadas, para armadilhas serem acionadas, para pessoas desnorteadas virem atrás deles com nada além de destruição na mente. Cidades era para onde mais convergiam os catadores, atraídos pelos inúmeros abrigos e pela oportunidade de buscar suprimentos. Elas atraíam loucos como se fossem moscas; eles se lembravam da vida passada, da época em que frequentavam restaurantes, shoppings, teatros abandonados, a geografia dos sucessivos quarteirões, e se sentiam gelidamente aconchegados.

Lacey tinha ligado o walkie-talkie, mas, fora um apito eletrônico estridente que os fez saltar de susto, não ouviram nada além de uns cliques parecidos com o cricrilar de um grilo e o estranho som de uma estática sem voz.

Mantiveram-se longe das colunas de fumaça preta que subiam do horizonte à sua frente, querendo distância dos incêndios que ainda consumiam os edifícios e obstruíam o acesso a outras ruas. Em quatro ocasiões diferentes, seres com as mais diversas aparências surgiram de repente e se posicionaram no meio da rua ou na calçada, acompanhando-os com os olhos enquanto passavam. Ora um ser solitário, ora um grupo de cinco ou mais. Todas as vezes, Pilgrim mandou que Lacey desse a volta. Parte sua achava que seriam perseguidos, mas isso não aconteceu. Eles apenas observavam.

Os olhos de Pilgrim não desgrudavam dos amontoados de corpos que se assemelhavam a uma pilha de restos que os ventos haviam varrido para as fachadas dos prédios mais altos como base extra para suas fundações. Carros foram dirigidos em alta velocidade direto para as paredes de concreto, a frente parecendo uma sanfona, airbags acionados e murchos. Corpos carcomidos e cobertos de farrapos jogados nos bancos da frente sem cinto de segurança. O fim a cem por hora. Uma ambulância capotada, talvez a caminho do resgate das vítimas de um acidente, tinha as portas traseiras abertas, comprimidos parecendo confete apodrecendo na sarjeta.

Pouco depois, alguém atravessou a rua bem à frente deles, tão rápido que o vulto sumiu antes que Pilgrim pudesse dizer ser era homem, mulher ou criança. Sua preocupação era que as pessoas que os viram passar tivessem preparado uma armadilha; porém, passados mais de dez minutos sem ver ninguém, suas suspeitas diminuíram um pouco.

— É aqui — sussurrou Lacey.

Ele não tinha certeza se a garota tinha percebido sua preocupação, ou se ela mesma notou que o lugar era muito perigoso, mas parecia nervosa, os olhos indo de um lado para o outro, incapazes de descansar. Ela dirigiu a picape por uma rua estreita, ladeada de conjuntos de prédios de muitos andares. Parou o carro no fim da rua, que fazia uma curva para a esquerda e terminava em quatro postes pretos baixos. A vasta fachada de uma construção semelhante a um shopping se agigantou diante deles.

Tudo que havia nela era uma porta de serviço vermelha e um enorme portão de ferro corrugado de enrolar.

— Fica aqui na picape. — disse ele. — Deixa o motor ligado.

Ele saiu, bateu a porta do carro sob protestos da garota e foi até a porta de serviço vermelha, tentando controlar a tremedeira cada vez que colocava o pé direito no chão e uma pontada de dor disparava nas costelas. Manteve o dedo firme no gatilho da espingarda, a cabeça virando para a esquerda e para a direita. Passou a palma da mão na porta lisa; constatou que estava bem presa no batente. A fechadura era reforçada. Girou a maçaneta, mas a porta não se mexeu. Deu um passo para trás, ergueu a arma e desferiu três coronhadas pesadas na porta que ecoaram na rua vazia. Deu um passo atrás, apontou a espingarda e esperou.

Contou lentamente até noventa e cinco — a soma dos dígitos da data do seu nascimento —, saltando alguns números quando seu cérebro se recusava a fornecê-los.

Ninguém respondeu às batidas.

Foi até o portão de enrolar e o analisou. Ao longo de toda a base corria uma faixa de borracha preta, provavelmente usada para amortecer o impacto do metal quando arriado. Deixando a espingarda encostada na parede, Pilgrim ficou de cócoras e cavoucou com os dedos por baixo da borracha até conseguir agarrar o portão. Fez força para erguê-lo, e as dores explodiram: seu crânio se partiu ao meio e suas costelas foram transpassadas por uma lâmina. O portão se levantou, entretanto, e uma pequena fresta apareceu aos seus pés. Resmungando, soltou o portão, que se fechou com um baque. Acenou para Lacey se aproximar com a picape.

Dois minutos depois, o portão tinha se enrolado o bastante para ela avançar com a picape de modo que Pilgrim pudesse apoiar o portão na capota.

Alguém pode vir por trás da gente se deixarmos o portão aberto.

Ele sabia disso, mas preferia ter uma rota de fuga fácil a perder tempo tentando operar os mecanismos do portão, caso precisassem escapar às pressas.

Deixaram a capota da picape servindo de calço do portão e se abaixaram para entrar. Assim que colocaram um pé do lado de dentro, uma caçamba de lixo tombou de lado à direita deles, e de dentro dela saiu um homem que acabou estatelado no chão, seguido pelo tilintar de garrafas de vidro. O sujeito se levantou rápido, os pés patinando num mar de comida estragada e chorume, e enfim saiu em disparada. Pilgrim ouviu Lacey tomar um susto, mas já partia atrás do cara, agarrando-o quando o sujeito colocou um pé no primeiro degrau da escada que dava acesso à plataforma de carga e descarga. Pilgrim o agarrou pelo pescoço e, com um golpe violento, atirou-o no chão, e ele já suplicava às pressas.

— Não me machuca! Ai, Deus, não me machuca!

— *Fica no chão!* — ordenou Pilgrim, encolhendo-se com a dor nas costelas enquanto o homem se contorcia de joelhos e erguia para ele seus olhos suplicantes e suas mãos abertas para provar que estavam vazias.

— Eu não tenho nada!

Isso era evidente. Metade do rosto do homem tinha uma crosta de sangue ressecado e a outra, limpa, como se tivesse coberto parte do rosto quando atiraram sangue nele. Exalava dele um fedor de álcool de arder os olhos, como se os vapores estivessem escapando pelos poros.

— Só queremos respostas — disse Pilgrim.

Lacey havia se juntado a eles. Ela portava a carabina com descaso, mas Pilgrim não deixou escapar que o cano da arma estava apontado para o peito do homem e o dedo dela, a um milímetro do gatilho.

— Isso! Respostas! Isso eu posso dar!

O colarinho que Pilgrim segurava firme sofreu puxões com o vigor do sujeito em fazer que sim com a cabeça.

Pilgrim observou melhor o sujeito: manchas de sangue, roupas rasgadas, barba de dias, olhos injetados. Sob o cheiro forte de álcool, ele fedia a suor, morte e xarope para tosse.

— De quem é esse sangue?

O rosto barbudo do sujeito ficou todo cheio de rugas, e Pilgrim lhe apertou o queixo enquanto ele sofria um colapso nervoso. Levou pelo menos meio minuto para o cara se recuperar o suficiente para expelir as palavras da sua boca abestalhada.

— Do meu... Do meu amigo. O nosso prédio, ele pegou fogo. Eles pegaram a gente quando a gente saiu de lá. Eles cor-cortaram o pescoço dele bem na minha frente. Deus do céu, foi tanto s-s-*sangue*.

Pilgrim soltou o colarinho do cara e o deixou cair de joelhos chorando, as mãos cobrindo o rosto. Enquanto chorava, Pilgrim olhou de relance para Lacey. O cano da carabina tinha baixado e estava apontado para o chão na frente dos joelhos do homem. Os cantos dos lábios dela baixaram. Pilgrim não gostava de olhar para o sujeito — ele lhe passava a sensação deplorável e assustada de um animal ferido deixado para morrer. Preferiu evitar olhar enquanto catarro e lágrimas escorriam do rosto do rapaz.

Trepadeiras brotavam dos painéis que cobriam a parede e subiam serpenteando até se soltarem feito grinaldas, as folhas intensamente verdes contra a monotonia cinzenta do concreto. Lugares passam sensações. A casa de Lacey parecia habitada, cheia de lembranças. O hotel daqueles irmãos alucinados era impessoal e caótico. A biblioteca passava a sensação de aconchego e cultura. O lugar em que estavam parecia vazio e estéril; não no sentido asséptico da palavra estéril, porque havia lixo das pessoas que viviam ali por toda parte — tambores de metal virados que serviam de churrasqueira ou fogueira para aquecer e iluminar, caixas e latas de comida vazias e amassadas, garrafas quebradas, peças de roupa descartadas e cobertores imundos —, mas estéril no sentido de vazio de vida. Não havia ninguém mais ali. Ao menos, ninguém vivo.

— Não tem ninguém aqui — disse Pilgrim quando o homem enfim se acalmou um pouco.

Depois de uma fungada melequenta, ele disse:

— Eles já se foram.

— Qual é o seu nome? — perguntou Lacey.

— Jack. Jack Hancock.

— E você sabe para onde eles foram, Jack?

O homem não ergueu o olhar, sua cabeça oscilava um pouco como se ele não conseguisse aprumá-la.

— Não — balbuciou. — Gostaria de saber.

— Ir no encalço dessa gente não vai trazer nada de bom — disse Pilgrim, presumindo que isso também servisse de conselho para Lacey. — Eles são perigosos.

— Eles mataram o meu amigo. — Pela primeira vez, algo que suplantava a derrota e a embriaguez coloriu as palavras do homem. — Eles... Eles não podem fazer isso como se não fosse nada.

— Mas é claro que podem. Não banque o inocente.

O homem ensanguentado ficou tão carrancudo que um pouco do sangue seco se desprendeu e caiu, e, por um segundo, Pilgrim se perguntou se ainda havia um pouco de espírito de luta naquele sujeito.

Antes que o homem fizesse qualquer idiotice, Lacey se aproximou, atraindo a atenção dele.

— Jack, você devia ir embora daqui. A gente cruzou com umas pessoas no caminho para cá, e elas não pareciam nada amigáveis. Entende o que eu quero dizer?

Num primeiro momento, ele fechou a cara para ela também, mas logo toda a raiva pareceu escorrer dele, que afundou ajoelhado onde estava, parecendo perdido.

— Ã-hã — murmurou ele —, eu sei o que você quer dizer.

— Opa — Lacey o segurou pelo cotovelo e o ajudou a se levantar. — Você tá bem? — perguntou ela assim que ele conseguiu ficar de pé, ainda que encurvado e ofegante. Pilgrim torceu para que o cara não vomitasse.

Ainda de cabeça baixa, ele fez que sim.

— O seu amigo não ia querer que você se machucasse — disse a garota, baixinho.

— Ã-hã — balbuciou ele de novo. — Ã-hã. — E se foi, ainda trôpego, para o portão. Não olhou para trás ao se curvar para passar por debaixo. Os dois ficaram observando seus pés desaparecerem. Ficaram ouvindo seus passos se afastarem até desaparecerem também.

Lacey sussurrou:

— Rápido, Jack. Seja rápido.

— Ele vai é se ferrar — sentenciou Pilgrim.

— Não seja escroto — disse Lacey, olhando feio para ele.

Pilgrim aceitou a bronca e foi até a caçamba de lixo de onde Jack havia saído. Usando os canos duplos da espingarda, cutucou os trapos de pano e a porcaria lá dentro, mas não havia nada que prestasse.

— Você sabe onde eles a mantinham presa? — indagou Pilgrim.

Lacey fez que não com a cabeça, depois se virou de um lado para o outro, esquadrinhando o pátio de carregamento.

— E quanto à sala em que você viu Dumont pela primeira vez?

— Talvez — sussurrou ela.

Deu-lhe uma olhada mais cuidadosa e reparou que ela estava à beira das lágrimas.

Ele franziu a testa.

— O que houve?

Os lábios dela tremeram, mas ela não respondeu.

— Olha, desculpa por eu ter dito que o Jack ia se ferrar.

— Não é isso. — Foram necessárias outras duas tentativas até que ela conseguisse verbalizar e, ainda assim, o tom era de desesperança e dor.

— Não sei por onde começar a procurar por ela. Não tem nada *aqui*. — Ela mordeu o lábio inferior, sua boca mais uma vez traindo-a, relaxando enquanto seus olhos ficavam marejados de lágrimas.

Constrangida, ela desviou o olhar, como se ele testemunhar suas lágrimas fosse uma humilhação.

Sem entender nada, ele continuava de cenho franzido. Embora não gostasse de vê-la triste, não sabia o que dizer. Eram grandes as chances de eles *não* encontrarem Alex. Sem outras pistas além de uma provável direção, Pilgrim não fazia ideia de como iriam achar uma única mulher. E, mesmo se encontrassem *de fato* o grupo responsável por levá-la embora, nada podia garantir que Alex ainda estaria viva.

— Vamos achar essa gente — disse ele, sem ter certeza de onde vinham as palavras. — Não vamos desistir. Vamos procurar até não ter mais *onde* procurar.

— E o que eles vão fazer quando descobrirem que ela não ouve nada? Eles estão procurando pessoas com vozes, não é? Foi isso que você disse. E se eles cortarem o pescoço dela do jeito que fizeram com o amigo do Jack?

Ele *tinha* dito isso, e agora queria não ter falado nada. Na verdade, ele não sabia o que aquela gente queria. Só estava pensando alto.

— Vai ficar tudo bem — disse ele. — Ela é uma mulher atraente. — Retraiu-se ao dizer isso, mas era a pura verdade. — Eles vão mantê-la por perto, ao menos por um tempo.

A garota fez que sim, a cabeça baixa, então fez uma coisa inusitada. Deu um passo à frente e o abraçou. Ele precisou afastar a espingarda para o lado, ou ela também teria envolvido a arma em seu abraço.

Pilgrim não se mexeu, as costelas reclamando dos braços apertados. Sentia as batidas do próprio coração e se perguntou se estavam altas o bastante para que ela as escutasse com o ouvido recostado no seu peito. As lágrimas dela, quentes e úmidas, molharam sua camisa. Dava para sentir nas suas costas toda a extensão da carabina que ela segurava, e torceu para que tivesse tirado o dedo do gatilho; caso contrário, poderia acabar levando outro tiro na cabeça.

Ele deu uns tapinhas nas suas costas, na esperança de que ela se sentisse melhor.

Por fim, Lacey se afastou. Pilgrim não saberia dizer quanto tempo ficaram abraçados, mas desejou ter contado os minutos para que tivesse um número.

— Terminou? — perguntou ele.

Ela assoou o nariz na manga e fez que sim, revirando de leve os olhos para ele.

— *Sim*, terminei. A gente pode ir agora.

— Que bom. — Ele deu meia-volta e seguiu em direção às portas vaivém.

CAPÍTULO 5

Ao segui-lo, Lacey tomou cuidado para não apontar a carabina para o Escoteiro, mas, sim, para o chão; estava nervosa e não queria atirar na perna dele por acidente.

Ela informava o caminho conforme as dicas de Voz, pois havia se esquecido de quase tudo. Viraram à esquerda e à direita, e mais uma vez à direita, Voz advertindo-a para que fosse mais observadora e permanecesse vigilante o tempo todo, mas ela fingia não ouvir, em grande parte porque achava que ele estava exagerando. Afinal, sua cabeça andava cheia naqueles dias.

Subiram quatro lances de escada até alcançarem uma porta corta-fogo que ela reconheceu, mantida entreaberta por um calço de madeira. Indicou ao Escoteiro que era para entrar ali, e eles seguiram por um corredor silencioso, seus passos ecoando.

Ele mancava um pouco, e ela ficou para trás para vê-lo andar, preocupada com a possibilidade de os ferimentos serem mais sérios do que ambos gostariam de admitir. Quando o abraçou, assustou-se com o calor que escapava do corpo dele. Era como abraçar uma chaminé. O coração, contudo, batia firme e compassadamente, e ela confiava no coração dele.

A porta para a sala em que ela viu Dumont pela primeira vez estava aberta. Lá dentro, diante deles, a vista panorâmica de uma cidade em ruínas. Não havia nada de belo desta vez, nenhum sol amanteigado para esmaecer as bordas brutas e despedaçadas, nenhuma pincelada de tons quentes acobreados — o que se descortinava diante dela era uma civilização degradada, agonizante, sem nenhuma chance de se recuperar. No janelão que ia do piso ao teto, algo de novo: um grafite feito com tinta preta da cabeça de um homem de perfil. Bem no centro do desenho, uma espiral igual à concha de um molusco, círculos dando voltas em si mesmos. Quanto mais Lacey tentava acompanhar o caminho da espiral, mais seus olhos duplicavam as imagens.

— Já vi alguma coisa parecida com isso... — disse ela.

Em silêncio, o Escoteiro ficou observando a desordem do desenho grafitado. Rios finos de tinta escorreram por toda a extensão da janela. Ele esticou a mão e correu um dedo pelo rosto pintado a spray, retocando o traço na altura em que a boca deveria estar.

— Num outdoor, pouco depois que a gente saiu da minha casa — continuou ela. — Uma espiral pintada. Você não deve se lembrar.

Ele fez que não com a cabeça e se afastou da janela. Passou os olhos pelo restante da sala, mas não havia mais nada de interessante. Lacey afastou os olhos da cabeça preta de perfil e do cérebro em formato de redemoinho e se sentou na poltrona de couro, o assento rangendo sob seu peso. Foi se recostando aos poucos e pôs a carabina atravessada sobre as coxas. Correu os dedos pelo interior da gola da blusa e esfregou a medalhinha de são Cristóvão, que já estava quente pelo contato com a sua pele; e, quanto mais esfregava, mais quente ela ficava.

O que está rolando, Red?, pensou ela. Que diabos você faria se estivesse aqui?

Correria na direção oposta, respondeu Voz.

Lacey fechou os olhos. Afora ter dado o ar da graça para direcioná-la através dos corredores, Voz andava excepcionalmente calado desde que o Escoteiro e ela se reencontraram. Chegou a pensar em perguntar o motivo, mas Voz apenas a lembrou de não usar o nome Pilgrim, que esse nome só trazia problemas, e que havia coisas que, por enquanto, ela não devia saber. O "por enquanto" lhe deu esperanças. Talvez Voz resolvesse acabar de uma vez com o suspense e soltasse a língua.

Continuou esfregando a medalhinha. Um movimento rítmico e tranquilizante do seu polegar.

"Mas o que ela faria se *não* conseguisse correr na direção oposta?"

Então eu acho que ela ficaria quieta até que surgisse uma solução melhor.

— Você não ajuda nada — disse ela, fungando, os olhos ainda cerrados.

Não há nada de errado em ficar quieto. Movimento é uma coisa superestimada.

"Mas não dá para a gente ficar aqui sem fazer nada! Alex *precisa* da gente."

Au contraire, mon coeur, se ficar quieta, talvez consiga ouvir o caminho a ser seguido.

"Hã? *Ouvir* o caminho a ser seguido? Que história é essa?"

Xiu.

Odiava quando faziam *xiu* para ela. *Odiava*. Fechou a cara e praguejou uma série de palavrões que, se estivesse ali, vovó não ia deixar barato. Vovó esfregaria sua língua com sabão até ela engasgar, muito embora a própria avó, às vezes, falasse uns bons palavrões.

— Xiu — disse o Escoteiro.

Os olhos dela se arregalaram.

— *Sério mesmo?* Agora *você* também está me mandando calar a boca?

Ele se virou de relance para ela, o olhar inquisidor, e então inclinou um pouco a cabeça para a porta aberta. Ele parecia tão concentrado que Lacey chegou a prender a respiração para escutar melhor.

Então ela ouviu. Um som muito, muito baixo, mas real.

— Um cachorro — sussurrou ela.

O Escoteiro foi para o corredor e parou para escutar de novo.

Podiam quase ser confundidos com o vento, os uivos ora agudos, ora graves, subindo e descendo como as ondas do mar. Os dois foram seguindo o som e, ao se aproximarem, os uivos ficaram mais altos, com nuances de dor e desespero, a tal ponto que Lacey quis tampar os ouvidos.

— Talvez a gente não devesse ir ver o que é — disse ela.

Mas o Escoteiro não respondeu. Ele parou no patamar de uma escada de concreto, os uivos assombrosos ecoando ao redor deles, uivos desvairados e raivosos.

Lacey ficou arrepiada.

Um cão fantasma.

O Escoteiro começou a descer os degraus, e ela foi obrigada a se apressar para acompanhá-lo. Dois lances de escada, e ele parou, cruzou o patamar e puxou uma porta. O uivo alçou alguns decibéis.

Lacey quase morreu de susto quando um assobio alto e penetrante soou bem na sua frente.

— *Meu Deus!* — espantou-se ela. — O que você está *fazendo*?

O Escoteiro tirou os dedos dos lábios e o assobio parou.

Os uivos do cão também cessaram, sendo substituídos por latidos implacáveis e irritantes que ecoavam sem parar por todo lado.

— Reconheço esse latido — disse ela com certa hesitação na voz.

Do patamar da escadaria, seguiram pelo corredor principal, que se bifurcava. Depois de percorrerem quase todo esse novo corredor, encontraram Princesa presa num quarto. Lacey ficou para trás enquanto o Escoteiro ia espreitar através do painel de vidro estreito da porta. Ao notar a presença dele, a cachorra correu e pulou para a porta, o painel inteiro sacudiu enquanto os latidos ficavam mais e mais altos. Várias e várias vezes, a cachorra pulou para a porta, desesperada para derrubá-la, as unhas arranhando o piso na base da porta, tentando abrir passagem.

Lacey não apenas reconheceu o latido como também o corredor. Outro motivo para recuar até a parede mais próxima, relutante em chegar mais perto.

E não é que a Princesa não virou hambúrguer no fim das contas?, disse Voz.

O Escoteiro parecia alheio às batidas e à barulheira da cachorra se lançando à barreira entre eles; ele continuou olhando para dentro do cômodo através do vidro do painel. Lacey podia imaginar o que ele estava vendo, mas não contava com o que disse em seguida.

— Tem alguma coisa escrita na parede lá dentro. — A cabeça dele se virou, os olhos pousando no rosto dela.

— *Quê?* — perguntou ela, sem saber ao certo o que ele falou.
— Palavras. Escritas na parede. Acima da cama.

O jeito como ele a olhava e o jeito como ele disse "cama", o tom monótono, entonação zero, fez todo tipo de emoção se agitar dentro dela. Culpa, medo, horror, raiva. Ela não queria olhar para dentro daquele quarto. Sua língua ficou coberta pelo gosto amargo do pânico.

— O que está escrito? — sussurrou ela.

O Escoteiro balançou a cabeça e se afastou da porta, a cachorra recomeçando a latir com raiva do outro lado, de modo que tiveram de gritar para se ouvirem acima dos latidos.

— Vem aqui ler — disse ele.
— *Ele* está aí dentro?

Era tão difícil interpretar qualquer coisa nas feições dele; os olhos absolutamente insondáveis enquanto ele a mirava.

— O homem em quem eu dei uma facada? Ã-hã. Acho que é ele.
— Não quero ver o estado dele. — Lacey percebeu que segurava a carabina com tanta força que seus braços doíam. Relaxou um pouco a pegada.

Vai com calma, murmurou Voz.

— Você não precisa olhar para ele — disse o Escoteiro. — Olhe acima dele, para a parede.

Ela não saiu do lugar. Sentia o coração batendo na garganta e nas têmporas.

— Por que você não pode simplesmente me dizer o que está escrito?
— Porque não posso.

Ela entrou em pânico.

— Mas *por quê*?! Eu não quero olhar para ele! Fui obrigada a assistir à morte dele e *não quero olhar para ele*!

— Eu não consigo ler — disse ele.
— Claro que consegue!

Ele parecia desapontado.

— Não mais. As letras não ficam paradas. Elas se remexem feito minhocas. O machucado na cabeça deve ter causado isso.

O peito dela subia e descia por causa da explosão de raiva. Continuou parada, as costas comprimidas contra a parede, encarando-o. O Escoteiro olhava para ela com ar sereno.

— Você não consegue ler nada?

— Acredite em mim. Eu não faria você olhar lá para dentro se não precisasse.

O pânico, que havia cedido um pouco, voltou a borbulhar no seu peito, apertando os pulmões, dificultando a respiração.

— O que você quer dizer? O que tem lá dentro? — Ela tinha pavor da resposta.

— O cachorro ficou trancado por um bom tempo. Deve ter ficado com fome.

Lacey comprimiu bem os olhos, deu as costas para ele *e* para o quarto e pressionou a testa na parede fria. Mas fechar os olhos só piorou as coisas, porque Jeb aguardava por ela na escuridão: os olhos que não paravam de encará-la, as bochechas encovadas, o cuspe na barba, os dedos parecendo garras se mexendo espasmodicamente sobre seu peito. Só que agora faltavam pedaços de carne arrancados dele, feridas abertas e partes do corpo mastigadas, as entranhas caindo do lado da cama feito linguiças.

Deu um gemido e abriu os olhos. Encarou o espaço fora de foco em algum ponto atrás da parede diante do seu rosto.

Sentiu o Escoteiro pairando perto do seu ombro, embora não o tivesse ouvido se aproximar. Virou os olhos para ele, à direita, sem mexer a cabeça.

Ele disse:

— Mantém os seus olhos na parede. Não olha para baixo.

— Ã-hã, tá bom — resmungou ela. — Para você é fácil falar.

Gentilmente, ele a segurou pelo cotovelo, e ela se deixou levar alguns passos pelo corredor. Aqueles passos não foram suficientes — bom mesmo teria sido antes dar uma volta ao mundo a pé.

Princesa tinha parado de latir. Agora, fungava no vão da porta junto ao piso, como se pudesse sentir o cheiro de carne fresca, gania, farejava e grunhia. Depois, como se não bastasse, voltou a arranhar e escavar a porta.

Ela quer sobremesa.

Lacey resmungou de raiva na esperança de que o Escoteiro interpretasse como uma forma de avivar sua coragem e de que Voz traduzisse como uma versão sem palavras de "cala a boca". Nenhum dos dois respondeu, então ela concluiu que tinha atingido os dois objetivos.

— Usa a mão para tapar a cama. Faz assim, ó. — O Escoteiro espalmou a mão sobre o vidro, mais ou menos na metade, realmente bloqueando a visão da garota daquele ponto para baixo.

— Fica com a mão aí — sussurrou ela. — Não mexe. — Ela agarrou o punho do Escoteiro só para o caso de ele decidir ignorar seu pedido e afastar a mão. A pele dele estava quente, assim como o restante do corpo, quente *demais*, mas era agradável segurá-lo. Só enquanto ela fazia isso.

Ela se inclinou para a frente, aproximando o rosto do vidro. A porta balançou quando Princesa saltou sobre ela, e Lacey se encolheu, ofegante, o coração no peito parecendo uma bolinha de pinball.

— Tá tudo bem — disse o Escoteiro. — Ele não vai conseguir escapar.

— Princesa — corrigiu ela, ainda tremendo.

— Quê?

— A cachorra. O nome dela é Princesa.

— Tá. Princesa, então.

— É uma cadela.

— Imaginei que fosse. Você está enrolando.

— Eu *sei*, eu sei... — Respirou fundo, inclinou-se um pouco mais e olhou hesitante, por cima da mão dele, para dentro. — Ai, meu Deus — sussurrou ela.

— O que você está vendo?

— O meu nome. Alguém escreveu o meu nome na parede.

— Só isso?

— Não... Diz: "Oi, Lacey. RIP Alexandra. Descansando aqui"; e então tem uma flecha apontando para baixo. — Ela girou a cabeça e encarou o Escoteiro. — Mas está apontando para baixo da sua mão, para a cama, e eu não posso olhar.

O Escoteiro pediu a ela que recuasse. Quando ela saiu do caminho, ele ocupou o lugar dela e olhou para dentro.

— Está apontando para um pedaço de papel dobrado na mão dele.

— Não... De jeito nenhum. A gente não vai entrar aí. — Ela balançou a cabeça, embora ele não estivesse olhando para ela.

— A gente não tem escolha.

— Tá me zoando? Tem um cão raivoso lá dentro. Seja qual for o bilhete doentio que ele deixou, não vale a pena levar uma mordida por isso.

— Pode ajudar a gente a encontrar a Alex.

Ela o encarou e, por um brevíssimo e tenebroso instante, o odiou por mencionar isso. Mencionar isso a obrigava a entender que eles teriam de entrar naquele quarto apesar de tudo. Imediatamente, sentiu uma culpa esmagadora e baixou os olhos para as botas empoeiradas do Escoteiro.

— Você não precisa entrar — disse ele, mas isso só fez com que ela se sentisse ainda pior.

— Não — disse ela, e torceu para que ele não conseguisse perceber o tremor na sua voz. — Só me diz o que eu preciso fazer.

CAPÍTULO 6

Pilgrim sabia que teria de agir rápido.
Tinha entregado a espingarda à garota: era melhor para curtas distâncias e causaria mais estrago que a carabina. Não era culpa da cachorra eles precisarem acessar a sala, e ele não queria que a garota usasse a espingarda a menos que fosse necessário, mas, se fosse preciso, ela não podia titubear. Ele explicou o que mais queria dela, e ela fez que sim com movimentos bruscos de cabeça para cima e para baixo. Segurou firme a arma. Ele sabia que ela estava apavorada, mas que não iria desistir. Não podia deixar de respeitá-la por isso.

Ele segurou a maçaneta. A cadela não tinha parado de latir, rosnar e ganir desde que os farejou andando pelos corredores, mas naquele instante se aquietou. Um silêncio bem desconcertante. Quando Pilgrim se aproximou do vidro, deu de frente com Princesa encarando-o com olhos pretos e brilhantes, o focinho enrugado, revelando silenciosamente caninos pontiagudos manchados de sangue.

— Pronta? — perguntou ele à garota.
— Não, mas vamos lá.

Pilgrim estava com as mãos livres: a carabina apoiada na parede, a faca ainda guardada na bainha presa à perna. Sacudiu a maçaneta para chamar a atenção de Princesa, que se ergueu sobre as patas traseiras e plantou as dianteiras na porta. A cabeça da cachorra e a dele estavam praticamente na mesma altura. Os dentes do animal estalaram no vidro a meros centímetros do rosto de Pilgrim, deixando um borrão de saliva viscosa. O vidro ficava embaçado a cada arfada quente. O olhar raivoso da cadela o desafiava a abrir a porta. Vinha de dentro dela um rosnado baixo e ameaçador.

— Olha que boazinha a Princesa! — murmurou ele. — Seja uma boa garota. Sem morder.

Ele girou a maçaneta e abriu uns centímetros. Imediatamente, a cadela deu um pulo e tentou enfiar a cabeça larga na abertura. Os dentes tentaram abocanhá-lo, fios de baba vermelha escorriam. Ela se contorcia, rosnava e latia, querendo escapar. Era um animal excepcionalmente forte, os feixes de músculos se agrupando e flexionando sob o manto preto lustroso, e Pilgrim teve de lutar para fechar a porta, o focinho já se enfiando no vão.

Ele contou mentalmente.

"Um..."

Segurou o batente da porta, todo o peso da cachorra forçando a saída pela abertura, fazendo com que Pilgrim se desequilibrasse.

"Dois..."

O focinho já havia atravessado o vão, mas a cabeça ficou presa na abertura, e as omoplatas também, largas demais para passar. Pilgrim sentia sua mão mais fraca perder o firmeza.

"*Três.*"

Ele suspendeu o joelho, erguendo ao máximo o pé — justamente quando a cadela encaixou as omoplatas e se agachou para saltar —, e deu um pisão forte e rápido na cabeça do bicho.

Princesa soltou um ganido e despencou no chão, os membros cedendo. Mesmo atordoada, ela tentou se levantar. Pilgrim pisou de novo, uma bela pancada, e ela desmaiou, soltando um longo ganido. Não tentou se levantar de novo.

— Vai para a outra porta — disse ele a Lacey, mas ela já havia atravessado o corredor e abria a porta para ele.

Pilgrim não parou para verificar se Princesa ia se levantar e afundar os dentes nele, mas escancarou a porta com um chute, agarrou a rottweiler pelo pescoço e arrastou o bicho pelo chão brilhoso. Ele gemeu com o esforço que fez para arrastar a cadela até a sala do outro lado do corredor. Princesa rosnou e virou a cabeça sob as mãos dele, e os dentes estalaram uns contra os outros, mas nada que o bicho fizesse o colocou em risco de levar uma mordida.

Quando soltou o pescoço de Princesa, ela se agitou e fez de tudo para se equilibrar nas quatro patas. Conseguiu ficar de pé no instante em que Pilgrim escapava da sala e Lacey fechava a porta, a lingueta da fechadura por muito pouco não encaixando no batente, quando Princesa dava saltos do outro lado da porta e voltava a latir.

A cadela se atirou contra a porta com tremenda selvageria. Depois de uivar de dor e sossegar por um instante, retomou os ataques com ímpeto.

— Dura na queda — brincou Lacey, mas, apesar da tentativa de reação bem-humorada, estava de nariz franzido, e nenhum dois era capaz de ignorar o miasma repulsivo que escapava da sala da qual tinham acabado de tirar Princesa.

— Vou buscar o bilhete — disse ele. — Fica de olho para a cachorra não fugir.

Não deu para fingir que não tinha percebido o profundo alívio nas feições da garota, mas não ficou para ver a emoção que se seguiu. Cobriu o nariz com o lenço e entrou na sala. Respirou pela boca, mas isso só fez com que a sua língua ficasse coberta pelo fedor de carne podre e merda, e estava com ânsia de vômito antes que ele pudesse controlar. Suspendeu o lenço e cuspiu.

— Você está bem? — perguntou Lacey.

— Ã-hã. Só um minuto. — Tampou a boca e o nariz com a mão como um escudo extra para respirar. Ajudou um pouco.

O homem, cujo nome Pilgrim não conseguia se lembrar — ou o que restava dele —, estava na cama.

Ele já teve dias melhores, disse aquela parte nova e separada de si mesmo.

Pilgrim resmungou e prendeu a respiração ao se aproximar. Não demorou muito examinando o estado do sujeito morto. Já tinha visto um bom número de cadáveres meio comidos e estava familiarizado com a maioria dos órgãos do corpo humano em todo estado de putrefação. Mas tirou um instante para olhar nos olhos anuviados do morto. Os olhos de uma pessoa dizem muito, ele acreditava, e os daquele homem, embora leitosos e espectrais, ainda guardavam um traço de ódio que nem a morte lograva apagar. Pilgrim se lembrou daqueles olhos que se concentraram em apontar a arma para a sua cabeça, lembrou-se da intensidade do brilho de satisfação quando o gatilho foi apertado. Esse homem sentia prazer em distribuir dor e morte, a mesma dor e morte que agora tinham se voltado contra ele em triplo.

A vida é uma merda, aí você morre.

— A vida é sádica.

Talvez seja carma.

— Não acredito em carma.

Na minha opinião, você não acredita em nada. É um niilista.

— Não sou, não. Eu... — Mas parou ao perceber como era idiotice discutir consigo mesmo.

Não menos idiota do que quando você brigava com Voz.

Quis explicar que a única razão para falar com essa parte sua era porque ainda lamentava muito ter perdido Voz. Para ele, era normal conversar consigo mesmo. O que não significava, porém, que pretendia começar uma discussão interna sobre o assunto.

Deixou de lado esses pensamentos e olhou para a mão do cadáver. Os dedos estavam fechados em torno do bilhete, por isso Pilgrim precisou abri-los à força para pegá-lo. Não se deu ao trabalho de olhar outra vez para o homem e saiu da sala, fechando bem a porta. Sinalizou para que Lacey seguisse pelo corredor, para longe do miasma da morte e da cadela latindo, e lhe passou o bilhete.

Acompanhou os olhos da garota correndo de uma palavra à outra, descendo a folha, linha por linha, então voltando ao topo, e, atentamente, lendo tudo mais uma vez. Pacientemente, esperou que ela lesse em voz alta. Quando o fez, precisou interromper a leitura algumas vezes para firmar a voz.

Querida Lacey, se, por mera sorte, você encontrou o caminho de volta para nosso amigo morto, louvo sua tenacidade. Notei que havia algo muito especial em você, por isso não ficaria surpreso se conseguisse encontrar esta cartinha de amor. Devo dizer que sua amiga Alexandra é encantadora. Ela me mantém ocupado o tempo todo. Sei que ela morre de saudades de você — ela chama por você às vezes, quando a maltrato demais. Fico de coração partido quando ouço os gritos dela. Então, como sou uma pessoa generosa, resolvi revelar para você nosso próximo destino (sinceramente, vê-la mais uma vez seria um prazer. Talvez, então, possamos ser amigos!). Vá para leste até a Great River Road e siga para o sul na rota 61. É bem fácil e não tem erro — um hotel-cassino que funciona em um barco a vapor. Bem charmoso, não acha? Espero vê-la.

Atenciosamente, Charles Dumont.

P.S.: Ainda pode haver um final feliz para tudo isso. Traga Red com você, caso Louis e Rink não estejam com ela, e conversaremos.

Ao terminar, Lacey tornou a dobrar o bilhete e, bem lentamente, correu os dedos finos pelas dobras.

Pilgrim disse:

— Que bom que a gente trouxe a garota morta.

Lacey enfiou o papel no bolso e, sem olhar para ele, disse:

— Duvido que ele estivesse se referindo a "traga o corpo dela".

Pilgrim foi buscar a carabina, que tinha deixado apoiada na parede.

— Ele não especificou. Ela ainda pode ser usada como... — usou o pretexto de examinar a arma enquanto tentava se lembrar da palavra que queria — ... como um trunfo.

Lacey ainda estava de cabeça baixa quando Pilgrim voltou até ela. Ele esperou, mas ela não ergueu os olhos.

— Alex está viva. É o que o bilhete diz.

— Eu sei.

— Então a gente devia ir enquanto o dia está claro.

Ela fez que sim, mas algo a incomodava. Esperou mais um pouco, porém, como ela não reagiu, ele pegou o mapa e o abriu apoiado na parede. Pediu a ela que apontasse por onde a rota 61 passava. O dedo dela percorreu uma linha de norte a sul que acompanhava o rio Mississippi, de Wyoming, em Minnesota, a Nova Orleans, na Louisiana.

O dedo dela fez o caminho de volta e parou na curva do rio em formato de S, onde o Mississippi serpenteava em seu ponto mais a leste. Ficava antes da metade do caminho para a divisa entre Mississippi e Louisiana.

— Acho que sei a que barco e cassino ele está se referindo — disse ela. — Minha irmã me levou lá uma vez. Aqui — disse, correndo o dedo para mostrar uma cidade ao norte da área que havia apontado — é onde a minha irmã e a minha sobrinha moram. E aqui fica o cassino. — Seu dedo correu para baixo, para o sul, talvez uns quinze quilômetros distante da cidade.

Os olhos de Pilgrim acompanharam a rota em que viajariam para leste de onde estavam, até pousarem na ponta do dedo da garota.

— Então o que está dizendo é que ele pode estar passando por Vicksburg para chegar a esse cassino?

Ela fez que sim. Agora ele entendia por que Lacey tinha ficado tão calada.

— Se ele estiver apenas atravessando a cidade, nem a sua irmã nem a sua sobrinha vão estar em perigo.

Ele não tinha como afirmar isso, mas Vicksburg era uma cidade grande, não um vilarejo. A verdade era que tanto a irmã quanto a sobrinha de Lacey não passavam de agulhas num palheiro de cerca de cem quilômetros quadrados. Se estivessem vivas, as chances de Dumont cruzar o caminho delas eram muito, muito pequenas. Ele bem que tentou animá-la, mas a garota estava melancólica, silenciosa e, por não ter mais nada a dizer, Pilgrim tornou a dobrar o mapa e a conduziu de volta ao ponto em que começaram, descendo a escada até o térreo. Seguiam para as portas vaivém que levavam à plataforma de carga, o braço dele esticado, prestes a empurrar as portas, quando ele estancou de súbito.

Lacey foi de encontro às costas dele, com um som de surpresa.

— O que...

Ele fez um gesto rápido para que ela se calasse sem tirar os olhos daquelas portas vermelhas. Apontou para a própria orelha e depois para a porta, sinalizando que era para ela escutar.

Ele não fazia ideia de por que havia parado. Não tinha ouvido nada nem havia nada fora do normal no corredor. Mas aquelas portas vaivém capturavam seu olhar como uma linha de pesca enganchada nos seus globos oculares. Elas o enredavam, e ele se sentiu impelido a encostar nelas. As portas pareciam pulsar, o vermelho escurecendo, as beiradas encrespando-se e latejando como se fossem as portas das câmaras de um coração pulsante, e então ele semicerrou o olho esquerdo, porque a visão turva somada à pulsação das portas o deixavam enjoado.

O estalo de um tiro cortou o ar, e Pilgrim se abaixou, mesmo quando um buraco se abriu na porta à direita, a bala atravessando com um espirro de sangue, gotas de sangue cor de vinho escorrendo e formando uma poça no chão.

Pilgrim ficou só piscando os olhos, e a porta estava lisa e sem marcas, sem nenhum sinal de furos à bala, sem nenhum pingo de sangue. Também pararam de pulsar — eram mais uma vez portas de serviço comuns.

Ele sentia uma dor de cabeça descomunal.

— Você acha que o Jack voltou? — sussurrou Lacey atrás dele. — Não escuto nada.

A mão esquerda dele tremia descontroladamente. Fechou a mão e a pressionou contra a coxa.

— Não foi nada — disse ele. — Me confundi.

No entanto, foi com extrema cautela que empurrou as portas vaivém e, ainda assim, só depois de se certificar de que não havia ninguém esperando por eles do outro lado. E só depois de se instalarem na cabine da picape foi que ele, enfim, tirou o dedo do gatilho.

Sair da cidade foi bem mais rápido do que entrar. Pilgrim dirigiu enquanto Lacey ficou no banco do carona olhando pela janela. Ela mal havia falado nos últimos trinta quilômetros. Ele estava relutante em quebrar o silêncio; não parecia um silêncio taciturno, mas uma quietude contemplativa. Talvez ela precisasse de um tempo para organizar os pensamentos.

Ou talvez esteja ocupada conversando dentro da própria cabeça. Essa nova parte sua estava provando ser tão irritante quanto Voz.

Pilgrim sentiu as mãos apertarem o volante por reflexo. Reconheceu os sinais na hora (afinal, ele era perito nessas coisas): o olhar distante enquanto pensava e conversava consigo mesma, a imprevisibilidade de algumas das coisas que dizia, como chamá-lo de *compadre* — algo que só Voz fazia. Ele não entendia nem conseguia imaginar como Voz havia pulado da sua cabeça para a de Lacey.

Ou talvez seja a Voz dela mesma.

Mas, se fosse a Voz dela mesma, como teria descoberto o nome dele? Ela disse "Pilgrim" no celeiro ao vê-lo. Não tinha como descobrir isso sem alguém lhe ter dito. Na verdade, até onde se lembrava, ela foi a primeira pessoa a dizer o seu nome em voz alta.

Talvez as vozes se comuniquem entre si.

Isso fez Pilgrim congelar. Seria possível? Será que havia uma espécie de rede cognitiva interconectada que circulava de pessoa a pessoa? Isso era totalmente implausível. Claro, havia pessoas que escutavam vozes, mas as vozes eram autônomas e independentes, trancafiadas em suas cabeças, do mesmo jeito que Voz estivera trancado dentro da sua cabeça.

Exceto quando Voz pulou para dentro da garota...

E ouvir e conversar com uma voz por anos não é tão implausível quanto?

— Não, só me deixa louco.

Não percebeu que tinha falado em voz alta até sentir os olhos da garota pousados nele. O mesmo olhar inquisitivo que tinha certeza de que já havia pousado nele uma ou duas vezes nas últimas vinte e quatro horas.

Ele disse:

— Só estou discutindo com a voz na minha cabeça.

As sobrancelhas de Lacey baixaram, franzindo um pouco a testa, e o olhar inquisitivo se transformou em olhar de desconfiança.

— Você conversa com vozes?

Era preciso ser cuidadoso.

— Só com uma.

— Você nunca mencionou isso.

— Não é algo que a gente sai por aí contando para todo mundo.

— O que ela fala para você?

— Coisas contraditórias, na maior parte do tempo.

Isso porque você está quase sempre errado.

— É a sua própria voz ou mais como a de um desconhecido? — perguntou ela.

Ele tinha voltado os olhos para a estrada a fim de corrigir uma leve mudança na direção, mas agora se virou para a garota, a própria curiosidade tendo engrenado a primeira.

— Ultimamente, é mais a minha voz — respondeu ele.

Voz e ele compartilhavam entonações parecidas quando pronunciavam certas palavras; no entanto, as opiniões e as ideias de Voz eram bem diferentes das de Pilgrim. Em geral, discordavam. Pilgrim não tinha certeza se sempre foi assim ou se o desenvolvimento de Voz foi uma lenta evolução, tão vagarosa que ele mal se deu conta do que estava acontecendo. Tentou se lembrar de alguma época em que não batia boca com Voz dentro da sua cabeça, mas não conseguiu, e uma dor que parecia uma lâmina serrilhada o fez se lembrar de que não era prudente pensar com tanto empenho ou tão fundo nesses assuntos.

A atenção de Lacey, assim como a picape, tinha mudado de rumo, e os olhos da garota focavam num ponto perto dos seus pés. Com a testa ainda mais franzida, ela balançou a cabeça devagar, como se falasse consigo mesma, e disse:

— A minha costumava ser a minha própria voz — sussurrou ela.

Ele olhou de relance para ela mais algumas vezes depois disso, mas ela não disse mais nada e voltou a olhar para a janela.

— Que coisas a sua fala? — perguntou ele, enfim.

Ela deu de ombros.

— Coisas diferentes. Mas ela sabe coisas que eu não sei. — Ela olhou de relance para ele, provavelmente para ver sua reação. — Isso não faz o menor sentido, não é?

Segurou o volante com força, porque tudo o que queria era parar, virar-se para Lacey e olhar bem nos olhos dela para ver se Voz se escondia ali. Mas ele *conhecia* Voz, conhecia-o como a palma da mão, e se perguntou se Voz teria revelado à garota de onde tinha saltado. Imaginava que não. Se a garota soubesse, estaria enchendo o saco, fazendo todo tipo de pergunta, propondo teorias e suposições sobre o que tudo isso significava. Ela não sabia. Ainda não. O que para ele era um *alívio*. Surpreendeu-se com o quanto se sentiu constrangido e vulnerável ao saber que Voz estava agora dentro da cabeça de outra pessoa, com todas as minúcias que havia coletado durante os anos em que viveu dentro dele. Toda a sua intimidade. Mas Voz também sabia que manter a própria existência em segredo seria mais seguro para a garota e, para isso, ela tinha de acreditar que contar para Pilgrim também não seria esperto. De fato, manter Voz um segredo para todo mundo prevenia que a garota descobrisse de onde Voz tinha vindo.

Pilgrim respondeu com certo desdém.

— A mente é um lugar complicado. O inconsciente absorve muito daquilo que não se registra conscientemente.

Lacey bufou devagar e afundou no banco, virando a cabeça de volta para a janela, um jeito de sinalizar que não estava a fim de discutir. Para Pilgrim, tudo bem. Ela havia revelado mais que o suficiente.

Na verdade, ficou feliz em saber que Voz estava vivo e trocou sua cabeça pela de alguém mais jovem e mais esperto. Ele tinha se convencido de que Voz havia morrido ou fugido para as profundezas da sua mente de onde jamais retornaria. Tinha ficado aborrecido com a deserção de Voz, e a raiva que isso gerou escondia uma sensação muito profunda de abandono, um sentimento que Pilgrim não pretendia esmiuçar. Agora, suspeitava que Voz tinha basicamente ido embora para um hospedeiro mais viável e que tinha sido uma decisão de última hora, tomada naquela fração de segundo em que a bala perfurou seu crânio. Pilgrim ficou maravilhado. Jamais teria acreditado que isso era possível se não tivesse visto evidências.

Gostaria de discutir esse fenômeno com Voz, até mesmo com Lacey, mas sentiu que sobrecarregar a garota com essas elucubrações poderia complicar seriamente as estratégias dela para lidar com situações de estresse. Seus níveis de ansiedade já estavam bem altos (conforme demonstrado pelo abraço desproposital, pelas lágrimas e pela quase hiperventilação por causa da cadela e do defunto comido pela metade). E, para completar, ela começou a roer as unhas assim que se sentou no banco do carona. Suas esperanças de encontrar a irmã com vida deviam ser ínfimas agora, na melhor das hipóteses; ela tinha visto mais do mundo nos últimos dias do que nos últimos sete anos.

Resolveu que o melhor era guardar esses pensamentos consigo. Haveria tempo para discuti-los mais tarde, quando os níveis de estresse de Lacey tivessem diminuído.

— Você deve manter isso em segredo — disse Pilgrim. — Estou falando sobre ouvir uma voz. É perigoso falar sobre isso.

— Pois é... — disse ela, o reflexo dos seus olhos encontrando os dele na janela. — Ele também me disse isso.

Sabendo que só chegariam a Vicksburg ao cair da tarde, Pilgrim achou por bem parar para ir ao banheiro. Quanto mais viajavam para leste, mais luxuriante ficava a natureza. A grama amarelada e sem viço ia esverdeando, e os arbustos baixos irrompiam em ramificações verdejantes que logo se juntavam a mais e mais árvores: plátanos de tronco desbotado e acinzentado, olmos-alados e nogueiras de casca áspera. Pilgrim não tinha reparado em quanta falta sentia de contemplar demonstrações de crescimento saudável como essas, estava tão acostumado à aridez dos desertos que agora não estava nada fácil desviar os olhos da paisagem ao lado da estrada, onde toda essa vegetação florescia.

Muitas vezes imaginava o mundo como um véu. Que tanto ele quanto todas as almas perdidas que perambulavam por ali eram meros fantasmas e que as cidades abandonadas que assombravam e todas as planícies entre elas estavam sobrepostas ao mundo real, um mundo vibrando com vida, as cidades barulhentas e sempre em movimento, as buzinas e os gritos dos vendedores de cachorro-quente e a barulheira de milhares de pneus rodando em uma miríade de direções. A realidade em que ele vivia era um verniz decadente sobre a realidade antiga e vibrante.

Pilgrim percorria este mundo, mal causando uma marola, sua presença despercebida e, na maioria dos dias, desnecessária. Ele era bom como fantasma. Às vezes achava que tinha nascido para ser isso mesmo.

Enquanto o sol começava sua lenta descida em direção ao horizonte atrás deles, a sombra da picape se alongava, como se fosse sua própria assombração. Pilgrim olhou para o ponteiro de combustível e concluiu que o motor começaria a engasgar quando chegassem às cercanias de Vicksburg. Sabia que não daria para chegar à casa da irmã de Lacey, da mesma forma que sabia que atravessar as ruas da cidade de carro atrairia atenção indesejada e suscitaria Coisas Ruins. Ele não fazia ideia de como sabia disso, mas, como tudo com ele era intuitivo, ignorar esses avisos seria burrice. Eles percorreriam a pé os últimos quilômetros e só iriam se preocupar em arranjar um veículo quando chegasse a hora.

Uma placa se aproximava, e Pilgrim perguntou o que estava escrito.

— Dezesseis quilômetros para Vicksburg — respondeu Lacey.

As árvores se tornaram barricadas intermináveis que margeavam a rodovia e impediam que se visse qualquer coisa além da estrada cinzenta. Começava a aparecer barba-de-velho nas árvores, a princípio em ramos finos, mas que logo se multiplicavam, sobrecarregando os galhos como se um milhão de aranhas operárias tivessem tecido suas teias, pouco se importando se iriam ou não sufocar os galhos arriados. Um macramê de ramos soprado pelo vento. Era meio assustador ver aquelas árvores tão carregadas de fios presos uns aos outros, embora fosse mais uma forma da natureza se manifestar em uma espécie de planta que impunha sua presença na ausência de qualquer coisa que a impedisse.

— Vovó não estava bem quando morreu — disse Lacey.

Pilgrim deu uma olhada nela, as primeiras e inesperadas palavras depois de um longo silêncio, mas ela continuava de rosto virado para fora, então ele não pôde interpretar sua expressão. Ele esperou para ver se ela continuaria. Como ela não disse mais nada, perguntou:

— O que aconteceu com ela?

Os ombros dela subiram e desceram num curto dar de ombros.

— Às vezes, ela não me reconhecia. Outros dias ela parecia ter 16 anos de novo, dando risadinhas feito criança. Esses eram os melhores dias. Ela era muito feliz aos 16 anos. Conheceu o vovô no dia seguinte ao do seu aniversário, e se casaram quando ela completou 19. Igual mãe. Igual a Karey. Acho que isso quer dizer que tenho três anos para conhecer o meu verdadeiro amor. Isso se eu quiser manter a tradição da família.

Ele viu o canto da boca de Lacey se erguer num sorriso, mas foi um movimento mais automático que intencional.

Ficou ouvindo o barulho contínuo e ritmado das rodas, o tique-tique estranho das britas e do cascalho batendo no chassi da picape.

— Deve ter sido pesado cuidar dela — disse ele por fim.

Mais uma vez, aquele dar de ombros.

— Ã-hã, às vezes. Mas ela tomou conta de mim durante doze anos, então não foi nada de mais. — Ela fez uma pausa, os lábios se torcendo enquanto mordiscava o interior da bochecha. — Teve uma vez que acordei de madrugada com ela de pé ao lado da minha cama. Estava segurando uma faca. Levei uma hora para convencê-la a me entregar. Achei que ela fosse me matar. A questão é que... — Ela se virou para Pilgrim pela primeira vez desde que começou a falar. — Eu acho que ela ouvia coisas. Peguei ela falando sozinha algumas vezes, na maior parte do tempo discutindo. Teve uma vez que fui dar com ela escondida no armário debaixo da escada. Ela tinha se enfiado naquele espaço minúsculo. Você tinha que ver... *Eu* teria tido a maior dificuldade para caber lá. Passei horas procurando por ela, chamando, pensando que ela tinha se perdido. Ela nunca atendeu aos meus chamados. Não soltava um piu. Encontrei ela por acidente. Ela estava toda encolhida, a cabeça arqueada de um jeito muito estranho, e, quando ela me viu, suas feições eram de completo terror. Acho que estava escondida porque tinha medo do que ela mesma poderia fazer.

— Fazer? Você quer dizer machucar você?

Lacey baixou os olhos e virou o rosto de novo, como se sua capacidade de falar tivesse sumido.

Pilgrim estacionou a picape. Ele se virou e segurou Lacey pelos ombros para se olharem de frente.

— Você confia em mim?

Ela olhou fundo nos seus olhos. Fez que sim.

— Que bom. Você não está enlouquecendo — disse ele. — Juro que não.

Os olhos dela ficaram marejados de lágrimas.

— Tem certeza?

— *Tenho* — respondeu ele com segurança. — Certeza absoluta. Ouvir uma voz nem sempre é uma coisa ruim.

— Vovó se suicidou — sussurrou Lacey. — Eu a encontrei. Na cama. Ela tinha enfiado o lençol goela abaixo. — As lágrimas escorreram dos seus olhos. — Por que ela *faria* uma coisa dessas?

Ele apertou os ombros dela, estreitos e frágeis sob suas mãos.

— Não sei. Ninguém sabe o que se passa dentro da cabeça das pessoas. Mas ela nunca faria mal a você. Ela te amava. E se esmerou na sua criação.

A garota fez que sim com a cabeça, mordendo o lábio. Uma lágrima pingou do seu queixo.

— É verdade. Ela era uma guerreira. Igual a minha irmã. Igual a Alex.

Pilgrim correu o dedo pelo queixo dela, recolhendo uma segunda gota de lágrima antes que caísse.

— Igual a você — disse ele. — Agora, chega de lágrimas. Eu fico sem graça.

— Eu sei — murmurou ela e sorriu, só um pouquinho.

Cinco minutos depois e oito quilômetros adiante, Lacey disse:

— Você acha que a minha sobrinha vai gostar de mim?

Ele pestanejou, tentando não franzir a testa.

— Por que não ia gostar?

— Não sei. É difícil criar afinidade com alguém que a gente não conhece.

— Mas você vem se saindo muito bem. Olha você e a Alex.

— Não é a mesma coisa. A Alex é mais velha.

Ele não via que diferença fazia, mas disse:

— Acho que ela vai ficar feliz por ter alguém que se importe com ela.

Ele não mencionou que as probabilidades de ela encontrar a sobrinha com vida eram ínfimas; estava aprendendo a não compartilhar seus pensamentos, mesmo não tendo os olhos afiados de Alex cravados nele. Ficou contente em saber que nem todas as suas lembranças estavam perdidas.

— Ã-hã — disse Lacey baixinho. — Ã-hã, você está certo. É que eu quero muito que ela goste de mim.

— Vai gostar. Se até eu posso gostar de você, qualquer um pode.

Ela deu um sorrisinho e se aproximou para lhe dar um soco no ombro.

— Babaca.

Dez quilômetros adiante, depois de atravessarem o caudaloso rio Mississippi, justamente quando passavam diante do cemitério da cidade, a picape começou a engasgar. E, três quilômetros depois, o motor morreu.

CAPÍTULO 7

Mais de oito anos haviam se passado desde a última vez em que Lacey botou os pés em Vicksburg. Naquela época, Karey estava no sétimo mês da gravidez de Addison e, sem meias palavras, tinha passado os últimos meses antes do parto vomitando. Não era o que se podia definir como enjoos matinais normais, mas uma náusea extrema e jatos de vômito nocivos à saúde (Lacey adorava a palavra "nocivos"), e chegou ao ponto de Karey ter de tomar soro na veia todo dia para evitar desidratação e carência de nutrientes e se encher de eletrólitos. Vovó estava preocupada de que Karey não estivesse cumprindo as ordens médicas de descanso, por isso resolveu que iria com Lacey para a casa dela, onde ficaram por duas semanas até que ela se recuperasse. Enfim, oito anos era um tempo longo demais entre duas visitas, e muita coisa havia mudado.

O Escoteiro tirou o corpo de Red da caçamba da picape, e Lacey pegou o que restava lá dentro. Não havia muita coisa sobrando no carro de Lou para ser saqueado: meia garrafa de água, as duas últimas latas de sopa — uma de frango e a outra de letrinhas —, uma lanterna, um alicate multifuncional, o walkie-talkie, a espingarda e a carabina, mais um punhado de munição extra para cada arma. Essa era a imponente totalidade dos bens terrenos que possuíam, além das roupas nas mochilas. Ela tentou o rádio. Ele fez dois bipes quando foi ligado.

— Está quase sem bateria — disse o Escoteiro. — Melhor deixar desligado.

Ela desligou e ficou olhando enquanto o Escoteiro suspendia o capô e se inclinava para dentro.

— O que você está fazendo?

— Me passa o alicate — disse ele, esticando o braço para trás sem levantar a cabeça.

Lacey catou o alicate do bolso e o colocou na palma aberta virada para ela, então ficou espiando por cima do ombro do Escoteiro enquanto ele soltava a bateria da picape e a tirava do carro.

— Para que serve isso?

— Uma bateria completamente carregada é o coração pulsante de um veículo. A gente logo vai precisar de um conjunto de rodas quando for buscar a Alex.

Bastou a menção ao nome Alex para Lacey sentir um aperto no peito, bem no coração. Tempo demais havia se passado desde que a tinha visto pela última vez, e cada minuto extra gasto removendo a bateria da picape ou indo a pé para a casa da irmã ou encontrando outro carro que prestasse poderia significar mais uma hora de castigos que Alex sofreria nas mãos de Dumont. Uma imagem de Alex surgiu de súbito na mente de garota, os cortes e as feridas, a dor marcada no corpo, e como ela ficou enquanto Dumont a estrangulava com um cinto: pele arroxeada, olhos esbugalhados, língua escapando da boca. Lacey mordeu o lábio com tanta força que reabriu o corte por dentro, o gosto ferroso de sangue intenso e desagradável. Com a mão trêmula, ela secou os olhos.

Estamos indo, Alex, pensou ela com fervor. Aguenta firme, estamos indo.

Deixaram o capô aberto, e Lacey tocou com carinho o para-choque da picape — ela passou muitas horas naquela cabine, horas que a afastaram de Dumont e a devolveram ao Escoteiro. E por esses dois momentos estava grata.

Lacey abriu o mapa que o Escoteiro havia lhe dado e traçou uma rota para a casa de Karey, evitando tanto quanto possível as ruas principais e dando preferência às mais próximas do rio. Tinham cerca de cinco quilômetros de caminhada, o que devia levar pouco mais de uma hora.

Vai demorar mais com ele tendo que carregar a Red e a bateria do carro.

Mas, como o Escoteiro disse, por mais que Lacey não gostasse de usar o corpo da pobrezinha, ainda era um trunfo, e talvez precisassem dele. Isso sem falar que Lacey imaginava que Red ficaria feliz em ser útil da maneira que fosse para que tivessem uma vantagem sobre Dumont.

Então, iniciaram a caminhada, Lacey tomando a dianteira e o Escoteiro, a retaguarda, com Red jogada nos ombros. A oeste, Lacey podia ver a luz do sol poente cintilando sobre as águas do Mississippi como se piratas tivessem espalhado dobrões de ouro na superfície. Sentia-se exposta andando a céu aberto e passou muito tempo olhando para trás e para as janelas escuras dos armazéns que ladeavam as ruas, esquadrinhando os dois lados dos becos, esperando ouvir um grito e um bando de canibais escravizadores de olhos desesperados avançando com a boca soltando cuspe, vociferando, berrando e perseguindo-os. Estavam num distrito de armazéns, onde antigos trilhos de trem corriam paralelos ao rio, e não havia muito a se ver por ali, a não ser um enorme silo de armazenamento de grãos com a pintura branca bem avariada e o nome "BUNGE" pintado na lateral, e postes enferrujados e fios frouxos que se estendiam de um lado ao outro da rua, de prédio a poste e de poste a prédio, como se alguém tivesse preparado a decoração de Natal, mas esquecido de complementar com festão e luzinhas ornamentais.

O rio era um volumoso trecho de água correndo para o oeste que tinha dobrado de tamanho desde a última vez que ela esteve ali. Havia incontáveis sinais de inundação. A distância, ao longo das margens do rio, dava para ver barcos e docas de embarque submersos, uns e outros pilares de amarração acima da superfície da água, enquanto o restante do píer apodrecia debaixo da água. Os pátios da ferrovia estavam cobertos de lama; os trilhos, há muito fora de uso, visíveis apenas como uma régua de duas linhas escuras abaixo da superfície.

Ao se aproximarem da estação de trem de tijolinhos marrons e brancos, pararam para encarar o antigo prédio em estilo clássico, a fachada um tanto ridícula com colunas gregas ilhadas no meio de uma área inundada.

— Aposto que o próximo trem vai atrasar — disse Lacey.

Piuí-piuí! Todos a bordo do Expresso do Alagamento! Passagens grátis. Boias de braço a dez dólares.

Ela deu risada. Não conseguiu resistir. Era mesmo engraçado.

O Escoteiro arqueou as sobrancelhas para ela, que rapidamente engoliu a risada. Voltou sua atenção para o mapa e avisou a ele que a casa de Karey ficava a alguns quilômetros para o interior.

O restante de Vicksburg ficava numa elevação perto da margem do rio Mississippi, a salvo de enchentes. Valas de drenagem, portões de dique de madeira e canais de escoamento contiveram com bravura a maior parte da água que avançava, mas, mesmo dali, Lacey podia ver o engaste da estrutura da ponte, por onde os trens de carga haviam atravessado o Mississippi, e o quanto o curso de água sob a ponte estava próximo às pistas, correndo o risco de cobri-las.

Mais adiante, depois de andarem pelo suave declive da rua por cerca de dois quilômetros, o panorama se abriu novamente, permitindo uma melhor visão das margens próximas do Mississippi. Lacey ficou em silêncio quando o Escoteiro parou ao seu lado.

Havia centenas de carros, muitos deles engavetados, ocupando as margens. Todos se atiraram no rio, de frente e ao mesmo tempo. Alguns veículos foram levados pela correnteza, os ocupantes dentro; outros ficaram encalhados ou estavam tão apinhados de gente que a maré não foi forte o suficiente para arrastá-los dali.

Agora, as carrocerias estavam enferrujadas e despedaçadas, esqueletos tão apodrecidos quanto as pessoas que estavam na direção.

— Por que será que elas fizeram isso? — perguntou ela num sussurro, os olhos nos carros. — Vovó disse que foi igual ao que aconteceu na Inglaterra quando a princesa Diana morreu. Sabe do que estou falando? Acho que você já era crescido o bastante. Ela contou que milhares de pessoas se aglomeravam nas ruas, chorando e gritando como se a própria mãe tivesse morrido. Mas era só uma mulher que elas nunca viram pessoalmente. Só a conheciam pelas entrevistas na TV e pelas fotos dos jornais. Vovó disse que as pessoas tinham enlouquecido, como se alguma doença contagiosa tivesse atacado todo mundo, só que na verdade era um misto de histeria e irracionalidade. — Lacey balançou a cabeça; era preocupante pensar que as pessoas podiam ser afetadas com tanta facilidade e em tão grande número. — A história que ela contava sobre o que aconteceu mudava toda vez que eu perguntava. A maioria das versões apontava para a presença de gases e substâncias químicas como culpados. E que tinham sido espalhados nas metrópoles por terroristas. Era a versão preferida dela, de que foram os terroristas, mas ela me diria qualquer coisa para eu parar de aborrecer com perguntas, eu acho, e para eu desistir de querer chegar perto de pessoas que poderiam me machucar. Ela se preocupava muito comigo.

— E tinha razão de se preocupar — disse o Escoteiro.

— Mas ela nunca disse nada sobre as vozes — sussurrou ela. — *Você sabe por que elas fizeram isso?* — perguntou ela mais uma vez.

Ele não respondeu na hora, e, quando ela se virou, viu que os olhos dele não se dirigiam para o rio nem para o amontoado de metal retorcido apodrecendo, mas para o céu acima de suas cabeças.

— A gente teve a nossa chance — disse ele, tão baixinho que Lacey chegou a achar que não era com ela. — Acho que o nosso tempo acabou e só a gente não percebeu.

Ela franziu a testa, sem entender.

— Mas ainda estamos aqui. Como é que o nosso tempo pode ter acabado?

Os olhos dele se desviaram do céu e se voltaram para a Terra, onde ela estava. Ele deu um sorriso curto e desanimado.

— A gente sempre foi meio lerdo para sacar as coisas.

No cruzamento seguinte, Lacey e o Escoteiro deram as costas para o rio, rumando para leste por uma calçada bem íngreme. Alguns pingos de chuva salpicaram o mapa com um *tec-tec-tec* suave. Ela olhou para o céu que escurecia e pôde ver estrelas brilhantes entre uma nuvem de chuva e outra.

Uma gota de chuva caiu bem no seu olho. Fechou-o com força e esfregou o punho nele, então se virou para o Escoteiro.

— Dá para acreditar? Foi só a gente deixar a picape para começar a chover.

Ele não parecia nem um pouco preocupado com a possibilidade de um temporal. Tudo o que disse foi:

— Vamos rápido. É arriscado ficar na rua.

Indo à frente, ela chegou ao topo da rua e dobrou à direita. Quinze minutos depois, já estavam bem no centro de uma área residencial. Viram apenas dois seres vivos além deles. O primeiro, um cachorro sarnento, a pelagem tão rala que Lacey conseguia ver a pele rosa entre um tufo e outro; ele atravessava uma rua que era uma bifurcação daquela em que estavam andando e parou ao sentir a presença deles, seus olhos cintilantes olhando em silêncio para os dois por alguns segundos, o sol poente refletindo feito lâmpadas nas pupilas do animal, que logo deu meia-volta e foi embora, desaparecendo numa esquina onde ficava uma casa de madeira pintada de branco e amarelo. O segundo, um homem, ou o que restou de um homem: um monte de pele e osso, o retrato da fome e do desespero. Os olhos dele eram lâmpadas também, mas não cintilavam uma luminescência interior como os do cachorro, mas um brilho selvagem que fez Lacey pensar que o sujeito saltaria sobre eles caso se aproximassem. Saltaria e arrancaria a dentadas nacos dos seus rostos.

Os três (ou quatro, somando Red) estancaram e ficaram se encarando, mudos. E, então, o homem soltou um rosnado estranho vindo do fundo do peito e balançou a cabeça como se estivesse com raiva, mais um cacoete que um gesto humano. Então estapeou a própria têmpora, um golpe pesado com a palma da mão, e os ignorou, dando-lhes as costas, atravessando uma porta e sumindo na escuridão.

Um animal perigoso, disse Voz, baixinho.

Lacey podia apostar que ele não estava se referindo ao cachorro.

Sem dizer nada, o Escoteiro a cutucou de leve nas costas para apressá-la. Agora que estava tão perto, por algum motivo que não pretendia examinar, queria enrolar um pouco mais, mesmo correndo o risco de ter o rosto mastigado por um homem enfurecido e faminto.

Dez minutos depois, um burburinho de vozes cada vez mais próximas fez com que parassem. O Escoteiro sussurrou para que Lacey saísse da calçada, e ela correu para o quintal mais próximo, escondendo-se atrás de arbustos altos com flores brancas. Hortênsias, pensou ela, e teve a vaga noção de que vovó ficaria orgulhosa dela por saber o nome das plantas. Um aroma leve e adocicado era exalado das flores.

Enquanto o Escoteiro se agachava meio desengonçado perto dela, ainda carregando o corpo de Red nas costas, Lacey olhou de relance para trás, para os olhos pretos das janelas da casa, sentindo-se mais vulnerável que nunca desde que reencontrou o Escoteiro. O vidro das janelas era absolutamente preto, como se não houvesse janelas, mas abismos que dariam em um lugar onde não existia luz e todos eram cegos e tinham pele esbranquiçada e fria. Muito, muito fria.

Ficaram agachados e escondidos, com Lacey virando-se toda hora para lançar olhares temerosos para trás, mas o som das vozes não ficou mais alto, o ruído abafado dos sapatos e o tilintar estranho de equipamentos e armas desaparecendo quando entraram na rua seguinte a que eles dois estavam.

O Escoteiro fez com que passassem mais uns cinco minutos escondidos, as pernas com cãibras de tanto tempo ajoelhados, tudo silencioso ao redor, antes de permitir que ela se levantasse e voltasse para a calçada. Lacey teve de massagear as coxas para conseguir andar sem mancar, mas ficou aliviada de se afastar da casa de janelas pretas com olhos escancarados e cegos. Daí em diante, ele ficou extremamente cauteloso, indo à frente até as esquinas e verificando as condições da rua em que entrariam antes de voltar para buscá-la. Isso fez com que seu progresso fosse excruciantemente lento, o que deixou Lacey dividida, a pressa de chegar misturada à sensação de gratidão pela demora.

Não demorou muito e as luxuosas mansões vitorianas de três, quatro andares os envolveram. Os enormes carvalhos sobrepondo-as em tamanho, seus galhos grossos retorcendo-se em todas as direções como se almejassem alcançar o céu, mas, por não conseguirem, escolhendo avançar para as laterais, para as construções ao redor. Os carvalhos eram assustadores em seu aspecto majestosamente retorcido, contudo impressionantemente belos. Faziam com que Lacey se sentisse ínfima e insignificante.

Ela parou nos degraus que davam para a casa da irmã, o medo abrindo mãos que lhe agarravam o pescoço, o coração e o estômago. Ela mal se deu conta de que o Escoteiro passou à sua frente. Agora chovia a cântaros, e ela estava completamente encharcada, mas a noite estava quente, e a chuva não a deixava com frio.

Deu uma boa olhada na casa. O torreão em estilo gótico que avançava para o céu na ala direita fez com que pensasse em princesas trancafiadas e madrastas malvadas. As janelas estavam todas escuras, e a chuva causava um tamborilar tranquilizador na cobertura de ardósia do telhado, a água escorrendo feito rios em miniatura pela sarjeta e se despejando nos canos em suaves gorgolejos. A casa parecia viva com os ruídos. Pensou ter visto um brilho dançar na janela superior do torreão, e o medo que carregava dentro de si aflorou, transformando-se num misto de empolgação e temor. Mas então o brilho cintilante se foi tão subitamente que ela já não sabia ao certo se não tinha sido apenas o reflexo de uma estrela distante agora perdida atrás das pesadas nuvens de chuva.

Talvez fosse a Sininho indo visitar a Rapunzel.

Lacey quis *gritar* com Voz, abrir a boca e libertar todo o medo, toda a frustração, toda a esperança vã em um único fôlego.

Voz deve ter percebido que ela estava por um triz de explodir, pois se recolheu de pronto. *Desculpa. Foi uma péssima hora para fazer piada. Tem certeza de que está pronta para isso, Lacey? Pode ser que não encontre o que veio procurar.*

— Vai ficar tudo bem — sussurrou ela mais para si própria que para Voz. — Vai ficar tudo bem.

PARTE 4
O homem que foi afogado

CAPÍTULO 1

Pilgrim esperou Lacey abrir a porta. Estava destrancada e deslizou silenciosamente para dentro em dobradiças bem lubrificadas. Podia muito bem imaginar um rangido de metal emperrado, mas essa não era uma casa mal-assombrada. Pelo menos, ele esperava que não fosse.

Advertiu a garota para que tomasse cuidado, e ela concordou enquanto pegava e acendia a lanterna. Somente a escuridão os saudava para além da porta entreaberta. O facho da lanterna atravessou as sombras quando Lacey, pé ante pé, entrou na casa.

Chamou baixinho pela irmã. Sua voz trêmula subindo os degraus de madeira escura.

A casa lembrava uma ostra vazia e morta.

Um mausoléu, sussurrou aquela vozinha.

O piso de tábuas sob as botas de Pilgrim era brilhante e velho, polido por centenas de solas.

Ou almas.

Com cuidado, ele foi até uma poltrona de costas retas colocada num canto da sala de estar e acomodou nela a garota morta, os músculos das suas costas gritando de dor ao se dobrar para ajeitar o corpo sentado, para que não escorregasse para o chão. Ao se endireitar, viu que Red havia tombado para a esquerda feito uma boneca de pano, o braço da poltrona mantendo-a no lugar. O rosto coberto pelo cachecol e as pequenas cavidades no queixo e no nariz sob o tecido de algodão lhe davam uma aparência macabra, como se, a qualquer momento, ela fosse se levantar aos poucos e andar pelos cômodos vazios. Ele pôs a bateria do carro no chão ao lado de Red e levou a palma às costelas, o calor da mão aliviando um pouco a dor.

O rangido de uma tábua do assoalho chamou sua atenção. Lacey tinha avançado para o patamar e olhava para cima, a lanterna dissipando um pouco a escuridão, permitindo que Pilgrim distinguisse os retratos em molduras pregadas ao longo da parede que acompanhava os degraus. Retratos da família.

— David? — chamou Lacey. — Addison?

Os nomes da sobrinha e presumivelmente do cunhado.

Ninguém respondeu.

Fantasmas não falam.

— Será? — sussurrou ele, como se estivesse convicto do contrário.

Lacey se virou para ele.

— Vamos vasculhar a casa — disse ele. — Começamos pelo térreo e vamos subindo. A gente vai achar alguma coisa.

Ela fez que sim com a cabeça, um toque de alívio no gesto, como se em ação ela pudesse dissipar sua inquietação. Pilgrim não sentia inquietação; tudo o que sentia era resignação.

Começaram pela sala de estar. Era uma casa ampla e antiga. Toda em madeira escura, candelabros de época e paredes de lambri. Estantes e mais estantes recheadas de livros com capa de couro, letras douradas gravadas na lombada, e Pilgrim parou por um instante para apreciá-los. Mas havia um toque de pesar na cena; uma veia violácea que se atava a tudo o que havia ali.

Os cômodos no andar de baixo pareciam intocados, como se tivessem sido preservados em alguma curva misteriosa da era vitoriana. A casa não tinha sido saqueada nem vandalizada; e, embora houvesse pilhas bagunçadas de roupas e objetos jogados pelos cantos ou sobre as mesinhas laterais ou pendurados no espaldar de poltronas estofadas, nada diminuía sua beleza lúgubre.

— Olha isso!

Lacey estava na outra ponta das estantes de livros, onde havia uma saleta com uma escrivaninha coberta de papéis espalhados ao acaso. Ao lado, pendurado na parede, um quadro de avisos de cortiça, repleto de cartas e cartões-postais, nenhum em condições de ser lido por Pilgrim. Era para uma folha de papel dividida em vários quadrados que Lacey apontava.

— Eles estão vivos! Olha, eles têm registrado as datas!

Ele encarou de olhos semicerrados para onde o dedo dela apontava.

— Qual é a última data?

Houve uma pausa, então ela respondeu:

— Oito de agosto, três anos atrás.

Ficaram em silêncio. Pilgrim conseguia ouvir a respiração de Lacey.

— De quem é a letra?

— Da minha irmã.

— Tá, isso é bom. — Era mais que bom. Muito mais do que ele esperava. — Vamos continuar a busca.

Enquanto iam de cômodo em cômodo feito fantasmas, um temporal castigava as janelas, rajadas de vento sacudindo os vidros. Pilgrim tremeu em suas roupas molhadas; não de frio, mas em solidariedade aos tremores da casa sob o ataque da tempestade.

A caminho da cozinha, ele abriu a boca para sugerir que acendessem uma lareira — tinham passado por duas de ferro fundido, uma na sala de estar e outra na de jantar —, quando ouviram um baque vindo do andar de cima.

Os dois olharam para o alto. O lustre de latão oscilava suavemente na ponta da corrente que o prendia ao teto.

Ficaram à espera de mais um baque, de um raspar — *qualquer coisa* —, mas não ouviram nada. Por fim, abaixaram a cabeça e se entreolharam.

Lacey partiu, os passos decididos, mas Pilgrim a segurou pelo braço.

— Eu vou — murmurou ele. — Se tiver alguém, vou arrancar do esconderijo e trazer para você.

Ela se livrou da mão dele. Foi fácil, já que a mão dele estava fraca demais.

— Não. Eu deveria ir.

— Existe a possibilidade de eles escutarem a minha aproximação e correrem na direção oposta. O seu rosto tem que ser o primeiro que vão ver.

Ela parecia hesitante. *Preocupada* e hesitante.

— Você não vai atirar em ninguém, né?

Ele emitiu um som indistinto vindo do fundo da garganta. Um som evasivo, que poderia facilmente ser negado, se fosse questionado. Lacey não perguntou nada, e ele trocou seu isqueiro pela lanterna que estava com ela e fez o caminho de volta para a escada no vestíbulo.

Observou com atenção os retratos da família enquanto subia — queria ser capaz de reconhecer os donos da casa, se desse de cara com alguém lá em cima, em vez de lhes estourar os miolos antes de se dar conta de que era a irmã que Lacey não via há um tempão. Esse era um cenário improvável; Lacey já havia chamado o nome da irmã ao entrar na casa e não obteve resposta. O último sinal da existência dela foi há três anos. Mais provável seria encontrar um animal de rua ou uma janela aberta por onde uma corrente de ar mais forte havia entrado, derrubando um abajur ou um cabideiro de chão.

Ele subiu pelo lado esquerdo dos degraus, um caminho menos usado se comparado ao meio, cheio de arranhões. Teve de subir quase metade da escada para dar, enfim, com uma boa foto dos três membros da família. Karey era maior que Lacey, os ombros largos, o rosto quadrado, olhos castanhos bem afastados. Embora aparentasse ser resoluta e durona, as covinhas nas bochechas suavizavam as feições quase ao ponto de a tornarem fofa. David, o marido, tinha cabelos louros e ralos, tão finos que pareciam uma penugem ao roçarem a armação dourada dos óculos. O homem contrabalançava a fragilidade capilar com um semblante deliberadamente sério e uma barba farta.

Aconchegada nos braços da mãe e encarando a lente da câmera, a sobrinha de Lacey herdou o que havia de melhor das características dos pais. Tinha talvez uns 3 meses na foto, com cabelos pretos bem cacheados e covinhas de dar inveja. Não havia malícia nos olhos da bebê, apenas a inocência das crianças, sem sequer desconfiar de que o mundo estava se preparando para lhe arrancar um imenso e doloroso pedaço.

Pilgrim alcançou o alto da escada e dobrou à esquerda, percorrendo o corredor acarpetado até o local de onde o baque tinha vindo. Segurou a espingarda com as duas mãos, a lanterna encostada ao comprido no cano que apontava para uma porta semiaberta. Ignorou a tremedeira intensa do braço esquerdo. Do outro lado daquela porta havia um quarto, ou um escritório, ou uma sala de jogos. Qualquer que fosse o propósito do recinto, o barulho tinha vindo dali.

Tome cuidado. Não queremos assustar ninguém.

Pilgrim abriu a porta com um chute e entrou de supetão.

Ele teve um segundo para entrever um rosto apavorado, pálido e imundo do outro lado da cama de casal, que logo saiu em disparada e sumiu atrás da parede.

Atrás da parede? Mas como...?

Quando ele passou por cima da cama em perseguição, viu um lambri de madeira recuado na parede que revelava um esconderijo. E, pelo som de passos rápidos que se afastavam para baixo, concluiu que o esconderijo era bem mais profundo do que se poderia supor pela aparência.

Ratos nas paredes.

— Eles estão fugindo! — berrou ele.

O espaço era tão estreito que ele teve de se virar de lado para caber. A lanterna revelou tijolos rústicos e degraus íngremes e irregulares que levavam para baixo.

Uma passagem secreta.

Deus do céu.

— Tem uma escada secreta. Eles estão descendo!

Pilgrim desceu os degraus o mais rápido que ousou, o que não era tão rápido quanto gostaria. Arranhou os cotovelos e os ombros nas paredes ásperas de tijolo ao descer, o facho de luz da lanterna sacolejando no ritmo dos seus passos e lançando sombras distorcidas nas paredes. Não tinha como o fugitivo estar muito longe, mas a escada apertada amplificava os sons e fazia com que ele acreditasse que estavam separados por poucos metros enquanto a passagem sinuosa e claustrofóbica da passagem os mantinha fora de vista e fora do alcance. O barulho de algo sendo arrastado — outro lambri sendo aberto? —, e Pilgrim acelerou um pouco, chegando à última curva tão rápido que deu de cara na parede com um grunhido de dor, quase caindo, então se apoiou com uma das mãos na parede e tropeçou para a frente, ficando preso no vão estreito, de onde teve de fazer força para sair.

Um tiro.

A bala acertou o lambri à sua direita, bem perto, o som de madeira rachando fazendo-o se retrair.

— *Cuidado!* — berrou ele.

Lacey gritou para quem quer que fosse que esperasse, que voltasse, que não corresse! E então uma barulheira de passos quando ela partiu em perseguição.

CAPÍTULO 2

Lacey se xingou ao sair em disparada da cozinha. No que ela estava *pensando* quando atirou daquele jeito?

Calma. Você não estava pensando, disse Voz.

A sala de estar era um espaço pouco iluminado com mobília pesadona e cantos escuros — na pressa, ela deixou o isqueiro na mesa da cozinha. Do outro lado, iluminado por trás pela janela enorme, um vulto passou correndo por uma poltrona e desapareceu por uma porta.

— Espera! — gritou Lacey.

Ninguém obedeceu; passos leves atravessaram o piso de madeira de lei do hall de entrada. Lacey correu, segurou-se no batente da porta para fazer a curva e foi derrapando até parar bem no meio do hall, aguçando os ouvidos e prendendo a respiração.

Ouviu um rangido do outro lado da entrada à direita, que dava para uma grande sala com sofás, duas mesinhas de centro e um sistema de som e vídeo. Correu para esse cômodo, os passos abafados ao passar pelo tapete. Não havia muitos cantos para se esconder ali dentro; talvez atrás das cortinas pesadas ou dos sofás. Ou, quem sabe, dentro dos armários enormes perto da TV, onde sem dúvida DVDs, Blu-rays e jogos de PlayStation estavam guardados.

A porta, observou Voz.

Uma segunda porta dava para fora. Estava entreaberta. Não foi assim que ela e o Escoteiro a deixaram. Ela correu pelo tapete e bateu a canela na quina de uma das mesinhas, arfando quando a dor subiu pela perna. Fez o restante do caminho mancando e abriu a porta: a sala de jantar, três portas fechadas. Agachou-se para olhar debaixo da mesa. Somente as pernas das cadeiras, nenhuma humana. Nenhum rangido ou passos abafados ofereceram a Lacey uma dica para onde deveria avançar.

Foi até a porta mais próxima, os passos leves nas tábuas do assoalho, e a abriu rápido.

Cuidado!

Ela se abaixou e deu um grito, levantando a mão para bloquear uma cascata de caixas que caiu na sua cabeça. O canto de uma arranhou seu pescoço, provocando outra arfada de dor.

Depois que a última despencou, a garota ficou em silêncio, rodeada de caixas, a canela latejando, o pescoço ardendo.

— *Merda* — sussurrou ela.

CAPÍTULO 3

Pilgrim se espremeu para passar pela abertura na parede e foi sair na cozinha. Apoiou-se na mesa e respirou fundo algumas vezes, encolhendo-se quando suas costelas chiaram de dor. Aprumou-se e deu a volta na mesa e nas cadeiras e voltou para o hall de entrada. Estava no meio da sala de estar quando ouviu Lacey gritar e um som parecido com o de uma miniavalanche.

Com o coração apertado, saiu correndo, desviando-se das poltronas, e entrou no hall gritando o nome dela.

Ela gritou o nome dele. Mandou que ficasse parado, que ela iria ao seu encontro.

O coração dele estava muito acelerado depois daquela curta corrida. Ele havia parado ao lado da poltrona de espaldar reto e inconscientemente deu um passo atrás, afastando-se da moça morta. Sua aparência mumificada combinava com a casa, como se ela tivesse estado ali desde sempre, como um objeto em exibição, e não numa viagem interestadual na caçamba de uma picape acompanhada por uma moto e um homem morto.

— Olha onde você foi parar, Ruby-Red — murmurou ele.

Lacey apareceu no vão da porta, e Pilgrim não teve como disfarçar o alívio que sentiu ao vê-la sã e salva.

— Ela voltou por aqui? — perguntou Lacey e continuou falando mesmo depois de vê-lo fazer que não com a cabeça. — Eu quase dei um tiro nela. *Merda*. Eu surtei quando você gritou, e depois foi como se a parede estivesse desmoronando por dentro. Ela saltou fora da parede bem na minha cara. Entrei em pânico. — Fez uma pausa para respirar, virando-se para olhar mais uma vez para trás na esperança de que a pessoa tivesse voltado para dizer oi. — *Merda* — repetiu, mais alto desta vez.

— Presumo que você saiba quem era — disse ele.

— Ã-hã. — Ela respirou fundo, e as palavras seguintes saíram num único fôlego. — Tenho quase certeza de que era a minha sobrinha.

Fazia sentido para Pilgrim. A menina escorregou por aqueles degraus feito uma enguia, mantendo-se à frente dele com facilidade — só uma pessoa mais baixa e franzina poderia ter feito aquilo.

Eles chamaram por Addison, foram de andar em andar e de cômodo e cômodo, mas a menina estava muito bem escondida.

Lacey esfregou o rosto com ar de derrota.

— Eu matei ela de susto com o tiro. Eu sou uma *idiota*.

— Estamos todos um pouco nervosos.

— A gente precisa achá-la.

Ele fez que sim, mas sabia que a menina só seria encontrada se quisesse. Não agora. Ele a pegou desprevenida. Pelas contas de Lacey, a menina tinha 7 anos, o que fazia com que fosse crescida o bastante para ser esperta, mas ainda pequena, capaz de se esconder em qualquer cantinho da casa. Ela podia estar em qualquer lugar. Eles vasculharam a casa toda e, ao menos nessas buscas, Pilgrim concluiu que a casa estava vazia mesmo e não haveria surpresas aguardando por eles.

Havia um pequeno fogão a lenha na cozinha — que estava mais para uma peça decorativa, considerando o fogão de luxo em frente — que os serviria muito bem, e Pilgrim logo o acendeu, o cheiro de poeira, lenha e papel que usou como combustível fazendo cócegas no seu nariz. Se havia uma coisa capaz de fazer a ratinha mostrar a cara, era cheiro de comida. Além do mais, ele mesmo estava faminto. Em menos de cinco minutos abriu as duas latas e botou tudo para esquentar em panelas, e logo a comida começou a borbulhar apetitosamente no fogão.

Sentada à mesa, Lacey ainda censurava a si mesma e balançava a cabeça, muito aborrecida. Volta e meia se levantava e ia até a escada escondida atrás da parede da cozinha e espiava lá dentro.

Quando voltou para a mesa pela terceira vez, ela disse:

— Karey nunca me mostrou essa escada escondida. Era de se imaginar que teria me contado, já que era um detalhe especial da casa dela.

— Talvez ela nem soubesse que isso estava lá. — Ele levou as panelas quentes para a mesa. — Canja ou sopa de... letrinhas — Ele tentou dizer "espaguete", mas a palavra deu voltas nos seus lábios, recusando-se a sair.

— Eu sempre digo "macarrão" — disse Lacey. — Vou querer sopa de macarrão, por favor.

Comeram calados, atentos aos barulhos da casa e da chuva. A sopa foi abrindo um caminho quente ao descer pelo esôfago de Pilgrim e se acumulou feito lava no seu estômago. Os únicos sons que se ouviam na cozinha, além, é claro, do chiado das brasas do fogão, eram o raspar e o tinido das colheres ao levarem o macarrão e a canja do fundo das panelas para as bocas. Nenhum ruído vinha do andar de cima.

Pilgrim ficou observando a garota enfiar a colher no caldo e empurrar o macarrão de um lado para o outro por uns trinta segundos antes de mostrar o que tinha escrito.

— Consegue ler?

Ele deu uma boa olhada, chegou até a inclinar a panela para lá e para cá, mas, embora soubesse que o macarrão era de letrinhas, embora *soubesse* que as letras que ela colocou uma ao lado da outra só poderiam ter sido selecionadas dentre as vinte e seis do alfabeto, era como tentar fisgar um peixe com os olhos, cada letra se contorcendo para longe da sua compreensão.

Ele balançou a cabeça.

— O seu nome? — arriscou ele.

Ela puxou a panela de volta, meteu a colher lá dentro, encheu-a com as letras que havia enfileirado e enfiou tudo na boca.

— Não — respondeu de boca cheia. — *Me coma* — disse ela com um sorriso enquanto mastigava.

Sem que tivessem combinado, ambos deixaram um pouco de comida no fundo das suas respectivas panelas e voltaram com elas para o fogão, o aroma delicioso de caldo quente ainda perfumando o ar. Quanto mais tempo Pilgrim passava sentado no calor da cozinha, o estômago mais cheio que há muito tempo, mais as suas dores diminuíam. Seria ótimo se acomodar na cadeira e ficar parado diante do fogão a lenha. Mas não podia se dar ao luxo de relaxar — ainda não —, então, ao invés disso, secou e verificou as duas armas, descarregando-as, certificando-se de que os mecanismos de disparo, bem como a ação do ferrolho da carabina e da telha da espingarda, funcionavam perfeitamente bem. Então as recarregou.

Fazia um tempinho que a garota não falava nada. E ele a viu umas duas vezes, talvez, olhando para o teto.

— Ela não vai sair da casa — disse ele. — Foi aqui que passou a vida inteira. É a casa dela.

Lacey fez que sim.

Mais um minuto de silêncio.

Ele pôs a carabina em cima da mesa, diante de Lacey.

— É noite. Já está completamente escuro. Seria uma boa hora para irmos ao cassino.

Ele teria preferido ir sozinho, mas Lacey conhecia a região — melhor que ele, pelo menos. Até certo ponto, precisava dela, e duvidava que a sobrinha fosse aparecer enquanto permanecessem ali dentro, ao menos por um tempo.

— A gente vai voltar — disse ele. — Então, ela já vai ter se acalmado, e vamos tentar fazer contato mais uma vez.

— Eu não devia ir embora. Acabei de encontrá-la. Ela deve estar morrendo de medo da gente.

— Achei que quisesse ajudar a Alex.

— Eu *quero*. — O jeito como ela respondeu fez Pilgrim achar que ela começaria a se zangar com ele ou a chorar. E ele não queria nem um nem outro.

Ele esticou o braço e tocou de leve na mão dela. Alguns segundos de contato, um gesto de conforto que não era nada usual para ele, mas que fez com que se recordasse do peso da mão dela no seu pé, das horas que ela passou com a mão descansando na sua bota enquanto ele dormia em frente à fogueira crepitante, as portas do celeiro fechadas para a noite, sua cabeça latejando tanto de dor que chegou a pensar que nunca mais acordaria.

— Sua sobrinha não quer ser encontrada agora — disse ele. — Ela conhece essa casa melhor que a gente. A gente pode até procurar, mas vai ser perda de tempo. Mas a Alex a gente *pode* ajudar. Sua sobrinha ainda vai estar aqui quando voltarmos.

Sem dizer nada, Lacey olhou para ele, buscando seus olhos. Ele podia ver a tristeza neles, uma sombra escura escondida lá no fundo, num lugar que provavelmente ela acreditava ser impossível para ele desvendar.

Enfim, ela concordou e saiu da mesa.

— Primeiro preciso fazer uma coisa.

Ele não fazia ideia do que ela queria dizer com isso, mas fez que sim.

— Preciso ir atrás de algumas rodas. Já volto. — Ele se levantou e, de pronto, lamentou ter de sair da cozinha acolhedora.

— Acho que vale a pena dar uma olhada no vizinho. Karey sempre reclamava do Sr. Thomas fazendo o motor do seu novo projeto girar nas horas mais ridículas da manhã. Pode ter algo de útil na garagem. Eles tinham um conjunto de chaves extra perto da porta dos fundos, para quando saíssem de férias. — Ela indicou com a cabeça um porta-chaves com três ganchos ocupados.

Ela deixou a carabina na mesa e atravessou o hall. No vão da porta, parou de cabeça abaixada.

— Não era isso que eu queria.

Havia um mundo de significados nessas palavras, sobretudo o fato de ter perdido a sobrinha no instante em que a encontrou. Pilgrim sabia que as esperanças nem sempre se tornavam realidade. O melhor para ela teria sido manter as expectativas mais modestas, mas isso ela não conseguiu, e também não aceitava considerar o reencontro com a família como qualquer coisa que não um momento de grande felicidade. Quanto mais altas as esperanças, maior a queda.

E, no fim das contas, não era a queda que matava. Era atingir o fundo.

Lacey subiu as escadas com passos pesados, para que o pé tocasse o piso com um *chump* seco. Dobrou à direita no patamar.

Tum-tum-tum, era ela caminhando.

Apareça, apareça, apareça, pensou ela.

Em suas buscas, o Escoteiro fechou todas as portas depois de verificar cada cômodo, e agora o corredor era um túnel estreito e asfixiante. Ela parou na sombra que dava para o torreão. A escuridão era tão densa que tinha certeza de que conseguiria tocá-la, se quisesse.

Ela não planejava ir até ali; mesmo assim, sentou-se no primeiro degrau e olhou para a escuridão da escada que subia. Addison talvez estivesse lá em cima, talvez estivesse sentadinha no último degrau olhando para baixo, para ela. Tudo era possível.

— Sinto muito ter demorado tanto para chegar — disse Lacey, sua voz penetrando nas sombras e sumindo, feito notas musicais num ambiente com isolamento acústico. — Queria ter vindo há três anos, mas foi meio difícil por causa da doença de vovó. Você teria gostado dela, da sua bisavó. Ela era durona. Como se ela fizesse patê das rochas da crosta terrestre, uma coisa que jamais poderia ser arrancada do lugar. E quer saber? Pode soar engraçado, mas acho que a verdade é que ela nunca foi arrancada. Tudo que machucou ela vinha de dentro. Ela não tinha controle nenhum sobre as coisas que se partiam na sua cabeça, deixando ela confusa e transformando em outra pessoa. Ninguém consegue controlar o que acontece nas nossas mentes. — E isso era bem verdade, pensou ela.

Ficou na expectativa de uma resposta de Voz, talvez algo mordaz ou mesmo na defensiva, mas não veio nada. Ele estava lhe dando algum espaço, por ora.

Puxou a medalhinha de são Cristóvão para fora da blusa e a encarou. A imagem estava perdida na escuridão, mas não importava; ela também estava gravada na sua mente. Esfregou a medalhinha nos lábios, sentindo o relevo se aquecer com o contato. Olhe até onde isso me levou, Red. Até onde eu precisava estar.

Respirou fundo, prendeu o ar, então o deixou escapar rápido.

— Eu adoraria conhecer você, Addison. Será que a gente pode se ver quando eu voltar? — Nem o menor sussurro chegou aos seus ouvidos. — Nunca fiz o papel de tia, mas sei como é ser irmã. Nisso, pelo menos, eu me sairia bem.

A escuridão continuou silenciosa, impassível. Lacey tornou a guardar a imagem de são Cristóvão e se levantou.

— Logo, logo, eu volto. Não precisa ficar com medo, tá? Vou cuidar de você. Você não está mais sozinha.

Lacey esperou mais um pouco, mas nada se mexeu. Foi até o final do corredor, abriu a última porta à direita e entrou no quarto frio da irmã. A cama estava feita, o edredom cuidadosamente dobrado, como se esperasse que Karey subisse com uma caneca de chocolate quente e um bom livro. Dentro do guarda-roupa, as roupas de Karey estariam penduradas nos cabides. Dentro das gavetas, suéteres e calças compridas e roupas íntimas estariam cuidadosamente dobrados.

Lacey se deitou na cama de cara para o travesseiro. Por baixo do cheiro rançoso de mofo havia um perfume fraco e persistente. Floral e adocicado. Como entrar no quintal de uma casa durante o verão.

Lacey deu a si própria os mesmos cinco minutos que havia passado à beira do túmulo da avó antes de deixar a casa da fazenda. Durante aqueles trezentos segundos, o travesseiro acolheu seu choro e seu sofrimento a fez retorcer o edredom nas mãos. Cinco minutos, e então ela se levantou, o rosto molhado, a respiração funda, deixando toda a densidade da dor rasgar seu peito, *desejando* que machucasse, precisando que sua dor fosse tão poderosa que a instasse a se afastar dela ou, então, ser consumida por ela. Mas não tinha tempo para ser consumida. Alex precisava dela. Arrumou o travesseiro e alisou a coberta da cama. Então, saiu do quarto da irmã, fechou a porta e voltou para baixo.

Tum-tum-tum, diziam seus pés.

Alex, Addison, Alex, diziam seus pensamentos.

CAPÍTULO 4

A chuva tinha diminuído e agora não passava de uma garoa, uma névoa que se assentava nos cabelos feito joias e descia pelos ombros e pelas mangas das jaquetas parecendo contas. O vizinho da irmã de Lacey tinha bom gosto; uma pena que não estivesse mais por ali — Pilgrim teria gostado de cumprimentá-lo. Não foi nada complicado ligar nem de botar para andar a Triumph TR7 modificado. A moto corria feito um fantasma, o ronco do motor de dois cilindros ecoando nos prédios, voltando lindamente para ele enquanto cruzavam as ruas sombrias. Já não se preocupava mais com o barulho nem com a atenção que atraíam; logo deixariam a cidade para trás. Ele viu apenas dois outros veículos indo bem devagar, como se estivessem em busca de algo, mas nenhum deles mudou de rumo quando a Triumph TR7 que pilotava passou por eles voando baixo.

Ele achava que tão cedo não voltaria a pilotar uma moto, menos ainda com Lacey na garupa. Na garagem também havia um Dodge Charger ano 1970, mas ele não conseguiu resistir à atração da moto depois de passar tantas horas confinado na cabine da picape. Teve certa dificuldade para apertar a alavanca da embreagem com a mão esquerda, por isso trocou de marcha o mínimo possível, e doía ter o braço de Lacey envolvido na sua cintura, pressionando-lhe as costelas. Mas a viagem seria curta, e ele não se importava de enfrentar os desconfortos em troca dos prazeres obtidos.

Logo a estrada de quatro pistas atravessava um distrito de fábricas, os negócios colonizando a terra desértica, culminando com os cassinos mais adiante, enfileirados no fim de ruas num declive suave, cada um construído nas margens do Mississippi parecendo aqueles playsets bem bregas da Mattel. Desligou o motor e percorreu o último quilômetro em silêncio, o ar quente e úmido da noite atravessando o lenço que havia amarrado sobre o nariz, seus ouvidos captando apenas o roçar dos pneus da moto e o sussurro do vento.

Ele ainda não tinha certeza se o motor da TR7 pegaria sem a bateria para alimentá-lo, mas agora não era o momento de se deixar afetar por esse tipo de problema. Deixou a moto ir parando no embalo e plantou as botas no chão enquanto Lacey descia. Escondeu a moto atrás de uma antiga fundição. Lacey se livrou da amarração que o Escoteiro havia feito para que ela pudesse carregar as armas às costas, e ele a ajudou a desfazer os nós, ficando com a espingarda. Ela ligou o rádio e obteve dois bipes abafados como resposta. Levou o alto-falante ao ouvido.

— Alguma coisa? — perguntou ele.

— Por enquanto, nada.

— Deixa ligado, mas abaixa o volume.

Ela concordou e prendeu o rádio à cintura.

Seguiram em frente a pé. Pilgrim ouviu Lacey espirrar uma ou duas vezes enquanto ela andava ao seu lado de cabeça baixa e com as mãos recolhidas dentro das mangas. Sob o tecido do lenço amarrado sobre o rosto, sua respiração quente voltava em sopros iguais. Uma coisa regular, contável. Igual aos passos nas calçadas: dois passos curtinhos de Lacey para cada passo largo dele.

Aceleraram o ritmo ao atravessar os jardins e margear os estacionamentos vazios, saltando as cercas de madeira meio caídas e roçando as paredes dos prédios. Rua após rua, aproximavam-se cada vez mais do rio. Enquanto estavam agachados e encostados numa parede para recuperar o fôlego, Lacey se inclinou para Pilgrim e sussurrou no ouvido dele. Os cassinos dali recebiam centenas e centenas de apostadores nos andares de entretenimento, disse ela, e tinham quase a mesma quantidade de quartos em condições de hospedá-los, além de uma variedade de restaurantes e lojas de lembrancinhas. Ela também descreveu o prédio em formato de barco a vapor que havia visitado, mas, até que visse com os próprios olhos, ele não acreditava muito na imagem que as palavras dela desenhavam.

O Riverboat Casino ficava nas margens tomadas pela cheia do rio, seu estacionamento amplo inundado em alguns pontos, a água escura e insondável. O próprio hotel-cassino foi projetado no formato de um barco a vapor de vários andares. Pilgrim calculou que, durante seu apogeu, a fachada estaria iluminada por cordões de lâmpadas e luzes néon, o módulo das rodas de pás e a roda do leme incrustradas de bolas acesas, as duas chaminés altas pintadas de vermelho e piscando um "Bem-vindo" que podia ser visto quilômetros rio acima. Era uma visão impressionante, mesmo que apagado e desprezado, um mastro bem alto fora de prumo, janelas quebradas, pintura descascando.

— Tem certeza de que é aqui? — perguntou ele. Não havia luzes acesas em nenhuma das janelas nem sinais de pessoas interessadas em apostar.

Ele teve a impressão de vê-la fazer que sim.

— Eu adorava esse lugar quando era criança. Não acreditei quando a Karey me contou: um prédio que era um barco, também? Parecia doideira. Mas ela me trouxe aqui e...

Ela parou de falar quando uma figura solitária apareceu vindo do prédio vizinho ao hotel-cassino, passando por baixo da cancela de uma barreira de segurança e descendo a rampa bem devagar. O cara não tinha a menor pressa nem parecia estar preocupado em verificar o entorno, enquanto andava pelo que Pilgrim concluiu ser uma garagem de carros. Um dos braços do sujeito subiu até a altura da cabeça.

O rádio na cintura de Lacey ganhou vida.

— *Tudo certo com os carros. Distribua as cartas, Ove. Volto em duas.*

A figura desapareceu ao dobrar um canto do cassino, voltando para dentro.

— *Já estamos com dois jogos, parceiro* — responderam. — *Melhor entrar num acordo.*

— É aqui — disse Pilgrim.

Ele e Lacey estavam agachados atrás de uma mureta no alto de uma rua que descia serpenteando até o estacionamento. Pilgrim nunca entendeu por que esse país gostava de presumir que todo mundo só andava de carro, o que dificultava a vida dos pedestres. Vencer os zigue-zagues dessa rua sinuosa demorava o triplo de tempo de uma caminhada em linha reta. O que também significava que estariam visíveis a qualquer um que olhasse pela janela.

Se serve de consolo, disse sua nova voz, *tenho certeza de que os fundadores desse país se arrependem profundamente de ter criado um sistema viário não amigável aos pedestres.*

Não era consolo nenhum, e Pilgrim meio que engatinhava, meio que corria ao longo da mureta até o topo da rua, buscando uma alternativa para descer.

Nada. A não ser que quisessem ir a nado.

Ele suspirou.

O que eu não entendo é como você está sempre se metendo nessas confusões. E isso soava parecido demais com algo que Voz teria lhe dito para o seu gosto.

Ele se virou para Lacey e apontou para a rua.

— É o único caminho.

— Imaginei que fosse — disse ela.

Pilgrim tentou ao máximo mantê-los fora de vista, mas já não havia onde se esconder ao chegarem ao fim da rua sinuosa — a área aberta do estacionamento inundado era a única coisa entre eles e a entrada do hotel-cassino. Das trezentas vagas, poucas estavam ocupadas, e Pilgrim não precisou analisar os carros para saber que já tinham sido lavados e estavam imaculados.

— Qual é o plano? — perguntou Lacey, ofegante, agachada ao lado dele, enquanto ambos examinavam o terreno à frente.

Não havia plano nenhum. Planejar algo quando não se tinha ideia do que vinha pela frente era praticamente impossível. Começava a achar que o melhor seria mandá-la de volta para esperar por ele perto da moto, mas suspeitava que ela começaria a discutir acaloradamente bem ali, e essa era a última coisa que ele queria.

— O plano é não ser pego — disse ele.

Estava hesitante em se expor. A noite se agachava ao seu lado, uma presença escura às suas costas, espreitando na sua visão periférica. No ar úmido, a intensa sensação de expectativa, o pressentimento de algo ardiloso se preparando às escondidas para dar o bote. Ele não tinha certeza se a garota também pressentia algo no ar, mas ela havia se encostado na lateral do seu corpo, um peso quente e sólido da axila ao osso do quadril. Dava para sentir a respiração dela, as costelas se expandindo e encolhendo. Por um instante, recordou-se de como foi quando ela estava na garupa da moto com ele. Ela foi o primeiro ser humano com quem ele teve — por vontade própria — contato físico em cento e cinquenta e um dias corridos, e Voz o alertou para que não se acostumasse à presença dela. Agora, porém, ele temia estar mais que habituado e cada vez mais não queria ficar sem ela.

Você está se afogando.

Estou, e a sensação não era de todo ruim.

Na súbita contração das costelas dela, não só sentiu mas ouviu a respiração da garota em cima dele.

— Isso ajuda tanto quanto um colete salva-vidas de concreto — disse ela.

Ele deu um sorriso na escuridão que não podia ser visto.

— Vamos em silêncio. E continuamos calados inclusive lá dentro, o que significa sem tiros, sem gritos, sem esbarrar em nada. Vamos vasculhar tudo. Vamos achar a Alex. O lugar é bem grande, e você disse que eram uns trinta. É isso? Então vai ter bastante lugar para a gente se esconder, se for preciso.

— Mas e se a gente acabar fazendo algum barulho?

— Lembra quando eu disse que era para dormir de botas?

— Ã-hã... E?

— Lembra por que eu disse isso?

— Porque na maioria das vezes vale mais a pena sair em disparada que brigar?

— Exatamente. Se formos descobertos, saímos correndo.

*

Concordaram também que, caso tivessem de fugir e acabassem se separando, o ponto de encontro seria na antiga fundição, onde tinham deixado a TR7. Era um plano simples, mas adequado à situação.

Pilgrim, então, fez algo inusitado, que não conseguiu explicar totalmente nem a si mesmo. Pôs a mão na cabeça da garota, a palma acompanhando a curva frágil do crânio dela. Os cabelos dela se arrepiaram, e o topo da sua cabeça bombeava calor como se fosse seu fogão a lenha pessoal.

Ela deve estar queimando um monte de lenha.

O comentário o fez sorrir, mas, de novo, o breu o escondeu.

Percebeu que os lábios dela se entreabriram, sentiu os pulmões se enchendo de ar, prontos para deixar escapar palavras na próxima respiração, mas ele não lhe deu chance de verbalizar nada. Ele sussurrou:

— Vamos. — E afastou a mão, colocando-a na espingarda gelada. Saiu correndo pelo estacionamento.

Seu primeiro alvo foi uma velha perua a quase cinquenta metros. Sem rodas, o capô levantado, apoiada no chassi, as portas e a tampa traseira abertas, como se o carro tivesse aberto as asas numa tentativa de alçar voo. Não ia a lugar nenhum, entretanto; nem agora nem daqui a muito tempo. Cobriu a distância rapidamente e se acocorou colado ao para-choque traseiro, esperando a garota se abaixar ao seu lado. Olhou através do vão aberto das janelas e tentou ver a entrada principal do hotel-cassino. Não havia ninguém. Achou estranho não ter nenhum vigia a postos.

Enquanto esquadrinhava o estacionamento, a lua saía de trás de uma nuvem preta feito fuligem, riscos de luz prateados na superfície inundada. Áreas alagadas bloqueavam o caminho, transformando o prédio em forma de barco a vapor numa ilha encalhada.

Talvez um dia ele saia navegando.

Fariam um bocado de barulho se vadeassem pelas poças, sem falar que isso retardaria bastante o avanço. Pilgrim viu uma única e estreita passagem entre duas áreas de água preta, por onde só dava para passar um de cada vez. Também não ia direto para a entrada principal. Chamou a atenção de Lacey para isso. Ela fez que sim. Como se estivesse combinado, as nuvens correram para cobrir a lua, e Pilgrim aproveitou para dar a volta na perua e sair da cobertura, correndo em passadas longas e velozes, os olhos semicerrados grudados no prédio, ignorando obstinadamente a dor lancinante que atravessava suas costelas. Ouviu a menina vindo atrás, seus passos rápidos e leves feito um coelho.

Alcançaram a quina do prédio, ofegantes e com o coração batendo rápido. Pilgrim saltou um guarda-corpo e esperou enquanto a garota passava por baixo da grade e corria até ele. Assim que sentiu o braço dela resvalar no seu cotovelo, seguiu caminho, correndo pela fachada leste do prédio, a espingarda pronta, seu olho bom vasculhando e vasculhando e vasculhando.

Entraram numa espécie de pórtico espaçoso e coberto que unia o prédio principal do cassino ao da garagem de três andares. Acima da cabeça dos dois, a popa do pseudobarco a vapor se alongava até o segundo andar da garagem.

Uma entrada secundária aguardava por eles, os espíritos fantasmagóricos de manobristas e recepcionistas acenando para que entrassem. As portas automáticas eram mantidas abertas por uma lata de lixo tombada que funcionava como calço. Pilgrim se aproximou com cautela.

— Olha — sussurrou a garota, mas ele já tinha visto.

Duas grandes cabeças entreolhando-se foram pichadas no vidro das portas automáticas. E nelas estavam desenhadas espirais em riscos grossos, pesadões e pretos.

— Eles estão pichando os lugares em que estiveram — murmurou a garota.

Ou estão avisando o que está por vir, pensou Pilgrim.

Ele ergueu a perna e pisou na lixeira. Dentro, o silêncio pareceu esmagá-lo, o vento e a chuva desaparecendo quase de uma vez. Afastou o lenço que lhe cobria o nariz e a boca. O lugar cheirava a água fria e podridão.

O interior do prédio não se parecia nada com um barco a vapor. O piso lustroso mal tinha perdido seu brilho, e o teto com pé-direito alto era decorado com delicados cordões suspensos de vidro multicolorido: laranja, bronze, amarelo-ocre e todos os matizes dessas cores.

Seus passos ecoavam não importava quão leve pisassem, embora suas tentativas de manter o máximo de silêncio parecessem perda de tempo. O lugar era um navio fantasma, não se via nenhum sinal da presença do homem que tinham visto, como se eles fossem as únicas almas vivas a bordo.

Passaram por uma loja de pretzels deserta, o odor quente e salgado há muito dissipado. Em seguida, uma barraquinha brilhante de aço inox de venda de algodão-doce. Ali o aroma de açúcar permanecia no ar, e Pilgrim soube que Lacey salivou, porque a ouviu engolir ao passar por ali. Depois só passaram por portas para os banheiros e para os armários de material de limpeza.

Ao lado de um vaso de planta imenso, grande o suficiente para abrigar um carvalho, um mapa detalhado, codificado por cores, estava emoldurado e fixado à parede. Apesar de Pilgrim não conseguir ler os nomes dos diferentes setores e áreas, dava para enxergar claramente onde as escadas rolantes e os elevadores estavam localizados, bem como os banheiros, os caixas eletrônicos e as escadas e as saídas de emergência.

Ao fim de um corredor lustroso, depois de descer uns poucos degraus, a área se abria para um átrio com o teto parecendo uma catedral e dois conjuntos de escadas rolantes inoperantes e, do outro lado, para uma loja de lembrancinhas saqueada. Havia duas portas de aparência reforçada fechadas atrás da escada rolante, na parede norte. O luar penetrava pela entrada principal e pelos painéis de vidro — alguns rachados, a maioria intacta — da fachada do hotel-cassino. O piso polido brilhava sob uma camada de água na altura dos joelhos. Folhas mortas, sujeira e outros detritos, inclusive presentes descartados da loja, boiavam no lago improvisado, alguns deles batendo nos degraus inferiores das escadas rolantes.

O homem e a garota patinharam lentamente, como exploradores atravessando um pântano. Foi bem próximo daquelas escadas de metal que perceberam os primeiros e distantes sinais de vida.

Risadas. Seguidas pelo som de algo pesado se espatifando. Mais risadas estridentes, mas também gritos furiosos, que serviram de combustível para uma longa sequência de gracejos e zombaria. Mais coisas se espatifando.

Pilgrim e a garota trocaram olhares.

Bingo, sussurrou aquela parte nova e separada dele.

Ficaram escutando por mais algum tempo enquanto o volume das vozes baixava até elas sumirem. Pilgrim sabia que era um efeito da acústica; as pessoas permaneciam no mesmo lugar, eles dois só estavam longe demais para ouvir agora que a discussão acalorada tinha se transformado numa briga de fato.

Ele mandou que ela não se afastasse. Subiram os degraus, o clangor baixinho dos seus pés, o som metálico das gotas de água que pingavam das pernas das calças baixo demais para ecoar. Perto do topo, Pilgrim se deitou nos degraus frios e tortos, as beiradas serrilhadas penetrando nas costelas, e olhou por cima do espelho do degrau superior. Seus olhos ficaram em choque com a estampa espalhafatosa do carpete. Após alguns metros de desenhos hexagonais concêntricos, a primeira fila de caça-níqueis, todos na penumbra e diante dos seus respectivos bancos altos. Havia uma infinidade de máquinas, fileiras e mais fileiras que logo sumiam na escuridão, pois o luar que avançava pelo átrio não conseguia atravessar as pesadas bancas de jogo.

Depois de passar um bom tempo observando, ele se levantou e fez sinal para que a garota o seguisse. Pisou no carpete felpudo, as botas afundando nos fios longos e densos, e se afastou do largo corredor central, andando em zigue-zague pelas fileiras de caça-níqueis, usando-os como cobertura. Seus olhos se adaptaram rapidamente à penumbra, embora não tivesse se esquecido da lanterna que pesava no bolso da jaqueta, pronta para ser usada se fosse preciso. Chegaram a um ponto em que o corredor se bifurcava, o carpete para leste e oeste, centenas de caça--níqueis de todo tipo, um clima de velório com as máquinas feito lápides num cemitério. À direita, talvez umas vinte mesas de roleta espalhadas ao acaso. Uma estava tombada, fichas vermelhas, pretas, verdes e azuis camufladas nos desenhos espalhafatosos do carpete. Os bancos ao redor também tinham sido derrubadas.

A garota deu um puxão na sua jaqueta, e ele se inclinou de modo que os lábios dela alcançassem sua orelha.

— Alguém ficou danado por ter perdido — sussurrou ela.

Pilgrim se perguntou por que esse pessoal ficaria zangado em perder, afinal eram apenas um punhado de fichas de plástico.

— Viu aquela porta? — Ela apontou.

Na parede dos fundos, atrás das mesas de roleta, uma porta com a placa "Exclusivo para funcionários" era mantida aberta por um extintor de incêndio vermelho que fazia as vezes de calço. De longe, não dava para ver se era vermelho, estava escuro demais, mas ele sabia de que cor era o extintor, de que cor todos os extintores de incêndio eram. E o vermelho dos carros de bombeiro o deixava nervoso, pois fazia com que se recordasse das portas de serviço vaivém na área de carga e descarga do shopping. E de como tinha visto uma explosão que abriu um buraco nas portas, de onde espirrou um sangue fantasmagórico. O sucesso do seu plano dependia de passar despercebido e, no entanto, se não se embrenhassem no covil das cobras, onde alguém poderia estar de tocaia, jamais achariam Alex.

Avançando cautelosamente — buscando a proteção dos caça-níqueis, e depois partindo em disparada pelo largo corredor acarpetado e escondendo-se acocorados atrás das mesas de roleta —, dirigiram-se à parede dos fundos. Estavam quase lá quando mais uma vez ouviram vozes, desta vez de algum lugar atrás da porta "Exclusivo para funcionários", aproximando-se.

Pilgrim se abaixou e foi rastejando até debaixo da mesa de roleta mais próxima, estendendo a mão para agarrar o ombro da blusa de Lacey. A porta se abriu por completo com um assovio rouco do sistema hidráulico, e ele puxou a garota para debaixo da mesa, e ela acabou praticamente esparramada em cima dele.

Uma onda de vozes saiu porta fora, e junto veio uma luz amarela. Pilgrim congelou. A garota parou de se mexer. Seu ombro ossudo espetando a barriga dele. Mal sentia a respiração de Lacey, embora sentisse o coraçãozinho ritmado dela batendo.

Uma voz rouca de fumante inveterado disse:

— Mas ele é um tremendo de um puxa-saco.

Uma segunda voz, mais velha:

— Isso não muda nada. É melhor você fazer o que ele mandou senão ele vai arrancar fora o seu nariz e dizer que o *culpado* é aquela coisa que mora na sua cabeça.

— Aquele veado pode tentar, se quiser. — As palavras vinham carregadas de fanfarrice. Era evidente que o cara estava aterrorizado.

— Ele vai entalhar um monte de arabesco nessa sua cara.

— *Arabesco*? — disse uma terceira voz, animada. — Essa foi boa, Teller.

— Você nem sabe o que é um arabesco, seu babaca.

Pilgrim havia reconhecido essa terceira voz. O corpo de Lacey se retesou, e ele percebeu que ela a havia reconhecido, também. Ele ainda apertava a blusa dela, e lhe deu um puxão como aviso para que aguentasse firme.

Os três homens foram andando por entre as mesas de roleta em direção ao corredor acarpetado, o que os faria passar pela mesa em que Pilgrim e Lacey se escondiam. O facho de uma lanterna os acompanhava suavemente. Ele notou que a bota da garota estava para fora, claramente exposta.

— Eu sei o que é arabesco, sim — disse Posy em tom desafiador.

— Ah, é? Então por que não *elucida* pra gente?

— Ah, deixa ele pra lá — disse Teller. — Se ele nem sabe quando cagar, imagina outras coisas.

Os dois caíram na gargalhada bem perto de onde ele e a garota estavam, a lanterna iluminando o chão, avançando um pouco para debaixo da mesa. Pilgrim soltou a camisa de Lacey e, com todo *cuidado*, puxou a pernas dela para que seu pé ficasse na sombra.

Os três seguiram em frente, Posy reclamando que os outros dois não paravam de implicar com ele. Chegaram ao corredor e tomaram o caminho pelo qual Pilgrim e Lacey tinham vindo.

O rádio no cinto da garota emitiu dois bipes, avisando que a bateria estava acabando. Lacey se encolheu, e ele sentiu uma pontada de pânico grudando-o ao piso.

Um dos três parou.

— Ouviram isso? — disse Teller.

— Vão se foder — reclamou Posy. — Não sou obrigado a aguentar isso de vocês.

Os pés que antes tinham parado agora estavam voltando. Pilgrim viu um par de botas surgir na ponta da mesa onde o pé de Lacey estava um segundo atrás. Pilgrim conseguia imaginar o sujeito inclinando a cabeça, aguçando os ouvidos, e teve de controlar seus instintos para não pegar o rádio na cintura de Lacey e desligá-lo. O pior que podia acontecer seria mais um bipe...

— Tem razão, Posy, é um mundo livre — disse o fumante do corredor. — Então por que você não vai defender o seu direito à liberdade e se manda?

— Epa, você não devia falar assim comigo...

Lacey se encolheu novamente de susto quando a roleta acima deles girou, o saltitar das bolinhas reverberando no tampo da mesa.

— A única razão para a gente estar junto é que você era o bichinho de estimação da Red. — disse o Fumaça. — Certo, Teller?

Teller, um pouco mais à frente, concordou com um grunhido.

— E ela não está mais aqui. Não tem mais nenhum cartão de "Saída livre da prisão" para você, garoto, então fica esperto daqui pra frente.

A roleta continuava girando, cada vez mais lentamente, quando as botas de Teller deram meia-volta e se foram. Pilgrim acompanhou os passos que se uniram aos dos dois comparsas e foram se afastando, a débil luz amarelada indo com eles. Posy ficou em algum lugar à direita, murmurando consigo mesmo por uns instantes, até que outra luz se acendeu, mais branca e mais intensa. Posy se afastou do corredor e, bem indeciso, passou pelas mesas de roleta, ainda reclamando da vida.

Ao ouvir chamarem seu nome, parou de se lamentar.

Pilgrim tornou a chamá-lo quase num sussurro e, hesitante, o rapaz se aproximou da mesa e apontou a lanterna para a cara deles. No mesmo instante, Pilgrim apontou o cano da espingarda para ele e disse:

— A não ser que você queira outro buraco para respirar, não dá um pio.

CAPÍTULO 5

Lacey viu os olhos de Posy se arregalarem e o queixo cair.
— Fecha a boca — disse o Escoteiro.
Posy obedeceu.
— Bom garoto. Agora, para trás.
O homem de barba ruiva deu alguns passos para trás, e o Escoteiro cutucou Lacey. Ela entendeu o recado e se retorceu por baixo do braço dele, tomando o cuidado de não ficar na frente do cano da espingarda, e saiu de baixo da mesa. A primeira coisa que fez foi desligar o rádio. O que ela queria mesmo era atirar aquela porcaria longe, chutá-la e pisoteá-la até virar poeira, só por garantia — seu coração ainda descompassado pelo susto que tinha levado —, mas ter um acesso de raiva por causa daquilo seria uma Péssima ideia, com "P" maiúsculo.

Enquanto o Escoteiro se levantava, ela notou que ele nunca desviava o cano da espingarda do peito estreito de Posy.

— C-Como você chegou aqui?

Levou alguns instantes para se dar conta de que Posy se dirigia a ela. Ele estava boquiaberto, obviamente abalado por vê-la com vida e bem na sua frente.

Não vá pensando que esses cambitos vão sustentá-lo por muito tempo, disse Voz.

Ela deu de ombros e sorriu.

— Vim dirigindo a picape do Lou até aqui.

Posy olhou de esguelha para o Escoteiro, como se buscasse uma confirmação de que o que ela disse era verdade, mas, antes que ele dissesse qualquer coisa, seus olhos piscaram e seu queixo despencou mais uma vez.

— D-Deus... — Embasbacado, ele se calou.

Perplexa, Lacey voltou a encarar o Escoteiro, tentando entender por que Posy o encarava boquiaberto, até que por fim entendeu. Na última vez que esses dois se encontraram, Posy estava tentando erguer o peso morto do Escoteiro para colocá-lo na picape de Jeb.

— Encosta na parede — ordenou o Escoteiro, o cano da espingarda indicando uma área em que não seriam vistos.

Posy não se mexeu. Toda sua concentração parecia estar direcionada a controlar o queixo. Quando ele falou, dava a impressão de que estava se dirigindo a um padre depois de ter testemunhado um milagre divino.

— Você é *ele*, não é?

— Não — respondeu o Escoteiro.

— Quem? — perguntou Lacey ao mesmo tempo.

— É você s-sim. Jeb te matou. Eu vi. Você estava morto.

— Acho que está me confundindo com alguém que levou um tiro na cabeça.

Lacey quase soltou uma gargalhada, mas tudo perdeu a graça quando o Escoteiro partiu para a ignorância, erguendo a espingarda e apontando-a para o rosto de Posy.

— Se eu tiver que repetir que é para você se mexer... — disse ele bem baixo.

— É melhor você fazer o que ele está mandando — aconselhou Lacey.

O que quer que Posy tenha visto nos olhos do Escoteiro surtiu efeito; ele saiu correndo para um canto atrás de uma fileira de caça-níqueis afastada do corredor principal. E, então, lançou um olhar ridículo de coitadinho para trás, que apenas fez com que Lacey sentisse mais pena dele.

O Escoteiro pediu à garota que pegasse o isqueiro, e ela obedeceu, acendendo-o. Sua chama fraca era preferível ao facho branco e forte da lanterna de Posy que, ao receber a ordem de apagá-la, atrapalhou-se todo, sacudindo-a de um lado para o outro até a lâmpada apagar. Lacey tirou a lanterna dele.

— Senta — ordenou o Escoteiro.

Posy se sentou, deslizando as costas pela parede.

Lacey continuou em pé, enquanto o Escoteiro se agachava diante de Posy, usando o joelho erguido como apoio para o cotovelo e, consequentemente, para a arma. Ele pressionou os canos da espingarda no pescoço esquelético do homem.

Posy semicerrou os olhos, as feições se transformando num amontoado de pústulas e tufos de barba.

— *P-P-Por favor*. Eu não fiz *nada*!

— *Xiu* — disse o Escoteiro com rispidez, sua voz, um sussurro cruel.

Lacey descansou a mão no ombro do Escoteiro, sentiu um leve tremor e, preocupada, olhou para ele ajoelhado.

Ele está sentindo dor.

Disso ela sabia. Agachou-se ao lado dele e ficou na altura de ambos, tentando quebrar a tensão entre eles. Não estava sendo fácil para nenhum dos dois.

Ela se dirigiu a Posy.

— Olha só, Posy, a gente só quer umas respostas, tá bom? Não vamos machucar você.

Posy se arriscou a abrir um olho.

— V-Você jura?

— Nós somos colegas de leitura, certo? — Ela deu à voz o timbre mais meloso e convincente que conseguia. — Eu não minto para os meus colegas de leitura.

Ele abriu os olhos e, bem nervoso, voltou sua atenção para Pilgrim e depois para ela.

— Tudo o que a gente quer é encontrar a nossa amiga — disse Lacey. — Só isso. Encontrar a nossa amiga e ir embora.

— Você... Você tá falando da Alex?

Ao ouvir o nome dela, Lacey sentiu tontura, o piso de repente se transformando no convés revolto de um barco de verdade, subindo e descendo. Se estivesse em pé, certamente teria perdido o equilíbrio.

Mal tinha fôlego para falar.

— Isso. Alex.

— Hummm, o Dumont está com ela.

— *Onde?*

— Lá em cima. — Ele tornou a fazer aquele zumbido. — No Lounge das Estrelas.

Depois de alguma insistência — para ser sincera, quase que exclusivamente por parte do Escoteiro —, Posy também contou que os dois homens que estavam com ele tinham ido vigiar a frente do cassino, mas que a maioria permanecia no prédio, na área destinada ao hotel na ala oeste (saqueando os minibares dos quartos de hóspedes), no buffet do salão de jantar, que podia ser acessado pelos corredores dos funcionários, atrás da porta com a placa "Exclusivo para funcionários", ou em patrulhas externas que estariam de volta no dia seguinte. Dumont, porém, estava no terceiro andar.

— Patrulhas externas? O que eles querem? — perguntou o Escoteiro.

— Pessoas. Pessoas que ouvem coisas. O Chefe quer todas aqui reunidas.

— Por quê, Posy?

— Não sei — choramingou Posy. — Ninguém me conta nada. — Duas lágrimas gordas brotaram, fazendo a luz do isqueiro se dividir em dois reflexos das chamas, uma em cada olho, dançando e cintilando sob o olhar do Escoteiro. — Ele vai... Ele vai me matar se souber que eu falei.

Parecem demônios do fogo, pensou ela, o isqueiro quente na sua mão.

Ele é outra alma vazia, disse Voz com tristeza.

O Escoteiro afastou a espingarda do pescoço de Posy, mas manteve o cano apontado para ele.

— A gente não vai dizer nada — prometeu Lacey.

Mas o homem já não olhava mais para ela, a atenção voltada unicamente para o Escoteiro agachado ao lado dela.

— O-O que aconteceu com o seu olho? — sussurrou Posy. Outra lágrima escorreu do seu olho e foi descendo feito um fio prateado pela bochecha até se embrenhar na barba.

Lacey viu quando o Escoteiro cobriu o olho esquerdo, escondendo-o deles, então baixou a mão para encarar o insistente olhar de Posy. Ele disse bem baixo:

— Quando eu estava morto, só ousei abrir um olho. Ele viu o Inferno.

Lacey o cutucou com o ombro, repreendendo-o silenciosamente por assustar o pobre rapaz.

— Ele está só de brincadeira — explicou ela a Posy.

— Estou? — disse o Escoteiro, arqueando uma sobrancelha para ela. O bruxulear da chama do isqueiro acrescentou um brilho sinistro aos olhos dele, especialmente o injetado.

Ela balançou a cabeça para ele com um sorrisinho e se levantou.

Posy não falou muito mais depois disso. Quando o Escoteiro retirou os cadarços dos sapatos do rapaz e amarrou as mãos dele nas costas, Posy começou a chorar sem, contudo, fungar ou babar, e Lacey ficou aliviada por isso. Ela não queria que o Escoteiro o deixasse ainda mais assustado.

Ela bem que tentou tranquilizar Posy, prometendo que ninguém faria mal a ele, mas foi em vão.

CAPÍTULO 6

Localizaram um armário de limpeza, e Pilgrim rasgou uma tira da camisa de Posy, enfiou sua meia suja na boca do sujeito e o amordaçou. Só quando a garota foi fechar a porta é que Posy se sentou e sacudiu violentamente a cabeça, tão forte para a esquerda e para a direita que lágrimas e meleca voaram do seu rosto.

— O quê?

Um gemido espasmódico atraiu a atenção da garota, que percebeu que o olhar de Posy estava na maçaneta na qual a mão dela descansava.

— Fecha a porta — disse Pilgrim. — Não pode ficar aberta.

Posy soltou uma lamúria gutural, ridícula, os olhos esbugalhados de medo.

— É o escuro? — perguntou Lacey. — Você tem medo do escuro?

Parecendo desolado, mais lágrimas escorrendo pelo rosto, Posy fez que sim na hora.

A garota olhou para Pilgrim, que leu seus pensamentos com tanta clareza quanto se tivessem sido verbalizados.

— A gente precisa das lanternas — disse ele.

— Não de duas.

Precisavam. Eram dois. Uma para ele e outra para ela. Mas ele não disse nada quando ela entrou no pequeno armário e acendeu a lanterna que haviam tomado de Posy. Quando o facho brilhou sobre ele, a frente do seu corpo ficou toda iluminada, um arco de cor brilhante borrou suas feições por um segundo, seu rosto escondido atrás de um arco-íris de azuis e roxos — as exatas cores de um novo hematoma. Pilgrim piscou os olhos, momentaneamente surpreso, então as cores se foram, a lanterna agora virada para cima entre as pernas do homem, formando um círculo perfeito e branco no teto do armário.

— Pronto — sussurrou a garota. — Não precisa ficar com medo.

Eles fecharam e bloquearam a porta do armário usando como calço um banquinho sob a maçaneta. Torciam para que isso mantivesse Posy lá dentro por tempo suficiente para subirem as escadas. Pilgrim odiava "torcer" por alguma coisa, mas não restavam opções, dadas as circunstâncias. O sujeito era deplorável demais para ser morto e perigoso demais para ser deixado solto. Posy sem dúvida iria direto para seus comparsas e revelaria que tinham visitas indesejadas.

Eles não tinham muito tempo.

Pilgrim olhou de relance para o extintor vermelho quando passaram rápido para o outro lado do enorme cassino. A cor parecia ter sido um alerta, porque, se tivessem decidido atravessar aquela porta, teriam, sem a menor sombra de dúvida, deparado-se com um grupo aliado de Dumont no salão do buffet.

Avançaram rápido, o carpete felpudo abafando os passos e oferecendo a chance de darem uma corridinha ziguezagueando por entre os caça-níqueis, a luz da lanterna que ele tinha tirado do bolso iluminava seus nomes espalhafatosos — os quais Pilgrim não conseguia ler —, mas cujas cores iam do roxo ao vermelho.

Por que você está mancando?

Não havia dor ou desconforto na sua perna esquerda, mas o músculo da coxa parecia de algum modo mais debilitado, trêmulo, como o braço, e ele percebeu que lhe causava um coxear esquisito. Não deu importância e parou apenas pelo tempo necessário para avaliar se o caminho que iriam seguir era seguro. O novo saguão que acessaram era menor que o da entrada no andar de baixo. Conforme indicava o mapa fixado à parede, outras duas escadas rolantes subiam para o próximo andar. Dois elevadores aguardavam depois das escadas rolantes, perto dos banheiros. Ao norte, um amplo corredor se dividia, levando ao salão do buffet — a rota mais usual para jogadores e visitantes. (Um murmúrio distante de vozes vinha dessa direção, o que provava que, ao menos, parte das informações de Posy estava correta e que alguns dos homens de Dumont estavam lá dentro.) E, ao leste, uma passarela bem larga se abria para outra passagem que ia até o segundo piso da garagem.

Depois das duas escadas rolantes paradas ao sul, a área acarpetada dava espaço para um piso de madeira clara de um típico bar do Velho Oeste estadunidense. Reservados vazios e um balcão quadrado no centro dominavam a cena, com numerosas TVs de tela plana desligadas, fixadas no teto. Não havia luzes acesas ali, por isso Pilgrim não perdeu tempo — apagou a lanterna e, mantendo a parede à esquerda, cruzou a porta marcada com um aviso verde desligado mostrando um homem correndo para um vão de porta branco. Pressionou rapidamente o ouvido na superfície fria da porta que dava para a escada de emergência. Como não ouviu nada do outro lado, abriu-a e seguiu pela escada escura feito breu.

Quando a porta se fechou com um clique atrás deles, tudo o que podia ouvir era a respiração ofegante da garota. Era como um assobio fantasmagórico do vento ecoando ao redor dos seus ouvidos. Sua camisa estava encharcada de suor nas axilas, que também escorria pelas costelas e ao longo da coluna. Ele esperou até que a garota fosse aos poucos recuperando o fôlego, então tentaram distinguir alguns ruídos furtivos se aproximando.

Trinta segundos depois, Lacey o cutucou e ele tornou a acender a lanterna. Juntos, aproximaram-se da grade, e ele virou o facho de luz para a escuridão acima de suas cabeças. Pilgrim esperava ver vários rostos brancos alinhados encarando-os de olhos arregalados e bocas silenciosas, mas não havia nada.

— Vamos subir — sussurrou ele.

Já no primeiro degrau, o joelho dele dobrou e ele buscou apoio no corrimão, deixando cair a lanterna. O facho de luz ficou girando em círculos desnorteantes, brilhando branco na parede, até que Lacey se abaixou para apanhá-la. Foi preciso muito esforço para que sua perna esquerda sustentasse seu peso.

— Tudo bem? — sussurrou a garota, preocupada.

— Tudo. Tropecei, só isso.

São mentiras que escapam com facilidade dos seus lábios. Só isso.

Deixou a lanterna com a garota e manteve a mão no corrimão, agarrando-o com força enquanto subia os degraus rápido, porém aos trancos. Ao dar com a porta para o terceiro andar, precisou secar o suor que escorria pelos cantos dos olhos. Agora, não apenas o braço e a perna tremulavam. Seu corpo inteiro tremia.

Percebeu que a garota não tirava os olhos dele.

Mais uma vez, pressionou o ouvido na porta. Não escutou nada, mas havia *algo*. Uma tensão cercava o batente da porta como uma espécie de barreira invisível, ininterrupta e bem distendida.

Algo com vida?, perguntaram a ele.

Isso. Com vida.

Fez sinal para que a garota apagasse a lanterna e, após um segundo, com um suave *clique*, o mundo ficou escuro.

Pilgrim não se mexeu de imediato, nem mesmo quando a garota chegou bem perto. Ele aguardou até que a tremedeira diminuísse, embora seu coração continuasse em ritmo acelerado, antes de vagarosamente abrir a porta.

Uma brisa quente soprou no rosto dele, acompanhada do cheiro azinhavrado de sangue. Entrou nas suas narinas e se fundiu dentro do seu cérebro, acendendo-o com um estalo agudo e crepitante, todas as cores se desvanecendo exceto VERMELHO. Mesmo na escuridão, uma parede de vermelho despencou sobre seus olhos, uma cortina de cor tão rica e espessa que ele teve a impressão de que poderia esticar a mão e tocá-la, sentir seu perfume e seu *sabor*. Viu os andares inferiores sendo inundados rápido e a água agitada deslocando-se silenciosamente, mas não era o rio pardacento transbordando, e sim um jorro cor de vinho tinto, quente, salgado, viscoso feito xarope. O sangue cobria as escadas rolantes inoperantes que subiam para o andar em que estavam, os degraus serrilhados se avermelhando, a maré subindo abruptamente e explodindo no topo, formando uma onda com uma crista que quebrou no ar, espalhando-se pelo piso numa confusão de vermelho escarlate vibrante. A enchente rapidamente se espalhou formando um lago que se expandia e o alcançava, que alcançava a porta que havia atrás dele, sangue se infiltrando pelo vão entre o piso e porta e encostando nas suas botas.

Ele se retesou, e ela o copiou. Chamou o nome dele num sussurro hesitante, um sussurro que ribombou nos ouvidos dele feito um vendaval, e o véu vermelho na sua visão desapareceu num piscar de olhos e tudo ficou escuro de novo. Uma escuridão preta e aveludada. O cheiro de sangue recuou, mas continuava lá, suave e fraco, com toques de azinhavre. A inundação refluiu da sua mente.

Respirou numa respiração trêmula, e a garota tornou a sussurrar o nome dele.

Pilgrim.

Não Escoteiro.

Quando saíssem dali, ele teria mesmo de conversar com ela sobre isso.

Seus instintos eram de recuar, de encontrar outro caminho, porque entrar num lugar que cheirava tanto a sangue fresco, que havia desencadeado uma reação tão forte nele, seria um erro perigosíssimo.

Mas ele não podia recuar. A mulher esperava por eles. E a garota contava com ele. Lacey já havia perdido a irmã — ele havia notado a vermelhidão nos olhos dela quando desceu a escada atrás dele. Ele não queria que ela perdesse mais ninguém.

Talvez esse seja o sangue da mulher derramado.

Era possível. Até mesmo provável. Mas eles não podiam ir embora sem antes descobrir o que aconteceu.

Pilgrim colocou a bota no vão da porta, deixando-a entreaberta. Apoiou a espingarda na perna e se virou para a garota, segurando-lhe a cabeça com as mãos e inclinando a orelha dela para perto. Sentiu nas palmas o calor e o suor do rosto dela. Suas palavras, quando ele falou, eram um mero sopro, mal produziam som, e ele soprou as instruções diretamente no ouvido dela: que mantivesse a lanterna apagada e guardada, que precisavam avançar no escuro, sem serem vistos ou ouvidos. Que, se ele tocasse na cabeça dela, significava que queria que ela se abaixasse e assim permanecesse até que ele voltasse (ele percebeu que ela se revoltou contra essa ordem, seus músculos se retesando, mas ele apertou mais a cabeça dela, o que fez com que ficasse quieta). Mandou também que ela segurasse no cinto dele, caso não conseguisse enxergar o bastante para segui-lo, e que, se ela tivesse entendido tudo o que ele tinha dito, era para acenar com a cabeça.

Um segundo depois, ela fez que sim.

Ele não a deixou ir de imediato, mas recostou a testa na lateral da cabeça dela e cerrou os olhos. Estava tão cansado. Tudo o que ele queria era estar de volta à cozinha aconchegante da irmã de Lacey, deitar-se perto do fogão e dormir um sono pesado, reparador.

A garota já havia guardado a lanterna, a mão vazia ao colocá-la sobre a dele. Seus dedos se fecharam na mão dele e apertaram. Ele ergueu a cabeça e a encarou. Ficaram em pé na escuridão, mas ele não tinha dúvidas de que ela olhava no fundo dos seus olhos, do jeito como ela olhou para ele por cima da limonada no primeiro dia. Ele sempre apreciou sua franqueza.

Ainda segurando a mão dela, levou-a até debaixo da jaqueta, para a parte detrás do cinto. Sentiu a pressão dos dedos dela agarrando-se a ele, unindo-os de fato. Ele pegou a espingarda e tocou a lateral da porta. Respirou fundo, levando deliberadamente o fedor de sangue para os seus pulmões e, em silêncio, abriu a porta por completo e entrou.

Com um suave puxão do cinto, levou a garota junto.

Em sua mente havia uma imagem nítida do mapa que tinha visto no primeiro andar. Sabia que, se permanecesse à esquerda, acompanhando a parede, chegaria a um imenso salão que tinha algo a ver com apostas milionárias (ele reconheceu vários cifrões nessa parte do mapa). Depois vinha um corredor que conectava essa parte central do prédio a uma sucessão de aposentos menores — cerca de dez —, provavelmente suítes para os hóspedes. Em seguida, vinham mais banheiros (três no total, inclusive um para pessoas com deficiência). À leste das escadas rolantes ficavam os elevadores fora de operação. Não havia uma passagem que dava para a garagem, como no andar abaixo; eles se encontravam agora no andar no amplo passadiço do barco a vapor, cujo acesso estava reservado aos hóspedes mais endinheirados.

Por fim, na ala norte, ficava o Lounge das Estrelas. Isso Pilgrim sabia por causa das numerosas estrelas impressas naquela porção do mapa, as únicas a se sobressaírem.

Estava um breu quando ele alcançou o saguão do terceiro andar. Havia uma luz natural que entrava de algum lugar, porque sua visão noturna conseguia perceber, ainda que vagamente, os corrimãos de borracha preta da escada rolante que vinham do andar de baixo e os recessos um pouco mais escuros que marcavam as portas e a entrada de um corredor. Contudo, tanto quanto ele podia ver, todas as portas estavam fechadas, impedindo a entrada de qualquer luz.

Pilgrim manteve a parede à esquerda e seguiu em frente, as botas dele e da garota rangendo levemente no piso. Ele segurava a espingarda baixada com a mão direita e corria a esquerda pela parede, parando apenas por um instante quando sentiu as primeiras portas duplas (para a desconhecida sala de jogos), e foi em frente. A bocarra escura do corredor que levava às suítes de hóspedes se escancarava alguns metros adiante, e ele teve a terrível sensação de que havia alguém de pé a alguns passos da abertura escura, esperando que ele e a garota passassem. Talvez o desconhecido os agarrasse, arrastando-os para a escuridão implacável. Ou talvez portasse um machado na mão erguida, pronto para rachar o crânio de Pilgrim assim que surgisse no vão. Ele sabia que, por mais tênue que fosse a iluminação, as silhuetas dele e da garota estariam parcamente visíveis para qualquer um que os visse do corredor. Duas sombras pretas e oscilantes, destacadas da escuridão circundante, visíveis somente por seus movimentos.

O cheiro de sangue ficava mais forte a cada passo. Seus dedos corriam pela parede lisa e pararam quando chegaram ao canto que dava para o corredor. Ele se agachou junto à parede, e seu movimento repercutiu para a mão que segurava seu cinto, então a garota se abaixou junto.

Você está se deixando ser controlado pelo medo.

Ele não temia por si. Simplesmente seria imprudente entrar sem um mínimo de cautela.

Segurando a espingarda pela coronha, ergueu-a apontando para a entrada do corredor. Esperava algo como alguém tentando agarrá-la ou arrancá-la da sua mão, e tensionava os músculos que queimavam tamanha era a força que botava nas mãos.

Mas nada aconteceu.

Pilgrim se arriscou a espreitar do outro lado da quina. Seus olhos sondaram a escuridão com tanta intensidade que flashes coloridos dançaram diante da sua vista. Contudo, por mais que olhasse, não conseguia diminuir a escuridão.

A única coisa a fazer é se aventurar.

Manteve-se agachado ao avançar e pisou na frente daquela escuridão ludibriosa, aquele breu misterioso. Seu coração martelava no peito, e ele estava bem ciente da mão quente de Lacey agarrando a parte de trás do seu cinto, enquanto o seguia.

Eles quase atravessaram sem percalços.

A mão esquerda de Pilgrim estava esticada, apalpando, e tocou o canto mais distante, os dedos tornando a deslizar na superfície fria da parede, quando uma porta abriu com violência e se chocou contra a parede com um estrondoso *CREC*.

Atrás dele a garota tomou um susto, mas ele se virava e a suspendia do chão e disparava pelo mesmo corredor que há alguns segundos tinha sido uma ameaça. Encostaram-se bem junto à parede, e ele tapou a boca da garota com a palma da mão, quando uma discussão controlada começou no patamar do terceiro andar. Dava para sentir no ar a energia, mas não havia nenhum som além de passos apressados. Uma suave luz amarelada escapou da porta recém-aberta e se espalhou pelo corredor onde eles estavam, revelando que estavam sozinhos, nenhum maníaco com um machado de tocaia para decapitá-los. Isso também significava que, se alguém olhasse para o corredor, eles seriam vistos na hora.

Os passos tinham vindo do Lounge das Estrelas e agora cruzavam o saguão, vindo na direção deles.

Pilgrim virou o rosto. Havia uma porta para uma suíte a uns três metros de onde estavam, um possível esconderijo, mas havia uma caixa preta na parede ao lado da porta. Um dispositivo de acionamento de cartão. Ele duvidava que a porta se abriria sem um cartão magnético.

— Meu querido, para que tanto drama? Você sabe que é isso que eu faço.

Duas baforadas quentes sopraram fortes no lado externo da mão de Pilgrim. Ele não precisava da reação da garota para saber que aquelas palavras eram de Dumont. A fala arrastada da classe alta de Nova Orleans foi exatamente como Lacey a descreveu.

Os passos foram interrompidos, provavelmente para que a pessoa pudesse se virar e responder a Dumont, que havia permanecido perto do saguão. Quando veio, a voz era empostada e gélida.

— Não estou fazendo drama, Charles. É uma coisinha de nada chamada retaliação. Você me deve mais que isso.

Toda a cordialidade sumiu da voz de Dumont.

— E o que exatamente eu devo a você, Joseph?

Quando Lacey lhe falou de outro homem, Pilgrim notou que sua aflição era tanta que ela roeu quatro das suas unhas, uma após a outra. Por razões que a garota não conseguia verbalizar, esse homem de chapéu-coco a assustou demais, muito embora as atitudes dele para com ela não justificassem tal pavor.

— *Lealdade*. — A palavra retumbou, ecoando na cerâmica do piso, nas portas fechadas e nos espaços vazios, e Lacey se encolheu toda sob a mão de Pilgrim. Sentia que ela estava tremendo. Era o Doutor, sem dúvida. — Red não é o único bichinho de estimação que merece atenção especial. Há anos que você e eu formamos uma equipe; não me consultar quando as decisões têm que ser tomadas é falta de respeito. As regras estão mudando. Mais do que nunca precisamos ser fortes, ou não haverá espaço para nós. Não vá achando que pode fazer isso sozinho.

O frio injetado no ar pelo discurso desse homem fez Pilgrim tremer; contudo, agora a raiva controlada na resposta de Dumont adicionava uma corrente subterrânea de calor.

— Escolha cuidadosamente as suas palavras, Joseph. É em mim que eles buscam liderança. Não em você.

— O Homem-Esvoaçante não é o único com planos. Podemos até estar fazendo o trabalho dele aqui e agora, mas não para sempre.

— Você não deveria ser tão descaradamente insubordinado. Ele tem ouvidos por todo lado.

— Ouvidos, vozes, dá tudo na mesma. Todas as pessoas que reunimos até agora ouvem apenas sussurros fracos, rudimentares. Com que propósito? Ninguém tem uma voz forte como a sua.

— Não mais, não mais. E a culpa disso é sua. Você não tinha direito de fazer mal a ela — disse Dumont, usando palavras amenas e mortais. — Ou achou que poderia esconder o que fez?

— Eu não estava tentando esconder nada, Charles. Eu *queria* que você soubesse. A Red estava usando você tanto quanto o Homem-Esvoaçante está nos usando. Ela lhe passava apenas informações suficientes para levá-lo a acreditar que estava colaborando, mas o tempo todo ela ficou te tapeando com joguinhos mentais. Honestamente, você acha mesmo que ela teria *escolhido* ficar? Ela só ficou porque você ameaçou ir atrás da família dela, caso ela fugisse. Ela te odiava. Odiava tudo que estávamos fazendo. Ela teria libertado aquelas pessoas que capturamos se tivesse tido a oportunidade. — Joseph não esperou por uma resposta, seus passos recomeçaram, vindo na direção deles. — Você precisa ficar esperto, meu velho amigo. Não há mais espaço para sentimentalismo. Esse é um mundo novo, simples assim. E, quem não o aceitar como ele é, vai ser largado para apodrecer com os demais, inclusive a sua preciosa Red.

Rapidamente, Pilgrim soltou Lacey e tocou na cabeça dela. No mesmo instante ela ficou de cócoras conforme as instruções, e ele apontou a espingarda para a saída do corredor.

Outro ruído retumbante, e a luz suave desapareceu. A porta do saguão foi fechada. Dumont recuou.

O homem frio e calculista não iluminou seu caminho e seguiu adiante no escuro.

O pânico fez as têmporas de Pilgrim latejarem e reverberou até a parte detrás da sua cabeça, fazendo a área macia atrás da orelha fervilhar de dor. Ele apertou de leve o gatilho e sentiu que cedia um pouco.

Se disparasse, a explosão da espingarda faria todo mundo vir correndo. Então seria uma loucura para fugir desses corredores escuros e sair para a chuva, todos os esforços e avanços perdidos, e o prédio colocado em estado de alerta. Seria impossível entrar de volta e encontrar Alex se revelassem sua presença agora.

O cheiro de sangue era tão intenso que grudou no fundo da garganta de Pilgrim, tapando-a feito uma rolha. Sentiu uma ânsia insuportável, mas engoliu com força o refluxo.

Seu dedo tremeu quando uma sombra atravessou a entrada do corredor, e ele quase apertou o gatilho. Rapidamente liberou a pressão e encarou fixamente o vulto escuro. Era curiosamente volumoso, os passos lentos e laboriosos ao caminhar diante deles. Será que o Doutor estava ferido? Será que a discussão entre ele e Dumont descambou para a violência? Embora o tom de voz dele não tivesse demonstrado sinais de dor, explicaria o forte cheiro de sangue.

Pilgrim teve dois segundos para analisar a sombra volumosa antes de ela passar, a porta da saída de emergência abrindo-se com um som que fazia parecer que estava selada a vácuo — como se tivesse se colocado de quarentena, isolando-se da atmosfera sangrenta que poluía o ambiente —, e o homem se foi, e a porta se fechou atrás dele com um clique.

A garota respirou profunda e longamente, como se tivesse passado esse tempo todo prendendo a respiração. Ele havia deixado a mão dela escapar, mas agora tentava alcançá-la de novo no escuro; primeiro tocou o braço dela e foi deslizando até encontrar a mão fria de Lacey, enfiando-a de volta no cinto. Ele sentiu os dedos dela tocarem suas costas ao envolverem o cinto.

O tempo estava cada vez mais curto. Ele sentia. Em breve, suas oportunidades teriam se esgotado e eles seriam caçados feito ratos no esgoto. O esconde-esconde acabou.

Ele se levantou e puxou a garota para perto, não mais acompanhando a parede leste, mas indo diretamente para as portas que foram abertas segundos atrás: as portas que levavam ao Lounge das Estrelas.

As portas que levavam a Dumont.

A conversa entre os dois homens foi franca, sem reservas. Pilgrim acreditava que nenhum deles optaria por conversar tão abertamente diante de uma plateia. Sendo assim, confiou nos seus instintos e não parou ao chegar às portas, abrindo a da direita. Uma luz suave vindo de dentro o iluminou.

O homem estava de costas para eles e não se virou quando Pilgrim e a garota entraram.

— Sinto muito, Joseph — disse Dumont, a cabeça baixa e os ombros largos caídos em aparente remorso. — Você sabe como valorizo a sua amizade, a sua lealdade.

Enquanto ele falava, Pilgrim examinava a sala. O Lounge das Estrelas era um bar absolutamente suntuoso. Poltronas e sofás de couro que pareciam custar uma fortuna, um balcão de mogno escuro diante da parede dos fundos, onde outrora um barman de gravata-borboleta havia preparado drinques, enquanto um sommelier empertigado aguardava na ponta do balcão com uma carta de vinhos. Pilgrim ficou surpreso ao ver numerosos dosadores de bebida num suporte acima do bar com as garrafas intatas exibindo uma variedade espetacular de tons quentes de âmbar e mel, uma bela fileira de conhaques, burbons e uísques.

— Não devia haver desavenças entre nós — continuou Dumont. — Não se quisermos sobreviver.

Mas o mais impressionante era o teto circular e dividido em segmentos feito uma teia de aranha num mosaico transparente de painéis de vidro. Um teto que se abria para o céu e permitia a todos no interior admirarem a escuridão da noite adornada com milhões de estrelas cintilantes.

O Lounge das Estrelas merecia o nome.

As nuvens de chuva haviam quase todas sumido, e a proliferação de estrelas frias e tremeluzentes servia como um pano de fundo perfeito para o discurso compungido de Dumont.

Como não houve resposta, Dumont se virou. As mangas da camisa dele estavam enroladas, revelando antebraços musculosos. O que chamou a atenção de Pilgrim, porém, foram as riscas vermelhas que, como mangas de sangue, corriam da ponta dos dedos ao cotovelo. Nesse aposento luxuoso, em meio à sofisticação de madeiras escuras e couro, fediam a dor e sofrimento.

Foi difícil ler a reação de Dumont. Na verdade, ele mal reagiu, apenas semicerrou de leve os olhos. O lado esquerdo do seu rosto estava salpicado de sangue parecendo sardas mortíferas.

Os olhos dele voltaram ao normal quando Lacey largou o cinto de Pilgrim e entrou no seu campo visual. Dumont abriu um sorriso, parecendo alegre de verdade por vê-la.

— Lacey! Você conseguiu! Que surpresa!

Lacey, contudo, não perdeu tempo com lero-lero.

— Cadê a Alex?

O sorriso de Dumont ficou ainda mais largo.

— Eu não recebo nem um "oi, tudo bem"? Bem, isso não é muito amistoso, não acha? — Ele desviou o sorriso irônico para Pilgrim, incluindo-o como fonte de seu divertimento.

— Você não é meu amigo — disse Lacey. — Nem mesmo gosto de você. Só quero saber onde ela está.

— Vamos trocar perguntas por perguntas. Que tal? Onde está a minha Red?

— Com a gente. — Era a primeira vez que Pilgrim falava.

Dumont dirigiu sua atenção a ele, o sorriso no mesmíssimo lugar, o olhar se intensificando.

— Acho que ainda não fomos apresentados...

— E não vamos ser. Viemos exclusivamente buscar a Alex. Quando ela estiver conosco, devolvemos a garota para você.

Dumont o encarou em silêncio, o sorriso desaparecendo. Os olhos dele esquadrinharam Pilgrim da cabeça aos pés. Talvez estivesse refletindo sobre a proposta, mas Pilgrim ficou com a impressão de que o homem estava tentando deixá-lo nervoso ao não lhe dar uma resposta.

O que Dumont não percebia era que o silêncio era amigo de Pilgrim, que de bom grado permitiria que ele se estendesse pelo tempo que Dumont quisesse.

Mas Lacey não era tão imune assim. Ele percebeu a ansiedade dela em seus movimentos curtos.

Dumont por fim decidiu se sentar, acomodando seu corpo longo em uma poltrona. Ele se retraiu e levou a mão às costas, retirando uma arma do cinto, que deixou apoiada sobre a coxa, apontada para os dois, e fez um gesto indicando as outras poltronas, convidando-os a se sentar.

Pilgrim e a garota permaneceram onde estavam.

Dumont coçou o queixo enquanto os analisava, aparentemente sem se dar conta de que estava usando dedos ensanguentados.

— O que aconteceu com Louis e Rink? — perguntou ele.

— Mortos — disse Pilgrim.

Dumont o examinou um pouco mais e então se virou para a garota.

— Você agora é parcialmente responsável por matar quatro dos meus homens. Isso é quatro além do que eu jamais deixei escapar sem punição.

— Não fui eu — disse Lacey, e Pilgrim pôde perceber pelo tom de voz que ela estava na defensiva.

— Ela está certa — disse Pilgrim. — Eu matei. Três de propósito, o quarto por acidente.

Os dedos sujos de sangue que coçavam o queixo se aquietaram. Pilgrim não se lembrava de tê-lo visto piscando desde que entraram.

— Foi você que esfaqueou o Jebediah? — indagou Dumont.

Jeb. O nome do morto.

— Fui.

— Foi em você que ele atirou? Me disseram que você estava morto.

— Informaram errado.

— Dá para ver. É um tanto desconcertante.

— Quem é o Homem-Esvoaçante? — perguntou Pilgrim.

Dumont sorriu, nem um pouco incomodado pela troca de assunto.

— Você já deve ter escutado histórias a essa altura. Um bicho-papão com uma capa feita do céu noturno que cospe fogo nos inimigos. Ou talvez a versão que você ouviu o descrevia como *a própria* noite, um homem feito de escuridão e estrelas, com buracos no lugar dos olhos. Ele transita feito um fantasma pelos acampamentos e leva embora os seus escolhidos; os outros são queimados vivos. Uma figura impressionante, se você acreditar nessas histórias.

— Não acredito em nada disso.

— Mas deveria — disse Dumont sem o menor resquício de bom humor. — Você deveria acreditar nelas. Ele está reunindo o seu povo.

— Pessoas que escutam vozes. — Mais uma vez, Pilgrim sentiu Lacey ficar tensa ao seu lado. — Me diga por quê.

— Qual o objetivo de qualquer exército? Lutar pelo que se quer. O Homem-Esvoaçante tem sua própria voz, uma voz que não se iguala a nada que vi na vida. E tem crescido de uma forma inimaginável... — O olhar de Dumont pairou sem rumo, perdeu o foco, como se estivesse vendo um mundo que fosse ao mesmo tempo majestoso e aterrorizante. Aos poucos, voltou a si. — Como eu ia dizendo, ele é impressionante. Quase faz jus à fama. Ele não consegue fazer tudo sozinho, é claro, apesar das suas habilidades. E é aí que as histórias se descolam da realidade: ele é um só, afinal. Então teve que pedir uma ajudinha.

— A pessoas como você?

O homem voltou a sorrir.

— Isso.

— Mas por que agora? — perguntou Pilgrim, desconfortável depois de ouvir tanta ira na voz dele. — Faz sete anos.

Foi a primeira vez que Dumont piscou, e uma expressão astuta surgiu em seus olhos.

— Levou esse tempo todo para ele ficar pronto. Você vai entender quando se encontrarem, o que tenho certeza de que vai acontecer. Em breve, todos vão saber o nome dele. É melhor você decidir de que lado vai ficar e ter certeza de que vai aguentar as consequências depois que a poeira abaixar.

Os caminhos tortuosos de um louco ou a verdade? Pilgrim não sabia. Não seria novidade alguma se isso não passasse da obra de mais uma voz manipuladora, de uma que fosse tão desvairada quanto seu hospedeiro, sussurrando sem parar dentro da cabeça desse homem.

— Eu só quero saber onde está a Alex — disse Lacey, um leve tom de súplica na voz. — Por favor.

A atenção de Dumont se voltou para ela. Ele não disse nada.

— Desculpe pela interrupção — acrescentou ela.

O homem semicerrou os olhos.

— Bons modos. Ainda são bem-vindos.

— O Doutor acabou de sair aqui — disse ela. — Eu ouvi.

— Joseph? Sim, ele estava aqui, sim.

— O que ele quis dizer com "retaliação"?

— Ah, ele está me castigando por eu ter me divertido. — Dumont ergueu as mãos de sangue seco como prova de que havia se divertido muito. Havia manchas de sangue ainda maiores no carpete aos pés deles. — Ele fica muito zangado quando não o chamo para participar das minhas decisões. Ficou chateado comigo por deixar você ir embora, por exemplo. Mas achei que você seria mais útil de outras formas. Sabe por quê?

Ela não tinha nenhuma resposta para dar, e chegou a dar um passo para perto de Pilgrim, como se inconscientemente buscasse sua proteção.

— Ele ficou sentado por um bom tempo do lado de fora da câmara frigorífica em que você estava presa, Lacey. Parece que você gosta de falar consigo mesma. Joseph gosta de ouvir e de olhar. É assim que ele encontra as pessoas que caçamos: observando alguns sinais. Foi assim que soubemos dos talentos da Red.

— Que talentos? — Lacey havia conseguido voltar a falar. — O que tem de tão especial nela? Não entendo.

Pilgrim voltou a examinar os respingos de sangue no carpete. Ainda não tinham escurecido por completo, ainda estavam molhados. Seguiu a trilha de manchas, de onde ele estava até as portas principais.

— Ela sabe como sobreviver nesse mundo — disse Dumont. — Melhor que qualquer outra pessoa que conheci. E é isso que todo mundo quer, não é? Sobreviver. Ela sabia da existência das vozes bem antes de alguém sequer suspeitar que elas estavam vindo. Ela sabia da existência do Homem-Esvoaçante quando os boatos sobre ele não passavam de sussurros ao vento. E ela tem uma infinidade de segredos bem guardados para si, e é preciso certa delicadeza para que ela se abra. É como jogar xadrez: você perde tantas peças quanto ganha, mas é um jogo que sempre vale a pena ser jogado. É o *único* jogo que vale a pena ser jogado. Joseph não entende dessas coisas. Falta-lhe sutileza. Especialmente com os que ele chama de meus "bichinhos de estimação".

— Ele fez aquilo na boca da Red — disse Pilgrim, meio desatento, sua mente na silhueta imensa do homem atravessando o corredor onde eles tinham se escondido. Como seus passos eram pesados, que grandalhão! Lacey nunca comentou que o Doutor era gordo, ou corcunda. O Doutor, com sua falta de sutileza, com a frieza na voz, a completa ausência de emoção. — O Doutor, quero dizer — esclareceu Pilgrim. — Foi ele que arrancou os dentes dela.

— Você viu o rosto da Red? — Dumont parecia triste. — Ele acha que desfigurar os meus bichinhos de estimação vai me fazer parar de olhar para eles. Ele quer que eu os veja como ele os vê, como objetos a serem usados e nada mais. Sou meio desatento, se quer saber. Ele vai ficar tão feliz quanto eu quando souber que você está de volta, Lacey. Ficamos fascinados por você.

Pilgrim não gostou do sorriso que ele deu para Lacey ao dizer isso. Não gostou nem um pouco.

Chega disso.

— Pois é — murmurou Pilgrim. — Já chega. — Para Dumont, ele disse: — Ele tirou a Alex de você. Ela estava aqui. O Doutor estava com ela no colo.

Pela primeira vez, Dumont o encarou não apenas com curiosidade, mas com respeito.

— É verdade. Deixei que ele a levasse embora. Eu já tinha me divertido, e ele queria fazer algumas perguntas a ela sobre a nossa querida Lacey aqui. Mas ele não devia ter tocado na Red. — Um rubor cobriu o rosto de Dumont e seus olhos se estreitaram, formando duas fendas. — A visita do nosso patrono a deixou extremamente assustada. E fez com que Joseph questionasse sua posição. O Homem-Esvoaçante queria que ela fosse mantida em segurança. E confiou a tarefa a mim. Mas Joseph a maltratou. Então ela fugiu.

— E você ficou aborrecido com isso.

— Claro que fiquei aborrecido! Não consegue *entender*? Ela é *igual* ele. Tem uma posição segura nesse mundo, igual à do Homem-Esvoaçante. Ela se *encaixa* nesse mundo. Não precisa se engalfinhar com ninguém nem lutar com unhas e dentes para encontrar o seu lugar, como você ou eu, porque ele já tinha sido reservado para ela. E, se eu não posso ter isso, então ela vai me dar a segunda melhor coisa. — Pilgrim percebeu que a mão do homem *apertava* a coronha da arma. — Ela me avisou que uma nova sequência de eventos começaria se ela fosse embora, e aqui estamos nós. Aqui estão *vocês*. Joseph compreendeu o que o Homem-Esvoaçante faria conosco caso não cuidássemos dela. Ele *reconhecia* o valor dela. E agora eu a quero de volta. E *vocês* — disse, apontando o dedo para Pilgrim e a garota — são os únicos que sabem onde ela está. E eu a quero de volta. — O rubor do seu rosto ficou mais intenso, quase arroxeado, e seus olhos faiscaram centelhas num desejo sombrio, desesperado.

— Se você machucou a Alex... — começou Lacey.

— Mas é claro que machuquei! — Dumont falou de repente, a boca se retorcendo. — Machuquei tanto que ela vai exibir as cicatrizes para o resto de sua vida infeliz! E com Joseph vai ser ainda *pior*. Ela vai ficar tão monstruosa que vocês vão preferir arrancar fora os próprios olhos a olhar para ela!

— Fica atrás de mim — ordenou Pilgrim.

Dumont se levantou, a arma na mão, uma veia pulsante no meio da testa.

— Ela *não fazia ideia* do que era sofrimento até me conhecer! Eu a machuquei até ela mijar nas calças e implorar para eu parar! E, por Deus, eu vou fazer a mesma coisa com vocês *a não ser que me devolvam a minha Red*!

— Lacey! Sai daqui!

— ME DIZ ONDE ELA ESTÁ! — berrou Dumont cuspindo.

Lacey saltou para trás de Pilgrim, roçando nas costas dele, quando Dumont ergueu o braço, a arma apontada, igual a Pilgrim. O estrondo do tiro fez com que os copos de cristal e os decanters respondessem com um silvo prolongado, e a espingarda deu um pinote nas mãos de Pilgrim. O punho de Dumont explodiu numa mistura de carne e osso ensanguentados, sua arma saiu voando e bateu em cheio no bar.

Dumont uivou e agarrou o que sobrou do seu punho.

Pilgrim recarregou a arma, mas Dumont já vinha para cima, seu grito transformando-se num bramido feroz e vingativo. Pilgrim teve um segundo para se preparar antes que Dumont o atingisse.

Os músculos e as juntas de Pilgrim travaram. Ele foi arremessado para trás e teria ido ao chão se Lacey não o tivesse apoiado. Os canos da espingarda foram empurrados para cima, contidos entre o peito dele e o de Dumont, e o homem deu um tranco na arma, quase arrancando-a da sua mão; mesmo com uma das mãos despedaçada, a força de Dumont era impressionante.

— Sai do caminho! — gritou Pilgrim para Lacey. — *Agora!*

O suporte que ela lhe dava desapareceu. Ele a ouviu sair em disparada em busca de cobertura.

Para Pilgrim havia apenas calor, uma força inesgotável e sangue escorregadio. Dumont soltou um grunhido gutural proveniente das profundezas da sua garganta, o vapor do seu bafo atingindo o rosto de Pilgrim e fazendo-o suar.

Ele é muito forte.

A perna esquerda de Pilgrim tremia. Seu joelho começou a fraquejar. Seus dedos escorregavam pelo cano ensanguentado.

— *CADÊ ELA?* — gritou Dumont.

Algo atingiu a lateral da cabeça de Pilgrim. Algo quente e úmido. E atingiu pela segunda vez, e o mundo ficou desfocado quando ele sentiu uma dor agonizante na parte detrás do crânio. Dumont acertou a massa disforme que era sua mão no rosto de Pilgrim pela terceira vez, e Pilgrim fez a única coisa que pôde. Apertou o gatilho da espingarda.

A explosão trovejante lançou agulhas incandescentes nos seus tímpanos. O grito de dor de Dumont se juntou ao seu.

Acima deles, o teto abobadado de vidro estourou.

Pilgrim empurrou a espingarda para as mãos de Dumont e teve uma fração de segundo para se divertir com a expressão de espanto do homem antes de fugir dali, o tilintar estrepitante de cubos enormes que pareciam de gelo no seu encalço. Os primeiros cacos de vidro atingiram os ombros de Pilgrim enquanto ele saltava por cima da poltrona mais próxima e caía atrás dela. Lacey se agachou a poucos centímetros de onde ele estava, a carabina acomodada nos braços. Ela estava perto demais. Estilhaços letais de vidro começaram a chover ao redor dela, e Pilgrim saiu aos trancos de onde estava, fragmentos maiores quicando no tampo das mesas, despedaçando-se em explosões cintilantes, outros acertando o couro dos estofados feito bofetadas amortecidas. Sob o som de minigranadas de vidro detonando às suas costas, Pilgrim ouviu um rangido e os estalidos de um mecanismo e percebeu que Dumont estava inserindo outro cartucho na espingarda.

Pilgrim se jogou em cima de Lacey, que caiu esparramada no chão, cobrindo-a com seu corpo. Ela se enroscou nele. A respiração dela soprava um ar quente no seu pescoço.

Mas nenhum tiro de espingarda veio; em vez disso, houve uma pancada seca e sólida, seguida de um estalido curto e cortante, próprio de um disparo de arma de calibre pequeno.

E então o mundo, que antes parecia desmoronar em cima deles, ficou subitamente quieto. Nada além do tilintar de vidro se partindo e uns estalidos.

Pilgrim levantou a cabeça. Cacos de vidro reluziam por todo lado: as estrelas que antes cintilavam acima deles no céu escuro haviam se instalado sobre todas as superfícies. Dumont estava deitado à sua frente, um painel de vidro de um metro e meio de largura havia despencado sobre sua cabeça e tronco e partido ao meio, cobrindo-o como uma tenda. Através do painel transparente, Pilgrim via o lado esmagado do crânio de Dumont, grotescamente achatado sob o vidro pesado, feito uma amostra sobre uma imensa lâmina aguardando para ser analisada sob um microscópio gigante. Uma carne rosada e branca escorria do crânio esmagado, concentrando-se no vidro.

Não é carne. É o cérebro.

Um olho saltado encarava Pilgrim.

O olho piscou.

A cabeça de Lacey se virou para ver, mas ele cobriu os olhos dela e disse:

— Não.

— Mas...

— *Não* — disse ele com mais firmeza na voz.

A espingarda estava um pouco afastada da mão esticada de Dumont.

— Levanta — ordenou Pilgrim ao sair de cima da garota. Cacos de vidro tilintaram quando ele se levantou.

— O que aconteceu? — perguntou Lacey, ofegante. Ao se levantar, tentou olhar de novo, mas ele se colocou na frente dela, bloqueando-lhe a visão. Ele não a estava protegendo da morte; esse era um aspecto da vida com o qual ela deveria começar a se habituar. Mas crânios esmagados e cérebros expostos eram um tipo totalmente diferente de morte.

— O que *aconteceu*? Ele está morto?

— Ã-hã, está. — Ele a segurou pelo ombro e a girou para que ficasse de frente para as portas principais. Botas esmigalhando os cacos de vidro, ele rapidamente recuperou a espingarda, sibilando ao sentir todas as suas dores despertarem quando se inclinou para pegar a arma, e então a empurrou para que ficasse à sua frente, sem lhe dar qualquer chance de fazer mais perguntas, mas guiando-a com firmeza para fora do lounge.

A escuridão era uma mortalha bem-vinda quando a porta se fechou às suas costas, embora já não fosse necessária; então ele pediu a lanterna, e a garota a entregou, seus movimentos espasmódicos e robóticos. Acendeu a lanterna e dirigiu o facho para o piso. Como imaginava — como *esperava* —, gotas de sangue pontilhavam e marcavam um rastro nos ladrilhos brilhantes aos seus pés.

Sangue de Alex.

— Achei que você tivesse dito nada de barulho. Nada de tiros. — As palavras da garota foram cochichadas e mais ofegantes. Seus olhos ainda estavam arregalados demais, o rosto pálido na esteira da luz da lanterna.

— Mudança de planos. Vamos. — Se ele a mantivesse em movimento, sua mente ocupada com o caminho, ela não teria tempo para pensar no que tinha acontecido lá dentro.

Quantos até agora você matou na frente dela?
Pilgrim não respondeu.
— Mas você está coberto de sangue.
Ele abaixou os olhos. As mãos estavam cobertas por riscas de sangue escuro e molhado. Tentar limpá-las seria inútil: sua camisa também estava empapada de sangue.
— Não é meu.
A garota levou a mão ao ombro dele, e ele sentiu uma pontada rápida. Ela estendeu a mão com um caco de vidro de uns cinco centímetros entre os dedos. Numa das pontas, uma gota vermelha.
— Parte dele é seu, sim — sussurrou ela.
Ele olhou nos olhos dela por um segundo. Ela deixou o caco de vidro cair e ouviu o tilintar nos ladrilhos ecoar suavemente pelo saguão. Gotas do seu sangue haviam se misturado ao de Alex no piso. Ele deu a volta na garota, seguindo o rastro para além das escadas rolantes, até a porta de emergência pela qual o Doutor tinha passado. Virou-se para verificar se a garota o seguia e deu com ela ainda em pé do lado de fora do Lounge das Estrelas. Baixinho, chamou o nome dela. Mesmo a uns vinte metros de distância, ele a viu se encolher e dar uma estremecida. Ela correu para ele.

Com a garota nos seus calcanhares, foi para a escada e desceu os degraus, apoiando todo o seu peso no corrimão para evitar que sua perna o deixasse na mão. Sua cabeça ainda doía das pancadas que havia levado, e seu olho esquerdo praticamente não servia para mais nada, nem mesmo um borrão míope turvava sua visão, restando apenas um nevoeiro escuro e denso, como se metade do seu corpo estivesse se aprontando para a sepultura.

Ainda não.
— Não, ainda não — resmungou ele.
A trilha de sangue começava no primeiro degrau e passava debaixo da porta, levando de volta ao saguão do segundo andar. O andar em que o restante dos homens de Dumont aguardava.

CAPÍTULO 7

Do lado de fora do Lounge das Estrelas, a mente de Lacey era um turbilhão. Os tiros e o estrondo do vidro se quebrando fez seus ouvidos zumbirem, amortecendo todos os sons, como se tivesse mergulhado a cabeça numa banheira cheia de água. Ela deu um pulo quando a espingarda foi disparada pela segunda vez, abaixando-se instintivamente, enquanto o teto explodia num crescendo dramático. Mas, antes que pudesse ver os efeitos daquela tempestade de cacos pontiagudos, o Escoteiro a empurrou para o chão, protegendo-a com seu corpo. Ele não havia lhe dado tempo de perguntar nada nem de ver a cena com os próprios olhos, mas a suspendeu até ficar de pé e a direcionou para fora da sala antes que seu cérebro pudesse dar conta da sequência de acontecimentos.

Não sabia por que ele sentia necessidade de protegê-la. Ela entendeu o que tinha acontecido. Na verdade, ela *queria* ver.

Ouvidos abafados não calavam Voz — ele disse em alto e bom som: *Não, você não queria. Você não queria mesmo ver* aquilo!

Mas ela queria! Dumont machucou sua amiga. *Torturou-a*. Ela queria ver o rosto dele congelado, a boca escancarada e agonizante, o olhar vazio da morte, os ossos quebrados, as feridas sangrando. Queria vê-lo tendo de volta tudo o que merecia.

Não, Lacey. Alguém merecer o sofrimento e você ver esse sofrimento são duas coisas distintas. Você aprendeu isso com o Jeb. Você não precisa ver o crânio espatifado, ou os olhos esbugalhados e mortos, ou os ossos da mão para fora feito galhos partidos.

Lacey tapou a boca com a mão, cerrando os olhos por um instante quando a descrição feita por Voz trouxe à mente uma cena horripilante. Ao abrir os olhos, viu o Escoteiro esquadrinhando o piso com a luz da lanterna.

Ela engoliu em seco ao ver gotas de sangue, algumas dele, outras não. Salpicos, manchas e pingos, como se tivessem pegado uma colher meleira, mergulhado numa cuba de sangue e andado sobre os ladrilhos com ela na mão. Algo se partiu dentro dela diante daquela visão — quase ouviu um *crec* —, e foi tomada por uma onda de horror e medo. Tanto sangue. Tinha visto poças de sangue nos últimos quatro dias. O suficiente para encher um lago. Dos irmãos no hotel ao Escoteiro sendo baleado e Jeb sangrando até a morte; de Lou levando um tiro no peito, e agora mais sangue aos pés deles, como se, aonde quer que fosse, o derramamento de sangue a precedesse ou seguisse. Estava deixando um rastro de sangue por onde passava.

Sua mão buscou o são Cristóvão e segurou a medalhinha com força.

— Achei que tivesse dito nada de barulho — sussurrou ela, incapaz de desviar os olhos de uma poça espiralada de um vermelho escuro e viscoso. — Nada de tiros.

— Mudança de planos — respondeu o Escoteiro. — Vamos.

Ela o encarou com cara de boba.

— Mas você está coberto de sangue.

Ele correu olhos indiferentes pela roupa.

— Não é meu — disse ele.

Algo brilhou no ombro dele e, antes mesmo que se desse conta do que estava fazendo, ela havia largado o são Cristóvão e segurava o caco frio de vidro entre o polegar e o indicador e o arrancava. O vidro saiu da pele dele com facilidade, como tirar os dentes de um garfo de um pedaço de carne. O sangue atravessou o tecido da jaqueta que ele usava, e ela sentiu uma ardência subindo pela nuca e invadindo seu couro cabeludo.

— Parte dele é seu, sim — sussurrou ela para ele, o caco de vidro escapando dos seus dedos dormentes. Ela mal ouviu quando bateu nos ladrilhos.

Ele afastou seus olhos dos dela, de novo alerta ao recomeçar a analisar o piso. Não trocaram mais nenhuma palavra. Ele atravessou o saguão, um caçador atrás da sua presa ferida.

Ela foi deixada de frente para as portas fechadas do Lounge das Estrelas, a luz da lanterna diminuindo rapidamente conforme o Escoteiro se afastava. Logo, aquelas portas estariam na completa escuridão, e o que eles haviam deixado atrás delas estaria na escuridão também, todo aquele sangue e morte lá dentro, feito um banquete macabro aguardando que alguém se alimentasse dele. Coisas malignas se fartam em festins sangrentos, não é? Se ouvisse com atenção, será que conseguiria escutar a mastigação gosmenta e carnuda de algo comendo ali dentro?

Vamos, Lacey, disse Voz, interrompendo seus pensamentos.

— Lacey! — chamou o Escoteiro na mesma hora.

Ela rapidamente se afastou das portas, o medo apertando seus passos enquanto ela corria para alcançá-lo. Ela seguiu o Escoteiro, atravessando a porta de emergência e entrando na escada. A atmosfera parecia se alterar à medida que a porta se fechava; ficou fria, quase gélida, e o cheiro sufocante de sangue derramado desapareceu, como se um nevoeiro tivesse ido embora. Lacey respirou fundo: uma, duas, três vezes. As escadas de cimento acinzentado descem para a escuridão. Lacey podia ver os fios de sangue correndo pelos degraus, pretos feito óleo. Ela estremeceu.

Enquanto desciam, seus passos ecoando de um jeito sinistro, Lacey não resistiu à tentação de apoiar de leve a mão no ombro ferido do Escoteiro. Ela disse a si mesma que era para facilitar seu caminho, já que o brilho da lanterna não era suficiente para mostrar cada degrau. Mas esse não era o verdadeiro motivo. Não mesmo.

CAPÍTULO 8

Depois de recarregar a espingarda, Pilgrim segurou por quatro segundos a maçaneta da porta que dava para o saguão do segundo andar. Ele sabia que era impossível sentir qualquer transferência de intenção através de um objeto inanimado, que não havia uma forma de descobrir o que havia do outro lado; no entanto, segurou a maçaneta e *tentou*, pois o que mais poderia fazer? O tempo deles tinha acabado. Ou, melhor dizendo, o tempo de *Alex* tinha acabado. Quaisquer que fossem as perguntas que o Doutor quisesse fazer, ela não teria as respostas que ele buscava.

Vai.

Ele abriu a porta e fez um movimento amplo com a espingarda, o facho da lanterna penetrando a escuridão. O saguão e as escadas rolantes estavam livres. Ele verificou o piso, encontrou a trilha e, feito um cão farejador, seguiu-a para a direita e para o corredor que, ele sabia, daria para o salão do buffet.

Você não pode entrar aí. Eles são muitos.

Mesmo com Dumont morto, Posy trancafiado e os dois homens em patrulhas externas, provavelmente havia mais de vinte homens e mulheres entre eles e Alex. Não dava para enfrentar tantos.

— Ele me trancafiou na câmara frigorífica — sussurrou Lacey por trás dele. — Eu te disse, lembra?

As áreas de serviço e dos funcionários do hotel-cassino não tinham sido marcadas no mapa, mas ele sabia que as cozinhas deviam ser imensas, pois precisavam atender o grande número de frequentadores do salão do bufê. Ele torcia para que conseguissem acessar as cozinhas sem ser notados.

— Mantenha os ouvidos e os olhos atentos — disse ele.

Ainda seguindo a trilha de sangue, ele diminuiu o ritmo, andando com mais cautela, de orelha em pé, tentando ouvir qualquer ruído estranho. Quando viraram o terceiro canto, havia um zumbido baixo e indistinto que depois ficou claro se tratar de várias vozes falando ao mesmo tempo. Pilgrim sabia que as cozinhas e as cafeterias teriam sido as primeiras áreas saqueadas, que suprimentos de comida eram a prioridade deles. E, agora que haviam deixado as cozinhas e as despensas vazias, eles tinham se mudado para um lugar onde pudessem guardar a comida roubada e se saciar com o que encontraram. De fato, todas as vozes soavam alegres e joviais, com gargalhadas e gritaria.

Os disparos do andar de cima haviam passado despercebidos.

Pilgrim apagou a lanterna quando um leve brilho amarelado iluminou o corredor à frente deles, a luz partindo de algum lugar além da próxima virada. As vozes ficaram mais altas, e Pilgrim calculou que devia haver umas sete ou oito pessoas, no mínimo. Com cuidado, olhou da quina para o corredor de onde vinham as vozes, mas recuou imediatamente. A última parte do corredor se abria para uma enorme cantina. Na rápida olhadela que tinha dado, viu sete pessoas sentadas ao redor de mesas perto da entrada.

Um tiro cortou o ar, e, num movimento brusco, Pilgrim se agachou tão rápido que seu estômago deu uma sacolejada, mas depois do estrondo vieram gargalhadas descontroladas.

Só diversão.

— Estão desperdiçando munição — murmurou Pilgrim.

Menos uma bala para nos matar.

Na breve olhadela, Pilgrim reconheceu que não poderiam seguir em frente, a não ser que se dispusessem a passar pela festinha animada que acontecia na cantina. Precisavam encontrar outro caminho.

— E quanto ao Posy? — disse Lacey em voz baixa.

A garota estava muito tensa, obviamente desesperada para avançar, para encontrar Alex, a ansiedade aumentando enquanto ficavam parados. Até onde sabiam, o homem conhecido como Doutor podia já ter começado a trinchar.

Pilgrim percebeu na hora o que a garota estava insinuando e foi contra a ideia. Era audaciosa demais. Jamais conseguiriam se safar.

Há uma chance de dar certo.

—Não — murmurou ele. — Impossível.

Mas, quanto mais pensava a respeito, menos louca parecia.

Por que é impossível? Eles nunca viram você antes.

— Viram a garota — pontuou Pilgrim. — Eles a reconheceriam.

Ele estava falando consigo mesmo, mas a garota não comentou nada. Em vez disso, ela fechou a cara e ficou emburrada. Ele notava o quanto ela estava contrariada por não poder discutir com ele sobre o rumo dos seus pensamentos, restando a ela apenas ficar observando. Ele se perguntou se Voz havia lhe recomendado fechar a boca e aguardar a decisão dele.

Se fosse esse o caso, estava funcionando.

— Tá bom — disse Pilgrim. — Vamos tentar.

Eles recuaram rapidamente, a uma velocidade que beirava a imprudência. O banquinho ainda estava preso na parte de baixo da maçaneta da porta do armário. Ao abrirem a porta, Posy encolheu os joelhos instintivamente e deixou escapar uma lamúria trêmula da garganta, o som abafado por causa da mordaça improvisada.

Compreendendo perfeitamente que Pilgrim daria um tiro no seu baço se ele deixasse transparecer o disfarce, os dois andaram lado a lado, viraram a quina do corredor e, como se fosse a coisa mais normal do mundo, entraram na cantina.

Foi desconcertante se aproximar de um grupo de estranhos imprevisíveis munidos de facas, cutelos e algumas armas de fogo. Nenhum deles parecia um ser humano racional, civilizado, o que não era uma surpresa, considerando que não viviam mais num mundo civilizado e racional. As três pessoas que estavam sentadas encarando a entrada — uma mulher mais velha e dois homens grandalhões barbudos — foram as primeiras a erguer os olhos para eles e, quando os quatro restantes que tinham as costas voltadas para Pilgrim perceberam a reação dos seus companheiros, também se viraram.

Havia outro grupo amontoado em torno de algumas mesas encostadas na parede oeste. Apenas dois se deram ao trabalho de olhar quando eles entraram. Lacey disse que tinha visto quatro pessoas amarradas antes de partir; agora eram seis. Um homem estava caído sobre a mesa e não se mexeu quando a mulher à sua frente sacudiu o ombro dele. Os olhos escuros dela encararam Pilgrim. Desconfiança, raiva, medo: tudo ali reunido. Na cadeira ao lado dela, um prisioneiro mais velho, de uns 50 anos, meneou a cabeça e murmurou alguma coisa. Ela abaixou os olhos e encarou com fúria as mãos atadas.

A relação entre homens e mulheres naquele grupo armado era de cinco para dois. Mulheres não duravam muito nesse tipo de arranjo, a menos que fossem tão fortes fisicamente quanto os homens ou tivessem algo a oferecer. As demais, se não sofressem maus-tratos e fossem deixadas para morrer, eram mantidas vivas por um longo período para ser usadas repetidas vezes. Era preciso ser uma mulher forte para sobreviver. Ou uma mulher suficientemente forte para conseguir se safar dessa situação.

Uma mulher mais velha, de cabelos grisalhos e carcomida, qualquer sinal de beleza perdido há muito tempo, observava Pilgrim com olhos sagazes. À sua frente, outra mulher mais nova, com uma cabeleira preta e emaranhada e uma cicatriz enrugada que ia da pálpebra ao canto da boca e que fazia com que seu olho ficasse caído e o lábio, repuxado para cima.

Rejeitada por Dumont, talvez, sugeriu sua vozinha, *e costurada pelas mãos do Doutor*.

Havia um cobertor esfarrapado meio embolado sobre o seio dela. A blusa desabotoada até o umbigo deixava todo o lado esquerdo do peito exposto. Um bebezinho sugava um mamilo escuro, um recém-nascido, com apenas algumas semanas de vida. A criança fungava alto enquanto mamava. A mulher se sentava bem perto do homem ao seu lado — um sujeito com cara de poucos amigos, nervoso e de idade indeterminada. Ele tinha traços finos e olhos desconfiados e examinou Pilgrim de cima a baixo quando ele e Posy se aproximaram. Pilgrim calculou que a mulher e o bebê pertenciam a ele e que ele era extremamente zeloso com suas propriedades.

Os outros homens eram parecidos. Barba, sujeira, uma energia desvairada prestes a explodir. O único que se sobressaía dos demais era o Cabeça Raspada; ele tinha barba cheia, áspera e dura feito uma vassoura, e cabeça raspada, revelando chanfros prateados das muitas cicatrizes e uma tatuagem improvisada atrás da orelha direita: uma espiral em linhas pretas e angulares. Segurava uma faca de caça grande e, distraído, espetava o tampo da mesa, puxava a faca para fora e a espetava de novo e de novo. *Tchac-tchac-tchac*. Ele não olhava para a faca, mas para Pilgrim.

— Ei, Posy. Quem é o bonitão aí?

Posy sequer olhou para a velha que encarava Pilgrim morta de desconfiança, embora ninguém mais parecesse notá-lo.

— Um cara novo — murmurou Posy, os olhos no chão. — Isso. Ele é novo. O Chefe acabou de liberá-lo.

— É mesmo? Qual o seu nome, docinho? Tem mulher?

O sujeito de rosto fino e olhos desconfiados disse:

— Pelo amor de Deus, Dolores, deixa o cara em paz. Por que você sempre tem que ser uma piranha?

— Vai se foder, Frank! — disse a velha, atirando nele uma lata de refrigerante aberta que acertou sua cabeça, o líquido efervescente espalhando pelo seu rosto.

Ele ficou de pé num pulo, a cadeira despencando no chão, e gritou uma longa fieira de palavrões para ela. Para uma coroa (embora Pilgrim suspeitasse que ela não fosse tão velha quanto as rugas sugeriam), ela rebateu os impropérios com um vocabulário impressionante de tão vulgar. A mais jovem, de cabelos bagunçados, havia se levantado com Frank, um braço segurando o bebê enquanto a mão tentava secar o refrigerante da camisa dele. Ela levou uma bofetada por tentar ser gentil e tornou a se sentar, a cabeça abaixada em sinal de desculpas. Um sujeito com uma barba com tranças deu uma gargalhada, pegou a lata de refrigerante e atirou na mesa dos prisioneiros. A lata acertou a parede com um baque e explodiu, espirrando na cara da mulher de olhos pretos. Ela reagiu virando a cabeça, fechando bem os olhos, e foi só. O homem mais velho, com raiva, atirou a lata para fora da mesa e ficou encarando os outros. A lata acabou no chão, derramando o que sobrou do refrigerante no linóleo, enquanto o sujeito de barba com tranças continuava gargalhando.

A confusão foi útil, e Pilgrim e Posy passaram pelas mesas ocupadas e estavam quase saindo quando outra voz os chamou.

— O que está acontecendo, Posy?

Posy parou, e Pilgrim trincou os dentes e teve de parar ao lado dele. Era o Cabeça Raspada. Ele tirou a faca da mesa e a segurava com indiferença numa das mãos.

— Hum. Mostrando a cozinha para ele, Pike. Só isso.

— Para quê? Não tem nada lá. A gente tirou tudo.

Posy não respondeu. Ele obviamente não conseguia raciocinar rápido o bastante para produzir uma mentira aceitável.

— Ele queria me mostrar a câmara frigorífica — respondeu Pilgrim. — Disse que seria um bom lugar para trancafiar carne fresca.

Ele fez questão de dizer "carne fresca" com uma conotação diferente e se esticou todo para dar um tapinha na garota aparentemente inconsciente pendurada no ombro de Posy. Pilgrim não conseguiu bolar um jeito de trazer Alex de volta por essa mesma cantina sem levantar suspeitas, por isso precisaram levar Lacey.

Cabeça Raspada deu um sorriso feio para provar que havia entendido a mensagem. Os poucos dentes que lhe restavam eram marrons e lascados.

— Carne fresca, hein? De que tipo estamos falando aqui?

— Carne jovem — esclareceu Pilgrim. — Muito macia. — Ele sabia que Lacey escutava cada palavra, mas ela permaneceu em silêncio e imóvel. Ele mal conseguia notar o movimento da respiração dela. — Ela resistiu bastante. — Ele apontou para a camisa ensanguentada para provar.

— Você tem certeza de que a gente tem que trancar essa garota nesse exato momento?

Pilgrim entendeu o que o homem estava perguntando. Será que não havia tempo para dar uma olhada primeiro? Talvez passar a mão?

— O Chefe queria que ela fosse trancada sã e salva. A gente está só seguindo ordens.

Cabeça Raspada riu. Um risinho safado, repugnante.

— Entendi o recado. O Chefe já deu uma trepada, é isso? Tudo bem! Vai ter bastante tempo para dar umazinha mais tarde. — Ele apontou a faca para eles e acenou. — Vai em frente e mostra para ele onde fica a câmara, Posy. Não quero que ele pense que somos do tipo encrenqueiro.

Posy fez que sim num movimento brusco, virou-se e foi conduzir Pilgrim para as portas vaivém da cozinha.

— Cuidado com o Doutor — gritou Cabeça Raspada para eles. — Ele acabou de passar levando a "carne" dele. Mas não me pareceu tão fresca assim.

Os homens ao redor das mesas caíram na gargalhada.

CAPÍTULO 9

Assim que chegaram à cozinha, Posy se curvou e colocou a garota de pé. Pilgrim entregou a carabina a ela e os dois acenderam suas lanternas. Tudo isso foi feito sem que ninguém dissesse nada. Pilgrim cutucou Posy na sua frente, empurrando-o para que indicasse o caminho, e eles avançaram em fila — Posy, Pilgrim, Lacey —, passaram por bancadas e ilhas centrais de aço inoxidável, paneleiros e réchauds, ao lado de uma fileira de fogões de seis bocas, três fornos de pizza e uma fila de lava-louças de tamanho industrial, seguida de três pias para lavar panelas e dois locais de estocagem. Um era usado para estocar alimentos secos, o outro era uma câmara frigorífica. A porta de aço de dez centímetros de espessura do congelador estava aberta, e a luz que vinha de dentro iluminava o chão.

Um silvo estridente, feito uma rápida liberação de gás pressurizado, atravessou o ar, um chiado desagradável que terminou tão rápido quanto começou. Logo, mais um, bem curto. E um terceiro, e um quarto.

Posy titubeou, e Pilgrim o cutucou com os canos da espingarda para encorajá-lo a avançar. Um rangido baixo, metálico, escapou de dentro da câmara frigorífica, como o retinir de algemas de ferro. Posy se deteve diante da abertura da porta. Ele não emitiu nenhum som, mas Pilgrim o viu ficar paralisado.

— Posy. — A voz era baixa, serena, como se ele estivesse preparando um arranjo de flores ou fazendo crochê, e não no meio de um processo de interrogatório e tortura.

— Doutor — sussurrou Posy.

— O que você quer? Estou ocupado.

— T-Tem um homem morto procurando você.

Pilgrim empurrou Posy para dentro e o tirou do caminho. O que ele viu no frigorífico o deixou tonto de um jeito alarmante, seus sentidos encolhendo feito sombras atiradas num lugar com um brilho incandescente. Ele foi arrancado de si mesmo, sua consciência subiu e mergulhou naquele espaço apertado, indo de encontro ao homem de chapéu-coco.

Através dos olhos do Doutor, Pilgrim se viu numa cena incômoda. Estava de pé no vão da porta, a espingarda nas mãos do outro Pilgrim apontada para ele, e mais uma vez sua mente deu uma guinada descontrolada enquanto ele tentava compreender que estava vendo a si mesmo pelos olhos de um terceiro — e, no entanto, uma parte menor sua estava de volta ao corpo, vendo o Doutor, percebendo que ele estava dentro do homem, pegando uma carona. Parte da sua sanidade se foi, então; a dualidade da sua consciência o dividindo, enviando-o para dois rumos ao mesmo tempo. Foi de um lado para o outro, o espaço entre os dois polos partindo-o ao meio, então parou e *travou* no lugar.

Do interior do Doutor, ele observou a expressão pálida no próprio rosto, a surpresa perturbadora nos olhos — até mesmo no olho esquerdo injetado, onde a vermelhidão hemorrágica se concentrava na íris.

Estou te vendo, Agur, sussurrou para ele uma presença desconhecida de um canto sombrio da sua mente.

Não, da *sua* mente, não. Da do *Doutor.*

Pilgrim sentiu como se tivesse sido desmascarado, pego fazendo o que não devia, e houve uma rápida disputa ao tentar se libertar e voltar para o lugar a que pertencia, mas garras o prendiam com força, cravavam-se nele, não o deixavam partir.

Estou te vendo, Agur, sussurrou aquela presença desconhecida outra vez. *Estou. Te. Vendo. O que você está fazendo aqui? Como veio parar aqui?*

Com um poderoso *impulso* psíquico, Pilgrim se desvencilhou, a parte dividida da sua mente disparando de volta através do espaço apertado, recuando às pressas. Num arremesso de dar náuseas, foi atirado de volta para o próprio corpo, os músculos do estômago se contraindo enquanto ele se revirava, o joelho esquerdo quase cedendo por completo. Ele respirou com dificuldade, inalando aquela poluição pesada de sangue derramado, e encarou o homem de chapéu, mas o Doutor parecia não ter sido afetado pelo que tinha acabado de acontecer.

O que foi *isso*?, pensou ele, ainda trêmulo.

Uma voz, disse a sua própria voz, aquela com que aos poucos ia se acostumando. *Uma Outra. Esse homem não passa de uma marionete.*

Pilgrim ficou feliz em ouvir essa voz mais uma vez, sua presença estranha, mas familiar, uma parte crescente sua, bem parecida com Voz. Nunca mais queria ouvir o sibilar pavoroso daquela presença desconhecida que tinha lhe sussurrado de dentro da mente do Doutor. Seus olhos foram para Lacey, o medo o dominando. Aquela coisa sentiu a presença de Pilgrim imediatamente, um intruso no seu domínio: será que poderia sentir Voz com a mesma facilidade e saber como ele tinha ido parar na garota?

Acho que não, respondeu sua voz. *Ainda não. Ela precisa tomar cuidado.*

A advertência exerceu um peso enorme na sua mente e fez um arrepio de apreensão percorrer todo o seu corpo, mas ele impiedosamente tomou as rédeas dos seus pensamentos em espiral. Estava tudo por um fio, algumas coisas por menos que isso.

De certa forma, a cena diante dele lembrava aquela do dia em que encontrou Alex pendurada no chuveiro do hotel. Salvo que daquela vez foi pelas mãos de dois amadores, enquanto isto era trabalho de um profissional. Alex estava nua e suspensa pelos pulsos, o que era bom, porque o tempo dispendido amarrando suas mãos e suspendendo-a no gancho para carne preso ao teto era o único motivo para ela ainda não ter sido estripada, destrinchada e desossada. O corpo dela estava totalmente coberto de sangue escurecido, coagulado, como se um barril de sangue tivesse sido jogado sobre sua cabeça. Não havia nenhum pedaço de pele limpo. Sangue fresco continuava pingando das feridas mais profundas nos seios, nas costas e nos quadris.

O corpo dela pendia, flácido, todo o seu peso sustentado pelos pulsos inchados. Nem mesmo o grito desesperado de Lacey teria condições de induzir uma reação da mulher.

Vocês chegaram tarde demais. Ela está morta.

Mas ela não estava morta. Pilgrim notou um leve suspiro que movia o peito da mulher e uma breve pulsação abaixo do esterno.

O homem que eles chamam de Doutor estava atrás de Alex, segurando uma longa tira de couro. Pilgrim não precisou ver as riscas de sangue na mão, no braço e no rosto dele para saber que ele a estava chicoteando. Fora a tira de couro, o homem estava desarmado. Os olhos claros e verdes do Doutor atingiram Pilgrim feito aço quente num lago congelado.

Pilgrim percebeu que estava tremendo, como se a câmara frigorífica estivesse ligada, bombeando ar gelado. Não estava. Estava quente ali dentro.

— Se afasta dela — disse Pilgrim calmamente.

O homem não respondeu. Simplesmente enrolou a tira de couro que usava como chicote.

— Eu disse "se afasta dela".

O movimento foi chocante de tão repentino; o braço do Doutor açoitou, e a tira de couro atravessou o ar e lanhou as costas de Alex. Subiu uma névoa de sangue. A luz diminuiu por um instante.

Lacey gritou como se tivesse sido atingida pelo chicote. Ela apontou a carabina para o homem de chapéu-coco.

— *Para!* — berrou.

O Doutor olhou para a garota com tranquilidade e, lentamente, enrolou a tira que agora pingava sangue.

— Oi, Lacey.

— O que tem de *errado* com você? — sussurrou ela.

— Errado? Não tem nada de errado. Fico feliz em ver você. Queríamos falar com você.

— Por favor, devolve a minha amiga.

Pilgrim notou o tremor na voz da garota e entendeu o motivo. Havia *de fato* algo de muito errado com esse homem. Ele era perigoso, bem mais que Dumont.

— Você não sente? — disse o homem erguendo a mão. — O mundo está mudando. Eles vieram para ficar, e não há nada que se possa fazer para impedi-los. Eles se escondem dentro de nós, feito cachorrinhos dormindo.

— Não — murmurou a garota. — Não, você está errado.

O homem de chapéu-coco sorriu.

— Não, não estou. Você ouve. Sei que ouve. E, a julgar pelo modo como você conversou com a sua voz depois da nossa curta visita a Jebediah, é uma voz bem experiente. Isso me preocupa. Você é tão nova, mais nova que a Red. Como uma menina como você pode ter uma voz tão madura?

Essas palavras vinham do homem ou eram repassadas pela *outra* coisa que vivia dentro dele? Não importava. Pilgrim começava a ver tudo com mais clareza; ele esteve preso dentro de um carro debaixo de uma chuva pesada, todos os vidros embaçados por camadas de água, mas havia encontrado os limpadores de para-brisa que agora trabalhavam a toda. Esse grupo estava ativamente expandindo em tamanho, reunindo forças, e, em outras partes do país, outros grupos sem dúvida faziam o mesmo, todos incentivando (à força, ou não) qualquer pessoa que ouvisse uma voz a se juntar às suas fileiras. Tudo para um propósito central: estavam se preparando para uma guerra. Todas as pessoas, de todos os lugares, ouvissem ou não uma voz, teriam de lutar para preservar seu lugar no mundo. O Homem-Esvoaçante estava organizando os remanescentes, filtrando as vozes, encontrando *seu povo* e deixando os demais para morrer. E não seria uma guerra sem rosto com soldados desconhecidos de cada lado, uma batalha da qual poderia ficar de fora. Não, todos ao seu redor seriam obrigados a se envolver: jovens, velhos, homens, mulheres. Todos. Inclusive Lacey.

Desde o começo, ele soube que ela era diferente. Um receptáculo vazio e indefeso, aguardando que Voz saltasse para ela. Todas as condições foram preenchidas: o tiro que Pilgrim levou na cabeça, a habilidade única que ela tinha de abrigar uma voz, o poder de Voz. Uma verdadeira revolução. E podia ser um desastre o Doutor ou, melhor dizendo, a *voz* que vivia dentro dele descobrir que isso era possível — e pior ainda para Lacey. Eles a transformariam num rato de laboratório, atiçando e cutucando até extraírem a última gota de todo e qualquer conhecimento a respeito dela.

— Temos muito a conversar — disse o Doutor.

— Ela não vai falar com você — disse Pilgrim. — Ninguém vai falar com você.

O homem inclinou a cabeça, seus olhos verdes faiscando de um jeito que, por um instante, pareceram sem vida e cruéis.

— Você também não é o que aparenta, certo? Que dupla fascinante vocês formam.

Pilgrim sabia que esse homem não ouviria a voz da razão. Não havia razão dentro dele — a firmeza das mãos, o desprendimento, a *estranheza*, tudo isso era evidência de que faltava alguma coisa. Sua humanidade, talvez. Pilgrim se perguntou se uma briga, especialmente barulhenta, atrairia as pessoas da sala ao lado para ver o que estava acontecendo. (Ele não arriscaria disparar a espingarda num espaço tão exíguo, menos ainda com o Doutor tão perto de Alex: a dispersão do chumbo poderia atingi-la.) Também se perguntou de que lado Posy ficaria caso houvesse uma briga. Posy poderia tomar qualquer partido, mas Pilgrim suspeitava que sua longa fidelidade a essas pessoas definiria a escolha, sem a menor chance tanto para Pilgrim quanto para a garota.

Se acha que pode acabar com isso silenciosamente, você está se deixando iludir.

O plano dele não era se deixar iludir.

E você está ficando fraco. Estou sentindo. Você não está forte o bastante para lutar contra quem quer que seja.

Flexionando a mão na tentativa de parar de tremer, Pilgrim manteve o olho bom e bem treinado no homem de chapéu. Lacey, à sua esquerda, estava perdida na textura granulada e toldada da visão do olho ferido. Ele só sabia que ela estava lá por causa da respiração pesada e do longo e fino cano da sua carabina — apontada para o Doutor — que havia entrado em seu estreito campo de visão.

Pilgrim falou no silêncio.

— Dumont também não vai falar com ninguém.

O Doutor congelou, a tira de couro momentaneamente esquecida na mão.

Isso atingiu algum nervo.

— Na verdade, ele falou tudo o que tinha para falar. Até mesmo para a voz na própria cabeça.

Os únicos sons eram as gotas de sangue de Alex batendo no chão e o encadeamento das respirações. Posy os observava, recostado na parede. Pilgrim imaginou que ele também podia sentir o olhar de Lacey; não nele, mas na carabina apontada para o homem que estava machucando sua amiga.

— Ele não ouve uma voz — murmurou o Doutor. — Jamais ouviu.
— Por uma fração de segundo, as feições do homem se contraíram. — O que você fez com ele?

Pilgrim não estava totalmente convencido de que este homem seria capaz de sentir fortes emoções, mas, agora, vendo a cabeça do Doutor abaixar lentamente e a aba do seu chapéu lançar uma sombra sobre seus penetrantes olhos cor de esmeralda, achou que talvez houvesse algo nele além de frieza e autoridade.

Sempre há mais. Tem que cavoucar.

— Eu? Eu não fiz nada — disse Pilgrim para o homem. — Mas o painel de vidro enorme que esmagou o crânio dele fez um estrago.

Com isso, algo dentro dele se partiu. O homem não se retraiu nem disse nada, mas vagarosamente balançou a cabeça de um lado para o outro, com um movimento que quase denotava cansaço.

— Não vou — murmurou o Doutor, balançando a cabeça com mais vigor. — *Não vou.*

— Tem cérebro por todo lado — acrescentou Pilgrim.

— *NÃO*.

Nas sombras da aba do chapéu, algo deslizou por trás dos olhos do Doutor, uma cortina foi baixada, e lá vivia uma besta terrivelmente sanguinária. Ela se manifestou não num ataque direto, que Pilgrim antevia, mas numa inesperada explosão de violência contra Alex.

O Doutor deu um uivo dilacerante, que fez os pelos de Pilgrim se arrepiarem e o maxilar se contrair, e atacou Alex numa onda de golpes selvagens, a tira de couro crepitava com uma energia enlouquecida sibilando e lascando, a carne das costas da mulher se desprendendo a cada chicotada. Era como se o Doutor soubesse *exatamente* o melhor jeito de ferir alguém, porque, conforme o chicote estalava e rasgava e lanhava — Alex balançando e gritando, seus olhos se revirando cada vez mais —, Lacey gritou.

Um tiro, alto o bastante para fazer vibrar dolorosamente os ossos da cabeça de Pilgrim. Ele já havia mergulhado para a frente e tentava alcançar o braço erguido pronto para chicotear quando o Doutor cambaleou para trás, um buraco aparecendo acima da sua sobrancelha direita.

— Na cabeça não! — gritou Pilgrim, mas era tarde demais. Como uma torneira que se abria por completo, saiu um jato de sangue do buraco, também cobrindo totalmente um lado do rosto do Doutor. Seu chapéu-coco, que tinha ficado torto, agora caía no chão e rolava de lado. O Doutor não pareceu ter notado que estava sem chapéu nem tentou impedir o sangue que escorria da cabeça — as mãos trêmulas ao lado do corpo, o chicote escapando delas e caindo, parecendo uma cobra morta aos seus pés. E, enquanto o olho direito do Doutor estava coberto de sangue, a íris perdida num mar vermelho, o outro olho, verde feito vidro, olhava com frieza para o que estava além de Pilgrim, para a garota.

Ela também o encarou, um fio de fumaça subindo da boca da carabina, enquanto observava em silêncio o homem ensanguentado.

A primeira vida que ela tira.

Para Pilgrim, isso soava como um presságio sinistro de que havia mais por vir.

A aflição dolorida de Alex atravessou seus ouvidos. Num sobressalto, ele afastou os olhos da arma fumegante. Ele não se deu ao trabalho de ficar vendo o homem mortalmente ferido deslizar para o chão, mas se aproximou de Posy, suspendendo-o até ficar em pé, gritando ordens no rosto aterrorizado do sujeito. Em seguida, Pilgrim foi para a garota.

— Oi, oi, oi — sussurrou ele, deixando a espingarda de lado para que pudesse segurar o rosto dela com as mãos livres. — Oi, tá tudo bem. Olha para mim. — Foi preciso chamar o nome dela umas três vezes para que desviasse os olhos do moribundo e o encarasse.

Ele olhou bem no fundo dos olhos dela, buscando desesperadamente algo de diferente. Será que ela sabia que uma outra voz tinha entrado nela? Voz saberia, sem dúvida. Pilgrim nunca tinha ouvido falar de alguém que hospedasse mais de uma voz, mas também jamais soube de vozes que saltavam de uma pessoa para outra.

Não havia nada além de indiferença no olhar dela. Correu gentilmente os dedos pela testa dela, como se a limpasse, desejando apagar tudo que a garota tinha acabado de ver e fazer. Disse que precisava bem mais dela agora do que antes, que precisava que ela fosse forte, que não conseguiria seguir adiante sem a ajuda dela. Ela lhe respondeu com um levíssimo aceno, os olhos embaciados do choque começando a luzir.

— Ajuda a Alex — foram suas palavras finais, então ele se foi, e, se Deus quisesse, ela faria o que havia pedido.

Na outra ponta da cozinha, Cabeça Raspada estava empurrando as portas vaivém.

— Que porra é essa que está rolando?'

Pilgrim manteve a voz amistosa enquanto andava em direção ao homem.

— Só um probleminha com a mulher. Já foi resolvido.

Cabeça Raspada olhou para a câmara frigorífica além de Pilgrim.

— Cadê o Doutor?

— Ainda lá dentro. Você devia ver o que ele fez com ela. Meu Deus! — Pilgrim ria enquanto falava, como se estivesse impressionado. — Aquele cara é doido mesmo.

Os dois andaram devagar ao se encontrarem no meio da cozinha, os paneleiros de um lado e dois fornos de pizza do outro. Cabeça Raspada empunhava a faca ao lado do corpo como se fosse um martelo. Vindo da outra sala, Pilgrim ouviu o choro de um bebê e uma discussão acalorada.

Cabeça Raspada o cumprimentou com um aceno de cabeça, o lado esquerdo da barba se erguendo numa espécie de sorriso.

— Ã-hã. Não vale a pena se desentender com ele. Ele acaba com você mais rápido que um...

Pilgrim agarrou a lateral da cabeça do Cabeça Raspada e bateu com ela em um dos fornos. Fez um *thuuunng* profundo, e o homem caiu de joelhos, a faca repicando nos ladrilhos. Agarrando a cabeça dele, Pilgrim o empurrou para baixo e lhe deu uma joelhada forte, acertando em cheio o rosto do homem. Cabeça Raspada despencou no chão.

Pilgrim lançou um olhar rápido para trás e viu Posy saindo furtivamente da câmara frigorífica. O rapaz encarava com olhos esbugalhados e aterrorizados e estancou numa posição cômica ao dar com o olhar de Pilgrim: os joelhos dobrados, os braços estendidos como se andasse numa corda bamba, mas, antes que Pilgrim desse um passo na direção dele, Posy se empertigou e saiu desembestado, como se tivesse sido espicaçado com um aguilhão, passando por pias e paneleiros e desaparecendo atrás de uma parede dividida em seções no canto nos fundos da cozinha.

Pilgrim o deixou ir. As vozes altas na cantina estavam ficando ainda mais altas.

— Melhor ir se acostumando com isso, parceiro. O único lugar que você tem para ir é o acampamento, com o resto dos malucos.

O berro estridente de uma mulher sinalizou uma nova rodada de impropérios, e alguma coisa — uma cadeira, a própria mulher — foi jogada no chão, acompanhada por uma sequência de móveis voando para todo lado.

Pilgrim apanhou a faca do Cabeça Raspada que estava caída no chão e correu de volta para a câmara frigorífica. O choro do bebê se transformou num guincho.

*

Alex tinha sido solta. A garota estava ajoelhada ao lado dela. A mulher estava caída de joelhos, curvada, e balançava o corpo para a frente e para trás. Chiados atravessavam seus dentes num assovio enquanto ela tentava controlar a dor.

Olhando para ela, Pilgrim duvidava que fosse capaz de carregá-la para muito longe: nem suas reservas de energia cada vez menores, nem suas costelas quebradas, nem a perna debilitada aguentariam um peso extra por muito tempo. Tirou a jaqueta e a jogou sobre os ombros dela, cobrindo sua nudez, sabendo que eles teriam de descolá-la das feridas mais tarde.

Ele se agachou na frente dela e segurou seu queixo bruscamente, sacudindo o rosto para que pudesse ver os olhos cheios de dor.

— *Pilgrim* — reclamou Lacey, atônita com a crueldade dele.

Sem dar atenção à garota, ele se dirigiu à mulher.

— Você consegue entender o que estou falando?

Seu olhar estava embaciado.

Ele lhe deu um tapa. Com força.

Lançou um olhar duro para Lacey quando ela lhe agarrou pelo pulso. A garota franziu a testa e o soltou de má vontade.

Quando voltou a atenção para Alex, os olhos dela estavam grudados nos seus.

— Você está morto — sussurrou ela.

— É o que todo mundo fica me dizendo.

A mulher retorceu a cara e gemeu, já se encolhendo de novo quando Pilgrim voltou a segurar seu rosto com firmeza.

Olha o tempo, olha o tempo, olha o tempo, avisou sua voz.

— Você está me ouvindo, Alex? Reage. Reage! Se você não se mexer, a gente te larga aqui mesmo. Porque senão vai acabar matando a gente. Matando a Lacey.

Alex abriu os olhos de novo e, quando olhou para ele, por trás daquele véu de dor que fazia suas feições se retorcerem havia um brilho firme revelando a presença de algo mais. Algo que eles definitivamente não tinham destruído.

Pilgrim fez que sim, suavizando a mão que a segurava.

— Você precisa se levantar. Agora! Eles estão vindo.

Ele soltou seu rosto e segurou seu braço, os dedos escorregando na pele ensanguentada. Ela choramingou e gemeu, sem conseguir se esticar por completo. Precisou ficar encurvada, mas estava de pé. Lacey ajudou Alex a vestir a jaqueta de Pilgrim, abotoou-a e, então, ajeitou-se sob o braço da mulher.

Pilgrim pegou a espingarda e foi para a porta. A cozinha estava escura e silenciosa. Acenou para as duas se aproximarem e entrou na cozinha, a arma apontada. Posy devia conhecer alguma saída alternativa, e Pilgrim a encontrou no canto dos fundos, escondida atrás de uma pilha altíssima de bandejas e um elevador de serviço sem uso. Ele segurava a porta aberta para Lacey e Alex quando as portas do outro lado da cozinha foram abertas para dentro e Frank entrou.

Eles se entreolharam.

Os olhos de Frank se voltaram para Cabeça Raspada, desmaiado no chão. Olhou de volta para Pilgrim, ergueu o braço e atirou. Pilgrim se abaixou, a bala furando a parede perto da sua cabeça, o tiro repercutindo nas panelas e nas superfícies de aço, um zumbido melódico se espalhando pela cozinha.

Pilgrim não esperou para ver se Frank atiraria outras vezes; preferiu correr pela saída para o corredor acarpetado, bem mais largo que os outros que haviam atravessado. A garota e a mulher se arrastavam até a outra ponta, que dava para um saguão imenso e mobiliado. Devia haver muitas janelas à frente, porque a área brilhava sob o luar, tudo iluminado por uma luminescência pálida e fantasmagórica que descorava as cores espalhafatosas do carpete e das paredes.

Mancando, Pilgrim correu atrás delas, toda hora olhando de relance para trás para ver se a porta tinha sido aberta e Frank entrava como um raio seguido pelo restante da turma do salão de jantar. Lacey tinha parado e abria uma segunda porta, o som metálico abafado da barra de pressão indicando se tratar de uma saída de incêndio. Pilgrim se aproximou delas e as apressou, segurando a porta antes que ela batesse, então a fechou devagar.

Ele não deixou que elas tomassem fôlego, mas segurou o braço livre de Alex e as conduziu pelas escadas de concreto.

— O que vai ser daquelas pessoas? — Lacey ofegava, seguindo-o apesar das dificuldades, Alex apoiando-se nos dois. — A gente não pode deixá-las para trás.

— Mal temos condições de nos salvar — murmurou ele, apoiando seu peso no corrimão e concentrado em não cair. — Vamos em frente.

Ele achava que ela fosse reclamar, mas, ao menos desta vez, ela guardou seus pensamentos para si. O peso da espingarda estava exaurindo sua mão, e ele queria soltá-la, deixar cair tudo o que os atrapalhava, para que pudessem correr mais rápido, deslizarem feito fantasmas pela escuridão e escaparem para a noite, mas os passos de Alex eram vacilantes — ela estava ofegante e quase caiu várias vezes enquanto desceram os dois lances curtos. Havia uma poça ao pé da escada formada pela água da inundação, e as duas arfaram quando seus pés afundaram e a água gelada chegou até o meio da canela.

Pilgrim patinhou até a porta que dava para fora, mas ela estava fechada por corrente e cadeado. Praguejou, frustrado, e Lacey sussurrou para que se acalmasse e foi tentar abrir a porta do outro lado. Ele foi ajudá-la, movendo a porta o suficiente para que se esgueirassem, levando-os de volta para dentro do hotel-casino.

O estacionamento fica na próxima porta.

— Isso! O estacionamento — concordou Pilgrim. Ele sabia que não seriam capazes de correr por muito tempo nem de ir mais depressa, com a mulher naquele estado.

A garota olhou para ele por um instante com uma expressão de intrigada, o olhar voltado para dentro, ouvindo. E então as feições se abriram e ela disse, apressada:

— É claro! A *garagem*.

No interior da escada, a saída de emergência do andar de cima se abriu de supetão.

Pilgrim não reconheceu o lugar em que entraram e confiou que sua bússola interna os levaria para o sul. Tinham entrado numa área de serviço não sinalizada. O cheiro de produtos químicos velhos no ar sinalizava que era parte do depósito do setor de limpeza. Atravessaram uma porta aberta o mais rápido possível, a água na altura das pernas, o que os forçava a quase se arrastar. Pilgrim deu uma olhada no cômodo — uma espécie de sala de descanso de funcionários com escaninhos, bancos encharcados, uma pequena cozinha e nada mais. Seguiram em frente. No fim do corredor, portas duplas reforçadas. Pilgrim as empurrou, mas estavam trancadas e não cederam um milímetro. Havia um controle de acesso por cartão magnético à esquerda da porta, mas, sem eletricidade, não havia como abri-las. Ele voltou ofegante, o esforço de patinhar o deixava exausto. Lacey já estava segurando uma porta aberta à sua direita.

Ela indicou com um aceno de cabeça a placa ilegível presa à parede e suspirou.

— Loja de lembrancinhas.

Houve um barulho de algo batendo na água quando Frank irrompeu pela saída de emergência e caiu de quatro no corredor, ficando ensopado.

— *Corram.* — Pilgrim empurrou as garotas para dentro, Alex chorando por ter levado um encontrão nas costas dilaceradas, e foi atrás delas, jogando todo o seu peso na porta para fechá-la. Frank gritou e mais barulho de água agitada veio do corredor. Mais vozes se juntaram à de Frank.

A lanterna de Lacey iluminou prateleiras de metal cheias de caixas de vazias, o conteúdo espalhado por todo lado, embalagens rasgadas e boiando ao redor das suas pernas, uma bagunça completa: toalhas encharcadas com o monograma do hotel-cassino bordado nos cantos, cartas de baralho, fichas de pôquer, partes de um kit de barbear, brinquedos de pelúcia, ímãs de geladeira, chaveiros, pins.

— A outra porta. *Rápido!* — disse Pilgrim, apontando, e as duas garotas, apoiadas uma na outra, foram vadeando por aquele mar de lixo.

Pilgrim pôs a espingarda numa prateleira, segurou a estante de metal mais próxima da porta e deu um puxão. Era pesada, mas saiu do lugar. Reunindo forças, puxou mais forte, a lateral do seu corpo queimando com uma dor excruciante, e gritou ao puxar a prateleira para baixo, saltando fora do caminho quando tudo desabou com uma barulheira e formou uma onda que chegou às suas coxas e o derrubou de costas.

Do outro lado da porta, gritos, socos e chutes forçando a entrada, que só pararam quando conseguiram abrir um vão de uns quinze centímetros.

Ele foi xingado de tudo quanto é nome. Frank estava lá, tentando forçar seu corpo esguio através do vão estreito. Pilgrim pegou a espingarda que tinha deixado na prateleira, mas teve de se jogar para trás quando Frank conseguiu enfiar o braço e descarregou sua arma. Balas ricochetearam nas prateleiras de metal. Pilgrim sentiu uma aguilhoada quente raspar sua bochecha. Livrou-se da arma e afundou na água. Mesmo sentindo o corpo congelar, foi aos trancos e barrancos atrás de Lacey e Alex.

Ouviu gritarem seu nome, alto e num tom assustado, dirigido para onde estava. Mãos o agarraram, agarraram sua camisa e o arrastaram para fora do depósito, balas retiniam nas paredes e zuniam pela água. Ele foi erguido e quase caiu de novo, mas Alex e Lacey o apoiaram.

— Perdi a espingarda — disse ele, ofegante.

Lacey balançou a cabeça para ele, os cabelos emplastrados, os olhos furiosos.

— E daí?

Estavam atrás do balcão comprido do caixa e tiveram de perder preciosos segundos dando a volta nele. Pilgrim segurou Alex, envolvendo a cintura dela com o braço direito e fazendo-a colocar o braço sobre o seu ombro. Lacey avançou, a carabina nas mãos.

— M-Me d-deixem aqui. — A voz de Alex tremia tanto que era difícil entender o que ela queria dizer. — E-Estou at-atra-atrasando vocês.

— Vamos, vamos — disse Pilgrim.

Ele praticamente a arrastava, suportando a maior parte do seu peso, as pernas dela deslizando pela água. Sua nuca queimava de tanto que doía. Adrenalina pulsava pelo seu corpo, os músculos se contraindo loucamente.

Vieram mais estampidos e batidas do depósito da loja.

Mais vinte segundos. Então eles vão ter atravessado o cômodo.

À frente deles, Lacey jogou água por todo lado ao passar por uma mesa oval coberta de livros encharcados e saiu pela entrada da loja de lembrancinhas. Ainda dando apoio a Alex, Pilgrim entrou mais uma vez no átrio de pé-direito alto da entrada principal do hotel-cassino.

Lacey se virou para ele, nas feições uma indecisão desesperada, e Pilgrim ficou tentado a lhe dizer que fosse direto em frente, para que se livrassem daquele lugar e voltassem a andar sob o céu noturno. Mas estariam totalmente a céu aberto, sem um lugar para se esconder ou algo que lhes desse cobertura. Seriam pegos antes que chegassem ao meio do estacionamento.

Ele passou pelas escadas rolantes e, acenando com a cabeça, disse:

— Continua. Para a garagem.

Mais uma vez ela assentiu com um aceno, levando-os por toda a extensão do átrio, a água formando espuma na altura dos joelhos, o luar ondulando, um rastro de marolas se alongando atrás deles.

Pilgrim ajudou Alex a vencer os quatro degraus que os livrava da água, os músculos das coxas tremendo. As calças encharcadas eram um peso extra para suas pernas, e as botas pareciam cheias de chumbo. O corredor reluzente se abria diante deles, os silenciosos estandes de pretzels e de algodão-doce chamando a atenção. Seus sapatos rangeram quando passaram pelo imenso vaso de plantas. Dava para ver as portas deslizantes de vidro que davam para fora, recortes do luar desenhando retângulos brancos nos ladrilhos, e, bem ali, a lata de lixo tombada que servia de calço mantendo a porta aberta.

Berros, gritos e barulho de água agitada vieram da loja de lembrancinhas, quando algo grande e pesado desabou.

— Lacey — disse ele, ofegante. — A carabina. Me passa a carabina.

A garota já estava três metros à frente, mas se virou e correu de volta, passando a arma para ele sem questionar nada. Em troca, ele lhe entregou a mulher, que tombou nos braços da garota.

Segurando-a, Lacey sussurrou:

— Força, Alex. Estamos quase lá. Só mais um pouquinho.

A mulher chorou e deu um jeito de endireitar o corpo, então as duas foram em frente, os passados dolorosos e cambaleantes.

Pilgrim as encarou por um instante e depois correu para o estande de algodão-doce. O tampo não estava levantado, então ele o ergueu e entrou. Olhando por cima do balcão, apoiou o cotovelo no tampo de inox e segurou a carabina com firmeza, escutando o arrastar das duas se afastando cada vez mais.

Os passos vacilantes pararam.

—*Pilgrim!* — gritou a garota.

— Continua! — respondeu ele sem tirar os olhos dos quatro degraus que desciam para o átrio inundado.

— Mas...

— Continua, cacete! Faz o que eu estou mandando!

Seus perseguidores devem ter visto Lacey e Alex, porque veio um grito lá de baixo e duas pessoas patinharam nos últimos metros de água e subiram os degraus. Homens. Grandalhões. O luar iluminou as lâminas que eles carregavam.

Mate-os.

Seu coração bateu forte e rápido no peito, feito um bumbo, mas ainda assim Pilgrim soltou o ar longamente e apertou o gatilho. Recarregou a arma quando o homem que vinha à frente tropeçou e caiu. O segundo homem, aquele com tranças na barba, ainda encarava o camarada caído quando foi derrubado para trás, o tiro furando seu peito. Pilgrim recarregou a arma de novo. Ao perceber um movimento, ainda que muito suave perto da escada rolante, e depois de se certificar de que o tiro não pegaria em nenhuma cabeça, apertou o gatilho mais uma vez.

Um berro.

Gritos.

Água agitada.

Então, silêncio, quebrado apenas pela água agitada e um gemido de dor de um dos homens abatidos.

Você não vai conseguir manter essa posição para sempre.

As pernas dele tremiam. Uma gota de água pendia da ponta do seu nariz.

— Está na hora de se entregar, parceiro! — gritou o Cabeça Raspada com voz enrolada, suas palavras ecoando nos tetos altos e estandes silenciosos. — Não faço ideia de quem você seja, desgraçado, mas não tem escapatória para você!

Pilgrim não se deu o trabalho de dizer que Lacey e Alex já estavam saindo e não havia absolutamente nada que o Cabeça Raspada pudesse fazer a respeito.

A menos que alguns deles tenham saído pela entrada principal e estejam dando a volta para pegá-las, disse a sua voz.

Pilgrim se agachou atrás da limitada cobertura oferecida pelo tampo do balcão e verificou a rota de saída. Não havia sinal de Lacey nem de Alex.

Cabeça Raspada gritou:

— Se você levantar a arma e sair, eu te dou uma morte rápida. Que tal? Melhor isso que eu arrancar cada merda de órgão do seu corpo um por um, não é?

Você deixou o cara puto.

Pilgrim ficou surpreso ao ver que o homem estava minimamente consciente. Tinha batido a cabeça do sujeito no forno com toda a sua força.

Pilgrim calculou que seria uma corrida de cinquenta metros até as portas deslizantes de vidro. Havia derrubado pelo menos dois. Neste instante, um ou mais poderiam estar se movendo para flanqueá-lo, contornando a frente do prédio e indo para a entrada secundária, por onde Lacey e Alex tinham acabado de sair.

Quem sabe essa barulheira toda não alertou os dois homens de patrulha lá fora? Sem falar nos que poderiam estar no andar de cima.

Mas ele só conseguia pensar que tinha deixado Lacey desarmada. Tirei a carabina dela, e agora elas não têm como se defender.

— Merda — murmurou ele. Depois, disse em alto e bom som: — Dumont e o Doutor estão mortos! — Esperou até que assimilasse a notícia. — Pelo que eu entendo, tem duas vagas de trabalho abertas aqui, então talvez você devesse gastar a sua energia em descobrir quem está no comando agora, em vez de perseguir três estranhos que não significam nada para você!

Ele apurou os ouvidos enquanto o eco da sua voz sumia e um murmúrio de vozes aparecia, quando os demais começaram a falar.

A princípio, foi difícil determinar onde o Cabeça Raspada estava pelos seus gritos, sobretudo por causa da acústica do prédio que fazia os sons ecoarem, mas, como o Cabeça Raspada continuou com os insultos e Pilgrim descartou algumas posições, ele agora já fazia uma ideia de onde o cara estava escondido.

Eles estão mais furiosos do que nunca.

Pilgrim saiu de trás do balcão e atirou no enorme vaso de plantas.

O vaso se espatifou com o impacto.

Pilgrim saiu correndo.

Ouviu um grito de surpresa, mas já estava a uns dez metros na passagem, a cabeça arriada, segurando a carabina pelo cano para seu braço poder imprimir movimentos mais vigorosos.

Mais tumulto às suas costas. Gritos, água agitada, passos barulhentos e apressados perseguindo-o. Esperava ouvir tiros também, mas não houve nenhum disparo. Ou pretendiam pegá-lo com vida ou poupavam a munição que lhes restava para quando pudessem de fato derrubá-lo. Haviam desperdiçado um pente dentro do depósito.

Ele não diminuiu o ritmo ao chegar às portas de vidro, mas saltou por cima da lixeira que as mantinha abertas, perdendo o equilíbrio quando a perna esquerda tocou o chão. Foi cambaleando feito um bêbado por alguns metros, mas enfim se aprumou e correu sob o pórtico coberto e subiu a pista asfaltada para a garagem.

Essa tinha sido sua última arrancada, ele sabia disso. Os pulmões queimavam, o ar que respirava arranhava sua garganta parecendo uma lixa grossa, as pernas como brotos de ramos finos, vergados, trêmulos, prestes a quebrar. Precisava entrar na garagem; a bocarra preta do portão de "Entrada" sussurrava, encorajando: "Só mais um pouquinho, e a escuridão vai te engolir", parecia dizer. "Todas as belas sombras à espera para dar as boas-vindas ao amigo e convidá-lo a entrar. Só mais um pouquinho agora..."

Mas, antes que pudesse alcançar a cancela levantada, dois ofuscantes olhos brancos o encontraram, dois fachos perfurando seus olhos. Semicerrou-os e virou a cabeça. O silvo de um colosso perdido rasgou o ar e estremeceu o chão sob seus pés, a besta recém-desperta que se erguia das entranhas da garagem e vinha em sua direção. Com um guincho dos mais agudos, a criatura desviou dele e tremeu convulsivamente e lhe mostrou sua lateral. Era amarelada e retangular, outrora reluzente, mas agora desbotada e suja.

Um trailer. Da Coachmen, talvez, ou da Itasca.

Pilgrim teve um breve momento de cegueira em que ficou surpreso, perguntando-se se algum dia se acostumaria com as invencionices da garota.

Não tinha nada menor?

A porta lateral se abriu e ficou indo e vindo, o trinco quebrado.

O motorista apertou a buzina novamente e o colosso amarelado berrou e berrou feito um bebê. *FOOOOOOOMMM!* O que era o oposto do que Pilgrim queria. Instintivamente, mudou a direção, lançando-se numa corrida pela lateral, planejando saltar para *dentro* da barriga da besta, e não ser expulso dela.

Uma sequência de tiros. Balas atingiram a lateral do trailer, tendo como alvo Pilgrim e a porta oscilante, por onde ele pulou, jogando a carabina para dentro, e segurou a estrutura com as duas mãos, pendurando-se nela por um instante, o interior escuro e fedido grudando nele com dedos agarrando olhos, nariz e garganta. Uma chuva de balas acertou a porta oscilante, empurrando-a contra o seu ombro, uma bala estourando um painelzinho de acrílico, estilhaços furando seu rosto.

A mesma vertigem que sentiu quando a garota colocou a mão no seu rosto o atingiu mais uma vez, e ele se sentiu inclinar para trás, seus dedos à procura de um ponto de apoio. Teve uma visão em que caía e rolava sob as rodas do veículo, os pneus passando sobre ele como um elefante enfurecido e em pânico, largando pedaços da sua carne pelo asfalto. O trailer deu uma guinada forte — se foi intencional ou acidental, pouco importava, porque foi assim que ele acabou entrando. Ele tropeçou no carpete esfarrapado e bateu no canto da mesa de jantar, machucando a pélvis e os quadris. Ele desabou, o corpo encurvado, tentando recobrar o fôlego.

— *Pilgrim!*

Era a garota. Ela estava meio de lado, olhos assustados procurando desesperadamente por ele na escuridão.

Mais balas atingiram a carroceria, algumas atravessando o metal e acertando a pia ou os armários. Mais vidro estilhaçado.

Pilgrim conseguiu arrancar uma palavra dos seus pulmões estropiados.

— CORRE!

As habilidades da garota como motorista não eram lá grande coisa, mas davam para o gasto. Quando deixaram para trás o estacionamento inundado e começaram a percorrer as curvas a caminho do topo do morro, Pilgrim abandonou seu posto de observação na traseira do veículo — onde antes estava de sentinela, vigiando alguns homens e mulheres que corriam feito formiguinhas, até retornarem para o hotel-cassino — e foi para a cabine do motorista.

Alex estava arqueada no banco do carona, estremecendo e retesando o corpo cada vez que Lacey fazia uma curva, mas estava acordada e lúcida. Ao vê-lo, esticou a mão. Por um segundo, ele não entendeu o que ela queria — ele não tinha nada para lhe dar: nem remédio para dor, nem roupas, nem água. Ela percebeu sua indecisão e sussurrou que só queria sua mão.

Ele viu a palma aberta, os dedos finos e elegantes, os mesmos dedos que, Lacey lhe disse, faziam belos desenhos a lápis, e de repente desejou ver as formas, os movimentos circulares, os leves toques que se poderia obter com um lápis, ver os traços deslizantes que ela passava para o papel, formando desenhos intrincados que capturariam seu olhar por horas a fio, centenas de detalhes disfarçados em meio às linhas acinzentadas feito chumbo.

Ele pôs a mão sobre a dela e viu aqueles dedos finos se fecharem ao redor da sua mão. Foi um aperto caloroso e surpreendentemente forte.

Trocaram olhares.

— Pilgrim? — sussurrou ela. — Esse é o seu nome?

Ele fez que sim com a cabeça.

— Pilgrim — repetiu ela. — Obrigada.

Sem saber o que dizer, ele fez que sim de novo. Ao se virar e voltar os olhos para a estrada, ela ainda segurava a sua mão.

CAPÍTULO 10

Estacionaram o trailer a duas quadras da casa, escondido num quintal com muros de tijolos. Não deixaram as chaves na ignição, diferente do proprietário anterior. Embora não tivessem sido seguidos na viagem de volta a Vicksburg (Pilgrim podia imaginar as divergências começando depois da morte dos seus líderes), ele ligou o rádio e, com o que restava de bateria, monitorou as frequências. Havia certa atividade — a maioria incoerente e inútil —, mas nada com que se preocupar. Ainda assim, teria preferido deixar o veículo mais longe da casa, mas a mulher não conseguia andar muito; ele e a garota, um de cada lado, levaram-na. Quando chegaram à rua da irmã de Lacey, resolveram carregá-la.

Subiram os degraus bem devagar. Pilgrim parou no patamar para dar uma boa olhada na rua. Queria ter passado mais tempo observando, mas Lacey chamou seu nome em voz baixa e aflita. Ainda havia uma chance de o pessoal de Dumont — ou, talvez, do *Cabeça Raspada*, agora — vir ao encalço deles, Pilgrim sabia disso; mas logo chegariam à conclusão de que a tarefa de encontrar três pessoas numa cidade tão grande beirava a insanidade e rapidamente desistiriam. O que não significava, porém, que não houvesse alguém à espreita; o homem com olhos ardilosos que viram da outra vez, por exemplo, ou outro observador furtivo, discreto, que sabia reconhecer uma oportunidade quando ela aparecia. Pilgrim ainda se preocupava com as ameaças vindas das sombras, enquanto Lacey avançava penosamente com Alex os dois últimos degraus da escada. Ela chamou por ele de novo.

Pilgrim foi até a pesada porta da frente e girou a maçaneta de latão decorada, usando o ombro para empurrá-la. Ele não viu a criança sentada no chão do vestíbulo — estava ocupado demais olhando de relance para Alex atrás dele, fazendo uma varredura final na rua —, não viu a menina que estava sentada aos pés da moça morta que ele mesmo tinha deixado na poltrona de espaldar reto olhando para o rosto de Red coberto por um cachecol levar um susto e ficar de pé num salto. Ele não viu o objeto desajeitado que a criança tinha no colo. Tudo que Pilgrim ouviu foi Lacey gritar o nome da menina...

— Addison!

... seguido da resposta da explosão da pólvora. *Só* então teve um vislumbre da antiga pistola da época da Guerra Civil estadunidense que a criança segurava — provavelmente do jeito que sua mãe lhe ensinou quando ainda estava viva.

A pistola era uma relíquia, que deveria ter sido confiada a um museu há muito tempo, em vez de usada como arma de defesa em uma casa. Pilgrim sabia que a menina devia ter demorado um pouco para puxar o cão para trás, o mecanismo velho e emperrado, a arma desajeitada em suas mãozinhas. Se já era um milagre ela conseguir segurar a arma, imagine empunhá-la com firmeza para puxar o gatilho. Na verdade, o coice do tiro fez com que ela caísse de costas e a pistola escapulisse da sua mão, embora Pilgrim duvidasse que ela teria tempo para recarregar a arma antes que Lacey corresse para ela.

No fim das contas, bastou um tiro. Atingiu o lado esquerdo do peito de Pilgrim, abrindo um buraco que atravessava seu corpo. Ele ficou atordoado.

Ele experimentou uma sensação de leveza, como se a gravidade tivesse virado do avesso, fazendo com que ele flutuasse em vez de fincá-lo ao solo. Seus ouvidos se fecharam, preenchidos por um silêncio pulsante que teria lhe assustado em outras circunstâncias, mas que agora achava acalentador e tranquilizante. Viu Lacey correr para a menina, só que em câmera lenta, tudo perdendo velocidade, e Pilgrim teve todo o tempo do mundo para ver o rosto pálido e sujo da menininha retesado de medo, para vê-la girar e sair do vestíbulo como um raio, Lacey disparando atrás dela, seu pé acertando a pistola, que ficou girando, girando, até bater num lambri de mogno polido. Então, algo fez Lacey parar e se virar, seus olhos buscando os dele, seu rosto se fechando ao sentir uma emoção toda sua — não exatamente medo, mas algo parecido, algo que Pilgrim não conseguia identificar nem atribuir um nome, mas que de repente veio flutuando para ele de algum lugar.

Desalento.

Tudo ainda estava lento, tão lento que levou um bom tempo até que Lacey o alcançasse. Tempo suficiente para que ele se recostasse na parede e para que Alex — que ainda estava ao seu lado — tentasse em vão segurá-lo para que ele não fosse caindo, caindo, caindo no chão.

Calmamente, contemplou os dois rostos à sua frente e notou a intensidade das expressões quando tocaram nele, ergueram sua camisa, apalparam seu peito com mãos tão brilhantes quanto os lambris polidos, não fosse por estarem vermelhas e molhadas, nada lembrando o mogno escuro. Ele não resistiu e se lembrou daquele dia que Lacey conversou sobre viver sozinha na velha casa da avó e sobre como era viver isolada do mundo, como era ser um fantasma à deriva, cujas ações e pensamentos não afetavam nada nem ninguém. Era como estar morta.

Sons intermitentes eram processados e repetidos, e tudo o que ele escutava era alguém dizendo as mesmas palavras vezes sem fim: "Está tudo bem, está tudo bem, está tudo bem." Mas então se deu conta de que era ele quem as repetia na tentativa de tranquilizá-las, confortá-las. Mas nem a garota nem a mulher escutavam sua voz. Então ele segurou suas mãos quentes e escorregadias com toda a força que conseguiu juntar e disse:

— Me escutem. — Mas, como elas *ainda* não escutavam nada, ele repetiu ainda mais alto: — *Me escutem.*

Elas pararam, ofegantes e de olhos agitados.

— Está tudo bem — disse ele.

A garota começou a chorar.

Ele segurou sua mão.

— Não. Não chora. Agora você tem a sua família. Alex, Addison e Voz.

Com a mão livre, a garota afastou as lágrimas do rosto, uma risca de sangue dele lambuzando sua bochecha.

— *O quê?* — sussurrou ela.

— Você me chamou de Pilgrim. Só ele sabe disso. Você pode ouvi-lo. Eu sei.

— Como...

Ele não deixou que ela terminasse. A escuridão o aguardava a cada piscada; teve de abrir rapidamente os olhos de novo, porque as trevas o chamavam, queriam que ficasse.

— Você não pode contar para *ninguém*... como você o conseguiu. Para *ninguém*. Entendeu? — Ele deve ter apertado muito a mão de Lacey, porque ela se retraiu. — *Me promete* — arfou ele.

Ela fez que sim com um aceno de cabeça.

— Prometo. Não vou contar para ninguém.

— Bom... Que bom. — Ele relaxou e afrouxou os dedos. — Eu tive... um nome de verdade. — As palavras saíam com dificuldade, vindo em ímpetos entre uma e outra arfada laboriosa, úmida, entrecortada. — E uma irmã. Eu falei dela... para você. Eu queria ser um fantasma, queria esquecer tudo. Mas não consigo esquecer as cores. Ou talvez sejam as cores... que não se esquecem de mim. — Ele ficou divagando e perdeu o fio da meada. — Violet — murmurou. — Minha irmã. O nome dela era Violet. E aqui está a Red. — Ele se esforçou para focar na garota. — E *você*... — sussurrou. — Você também é uma cor para mim. Tão forte... que os meus olhos chegam a doer.

Ele fechou os olhos, não porque doessem de tanto contemplar a garota, mas porque podia vê-la tanto de olhos abertos quanto fechados. Ela *era* todas as cores. Rubi, vermelho, violeta; faíscas de todas as cores brotavam dela.

O peito dele era um sol virando uma supernova. Queimava por dentro. Mesmo quando a vida escapava pelo rombo no coração, ele se apegava àquelas imagens causticantes das cores e da garota.

— Não se vá — implorou a garota, e ela estava tão perto que ele sentia suas palavras como fios flutuantes em seu rosto, como teias de aranha das cores do arco-íris, pesadas e leves ao mesmo tempo. — Não quero que você se vá. *Por favor*, não se vá. Agora você também faz parte da minha família. Por favor, não me deixa.

Com muito esforço, ele disse:

— Você não devia... ficar com medo.

Ela disse seu nome enquanto chorava. *Pilgrim*, não Escoteiro. Ele gostou de como o som do seu nome se encaixava ao formato dos lábios dela.

— Você não está sozinha... não mais. — Ele desejava desesperadamente dizer o nome dela, mas o tempo o soprou para longe.

A voz sussurrou na sua cabeça: *Defenda-a*. E Pilgrim tentou repetir essas palavras finais no seu último suspiro, porque eram importantes — ele sabia que eram, da mesma forma que sabia que a terra logo se abriria para lhe dar as boas-vindas em seu sono —, mas não tinha certeza se havia falado alto o bastante para que lhe escutassem. A garota e suas faíscas multicoloridas se afastaram dele e, na escuridão, flutuando no nada, a voz falou outra vez. Já não era mais sua própria voz, e ele não tinha certeza de que algum dia tinha sido, embora tivesse combinado muito bem com a sua entonação. Agora que Pilgrim estava distante, dava para notar a individualidade, a distinção. A voz tinha sua própria identidade.

Depois de tudo o que aconteceu, foi uma criança que te abateu.

Pilgrim queria fazer que sim com a cabeça, mas não havia nada preso a ela. Nem pescoço, nem ombros, nada. Tudo estava se soltando e logo seria esquecido. E, para ele, tudo bem; ele era bom nisso de esquecer.

De sete *anos*, disse a voz.

Pilgrim discordou, mas seus pensamentos pareciam flocos de neve, derretiam quando tentava pegá-los, e ele não conseguia transformá-los em palavras, por mais que tentasse. Ela não era só uma criança, gostaria de ter dito. Ela tinha o sangue de Lacey correndo nas veias, e isso fazia dela alguém especial.

E então, pela primeira vez em todas as suas experiências com a garota, ele não foi surpreendido com a forma como isso terminaria.

E isso fez com que sorrisse, embora não houvesse ninguém para ver seu sorriso.

A ÚLTIMA PARTE
A garota que era peregrina

CAPÍTULO 1

Está na hora, disse Voz.
 Lacey estava na cozinha, no batente da porta dos fundos, encarando o quintal para além do alpendre. Havia passado um bom tempo naquele mesmo lugar nos últimos quatorze dias. Tinha uma boa visão do retângulo de terra remexida que marcava os túmulos. Foi difícil cavar aquele pedaço de lama. Levou horas, apesar de a chuva ter amolecido a terra, e ela só parou quando as mãos ficaram cheias de bolhas e um buraco de um metro e oitenta por dois e vinte estava aberto a sua frente. Era triste dizer isso, mas estava ficando boa em cavar túmulos.
 Está na hora, disse Voz de novo.
 — Talvez eu ainda não esteja pronta — respondeu Lacey, encarando a cruz de madeira que construiu com duas pernas de uma cadeira quebrada.
 Talvez você nunca esteja pronta, mas não podemos ficar aqui para sempre.
 Duas semanas antes, levou Red para a cova que havia preparado e a colocou à esquerda, acomodando-a da melhor forma que pôde, o que significava na posição em que seu corpo havia enrijecido depois de ser deixada sentada na poltrona do vestíbulo. Ela ficou meio encurvada de lado no assento afundado, como se pronta para tirar uma soneca longa e tranquila. Os dedos estavam pretos, parecendo molhados de tinta, e a

pele era lívida e tinha veios verdes, mas o miasma de morte e decomposição estavam estranhamente distantes, bem leve, sem jamais incomodar.

Depois, voltou ao vestíbulo e ficou um bom tempo observando o Escoteiro. Ele parecia... satisfeito. Era uma coisa esquisita de se dizer, ela sabia, mas não havia outro jeito de expressá-la. Ele parecia dormir. Nada de rugas de preocupação; a rispidez, que muitas vezes lhe franzia os lábios e semicerrava os olhos, se foi.

Ela sussurrou o nome dele. Ainda era novidade para ela.

Ele não é mais o Pilgrim, disse Voz com tristeza. *Ele chegou ao fim dessa jornada.*

Ela tentou erguer o Escoteiro pelos ombros, as mãos por baixo das axilas, mas ele era muito pesado. Então decidiu arrastá-lo pelos pés, sobre o piso de madeira polida. A cabeça quicou nos degraus quando ela o puxou para fora do alpendre dos fundos, e ela chegou a se retrair com o barulho, pedindo desculpas por tê-lo maltratado sem querer.

Colocou-o para descansar ao lado da moça. Deixou o cachecol vermelho dobrado sobre o rosto de Red, mas, depois de um instante, desamarrou a bandana do pescoço do Escoteiro e a guardou no bolso. Em troca, enfiou um exemplar do *Algo sinistro vem por aí* por debaixo da camisa dele, ao lado do coração. Havia começado a ler esse livro para Posy, dentro da câmara frigorífica, e terminara ao pé da cama de Alex, enquanto a amiga ardia em febre e se remexia sem parar. O tempo todo, Lacey olhava por cima do livro, e, em certo momento, Alex se aquietou e pegou no sono. Agora, devolvia-lhe o livro, pois queria que ele tivesse algo para ler na próxima viagem, algo que fizesse com que se lembrasse dela.

Encostou na medalhinha de são Cristóvão por cima da blusa — algo que, depois reparou, vinha fazendo com muita frequência — e deu o seu último adeus. Então, cobriu a sepultura. E, enquanto jogava terra sobre os corpos de Pilgrim e Red, ficou feliz porque assim não estariam sozinhos lá embaixo, por terem um ao outro; dois viajantes cujas jornadas, apesar de tudo, convergiram para o mesmo fim.

Ela hesitou, sem saber o que escrever na cruz feita com as pernas da cadeira. O nome verdadeiro dele não era nem Escoteiro nem Pilgrim.

Enfim, decidiu-se por um único nome, um que ela escreveu devagar, em letras cuidadosamente desenhadas.

DEFENSOR.

Foi a derradeira mensagem de Red, uma palavra enigmática que Lacey não compreendeu. A princípio, ela acreditou se tratar de um aviso para ficar longe do jipe com esse nome e mais longe ainda dos seus ocupantes. Por si só, o aviso foi sensato; porém, só mais tarde é que Lacey veio a entender o real alcance do seu significado. Estava tão claro para ela, agora, quanto o sol nascente que brilhava indiferente sobre as covas: ela, Alex e Pilgrim eram os defensores. Defensores uns dos outros. Eles podem ter começado como estranhos, mas juntos eram mais fortes do que jamais poderiam imaginar se estivessem sozinhos. Ela não tinha dúvida de que "defensor" era a palavra certa para usar no túmulo dele. Afinal, ele foi o maior defensor de todos.

Talvez tenha sido isso que ele disse no fim, com aquela conversa sobre defendê-la. Ele estava delegando essa função a ela: sua nova responsabilidade era defender a sobrinha e Alex na ausência dele, ser aquela que as manteria em segurança. Estava pronta para a tarefa, e o fato de ele ter confiado nela o bastante para lhe passar essa incumbência só reforçava sua determinação. Essa podia não ser a família com que havia sonhado, mas ela a amava de coração.

Lacey?

Voz não precisava dizer mais nada. Lacey se afastou da porta dos fundos e subiu as escadas. Deu com Alex e Addison no quarto principal, Alex sentada de pernas cruzadas sobre a colcha, com Addison bem à sua frente, imitando sua posição. Embora a sobrinha não fosse de falar muito — seu vocabulário se restringia a frases básicas e substantivos, seus favoritos eram os que tinham a ver com comida, seu bichinho de pelúcia e todos os lugares onde podia se esconder —, rapidamente aprendeu o nome delas e todo dia acrescentava uma nova palavra. Ela aprendia bem rápido.

Poucos dias depois de terminar de gravar a inscrição na cruz, Lacey estava sentada nos degraus do alpendre do quintal, os ouvidos atentos —

como vinha fazendo todo dia — ao som de carros ou equipes de busca vasculhando as ruas ao redor da casa. Estava esfriando, o sol a caminho do poente, e ela cogitava entrar. Não ouviu Addison se aproximar até a menina se sentar ao seu lado. Tinha um jeito especial de aparecer de repente. Lacey presumiu se tratar de uma técnica de sobrevivência aprendida bem rápido. O mesmo valia para quando se escondia. Addison era perita nisso também.

Lacey sorriu para ela.

— Oi.

A menina não olhou nos seus olhos. Cruzou os braços bem apertado e ficou balançando para a frente e para trás, empoleirada na beiradinha do degrau.

— Com frio? — indagou Lacey. Ergueu um braço para que Addison pudesse ver suas intenções e, aos poucos, ir abaixando até abraçar a sobrinha. A menina se retesou toda, mas não se afastou, e Lacey continuou com o braço onde estava.

Ficaram sentadas em silêncio por um tempo, observando o sol roçar os cantos mais afastados do quintal, tingir a grama de dourado, então Lacey começou a falar. Disse como Karey ajudou a criá-la, cuidou dela e a protegeu, e que a amou quase tanto quanto Lacey a amou — porque ninguém poderia amar tanto outra pessoa quanto ela amava a irmã mais velha —, do mesmo jeito que agora ia amar Addison. E talvez, um dia, quando Addison achasse que estava pronta, poderia contar para a tia o que havia acontecido na casa onde sua mamãe morreu. Poderia lhe contar *tudo* que Karey lhe disse, porque assim Addison poderia se sentir mais perto da mãe e seria como se Lacey tivesse estado ali o tempo todo com ela e Addison jamais tivesse ficado sozinha.

Lacey continuava impressionada com a sobrinha e, se fosse totalmente sincera consigo mesma, sentia-se um pouco cautelosa em relação a ela. Sobreviver sozinha numa cidade por tanto tempo sem os cuidados de um adulto era extraordinário. Lacey não sabia ao certo como a menina tinha sobrevivido. Ela e Alex passaram muitas noites debatendo isso, mas a única coisa em que concordavam era que a menina mal devia ter saído da casa nos três anos antes de elas chegarem. Lacey, entretanto, também defendeu a teoria de que Addison era descendente de pessoas valentes e com garra, particularmente as do seu lado da família, então, se havia alguém com condições de sobreviver, esse alguém era ela. Alex sorriu e admitiu que sem dúvida era um argumento válido.

Sentadas nos degraus do alpendre, Lacey continuava conversando com Addison, e a cada nova estrela que brilhava a menina ia relaxando e chegando mais e mais perto até estar encostada por inteiro, encaixada debaixo do braço da tia. Lacey falou até a boca ficar seca e então falou um pouco mais sobre vovó, sobre sua vida na fazenda com Karey quando tinha a idade de Addison e, por fim, quando a menina estava totalmente relaxada, Lacey começou a cantarolar a sua música favorita dos Beatles.

Addison sorriu quando Lacey entrou no quarto. Encostadas na parede abaixo da janela, três mochilas prontas para partir.

— Lecks e eu brinca *aboleta*.

A menina ergueu as mãos, as palmas abertas, mostrando para ela. As unhas estavam enormes e iam afunilando, parecendo garras, mas não era nada fácil encurralar Addison por tempo suficiente para cortá-las. Desde que Lacey foi forçada a cortar os cabelos da menina bem curtos depois de tentar sem sucesso desembaraçar a maçaroca de cachos embolados, Addison corria e se escondia assim que via uma tesoura.

— Brincando de *adoleta* — corrigiu Alex, sentada de frente para Addison.

Lacey fez que sim, mas não disse nada. A sobrinha não demonstrou nenhuma reação depois de matar um homem com um tiro. Ela provavelmente não compreendia o que tinha feito, ou talvez não fosse novidade para ela. Lacey vivia no meio do nada, com uma avó que fez de tudo para protegê-la do mundo exterior e das coisas horrorosas que aconteciam fora da fazenda. Por mais que Karey tivesse tentado proteger a filha, quem podia imaginar o que Addison teria visto em seus sete anos de vida? Idade já não significava nada. Vivia-se e sobrevivia-se fazendo o que precisava ser feito, e um sobrevivente tanto poderia ser uma menina de 7 anos deixada para se defender de um mundo hostil ou uma garota de 16 que estava neste mundo há menos de vinte dias.

Ou talvez Addison simplesmente não sentisse culpa. Um estranho alto invadiu sua casa, sua fortaleza, e ela se defendeu. Quem era Lacey para julgá-la por isso? Logo ela, que tirou a vida de um homem sádico e implacável que estava mutilando sua amiga? Ela também não sentia remorso algum por causa disso. Ou, ao menos, era isso que dizia a si mesma à luz do dia; já durante o sono, seus pesadelos mostravam o contrário.

Na cama, Alex abaixou as mãos e olhou para Lacey calmamente.

— Tudo pronto? — perguntou ela.

Lacey fez que sim de novo, aproximando-se para que pudesse fazer um carinho nos cabelos tosquiados de Addison. Eram macios, quentes e um pouco eriçados.

— Estamos prontas para partir. E as suas costas, como estão?

— Melhorando. Só um pouco rígidas. Se eu não fizer movimentos bruscos, vou ficar bem.

— Que bom. Temos que ir. A gente não pode ficar aqui para sempre.

— Foi a voz que disse isso? — perguntou Alex, franzindo a testa.

Lacey fez que sim pela terceira vez. Alex não lhe pediu detalhes sobre Voz, e Lacey não deu nenhum. Era óbvio que esse assunto deixava Alex desconfortável; ela nunca disfarçou o quanto desconfiava das vozes, e Lacey não queria que a amizade entre elas fosse estragada por causa do segredo que ela prometeu manter. Então, não tocaram mais no assunto. Doía reprimir uma parte tão grande sua. Ela adoraria poder conversar com Alex, falar abertamente, explicar tudo o que aconteceu para fazer com que ela compreendesse e aceitasse que Voz não era do mal, que *era* digno de confiança (afinal, foi Voz quem a ensinou a cuidar das feridas de Alex; se não fosse pela ajuda dele, Lacey tinha certeza de que Alex não teria melhorado tão depressa), mas ela achava que a amiga não ficaria feliz ao saber que ele tinha ajudado diretamente a cuidar das suas feridas.

Então Lacey fingia que não via os ocasionais olhares desconfiados que Alex lhe lançava quando achava que ela não estava vendo. Talvez pensasse que Lacey fosse maluca e não se pode discutir com malucos (embora nunca tenha menosprezado ou refutado totalmente o que Lacey falava sempre que o assunto envolvia Voz). Lacey chegou à conclusão de que não se importava em ser considerada maluca, se não tivesse outro jeito. Havia coisas piores no mundo. Além do mais, ela estava se acostumando a ter Voz por perto.

No que dizia respeito às lembranças de Alex, ela se lembrava apenas de fragmentos do que aconteceu dentro da câmara frigorífica. Contudo, recordava-se de algumas das perguntas do Doutor.

— Ele queria saber de onde você era — disse Alex. Elas estavam deitadas uma de frente para a outra na cama de Karey, perto o bastante para Lacey sentir a respiração quente de Alex em seu nariz gelado. Addison dormia por perto, enrolada num edredom. Lacey e Alex sussurravam no escuro, deitadas de lado e viradas de frente uma para a outra, as mãos sob as bochechas para aquecê-las, os olhos refletindo o luar que entrava pelas janelas sem cortina. — Ele queria saber onde a gente se conheceu, para onde a gente estava indo. E, que Deus me perdoe, acho que eu contei para ele. Eu contei tudo para ele.

Para não acordar Addison, falavam tão baixo que Lacey precisava acompanhar o movimento dos lábios de Alex para entender.

— Entreouvi uma conversa sobre esse Homem-Esvoaçante enquanto estava lá — sussurrou Alex —, mas não entendi que estavam falando do mesmo homem sem nome de todas aquelas histórias que eu e a minha irmã escutamos. Que ele era de verdade.

O homem misterioso da história que Alex contou ao redor da fogueira tinha um nome, e eles chegaram bem perto dele. Em certas noites, Lacey sentia como se tivesse saído da vida segura, mas solitária, na fazenda de vovó para um mundo de pesadelos, habitado por monstros e assassinos, onde não havia mais nenhum lugar seguro para se esconder.

— Eles falavam dele aos sussurros, Lacey. — A voz de Alex não passava de um mísero sopro. — Havia medo mas também respeito. E é essa combinação que faz tudo isso ser tão perigoso. Eles não estão fazendo o que fazem porque é um trabalho para eles, mas porque é nisso que acreditam.

Ela deu um tempo para Lacey digerir o que tinha acabado de falar, então continuou:

— Eles encheram um caminhão pouco antes de a gente chegar a Vicksburg. E deram ordem para partir com cerca de doze pessoas, inclusive três que mantiveram amarradas o tempo todo. Ouvi que estavam indo para um lugar ao norte. Um acampamento. Ninguém reclamou, simplesmente subiram a bordo e foram embora. Todo mundo obedeceu.

Todo mundo, menos o Doutor, pelo visto. Parecia que ele não gostava nem confiava muito no Homem-Esvoaçante, disse Alex. Para Lacey, o Doutor não gostava muito de ninguém, salvo de Dumont.

— Ele não queria entregar todo o seu poder. — Elas subiram a coberta, quase cobrindo as orelhas. Seus sussurros e murmúrios abafados sopravam calor no tecido na altura da boca; contudo, por mais que Lacey se aproximasse de Alex, não conseguia expulsar o frio dos ossos da amiga. — Ele se ressentia dessa atitude de Dumont, eu acho — disse Alex. — Mas tudo o que Dumont queria era estar do lado vencedor. A motivação dele era a sobrevivência. Devia achar que tinhas chances melhores se apostasse todas as suas fichas nesse... nesse *Homem-Esvoaçante*.

Dumont pode ter sido cruel e egoísta, mas não era burro.

Ouvir tudo isso só aprofundou ainda mais o medo que Lacey sentia. Na versão do mundo dos seus pesadelos, o Homem-Esvoaçante havia se tornado uma criatura alada com olhos de inseto pretos, e ele cortava os céus e vasculhava a Terra em busca dela.

Posy lhe disse que Red também teve medo do Homem-Esvoaçante. Ele estava atrás de pessoas com vozes, como Lacey, e pouco se importava com as outras. Não era mais apenas consigo mesma que devia se preocupar — precisava cuidar também de Addison e Alex. Sua família. Tinha todos os motivos do mundo para sentir medo. E, pelo que Dumont disse, não era só Lacey que deveria ter medo.

Todos deviam temer o que estava por vir.

CAPÍTULO 2

Posy coçou o caroço inflamado na axila, as unhas imundas puxando o pelo grosso encravado no furúnculo purulento. Enquanto futucava o buraco, os olhos acompanhavam um coelho que farejava pela sua trilha. Ele sabia que ninguém ia vê-lo se coçando todo, já que estava acocorado, escondido atrás das folhas de uma moita. Também estava a favor do vento em relação ao animal, levando embora o cheiro fétido do seu corpo, a mistura rançosa de suor, urina, fezes e selvageria.

Ele não sabia o que significava estar com o vento a favor nem como montar uma armadilha para coelho, embora tudo lhe tivesse sido explicado, e se tinha uma coisa que sabia fazer era seguir ordens.

Enquanto observava o coelho dar mais um passo em direção à armadilha, ele teve de apertar a boca com a mão suja para sufocar as risadinhas. O bicho congelou, a cabeça se erguendo, os olhos de pérolas pretas observando, *procurando*, o narizinho farejando o vento.

Posy congelou à sua maneira, os ombros levantados cobrindo as orelhas ao levar uma bronca para que ficasse calado e parado. Ele mordeu os dedos com tanta força que ficaram azulados.

O coelho fugiu tão rápido que os olhos de Posy não conseguiram acompanhá-lo. Como se agarrado de repente por dedos invisíveis, o bicho estancou, as pernas sendo lançadas por cima da cabeça e dos ombros contidos. O coelho se virou de costas e sacudiu a cabeça de um lado para o outro, lutando contra garras invisíveis, mas, quanto mais ele tentava se desvencilhar, mais o laço em volta do pescoço se apertava.

Posy riu e se levantou, arrastando os pés nervosos no mesmo no lugar, observando, mordiscando a mão, a saliva escorrendo pelo punho. Soltou gemidos esfomeados. Ao receber ordens, saiu em disparada e se ajoelhou ao lado do coelho agonizante. E, de novo, ao receber ordens, esquivou-se dos dentes afiados do coelho e agarrou a cabeça do bicho, torcendo-a violentamente, os estalos dos ossinhos da espinha lhe transmitindo um formigamento de prazer que ia até a virilha.

Libertou o corpo do coelho da armadilha e o pôs de lado, embora estivesse desesperado para despedaçá-lo ainda quente e comer as entranhas fumegantes. Com as mãos trêmulas, remontou a armadilha, achatando a terra ao redor. Estava ficando bom em montar armadilhas. Teve um bom professor. Mas havia arapucas maiores para montar, sim senhor, e presas maiores para capturar, e uma área *muito mais* extensa para cobrir. Havia muito trabalho pela frente.

Posy sacudiu a cabeça e estapeou a têmpora com a palma da mão.

— Isso, *isso* — murmurou ele entre os dentes. — Dessa vez vou cozinhar esse bicho certinho. Eu *sei*. — Seus olhos se encheram de lágrimas. — Eu estava com fome. Não sou burro, não sou inútil. Só estava com fome. Não, não *diz* isso. *Não diz isso.* — Ele agarrou dois tufos de cabelo e os arrancou com raiva. Estapeou a têmpora de novo, mais forte que antes.

Às vezes, quando o *outro* era especialmente malvado e mandava que ele fizesse coisas que não queria fazer, Posy desejava que o homem com a morte nos olhos tivesse acabado com ele também.

CAPÍTULO 3

Lacey passou a maior parte das últimas duas noites carregando suprimentos para o trailer que elas estacionaram a duas ruas da casa. Sua irmã — que foi casada com o gerente do Walmart local — havia estocado uma quantidade impressionante de comida e provisões na despensa, mas Addison tinha consumido grande parte nos três últimos anos, por isso agora só restava uma prateleira de alimentos em pó e duas caixas de papelão com quatro dúzias de latas.

Na hora, Lacey não ficou muito satisfeita ao descobrir que o único veículo que poderia surrupiar da garagem era um trailer desajeitado, com direção pesadona, lenta e difícil de esconder. Mas, agora, cheio de suprimentos e sendo uma verdadeira casa sobre rodas, sua opinião mudou. Fedia, o piso acarpetado e os estofados estavam manchados, mas ela trocou a roupa de cama por outras limpas do closet da irmã e virou o colchão e as almofadas, então o interior já não estava tão ruim.

Carregando o pouco que restava nas mochilas às costas, as três desceram devagar as escadas. Lacey pediu que elas esperassem um pouquinho enquanto ia sozinha até a sala de estar. Aproximou-se das estantes de livros e cobriu passo a passo toda a sua extensão, passando a ponta dos dedos pelas lombadas de couro. Pegou um livro a esmo e o *sentiu* nas mãos, tentando determinar se era o certo.

— Qual deles você acha que ele ia gostar? — perguntou ela a Voz, recolocando no devido lugar um exemplar de *Moby Dick*.

Todos.

Ela revirou os olhos.

— Eu não consigo carregar *todos* os livros. Vai, me ajuda só um pouquinho.

Ela havia tirado outro livro de ficção e já ia colocá-lo onde estava de volta na estante quando Voz disse: *É esse. Ele ia gostar desse.*

Tornou a retirá-lo e leu as letras douradas gravadas na lombada de couro. *O senhor das moscas*, de William Golding.

— É bom? — perguntou ela ao folheá-lo.

Não faço a menor ideia. Nunca li.

— Então como...

Eu só sei, ponto final. Pega o livro.

Foi o que ela fez, e já ia se virar para sair quando Voz disse: *Leva aquele também. A mesma prateleira, à direita.*

Ela se esticou.

Sua outra *direita.*

Seus dedos retornaram para a lombada costurada, preta feito breu, e ornada com arabescos prateados. Traçou o caminho da delicada filigrana com a ponta do dedo.

Isso. Esse mesmo.

Seus olhos percorreram o título. *A princesa prometida.*

Ele já leu esse. Você vai gostar. Addison também.

Retirou-o da estante e enfiou os dois livros de capa dura na mochila.

Pegou o caminho de volta até a cozinha, onde Alex e Addison a aguardavam, e avisou que estava pronta para partir. Saíram pela porta dos fundos e trancaram bem a casa. Atravessaram o quintal, os pés farfalhando na grama alta, os passos vacilantes e lentos ao passarem pelos túmulos, mas sem parar. Cruzaram o portão e foram andando por uma aleia até saírem do outro lado. Chegando lá, diante da rua deserta, ficaram lado a lado.

A mão de Addison procurou a sua — era pequena, uma fina membrana de pele cobrindo ossinhos frágeis — e Lacey a segurou com doçura. Addison buscou Alex, do outro lado, e segurou a mão dela também.

Alex olhou por cima da cabeça da menina e encontrou os olhos de Lacey.

— Você está pronta para isso? — perguntou ela.

— Não exatamente — admitiu Lacey.

A menina ao seu lado, cuja cabecinha mal alcançava seu ombro, apertou-lhe a mão.

— Tá na hora de ir — sussurrou ela.

Alex sorriu.

— A Addison está pronta.

— Bem, acho que se a *Addison* está pronta...

Alex deu uma risadinha e se afastou do meio-fio, portando na lateral do corpo a velha pistola, já engatilhada. A mão esticada para trás segurava a de Addison e meio que arrastava a menina. Por sua vez, Addison — o elo central da corrente — puxava a mão de Lacey, que, porém, recusava-se a sair do lugar. A fila parou.

Lacey evitou o olhar de Alex quando a mulher se virou. Em vez disso, enterrou o queixo na bandana que foi do Escoteiro e que agora estava enrolada no seu pescoço e virou o rosto para trás, um desejo irresistível de dar meia-volta e retornar para a casa onde havia enterrado seu amigo.

Voz fez com que ela parasse. *Você vai deixando pedaços seus por onde quer que vá. Olhar para o passado não faz com que voltem para você. O melhor que se tem a fazer é botar um pé diante do outro e seguir em frente.*

Parecia algo que o Escoteiro diria, e ela gostou disso.

Respirou através do algodão aquecido sobre sua boca e começou a contar a respiração. Ao chegar a dez, aprumou a cabeça, endireitou os ombros, segurou firme a mão da sobrinha e emparelhou com Alex, colocando a menina entre as duas.

DEFENDA-A.

As palavras pareciam ecoar dentro da sua cabeça, não verbalizadas, porém audíveis.

De mãos dadas, as três retomaram o caminho.

Lacey não olhou para trás.

UMA NOTA

A teoria que dá suporte à mente bicameral argumenta que não há algo como um espaço mental interno, que só aprendemos a internalizar nossos pensamentos bem depois de a Bíblia ter sido escrita (fontes como a *Ilíada*, de Homero, não apontam evidências de "introspecção autoconsciente"). Só havia diálogos externos entre pessoas.

O homem bicameral tinha alucinações auditivas. Ele acreditava que eram os deuses.

Existem reminiscências da mente bicameral. Cerca de dez por cento da população ouve vozes, e em torno de 35 por cento informou sentir a presença de uma pessoa amada depois de sua morte. Outros exemplos incluem o fator terceiro homem (a presença de guias imaginários detectada por alpinistas sob condições extremas) e as musas de artistas que os visitavam no meio da noite para lhes trazer inspiração. E não vamos nos esquecer de que aproximadamente 65 por cento das crianças admitem ter amigos imaginários ou brinquedos antropomórficos que as protegem. Para algumas delas, amigos imaginários continuam a aparecer bem depois da adolescência.

No limiar do sono, todos nós já não ouvimos uma voz chamando nosso nome?

AGRADECIMENTOS

É nesta parte do livro que exprimo minha gratidão a todos que me ajudaram ao longo do percurso. Preparem-se! Lá vou eu!

Minha gratidão vai para a minha mãe por ser a mais solidária das mães. Agradeço também ao meu fantástico pai, que sempre disse que eu fizesse aquilo que me trouxesse felicidade, sem me importar com dinheiro ou reconhecimento. Nunca imaginei que escrever me traria um ou outro, mas sempre me fez feliz. Adoraria que você estivesse aqui para ver isso, papai.

Agradeço também ao restante da minha família e amigos pela paciência que tiveram; reconheço que passei horas e horas diante de uma tela que pode ser espetacular para uma sonhadora introvertida como eu, mas nem tanto quando na verdade eu deveria estar interagindo com os outros e sendo parte do "mundo lá fora" (que eu continuo achando extremamente superestimado). Sei que minhas sobrinhas vão vibrar de alegria ao ver seus nomes aqui. Então, montes e montes de amor para Isabelle e Scarlett por serem as minhas duas pessoas favoritas no mundo inteiro.

Um agradecimento especial aos meus leitores beta Tom Bissell e Cath Hancox, que me mantiveram — e ainda me mantêm — na linha, com uma escrita bem clara e fluida.

Minha agente Camilla Wray e todos da Darley Anderson merecem toda a minha estima e consideração pelo inesgotável entusiasmo e trabalho duro. CW, você é mesmo a Elton John do mundo das agências literárias!

E por último, mas obviamente não menos importante, agradeço a Mari Evans (Mulher-Maravilha pelos próprios méritos) e à talentosa equipe da Headline — especialmente o Time Defensor — por terem apostado bastante em um elemento desconhecido. Eles foram apaixonados defensores de Pilgrim e Lacey desde o começo e, por isso, sou eternamente grata.

Este livro foi composto na tipografia Minion Pro,
em corpo 11/16, e impresso em papel off-white
no Sistema Cameron da Divisão Gráfica
da Distribuidora Record.